金陵全書

甲編·方志類·府志

景定建康志

（四）

（宋）馬光祖 修
（宋）周應合 纂

南京出版社

景定建康志卷之三十九

承直郎官差充江南東路安撫使司幹辦公事周應合修纂

武衛志二

尺籍營寨已具城闕志後

建康府廂禁軍隸安撫司元額四千人親兵一千人

禁軍一十一指揮元額二千五百人

鈐轄司五指揮

馬軍指揮

忠義指揮

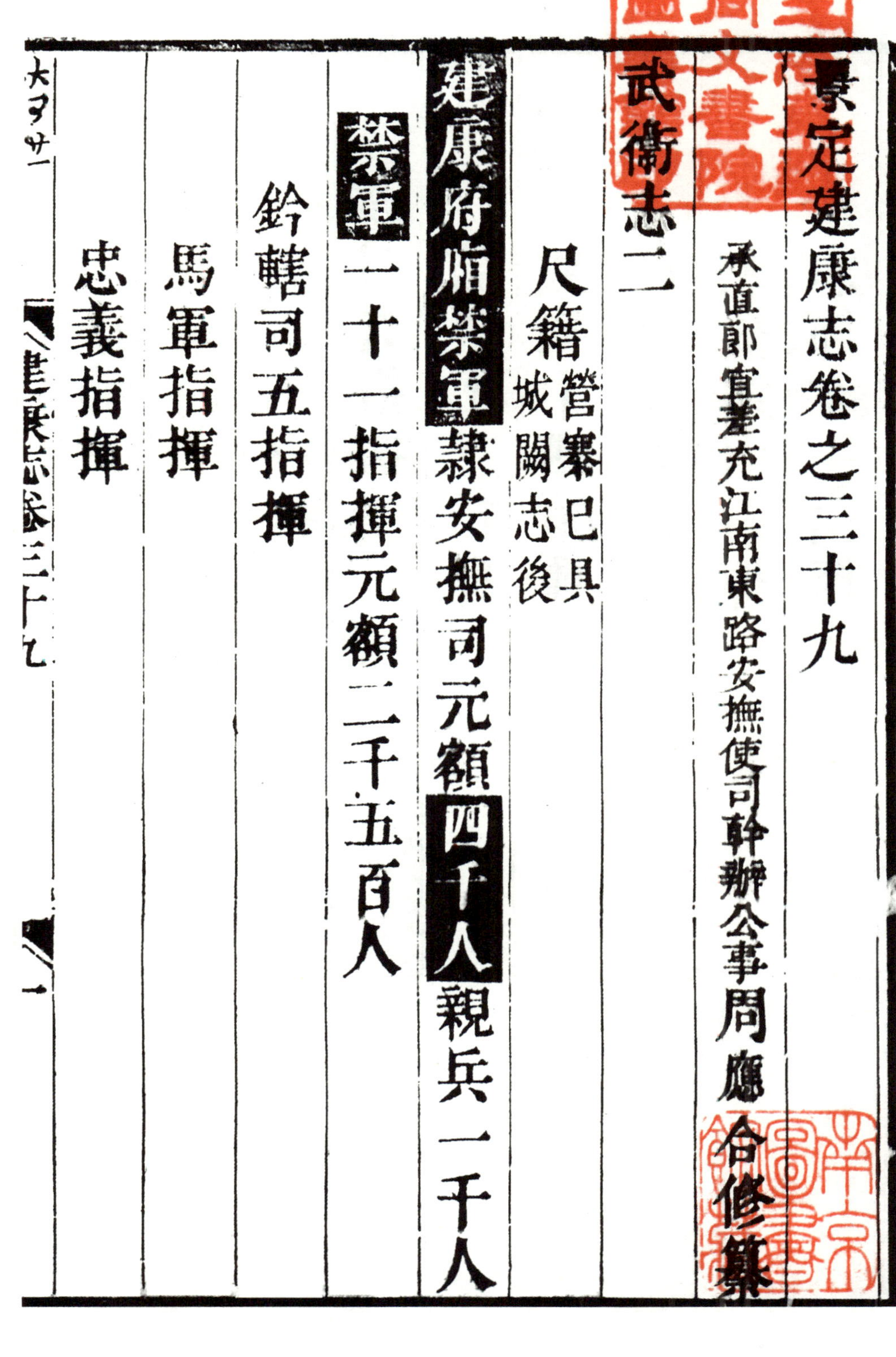

全捷第一指揮

威果四十四指揮

横江水軍指揮

將司六指揮

威果十三指揮

威果十四指揮

威果十五指揮

全捷第六指揮

忠節十一指揮

武雄第一指揮

禁軍四指揮元額一千五百人

効一指揮

効二指揮

牢一指揮

牢二指揮

親兵一千人係禁軍內撥到

建康府駐劄御前諸軍隸都統制司

兵五萬人

馬五千八十七疋

紹興初張循王俊將帶所部神武右軍人馬前來
建康府駐劄後改充行營中護軍起發泗州紹興
七年復回建康至十一年四月内奉
聖旨改充　御前軍立名都統制司續於節度使
王德任内準　寄劄以五萬人馬五千八十七疋
爲額遊奕前右中左後六軍每軍各置統制官一
員統領官二員正將五員副將五員準備將五員
錢糧係淮西總領所幇給

遊奕軍

前軍

右軍

中軍

左軍

後軍

侍衛馬軍移屯建康府以五萬人騎爲額

乾道二年正月二十八日奉

聖旨以二萬八千人爲額六年四月十五日李舜

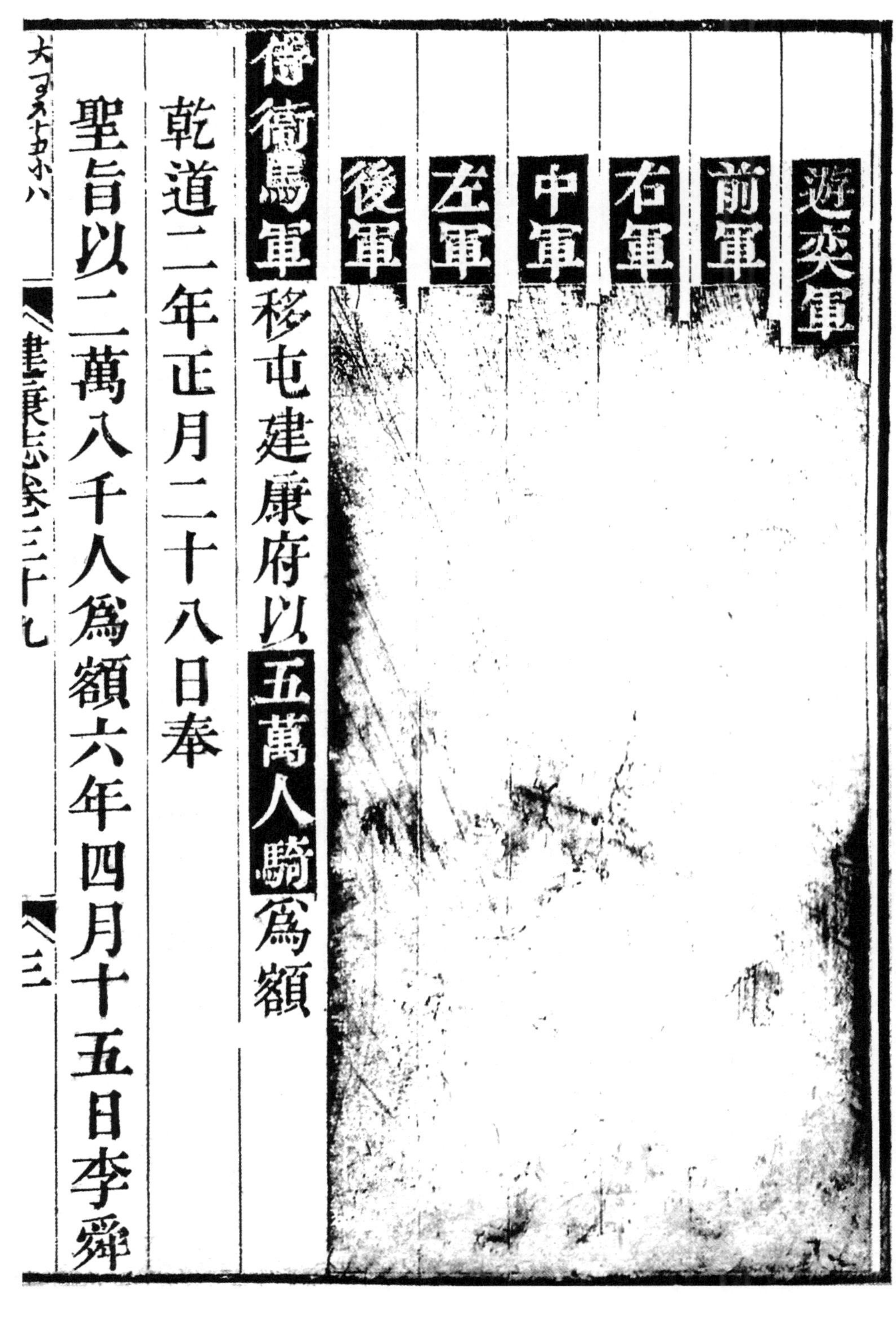

舉奏乞以三萬人爲額奉
聖旨依七年三月太尉威武軍節度使主管侍衛
馬軍司公事李顯忠奏
聖旨移屯建康府

選鋒軍三千五百人馬八百疋
統制官一員統領官二員正將二員副將二
員準備將二員

前軍三千人馬六百疋
統制官一員統領官二員正將三員副將三

員準備將三員

右軍五千五百人馬八百疋

統制官一員統領官二員正副準備將共一十七員

中軍五千二百人馬八百疋

統制官一員統領官二員正將六員副將六員準備將六員

左軍五千人馬八百疋

統制官一員統領官二員正將五員副將五

員準備將五員

後軍五千人馬八百疋

統制官一員統領官二員正將五員副將五

員準備將五員

沿江制置司增置軍額

防江軍三千三百人內步軍三千人勝捷五百人吐渾一千人

雄威一千五百人 馬軍三百人騎

嘉定十七年十一月三十日準 客劄勘會建康

府係沿江重鎮合行增屯兵馬以壯聲勢須議指

揮十一月初八日奉
聖旨令沿江制司日下措置招刺步軍三千人馬
軍三百人騎並聽沿江制司節制步軍並刺充三
色軍兵勝捷五百人吐渾一千人雄威一千五百
人馬軍三百人並刺充夾等効用其馬軍三百人騎步軍一千人
理作建康府都統司闕額二千人理作馬軍司闕額
本軍統制官一員統領官一員正將四員副將四
員準備將四員

効用軍一千四百五十五人

紹定元年十二月因逆全爲亂趙大使善湘申
朝廷招募効用軍一千四百五十五人理填騎戎
兩司闕額放請

破敵軍一千四十四人

嘉熙元年四月陳制使韡申請于　朝取發福建
兩浙江西湖南諸郡土牢拘鎖人揀選彊壯赴本
司面刺雙旗借理諸軍闕額放請立名破敵軍自
後逐時又將所部去處曾經作過及犯盜彊壯堪
以充軍之人一例刺旗發下破敵軍收管放請置

立將隊選差制領將佐訓練官合千人部轄

寄劄

沿江制置使司申照得本司累準 朝廷指揮招軍塡額緣沿江就招率是游手緩急無用近嘗以福建八郡土牢人申請乞行下安撫轉運兩司揀擇前來驅用又竊見江西湖南乃峒寇接連之地販負茶鹽犯法尤重罪不致死必至縲紲兩浙州郡亦有刼盗私犯作過拘繫之人内地無用徒費糧食而彊悍之徒因首待盡終無洗濯自新之路不若驅之軍前使効死力其與招收脆弱未習武藝者相去甚遠欲乞 朝廷嚴賜立限劄下兩浙江西湖南諸郡各要守臣將土牢拘鎖人揀擇彊壯選有心力官一員部押優給路費發付本司早得撫養訓齊使成一軍爲秋防用實爲兩便右謹具申 樞密院伏乞指揮亟賜施行申聞事已劄下兩浙安撫司湖南安撫司各從所申事理行下本路諸郡守精加揀擇彊壯委可備戰鬭役之人不許以老弱病幼者充數候有揀到人數

責委有心力官部押前去沿江制置使司交管仍須管嚴加督責在路謹守紀律毋令稍有違犯及生事搔擾除程一日先具遵稟及已作如何指置仍陸續具起程日時元犯申　樞密院外右劄付沿江制置使司從所申事理施行準此

本軍統制官一員統領官一員正將一員副將二員準備將二員

精銳軍二千五百三十一人

淳祐七年都督趙公葵給旗榜於兩淮等處招募農業彊壯創立軍將理幇騎戎兩司并策勝防江軍名請

本軍統制官一員統領官一員正將四員副將三
員準備將四員

親兵左右部共一千八

淳祐七年樞密陳公韡招收沿江諸沙一帶彊壯
淮民射四百例請給帶行湖南潭州駐劄立爲行
府親兵鎭壓峽峒九年陳樞密結局具申　朝廷
將上項七百一十人撥隸沿江制置司收管聽候
調遣本司續招彊壯二百九十人揍作一千人爲
額本軍統制官一員統領官二員正將二員副將

二員準備將三員

策勝中右兩軍元額一萬人

淳祐五年八月　密劄勘會朝廷近已行下淮東西制司沿江制司沿江副司京湖制置大使司湖南安撫大使司淮西招撫司淮西安撫司浙西兵船司太平州節制司共招募遊擊軍三萬人今來陸續將已招到人數分解屯劄之所八月十二日奉聖旨以　御前策勝爲名共三萬人分爲前右中左後先鋒六軍每軍五千人差統制一員內前

軍左軍屯劄鎮江府右軍中軍屯駐建康府先鋒後軍屯駐池州仍聽各郡守臣節制劄付建康府節制司施行

中軍五千人

統制官一員同統制一員統領官一員正將二員副將三員準備將三員

右軍五千人

統制官一員統領官二員正將五員副將五員準備將五員

制効兩軍元額二千三百二十六人

元係兩淮土著稅戶因韃兵連年侵擾避地諸沙

端平三年間制置司差官撫恤招募揑刺充民兵

制効軍理騎戎兩司闕額幫放次等効用二百食

錢請給分爲十部差置制領將佐管幹趁應差調

續於淳祐十年內本司以諸部零細不成軍分具

申　朝廷併作兩軍每軍立爲四將給降制領將

佐付身幫行供給

第一軍一千一百一十八人

第二軍　一千二百一十六人

各軍統制官一員統領官一員正將四員副將
四員準備將二員

靖安唐灣水軍元額五千七百二人

靖安水軍於淳熙十三年三月內移撥采石水軍
一將二千五百人前來靖安鎮屯駐並理建康府
都統司闕額續於嘉定八年七月創置唐灣水軍
二千五百人並理馬司闕額嘉定十四年十一月
內準　密劄備奉

聖旨唐灣靖安兩水軍合併一軍差置統制統領
各一員嘉熙二年以後創置寄泊新軍七百二人
理騎戎兩司闕額

龍灣遊擊水軍元額二千九人

紹定三年招刺理塡馬司請給

金山團窩制効軍元額六百五十九人

元係兩淮土著稅戶因韃賊連年侵犯避地江南
都督趙公葵任內委官團結充民兵制効半年軍
前來地名金山莊團窩屯駐淳祐九年委官下沙

勸諭捏刺放行全請並理都統司闕額

遊擊軍五軍共一萬二千四百一十二人

寶祐四年制使馬公光祖奏

朝旨創招遊擊軍四千人寶祐六年制使趙公與𥲅續招三千餘人開慶元年馬公再至又增招五千四百餘人通前共招萬二千四百餘人增給衣裝等下錢每名給等下錢三百貫青紗頭巾一頂布衲襖一領小布衫一領都管皮一條布袴一腰翰鞋一雙脚絣一對並當官給付二般家錢利物等每名般家錢并起發劵食錢共一百五十貫文銀環一對花一枚紅斑絹十段作新寨以安其居詳見

營寨支婚嫁錢酒米帛以樂其家每名支錢一百貫酒四瓶米一碩絹一匹撥典本錢二十萬貫以濟其急內二十萬貫不起息應副軍士急闕借用撥營運本錢一十萬貫以其息佐軍用酒庫藥鋪靡不備具請于

朝以

御前遊擊軍爲額乞置都統制一員五軍統制統領官各一員內右軍增統領一員正副準備將各一員

前軍

右軍

中軍

左軍

後軍

雄武軍五百八十七人

景定元年正月內江東宣撫大使司創招北軍寄泊精銳軍本軍統制一員正將二員副將三員準備將三員

義士軍一千八百七十三人

開慶元年十月內馬大使光祖創招彊壯膽勇之人立名義士軍每名支軍裝錢三百貫贍家稻一

十碩日支十八界三百文米三勝節次調遣上流
景定元年五月抽回寄泊遊擊中左後三軍

良家子

開慶元年十月大使馬公光祖招收土豪壯士材武出衆之人充良家子優賞格以勸其來精閱習以程其能軍裝錢并特支錢每名四百貫文日支十八界四百文米三勝

制使姚公希得任內**新招寧江新軍六千二百八十人**附見江防內

新招帳前將官景定三年八月姚尚書任內撫司準

樞劄奉

宣諭指揮行下江東九郡招募不湼寄請將官

共募到三百單六人

建康府一百二十一人　太平州三十三人

寧國府二十一人　池州六人

徽州四人　饒州六人

信州九十三人　廣德軍二十八人

南康軍四人

內本府招到人各支紵絲一疋青絹搭膊一條并等下錢計三萬一十五貫酒二百二十二瓶外每人月給錢一百貫米一石至五年三月計支過錢一十七萬七千六百貫通前總支過二十萬七千六百餘貫米一千七百七十六石除節次揀放至是本府見管六十六人今行移未已

重新中軍教場亭閱武所在軍務系焉屋老且狹弗稱大閱景定三年制使姚公希得任內遂撥松木城磚等物委都統趙紀祥鼎新刱蓋比舊展

闊增高爲屋計二十四間結築將壇布甃堦面廊牆回合丹雘圓備總費錢二萬六千九百七十餘緡磚木不與焉

制使姚公希得任內修甃諸營寨水井景定四年十一月初三日準

銀牌批判訪聞諸營寨甃井少土井多土堙水渾汲水不便仰各軍統領契勘見在井數如甃井渾臭者卽與淘浚土井崩壞者卽與甃砌人稠井少去處卽與添鑿庶幾軍中省遠汲之勞

來春免癘疫之疾限一日區處申不許文具後
據所差點視官韓明申除堪好不必修者外有
五百九十六眼當修隨其損壞多少給錢有差
總費一萬六千九百六十貫

大使馬公光祖到任將例冊犒給軍民乙卯開閫

鈞判昔謝倘爲建武將軍能壞烏布帳以爲軍
士襦褲當使於前修無能爲役然捐已利人心
庶幾焉分閫此來內省望薄無以上報
君恩下副人望豈敢倘循故例安受例冊自當

使到任送到例冊并備堂公用器皿見錢等的
計一十八萬三千貫更關宅庫撥換二十萬將
合赴教射射諸軍均犒一次己未再至併及諸
廂人戶至是復舉舊例行之

省罷冗員以其俸給寧江軍制領將佐大使馬公光
祖景定五年六月空日準
樞密院劄子備本司申照得安軍士之心者莫
若擇撫循之將厲掊剋之禁者不若厚廩稍之
給年來軍校俸入無幾物價騰翔米鹽之靡寄

妻孥之供贍未必不取辦於諸軍甚至受錢以
買閑私役以營利以故貧者不容於不病病者
不容於不死不病不死不逃何待是固管軍者
之責循流遡源亦由俸廩微薄不足以自給故
也毋已則稍增其俸然爲數浩瀚日引月長一
時行之後將安繼展轉而思惟有去無益而就
有益省無用而爲有用其於責實之政庶幾有
補今照得建康府總管鈐路正副將等闕添差
猥衆往往多是不堪任事之人前任未滿又于

再任請給人從悉同正官委爲帑廩之蠹今縱未能盡汰亦當就內節省照對總管除正任一員歸正二員外添差八員今欲省罷四員存留四員路鈐除正任一員外添差者七員今欲省罷三員存留四員州鈐除正任一員歸正一員外添差者三員今欲省罷一員存留二員路分除正任一員歸正二員外添差一十二員今欲省罷六員存留六員正將除正任一員歸正三員外添差八員今欲省罷四員存留四員副將

除正任一員歸正四員外添差者五員今欲省罷二員存留三員準備將見任添差一員仍舊郡以省到各官每月所請錢米添給寧江新軍制領將佐庶幾稍有顧藉不至掊剋如蒙

朝廷矜允所申乞賜

敷奏劄下本司照應仍關合屬去處其已省罷者見任人聽令終滿已注下者別令注授伏候

指揮

朝廷照得此項省罷添差等官以增制領將佐

月俸劄送本司照應仍具已減員數錢米與今
來增支數目申今開具省罷創置員數下項
省汰共二十員
添差總管四員　添差路鈐三員
添差州鈐一員　添差路分六員
添差正將四員　添差副將二員
創置共三十八員
統制二員　統領四員
正將十四員　副將十四員

準備將四員

招塡在府諸軍闕額 咸淳元年五月十九日大使馬公光祖判云諸軍近日闕額頗多有妨差調合行下諸軍任責招募須要及等每勝捷一名支二十貫吐渾一名支十六貫雄威一名支十二貫截日終共招到一千九百八十九人

招募水軍 咸淳元年閏五月二十九日馬公光祖判云差人招軍多是拖扯生事今所招水軍合行下鎮江許浦兩戎司澉浦水軍各任責招三百

人能船能水刺勝捷支等下錢六十貫能水不能船刺吐渾支四十貫能船不能水刺雄威支二十貫仍各支五事件軍裝一副截日終已招到

諸軍婚嫁　大使馬公光祖先來開閫嘗行下諸軍應有女年十四歲以上及孀婦無依願再嫁者許就諸軍擇年紀相當之人議親每一名支十八界二十貫米一石絹一疋酒四瓶至是復照舊

例行之

提兵勅逐安慶無爲虜賊 咸淳乙丑秋八月虜重兵由豐廬入寇侵無爲境甫三日奄至安慶城下奸謀叵測本司先已節次調兵守禦至是大使馬公光祖親提舟師以十五日發龍灣二十三日抵安慶虜酋登山遠望舳艫銜尾戈甲耀日數十里不絕呼被虜者詰之或告之曰此馬相公軍馬也於是震恐喪魄僞立排柴一夕遁去

上親御翰墨獎諭九月十六日班師解嚴

軍器

除戎器戒不虞傳於易礪鋒刃鍛戈矛誓於書修車馬備器械序於詩有備無患其來尚矣漢帝使人視吳漢何爲方修戰攻具乃有隱若一敵國之嘆祖逖用二千人起冶鑄兵固知其有誓清中原之志李德裕請甲人於安定弓人於河東弩人於浙西於是兵器皆犀利而蕃詔不敢窺焉修政攘夷茲非急務乎

我朝建閫金陵藩屏　畿甸兵甲四出則北援淮東備海南控荊楚西助巴峽開慶景定間凡甲冑戈劍

弓矢之需取具於昇者無慮數十萬計取之不竭備有素也先是寶祐丙辰馬公光祖爲制使首措置軍器庫已未以大使再至則鼎建都作院無日不討百工皆精而器愈備焉姑志其凡如左

軍器庫措置條目已列于諸庫之編

都作院記

戎器爲戰守要務尚矣金陵 國家陪都襟江帶淮虎視京洛常宿重根本三邊有警水行陸鶩百道竝出戈矛劍甲彖鉅萬計率須刻立具用廣數夥以故繕治益急作院舊在郡治東南之青溪地墊隘沮洳屋老欲壓數議改剏未果觀文殿學士制置大使裕齋先生金華馬公再鎮之三年政通力紓百兆具張迺卽故址撤而新之謂幕客朱君幼學

鐵毅有幹局俾課役培土石增其崇取旁廢營地益其廣表以門繚以長垣聽事所中居翼以西廊鍜礪刮磨縣絡鎡甲觔革之工凡十有二列於左鎔冶麻縷竹木骨角諸色之工凡十有六位於右帑藏祠廨先後環擁大都百三十有三楹區分棋布相望如引繩宅幽勢閎夏淒冬溫覼昔人治城鑄兵規畫略同靡金錢若干緡粟若干碩各有奇役始景定二年四月甲午成五月戊辰居佚藝生器以犀利無有苦窳吁盛哉公之精神思慮知周曲成如此引而伸之可以用天下矣且天下一器耳政其工人其材心其彌綸範圍之鄉也含茹至廣大經緯至微密萬物備百工具故君子先治心爲之地猶斯宇之虛暢洞達工師得以藏修夷愉也夫治人猶工之用五材度五則以致其美畢其巧也夫平天下則器之成而勿壞也考乎此爲考工記攷乎此爲車攻詩除此爲除戎器戒不虞之萃器耶抑道耶其利無前而長鍜爲頓其捷無方而

弩羽爲綏於戰守乎何有信乎公此舉可爲佐
天子用天下法矣公授簡之奚不敢辭乃衍廼
其義爲記門生承事郎特改差充沿江制置大
使司幹辦公事家之奚撰門生儒林郎宜差總
領淮西江東軍馬錢粮所準備差遣趙與鍙書
門生通直郎特差充沿江制置大使司參議官
王起晦
篆蓋

寶祐二年終見管舊軍器二十七萬二千五百四十
一件鐵甲身七千八百四十七領鐵頭牟六千五百七十一頂鐵披膊八百五十九副角
弓一万五百九十七張角弩梢四百八枝毛翎
弓箭六万四千六百八十五隻竹翎弩箭八萬
六千六百四十三隻黑油弓箭鞴韥五千四百
八箇黑漆弩箭鞴韥三千四箇黑漆栲栳子二
萬四千三百五十二箇手刀皮鞘一萬二千一
百二箇黑漆弩樁一千九百九條手刀八千五

百九十二把摔刀六百七十把鐵叉四十把金三十七面黑油弓袋箭䩮鞣一百六十五副摔刀皮鞘四百一十四箇黑漆皮馬甲一副砲砂一千三百二十八箇隊皷三百二十一面紅布衲襖五千八百三十一領紅布衲裙二千七十三腰黑布衫五領黑布綿衲裙一千五百三十五腰紅布綿絮軟纏襖五千七百六十三領皂綿紙台帽子一百六頂紅布紙台帽子五千一百二十四頂黑布紙台帽子一千三百二十六頂金褐布衲裙五千九十九腰豹斑布帽子二千九百二頂卓皷七面紅布彩一十領鞭箭䩮鞣三百箇小皮竹牌一百一十五面大斧三百九十二具黑油長槍六千條

寶祐三年八月二十七日至寶祐六年正月二十六日制使馬公光祖任內刱造及添修共三十六萬七

百三十二件

內捌造三十七項共八萬八千一百九十一件

倒穿鐵甲身五百領倒穿鐵頭鍪五百頂鐵披膊一百八十副角弓絲絃一万一百八十條射親弓箭五千隻射親弩箭五千隻毛鋼弓箭二万隻毛鋼弩箭二萬隻破陣刀五百把虎班皮鞘全炮砂五百箇紅布綿絮軟纓襖一千領紅布衲襖九千一百七十九領木弩麻絃一千五百條鼠尾解扎絛二千五百副扮拽木弓五百五十張羅圈皮甲二副頭鍪一頂梯兒角弩二弄弦索事件全鍘刀一把金絲褐布衲裙二千腰掠陣刀二件把皮鞘全腰刀二把皮鞘全狼牙棒二條山字义三把羊頭义一把月斧三把黑油弓箭鞦[革彔]三箇黑漆弩箭鞦[革彔]一箇金褐布衲襖一領黑漆腔隊鼓一面天王等旗三十二面槍頭巨馬子五十座砲絛五十條卓鼓六十面

卓皷架子六座金皷袍兒六十領黑油藏棍一百條破甲錐槍一千二百九條茅葉槍二千一百條朴刀槍二千八百條改穿鐵甲身七百三十六領轆洒捌穿鐵甲身九百六十四領鐵頭鍪九百六十四頂

內添修三十七項共二十七萬二千五百四十一件 細數見前項舊管

寶祐六年三月二十一日至十二月二十二日大使趙公與簒任內刱造及添修共七萬一千一百六十二件

內刱造二十一項共三萬一千二百六十八件

倒穿鐵甲身六百七十九領倒穿鐵頭鍪六百七十九項紅油破木槍四千四百條黑漆四道紅木弩八百三十五枝角弓絲弦四千九百五條弓箭鞠鞢一千箇紅麻鼠尾線四百五十條紅麻解扎線四百五十條紅油食筅二百六十隻砲砂五百箇角弓一百張匾筒椿弩五十弄計三百件匾筒弩椿一百五十條鹿耳子一百五十箇弩箭四千隻弩箭鞠鞢五十箇紅布小綿襖五千五百領雜色間道旗三百五十五面紅麻突頭三百五十五箇紅布衲襖一千領兩浙諸郡代軍號月子五千一百五十箇

內添修三十二項共三萬九千八百九十四件

角弓四千張黑油木槍七百條紅布綿絮軟纏襖一千五百三十六領紅布衲襖九千一百四十四領紅布紙台帽子一千七百箇金褐布衲裙一千五百腰栲栳子五千二百八十箇豹班

布紙台帽子六百三十五箇隊皷七十六面黑
布衲襖四千四十二領黑布衲裙一千腰鐵甲
身一千一十二領刷染紅布衲襖一千九百三
十五領鐵頭鍪七百五十五頂紅油木槍四十
一條手刀一千三百一十五把大斧七十六具
木弩檐八條摔刀皮鞘一百一十三箇手刀皮
鞘二千九百七十四箇弓箭鞦鞢七百九十六
箇小皮竹牌四面炮砂三百二十六箇鐵鍬二
百四十八把鐵钁一百三十六把鐵拔膊七副
摔刀三十六把弩箭鞦鞢一百三十五箇角弩
三十枝鍘刀一百三十四把夏射
木弓一百張扮拽木弓一百張
開慶元年四月十三日至景定二年七月大使馬公
光祖任內剏造及添修共三十萬八千六百六十五件
內剏造五十一項共六萬二千六百五十五件

鐵甲身三千六百六十四領鐵頭鍪一千一百一項紅布衲襖四千領黑布衲襖三千一百五十領破甲錐槍二千三百五十六條大朴刀五千三百八十條紅油靶手刀二千五百把弓絃一萬五千五百八十三條梯子弩絲絃四十二條茅葉槍八百五十六條小朴刀槍一千三百八十八條珠紅油大朴刀槍一百條白油麥穗槍一百條白油大朴刀槍一百條珠紅漆靶痕面刀一百把皮鞘全梯兒划車弩牀一十座校棒四十二條梯兒弩綵四十二弄砲綵七百五十條黑油敲棍五百條四道紅木弩枝一千二百八十條黑漆木弩椿一百五十條弩絲絃二百四十條毛翎弩箭二千隻黑漆弩箭糊鞢三百五十箇紅麻鼠尾綵一千四百三十條紅麻解扎綵二千一百五十條鹿耳子一千二百五十箇黑漆栲栳子七千箇角弓四百張弓箭韊鞢五百箇破鋒刀一千把皮鞘全珠紅油靶破陣刀一百把皮鞘全木弩麻絃一千五百條扮

拽木弓五百五十張黑漆柄大斧一千具摔刀
皮鞘五百箇白木槍一百條紅布綿腿裙五百
腰紅布紙台帽子二百頂黑布紙台帽子一千
頂都管皮五百條鈌拔膊七百二十副黃布衲
襖三百五十領黑布衲裙一千腰虎斑皮鞘九
百箇木弩樁一百三十條紅麻鼠尾縧七百二
十條弩麻絃二百四十
條紅油食籮四十隻

內添修三十一項共六萬四千三百六十三件

鐵甲身七千九百九十領鐵頭盔一萬一千七
百二十一頂紅布衲襖一千五百領黑布衲襖
一千五百領紅布綿絮軟纏襖三百四十領黑
布紙台帽子五百頂白木夏射弓七十五張角
弓一萬七百四十三張角弩一千三百五十九
枝手刀六千六十九把隊皷三百四十三面炮
砂一千八十三箇黑漆栲栳子七千一百三十
九箇掠陣刀七百二十把卒刀三百四十二把

鍘刀二百三十九把手斧二千六百九十八具
紅木槍四十五條神臂角弓一百一十六張黑
油弓箭䩬鞣四千三百九箇金一十五面黑漆
弩箭䩬鞣一千六百四十八箇手刀皮鞘七千
六百三十四箇鹿耳子三十八箇皮竹牌七十
四面捧刀皮鞘二百四十三箇黑漆弩樁一百
八十一條鐵鍬六百一十九把鐵钁二百八十
八把伍勝划車角弩七十八枝掠陣刀皮鞘一
十三箇破鋒
刀四十二把

又造軍裝共一十一萬七千八百九十三件月解衲襖
三萬五千二百八十四領衲襖二萬六千八十
六腰胖襖九千九百六領綿裙八千九百七十
二腰帽子一萬六百七十六項褐絹衲襖五百
八十二領翰鞋二千雙擬補衲襖一千八百七
十二領招軍黃布衫五千四百一領綠布衫二
千二百二十七領紅布手巾二千二百一十七

條小布衫二千六百九領麻布袴四千六百六
十六腰滕袴子三千八百八十四雙青紗頭巾
五百
頂
又刱造添修火攻器具共六萬三千七百五十四件
內刱造三萬八千三百五十九件鐵砲殼十斤
重八隻六斤重一百隻五斤重一萬三千一百
四隻三斤重二萬二千四十四隻火弓箭一千
隻火弩箭一千隻突火筒三百三十三箇火蒺
藜三百三十三箇火藥棄袴槍頭三百三十三
箇霹靂火砲
殼一百隻
內添修二萬五千三百九十五件火弓箭九千
八百八隻火
弩箭一萬二千九百八十隻突火筒五百二箇
火藥棄袴槍頭一千三百九十六箇火藥蒺藜

四百四箇小鐵砲二百八隻鐵火
桶七十四隻鐵火錐二十三條

制使姚公希得任內令項置局造萬人軍器

除戎器戒不虞分閫者當加之意本司作院遞年所造固有常規近來應副荆蜀等處調遣支撥不一器械之備不厭其多於是令項置局製造萬人軍器如鐵甲胖襖帽子衲襖腿裙長槍大朴刀槍手刀手斧角弓木弩旗幟金鼓栲栳之屬總八萬七千五百五十件專差遊擊右軍統制張武等監造貯以別庫用備不測調遣事非緊急毋得輕動物料共費二百二十一萬餘貫鐵炭米之類不與焉自景定四年十月下手及解捆之日共已造到二万七千一百九十六件餘繒及物料樁之司存接續置造

勑新造解內軍器庫鉄甲景定三年姚尚書任內準

審劄行下每季造解五十副自當年冬季爲始本府備工物錢計一萬八千餘貫附制司作院造解　行在内軍器庫至景定五年春解六季訖每季計脚費一千九百四十三貫舊會

創造新軍衣襖新屯寧江諸軍本府所當添辦軍裝遂行下作院造辦胖襖綿裙布帽各一千件工物共該六萬六千四百三十貫舊會

大使馬公光祖任内修創一應軍裝軍器及火攻器目等本司軍器逐時關支回戍拘收類多損失

以是創新修舊殆無寧時今具藏日終造到修

到軍器軍裝甲冑火攻件項共

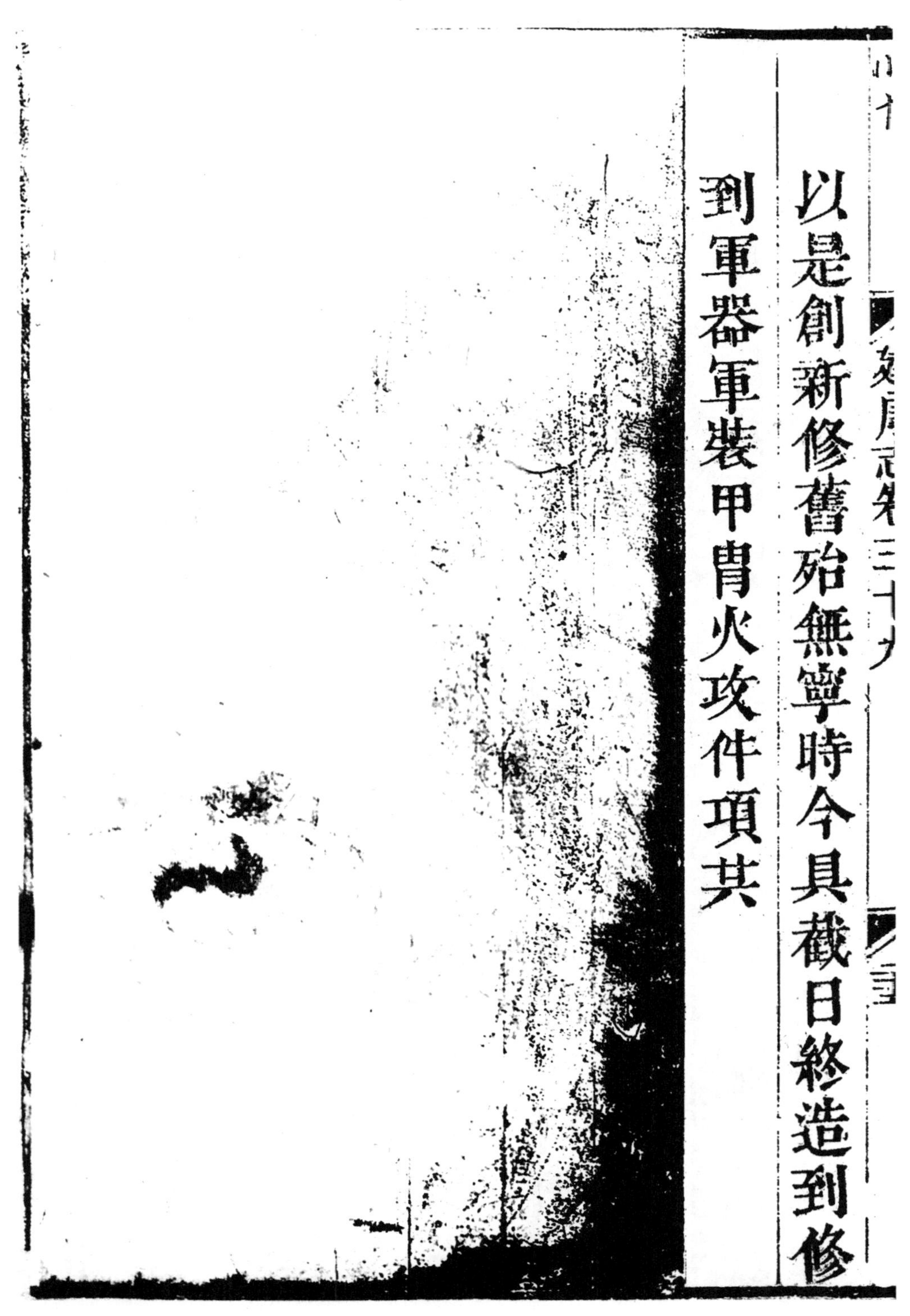

戰艦

李忠定公綱嘗奏於
高宗皇帝曰臣聞生於陵者安於陵生於水者安於水南方之人習水而善沒其操舟若神而北人有懼舟楫而不敢登者習與性成也騎兵施於南方非所便而南人教之水戰必可取勝昔曹操以數十萬衆順流襲吳而周瑜以三萬人逆戰于赤壁因風縱火焚其船棟遂大破之操自此不敢有窺江表之心而鼎足之勢立其後曹丕復以大兵次廣陵觀長江風

濤洶湧吳人戈甲旌旗之盛恐懼而退晉有江左苻堅以百萬之衆次淝水而謝元以八千人破之衆皆奔北聞風聲鶴唳皆以爲王師將至則東南之兵養育訓練因地利而用之亦足以自守其地應沿河沿淮沿江帥府要郡凡臨流去處宜倣古制以造戰船上設樓櫓可以施弓弩下運艣棹可以破風濤須法式以授之仍募習水者爲水軍以時教閱激賞賊舟濟渡會合掩擊以我之素習擊彼之暫濟其勢必勝得一勝則賊心破膽不敢有窺東南之心矣嘉祐中

范仲淹上言乞於河陽置戰艦水軍以防契丹當時以爲迂闊不果行使用其說剏設至今則大河有備靖康初金人豈能遽濟渡哉先事而言則近乎迂事至而後圖之則無所及其實今日之急務也所有諸路合置戰船募水軍欲乞專差官前去措置

建康府制置司累政修造戰船舊志續志皆無所紀自淳祐九年以後大略可考造船修船共三千五百五十隻造新船共八百五十七隻修舊船共二千六百九十三隻

都督趙公葵任内淳祐九年二月終見管船四百二

十二隻車頭船五十隻飛捷船五十隻槳船九十九隻板船一百八十隻鉄頭船一十隻羅框船三隻脚船三十隻

制使吳公淵自淳祐九年二月開閫在任三年造新船八十隻鉄鷂船五十隻柴舫船二十隻馬船一十隻修舊船四百餘隻

制使王公埜自淳祐十二年四月開閫在任兩年四箇月造新船一百二十隻多槳船一百隻車頭船一十隻脚船十隻

修舊船四百七十七隻

制使丘公岳自寶祐二年八月開閫在任一年造新

船五十二隻小富陽座船一隻脚船五十一隻修舊船二百五十八隻

制使馬公光祖自寶祐三年八月開閫在任二年半造新船一百五十三隻申省狀照對本司見管戰船除添新補舊之外欠數尚多今措置那撥官錢專差靖安唐灣水軍統制郭俊將帶工匠前往江西吉州置場收買材植物料打造三百料四櫓海船五十隻二百五十料四櫓富陽船五十隻所費幾及百萬不敢遽申 朝廷科撥且於本司諸項窠名錢內那撥前去 竊照江西一路不隷本司節制切恐所差兵將道里生疎未能辦集或致牴牾徒老日月所合具申 朝廷乞賜劄下吉州照應仍就差本州陳通判任責提督庶易辦集造到船數四櫓富陽船五十隻各三百料四櫓海船

五十隻各二百五十料富陽船
一隻五百料脚船五十二隻

修舊船四百七十七隻申嚴修船約束當使前日曾親到船場見得全然浩散無統合專令劉準使坐局監修陳路分專充受給所有書擬船場一行事務委孫制幹胡制參別立規模須管以日計功修到船數車頭船五十隻富陽船一十隻四車船三十隻多棹船二十隻槳船五十隻板船一百九十五隻鐵鷂船二十隻柴舫船二十隻飛捷船三十隻鐵頭船一十隻脚船四十二隻

撥助屬郡造船錢鎮江府兵船雖有專司然江面關繫不小所有兵船除本司已為管認三十隻自餘合係都大兵船司修葺訪聞本府事力有限詭同一家無緣置而不問本司助錢一十萬貫文專人牒押赴鎮江府都大司交管作急趲修仍申 樞密院照應〇

采石戰艦見此修葺雖是本州之責切恐事力
有限一時不能副速當使曩以當塗兼領所事力
多是撙節二釐庫餘錢添助工費今契勘本所
二釐庫支遣之外所餘無幾然不過支給官[illegible]不
并以分數解發　朝省此外或有些少寬剩不
當妄有支用且於見在二釐雜收錢內撥一十
五萬貫文牒太平州收管專一打造采石戰船
仍劄袁路分主兵官申　密院　尚書省○太
平鎮江兩處本司已支助池州事力其實不
及當塗而提舉知郡寺簿自能撙節創造前事
已爲申聞今又欲接續爲之雖無假本司之力
而本司實自不容但已特助五萬貫仍申
尚書省照應併劄池州催鎮江府計撥錢一十
萬貫文太平州計撥錢一十五萬貫文池州一計
撥錢五萬貫文○修造兵船各州之責當使曩
守當塗皆是撙節浮費躬自爲之未嘗干瀆于
朝亦未嘗請于制司至今采石江防猶獲其利
但鎮江凋弊財計匱乏積非一日又難援此爲

比只得彼此相體今於八十三隻內本司自爲拖認修葺三十隻行下張斌監督日下興工自餘船隻仰本府任責仍申　朝廷乞於已支降一十萬貫外更與科降庶幾不至悠悠推抵以致誤事增修到護沙船一十二隻許司船七隻澉浦板船二隻金山板船一隻棹船一隻江陰軍板船二隻運司槳船五隻

大使趙公與𥲅自寶祐六年三月開閫在任一年新造無修舊船三百四十七隻

大使馬公光祖自開慶元年四月再至開閫至景定二年五月以前造新船五百五隻水哨馬船四百五十隻艚湖船二十五隻輕捷多槳船五隻脚船二十五隻修舊船二百七十五隻

制使姚公希得任內新造水哨馬船二百隻
江防要務戰艦爲先舊來多是大舟緩急難
於運掉自開慶賊騎渡江我師嘗以水哨馬
小船破賊取勝誠爲便利時雖無虞備豈容
弛於是撥錢百萬收買物料差水軍統制張
超置場打造自景定四年二月初九日興工
至四年十二月十一日竣事本司準遣李子
龍專一書擬程督其事以
勞賞免常員舉主一人

景定二年十一月十三日興工至景定三年
四月初九日造過大樣多槳船三十四隻每半
年一奏申
案櫝具在

景定二年十一月十三日興工至景定五年

三月十五日修過大小船共五百一十四隻每半年一奏申案牘具在

大使馬公光祖咸淳元年第一次打造水哨馬船三百隻本司船隻籍管雖多堪用實少開闔之初首那官錢九十萬貫發下諸處併手打造新樣水哨馬船三百隻繩蓬責具色色齊備續準閏五月空日咨劄將上項船併於本司簿管船內撥一百隻共四百隻發赴兩淮制司聽候調用當即

差水路撥發官張超管押前去淮閫交管
大使馬公光祖第二次造板船併水哨馬船共二百
隻自準
朝命撥船四百隻赴淮閫調用在岸之船無幾
委官分劚有多年損壞不堪修補者計二百七
十四隻遂申
朝廷乞行打拆選劚堪好釘板爲修船用庶免
盡爲棄物劄報從申尋分料次打拆而歲月深
遠風雨剝蝕可用船板十無一二遂委參議官

毛洪權諮議官王雄專一提督別造新樣護滕
板船一百隻水哨馬船一百隻
大使馬公光祖第三次江西打造水哨馬船三百隻
咸淳元年十一月十五日鈞判水哨馬船以多
爲貴差官往江西產木地頭更打造三百隻續
差帳前提舉劉選點校文字王又新準備將張
富專一監造準備將朱珍受給先發十八界二十
五萬貫文又支一萬貫打造大樣使座船一隻
大使馬公光祖重修大小船在籍之船隨修隨調修

數非不多而緩急常窘於乏用開闢以來即分料次選官董修每五十隻為一料截日終計用過[illegible]料為船[illegible]隻又額外增修[illegible]隻兩項總計[illegible]隻淮海捍禦屯隘守把江面巡邏皆於此取辦焉

大使馬公光祖創造船寨江津戰艦多止十年少僅三數年已損動矣而浙右民船至三二十年不壞無他亦藏之有其道耳前此護船止用蘆蓧闒請失時包裹鹵莽雨淋日炙雪壓風摧實於

船無益也乃即龍灣水次度地三百餘丈創屋二百五十間立閘啟閉而門其上扁曰沿江大使司船寨神祠官舍列于兩旁又創鋪屋二十五間以處邏者寨成衆船以次藏泊自是修船之費庶幾少損矣

大使馬公光祖拘采石水軍酒息錢專一修船造船

采石江面最爲緊要水軍舊有酒庫一所專一趁息補治鬬艦其後歸之州家於是無以充紹修之費舊歲行下本州復以庫歸之軍今僅一

年已造到船[redacted]隻修到船[redacted]隻
酒庫利入歲增每歲所修所造之船與之[redacted]
自此采石水軍之船將不可勝用矣
大使馬公光祖第四次江西造富陽船并脚船共四十二隻咸淳二年六月內支撥十八界會一十四萬二千二百九十三貫三百六十文發下江西造船官劉選等打造到三百料富陽船二十一隻并脚船二十一隻
大使馬公光祖第五次江西造富陽船脚船水哨馬

船共三百隻咸淳三年四月內支撥十八界會
五十二萬貫差提舉金全等前往江西吉州打
造二百料富陽船一百隻并脚船一百隻并水
哨馬船一百隻

景定建康志卷之三十九

景定建康志卷之四十

承直郎官差充江南東路安撫使司幹辦公事周應合修纂

田賦志序

大學平天下之傳曰有民此有土有土此有財有財此有用德者本也財者末也外本內末爭民施奪昌黎韓愈曰民不出粟米絲麻作器皿通貨財以事其上則誅然取財於民而過其中焉則爲損下益上如爭如奪民方吾仇何以致天下之平哉禹貢揚州厥田下下厥賦下上上錯田九而賦六七豈非以山澤

之利足以助田之所不足歟後世籠山澤之利悉歸於上而田賦又加於古毋惟其民力之困也建康蓋揚州之一郡耳古今國都多在焉田賦之制凡幾變更晉宋尙能立限田之式齊梁亦能爲寬賦之條重以陳末之滛奢僞唐之僭侈苛賦横斂一切不恤而民不勝其虐矣天啓我

宋剗僞除苛拯民塗炭蠲無藝之征損折變之例嚴者弛之重者輕之而民力紓矣剖符授節遴用廉平安富恤貧損上益下而仁澤溥矣今之建康號爲樂

國勤無曠土富無負租本根所由固也作田賦志

晉平吳之後有司奏王公以國爲家京城不宜復有田宅未暇作邸當使城中有往來之處近郊有芻藁之田今可限之國王公侯京城得有宅一處近郊田大國十五頃次國十頃小國七頃城內無宅城外有者皆聽留之男子一人占田七十畝女子三十畝其丁男課田五十畝丁女二十畝次丁男半之女則不課其官第一品五十頃每品減五頃以爲差第九品十頃而又各以品之高卑蔭其親屬多者及九族少者三代宗室國賓先賢之後士人子孫亦如之而又得蔭人爲衣食客及佃客之量其官品以爲差降○晉成帝咸和五年初稅田畝三升孝武太元八年始增百姓稅米每口五石○宋孝武帝大明初羊希爲尚書左丞時揚州刺史西陽王子尚上言山湖之禁雖有舊科人俗相因替而不奉熂山封水保爲家利自頃以來頹弛日甚富强者兼嶺而占貧弱者薪蘇無託至漁採之地亦又如茲斯寔害理之深弊請損益舊條

更申恒制有司檢壬辰詔書擅占山澤强盗律論贜一丈以上皆弃市希以壬辰之制其禁嚴刻事既難遵理與時施而占山封水漸染復滋更相因仍便成先業一朝頓去易致怨嗟今更刊革立制五條凡是山澤先恒熂爈種竹木薪果爲林仍及陂湖江海魚梁鰌鮆恒加工修作者聽不追舊官品第一第二品聽占山三頃第三第四品二頃五十畝第五第六品二頃第七第八品一頃五十畝第九品及百姓一頃皆依定格條上貲簿若先已占山不得更占先占足若非前條舊業一不得禁有犯者水土一尺以上並計贜依常盜論除晉咸康二年壬辰之科從之○齊高帝初景陵王子良上表曰宋文帝元嘉中皆責成郡縣孝武征求急速以郡縣遲緩始遣臺使自此公役勞擾凡此輩使人既非詳慎貪險崎嶇以求此役朝辭禁門情態即異暮宿村縣威福便行驅迫郵傳侮折守宰瞻郭覩境飛下嚴符但稱行臺未明所督攝總曹屬振驚都邑深村遠里俄刺十催或尺布之逋曲以當疋百錢餘稅且增爲千誑云質作尙方寄

繫東冶百姓騷迫不堪其命恣意賦貽無人敢言貧薄禮輕郎生謗讟愚謂凡諸檢課宜停遣使明下符旨審定期限如有違越隨事糾坐則政有常典人無怨咨子良又啓曰今所在穀價雖和室家飢嗛縑纊雖賤駢門鞭質而守宰務在哀刻圍桑品屋以準貲課致令斬木發瓦以充重賦破人敗産要利一時東郡使人年無常限郡縣相承准令上直每至州臺使命切求逼急乃有畏失嚴期自殘軀命亦有斬絶手足以避徭役守長不務先富人而唯言益國豈有人貧於下而國富於上耶又泉鑄歲遠類多翦鑿江東大錢十不一在公家所受必須輪郭遂買本一千加子七百猶求請無地且錢布相半爲制永久或聞長宰須令輸錢進違舊科退容姦利欲人康泰其可得乎又啓曰諸賦稅所應納錢不限大小但令所在兼折布帛若雜物是軍國所須者聽隨價准直不必盡令送錢於公不虧其用在私實荷其渥昔晉氏初遷江左草創絹布所直十倍於今賦調多少因時增減永初中官布一疋直錢一千而人所輸聽爲九百漸

及元嘉物價轉賤私貨則疋直六百官受則疋準五百所以每欲優人必爲降落今入官好布不下百餘其四人所送猶依舊制昔爲刻上今爲刻下甿庶空儉豈不由之救人拯弊莫過減賦略其目前小利取其長久大益無患人貲不殷國用不阜也○自東晉寓居江左百姓南奔者並謂之僑人往往散居無有土著而江南之俗火耕水耨土地卑濕無有蓄積之資諸蠻陬俚洞霑沐王化者各隨輕重收財物以裨國用又嶺外酋帥因生口翡翠明珠犀象之饒雄於鄉曲者朝廷多因而注之以收其利歷宋齊梁陳皆因而不改其軍國所須雜物隨土所出臨時折課市取乃無常法定令列州郡縣制其任土所出以爲征賦其無貫之人不樂州縣編者爲之浮浪人樂輸亦無定數任量唯所輸終優於正課焉○佃客丁男調布絹各二丈絲三兩綿八兩祿絹八尺祿綿三兩二分租米五石丁女並半之男年十六亦半課年十八正課六十六免課其男丁每歲役不過二十日其田畝稅米二升蓋大率如此其度量三升當今一升秤

則三兩當今一兩尺則一尺二寸當今一尺○咸平元年轉運使陳靖奏曰江南僞命日於夏稅正稅外有沿徵錢物曰鹽博紬絹加耗絲綿戸口鹽錢耗脚斗面鹽博斛斗醞酒麴錢率分紙筆錢析生望戸錢申料絲鹽博綿公用錢米鋪襯蘆蓆米麴脚錢等凡一十四件悉與諸路不同乃煜父子僭竊江淮糜費爵祿專納 朝廷之琛賮又失淮海之土田物力不充徵歛欺暴 太祖恭行天罰誡欲吊民而自克復之初舊弊不去者蓋樊知古始怨僞朝不與名第擔簦去國獻策復仇屬天運之有歸遂甘心於故土然小人見無大畧於時既任轉輸罔思鼎革而輒思怒其主流毒其民使我 皇朝只得伐罪之名未見吊民之實因仍舊貫以至于今又其沿徵數內醞酒麴錢鹽博紬絹鹽博斛斗者江南舊日許人私下造酒等第科納麴錢及嘗散與官鹽博換紬絹斛斗歸復之後酒則禁斷鹽則不支上件沿徵准前輸納其欠耗脚斗面加耗絲綿詰其所由亦皆類此前後趨撫採訪制置茶鹽承受體量發賑貸等皆承此委寄不

察疲羸不唯不察疲羸而復益加之瘡痏遂使貨家
鬻產償積疊之征科去土離鄉入逋亡之簿籍目擊
堪歎天高莫聞詔悉除之○祥符八年知昇州薛映
言官有牛稅民出租牛死而稅不得蠲 上覽奏變
然曰此豈朝廷所知耶遂詔諸州條上悉蠲之○明
道二年江淮安撫使范仲淹奏當司看詳江寧府上
元等五縣主客戶逓年送納丁口鹽錢即不曾請鹽
食用據本府分析及體問得始屬江南偽命之時有
通泰鹽貨俵散計口納錢入官後來淮南通泰歸屬
朝廷之後江南自此無鹽給散所以百姓至今虛納
錢併更折納紬絹未曾起請今江寧府有新舊逃戶
七千三百宣州五千五百太平州四千四百緣江南
東路諸色租稅甚多地薄民貧欲乞 朝廷相度指
揮江南東路主戶所納稅賦內丁口鹽錢以本處見
賣鹽價上細定升合數目遂春更與末鹽喫用隨夏
稅送納一色見錢更不折納衣賜紬絹可減去疾苦
招攜逃戶所有客戶名下鹽錢蓋是浮浪之人起移
不定每到春初被鄉司里正戶長抄劄浮浪戶配納鹽

錢逐旋走移其客戶鹽錢不多望朝廷特與除放

田數

乾道舊志通管田七百七十七萬二千八百六十三畝景定辛酉五縣具到挨究實數見管田實計四百三十四萬一千六百四十三畝三角二十六步虧數未詳

上元縣

山田四十一萬五千九百二十一畝一角四十七步

圩田二十萬三千九百八十三畝三角五十五

步隸總領所者六百一十二畝

沙田一十一萬二千二十六畝六分

營田二千八百八十九畝二十三步

江寧縣

山田二十六萬二千一百一十三畝三角三十四步

圩田一十八萬七千三百二十四畝一角一十七步

沙田四萬四千三百一十畝二角二步

營租田地隸總領所者

田九千六百九十七畝一角一步

地一千八百二十七畝二角二十步

草塲七十三畝一角五十一步

水漾六十六畝一角四十步

營租田地隸轉運司者

田地共二千一十四畝三角一十六步半

溧陽縣

田九十五萬五千七百五十五畝一角一十二步半

地八十萬一千四百七十四畝二角九步半

圩田三萬一千七百七十六畝二角二十四步

泰豐莊管圩田八千八十八畝三角四十三步計七圩坐落來蘇奉安兩鄉

福賢莊管圩田二萬三千六百八十七畝二角四十二步於內奉朝省撥賜田三千畝與夏金君外實存田二萬六百八十七畝二角四十一步

句容縣

田七十四萬三百一畝二十三步

地二十六萬一千四百四十六畝三角五步

沙田一千一百二十三畝一角三十三步半

沙地蘆場草場白面沙洴灘等三千五百九畝
一十四步
營田五千八百九十五畝三角九步
營地一千八百九畝三十步

溧水縣

圩田二十九萬一千一百九畝一角
沙田一千三百九十畝三角五十九步
營田三千四百七十八畝四十五步
營地一百六十二畝二角五十五步

稅賦

夏料管催

折帛錢三十四萬一千四百三十三貫九百四十二文錢會中半於內除豁江坍寨占并本府運司合抱認江寧句容縣和買役錢共一萬一千二百四貫二百五十五文外實催三十三萬二百二十九貫六百八十七文錢會中半

絹紬共八萬六千七十一疋五丈四尺二寸八分五釐內二千八百四十疋一丈五尺九寸元係折紬照科折則例紬每疋折錢五貫絹每

疋亦折錢五貫遂將上件紬併改折絹催納

絲 五千二百七十五兩加耗在內

綿 三十三萬九千六百九十四兩四錢六分元額正綿二十八萬八百兩五錢內除豁改科絹綿計正綿五萬八十兩係改科稅絹四千一百四十疋搭入前項絹數催納外合催正綿二十三萬七百二十兩五錢耗綿一十萬八千九百七十三兩九錢六分

小麥 三千六十一石一斗二升二合

上元江寧兩縣府倉納正小麥二千石搭上加耗應副公使酒庫造麯使用

句容溧水溧陽三縣倉納正小麥一千六十一石一斗二升二合搭上加耗應副各縣酒務踏

麴使
用

麻皮二千五百斤係上元江寧兩縣催解撥
充運司本府雜支等用

上元縣

折帛錢六萬九千八百三十五貫七百九十三
文除豁外實催六萬四千八百九十四貫六
百八十五文三百九十三貫二百八十八文
係防江軍寨占張府北莊地段
稅錢一百三貫四百五十三文係遊擊軍寨
占民居稅錢二百一十貫九百八十文係制
府拘占馮汝賢詭名稅錢二千九百一十三
貫三百八十七文少豁寨占等錢一千三百
二十貫文係增科本縣催過額外綿四千
兩於後項內搭入拘催於折帛錢內除豁

絹一萬七千八十六疋二丈八寸五分元科一萬六千八十六疋二丈八寸五分改科一千疋係於嘉熙四年爲始將省稅綿一萬兩改科稅絹每一十兩折絹一疋計上件

省稅一萬二千八百九十六疋三丈一尺六寸五分

和買四千一百八十九疋一丈一尺二寸

紬五百七疋三丈六尺五寸

絲二千三百一十七兩六錢

綿五萬五千三百四十九兩五錢除豁省稅綿

一萬兩改科稅絹外實催四萬五千三百四十九兩五錢元科五萬一千三百四十九兩五錢搭入本縣催過元額綿四千兩却豁折帛錢一千三百二十貫文

省稅綿三萬三千四百九十七兩

和買綿一萬一千八百五十二兩五錢

小麥正催一千五百石

麻皮正催一千三百斤

江寧縣

折帛錢四萬七千六百六貫八百九十一文

除豁抱數外實催四萬五千一百七十八貫七百六十三文抱認錢數詳具下卷

折帛錢四萬四千五百三十四貫一十五文

令項拘催城南廂兩料役錢六百四十四貫七百四十八文

絹一萬一千四百八十三疋六寸元科一萬八百四十三疋六寸改科六百四十疋係自嘉熙四年爲始將省稅綿六千四百兩折稅絹每一十兩改絹一疋

省稅八千七百四十三疋一丈九尺六寸

和買二千七百三十九疋二丈一尺

紬三百七疋九尺七寸

絲四百六十八兩七錢

綿三萬六千三十四兩五錢除豁省稅綿六千四百兩改科土絹催納外實催二萬九千六百二十四兩五錢

省稅綿一萬五千八百八十六兩五錢

和買綿一萬三千七百三十八兩

小麥正催五百石

麻皮 正催一千二百斤

句容縣

折帛錢 五萬二千一百五十七貫九百二十八文

除豁抱認數外實催四萬八千三百二十二貫九百九文 抱認錢數詳具下卷

絹 一萬九千八百四疋一丈八尺五分 元科一萬九千一百四十四疋一丈八尺五分改科六百六十疋係自嘉熙四年爲始將省稅綿七千九百二十兩改科絹每一十二兩并加耗隨毬綿四兩八分共折絹一疋

省稅一萬四千九百九十七疋四尺九寸九分

和買四千八百七疋一丈三尺六分

紬 七百八十七疋九尺七寸

絲 六百二十七兩八錢九分

綿 四萬四千四百六十五兩五錢除豁省稅綿七千九百二十兩收科稅絹催納外實催三萬六千五百四十五兩五錢

省稅綿一萬六千五百六十七兩五錢

和買綿一萬九千九百七十八兩

小麥 正催四百四十五石七斗五升五合

溧水縣

折帛錢 八萬六千五百五十六貫九十八文

絹 一萬六千九百五十五疋三丈六尺八寸一分五釐元科一萬五千八百七十五疋三丈八寸一分五釐改科一千八十疋係自嘉熙四年爲始將省稅綿一萬五千一百二十兩改科絹每一十四兩并加耗隨毬綿二兩五錢二分共折絹一疋

省稅一萬一千九百八十九疋二寸七分三釐

和買四千九百六十六疋三丈六尺五寸四分二釐

紬六百三疋一丈八尺五寸

綿八萬五千一百三十八兩八錢除豁省稅綿一萬五千一百二十兩改科稅絹催納外實催七萬一十八兩八錢

省稅綿四萬五千六百九兩八錢

和買綿二萬四千四百九兩

小麥正催三百二十九石九斗九升

溧陽縣

折帛錢八萬五千二百七十七貫二百三十二文

絹 一萬七千九百二疋二丈七分元科一萬七千一百四十二疋二丈七分改科七百六十疋係自嘉熙四年爲始將省稅綿一萬六百四十兩改科絹每綿一十四兩并加耗綿二兩五錢二分共折納絹一疋

省稅一萬六百九十七疋二丈七分

和買七千二百五疋

紬 六百三十四疋二丈一尺五寸

絲 二百六十八兩四錢五分

綿 五萬九千八百二十二兩二錢除豁省稅綿一萬六百四十兩改科稅絹催納外實催四

萬九千一百八十二兩二錢

省稅綿二萬六千六百三十六兩二錢

和買綿二萬二千五百四十六兩

小麥正催二百八十五石三斗七升七合

秋料管催

苗米二十萬七千七百一十二石一升九合除豁

外實理米一十九萬九千一十七石九斗三升

四合三勺於元額內照例除豁江坍寨占幷無人收併等米九千一十一石八斗一升一合七勺外實理米一十九萬八千七百石二斗七合三勺續據溧陽縣實田增到苗米三

百一十七石七斗二升七合共實計上項其縣倉受納米數并折變改科糯米等常年爲數不定

穰草一十六萬七千束五縣分理應副撥解江東轉運司馬草元額本色正草九萬四千八百八十六束并搭上加七分六釐耗樣草共計上項數

布二千四百五十七疋係五縣分理應副本府廂禁軍等春冬衣賜等用

蘆蕟四萬九千五百四十三領內一萬五千領解運司內三萬四千五百四十三領本府歲計支用正蕟本色三萬五千三十九領并搭上前項粳米一百六十石改折科催蕟一萬領貼湊

共科正䕸四萬五千三十九領并搭上
加一耗䕸四千五百四領共計上項
折草豆錢二萬三千六百八十三貫八百五十七
文十八界錢會中半

上元縣

苗米二萬九千五百九十石八斗四升五合
正草三萬九千束
布五百二疋
正䕸二萬六千六百領
折豆錢一萬二千三百八十九貫九百五十四

文

江寧縣

苗米二萬二千六百五十五石八斗四升一合

五勺

正草三萬八千束

布四百二十二疋

正廢一萬八千四百三十九領

折豆錢八千三百二十三貫九百六十二文

句容縣

苗米四萬七千三百四十二石二斗九升九合
七勺
正草一萬三千三百八十六束
布五百八十八疋
折草錢二千四百六貫四百文
折豆錢二百六十九貫一百文

溧水縣

苗米四萬八千二百三十八石六斗二升二合
七勺

正草四千五百束

布四百七十三疋

折草錢二百九十四貫四百文

溧陽縣

苗米五萬一千一百九十石三斗二升五合

布四百七十二疋

折布錢二十四文

右五縣田賦之數參之乾道舊志百年之間互有虧增若田數則今少於昔者三百餘萬畝（乾道間未有沙

田營田而舊志所載五縣田數已有七百七十七萬二千八百餘畝今五縣其到田數併沙田圩田計之止有四百三十四萬一千六百餘畝若夏料所入則今多於昔秋料所入則昔多於今其間賦稅稟名又有昔無而今有者或昔有而今無者皆未詳其所以然之故意者田有坍毀或有撥隸賦有因革或有增除姑即今日府縣所報之數按而書之爾若夫因革增除之僅可考者錄于下卷

咸淳元年　黄榜指揮輸納折帛錢關中半民間頗以措置見錙爲艱大使馬公光祖盡令全納關會上供見錙從本府代解二年亦如之三年請于
朝並用關會起解常平坊場錢亦如之自此爲例於是金陵五邑錢楮流通爲他郡倡

咸淳元年上元江寧兩縣推排和買比舊額各有增數大使馬公判云　公朝講行撲量秪欲革去詭挾欺隱及產去稅存之弊賦輸各有歸著差科咸得其平即不求增見諸播告本府布宣　德音深

戒煩苛附城兩邑厥既訖功較之元數反有不及亦不暇問也和買例於及等産錢内均敷比之登承却有增益有産此有稅亦合照例起理但新籍甫成開場已迫人戶不能盡悉備辦未能如期姑爲一分蠲絲之寬少慰兩邑瓶傀之望劄江寧上元兩縣且將今年和買綿絹照登承數起催仍榜市曹并兩縣門曉諭仰兩縣遍榜鄉都貼掛各令通知

咸淳三年七月減河稅務歲額商稅錢一分計錢會

一萬九千六百七貫著爲例

咸淳四年三月內蠲放銀林東壩稅錢大使馬公判云銀林東壩官旅往來和雇車船自寶祐元年立定規式斟酌已當近聞本務巧作名色官牙私牙乘時爲姦苛取不一重爲往來和雇者之困當使聞之久矣契勘本務課額自寶祐減放之外月解至爲不多一行人挾此爲名入于公者一歸于私者十若官司不爲倡率一筆勾去則雖榜文日下戒飭日嚴終不能革損上益下古有明訓倡自官

府令乃可行當使平生樸實工夫實不欲見之空
言令行下本務將月解本府車船夫脚官錢以成
年計之約計四萬餘貫十八界並與除放免解抽
囘青册毀抹所以如此施行者正爲寛商之地若
牙儈不體此意而仍前誅求高價者决不容恕本
府自當時時覺察犯人重議施行守此之令堅如
金石備判鏤榜
咸淳四年四月内放免人戶夏稅市例錢大使馬公
判云人戶輸納物帛則例前此巳行痛減十數年

來因而行之他無增損受納官人從并場衆合得者且當仍舊若又痛損則吏姦捷出必將多方賣弄又漁獵於常例之外前輩所謂好處郤穿破是也毋已惟有將市例錢一項一切罷免其人從并場衆合得者別措置從官給此蓋損上益下酌中絜矩之道若以紙薄為堪好以糊藥為厚實致令美惡之易位誤認遴委之初心事關 上供責有攸屬備榜五縣并鏤小手榜散貼俾深山窮谷小民皆戶知之務在經久庶可持循其有已筭在攬

戶名下者仰自行理筭

鏤榜式

勘會咸淳四年分夏稅物帛開場在即已選委
官受納所有場眾舊例合收市例錢今並與除
放既放之後却恐吏姦揵出漁獵於常例之外
合從官司措置官錢代給除已備榜五縣及場
所曉示外所合鏤榜遍行張貼曉諭人戶知悉
其正錢并場眾食利並在下項之內不許分文
增添如攬戶輙敢多筭人戶錢數一文以上計

賦定罪其有已筭在攬戶名下者仰自行理筭

開具下項須至指揮

上元等四縣

紬每疋收十八界會一貫四百二十一文七

分二釐今減六十文一分五釐五毫實

交一貫三百六十一文五分六釐五毫

絹每疋收十八界會一貫四百二十二文五

分八釐今減六十文一分五釐五毫實

交一貫三百六十二文三分五釐三毫

絲每一十兩收十八界會二貫七十一文三釐二毫今減六十三文六釐九毫實交二貫七文九分六釐三毫

綿每一十兩收十八界會一貫八百八十七文七分二毫今減五十四文七分三釐四毫實交一貫八百三十二文九分六釐八毫

小麥每石正收十八界會九百六十五文今減一百二十九文五分實交八百三十

五文五分

麻皮每一十斤收十八界會一貫九百一十文四分八釐今減三百一十五文七分六釐實交一貫五百九十四文七分二釐

折帛錢每貫正錢許以關子一貫文或十八界三貫文送納仍照則例每貫收頭子等錢十八界會三百六十二文四釐今減一十九文三分五釐實交三百四十二文六分九釐

溧陽縣

紬每疋收十八界會一貫四百八十八文二
分五釐今減一百四十一文四分五釐
實交一貫三百四十六文八分

絹每疋收十八界會一貫五百六十七文八
分五釐今減一百四十六文六分五釐
實交一貫四百二十一文二分

綿每一十兩收十八界會二貫一十五文一
分今減一百五十九文八分實交一貫
八百五十五文三分

綿每一十兩收十八界會一貫九百五十三文今減一百五十九文八分實交一貫七百九十三文二分

折帛錢每貫正錢許以關子一貫文或十八界三貫文送納仍照則例每貫收頭子等錢十八界三百五十二文四分四釐今減一十九文三分五釐實交三百三十三文九釐

右令鏤榜曉諭各仰知悉

咸淳四年十月內重依文思院式鑄銅斛受納大使

馬公判云苗倉受輸之斛自紹興年間　朝廷發
下文思院式樣之後歲久更換不常州府不曾子
細契勘聽其添新換舊剏造一等新斛所謂新斛
者多用碎板合成厚薄不等其口或敞或撮其製
或高或低分寸差殊升斗贏縮官員每早入倉斗
級謬爲呈斛詭稱公當其實不然瞬息之間納米
叢雜心機手法捷若鬼神病弊萬端不可枚數究
其大指則攬戶城居也倉斗亦城居也或自爲攬
戶或身非攬戶而子婿親戚爲之事同一家胥指

相應始者受納民戶之米民戶鄉人也豈能一一計囑此曹就使効尤局生情格不能相爭故自納者常是喫虧堆頭量米已自取尖暨過廳前復行打住拂去尖角再令增加至於攬戶入納則盡是自家人暗記小斛計囑扛夫注米則如奉盈倒斛則必看鐵或用泥塗其底或用板襯令高過廳則疾走如飛官員雖欲詰問而已去却取民戶之有餘以補攬戶之不足粞碎當篩不篩而亦交濕潤當退不退而亦來今日退出明日復入而亦交利

盡歸於猾攬矣民戶則無是也一行倉斗都吏所差彼固不應無謂而差而被差者皆以錢買也借錢做債以媒身幸其著身而償債享肥甘據娼妓皆做此一番經紀而吾民之膏血不得而不朘削矣此固老守之所痛心疾首者也始者鋭意剏造銅斛一百枚易去木斛以垂永久鑄未易成受輸已近僅鑄其一餘則悉用全片之板爲之鐵葉幇釘以周斛身底板不揍防換易也桶板成片防脫落也當廳較製矣更請僉廳官審而較之非爲一

時計也雖然老守至此已閱五周行且謀去作法
詎能無弊美意貴於迸續至於體認而力行之則
老守雖去猶不去也舊斛索上劈碎焚之通衢仍
雕小榜使戶知之異時豈無收一二於千百以爲
印證者乎並榜

六九十二

景定建康志卷之四十

建康志卷四十

景定建康志卷之四十一

承直郎宜差充江南東路安撫使司幹辦公事周應合修纂

田賦志二

營租

紹興初以閑田立官莊以畸田募耕墾此營田所由始也初以軍耕後以民耕初以稻入後以鏹入初以飼馬後以餉軍初則優其課蠲其征而民樂趨之後則民畏之畏欲避之而籍不能改矣今其租入隸于總領所建康五縣田地以畝計者二萬七千七百七

十四畝九十九步半租以錢會計者四千四百二十貫五百五十二文（一半用官省見錢，一半用十八界會）以麥計者五十六石八斗四升二合二勺以料計者一萬三千八百七十一石九斗八升五合四勺

上元縣營田地等三千一百一十四畝三角三十步

錢會五百三十五貫八百九十四文

大麥四十三石八斗九升六合

馬料二千一百七十七石二斗八升

江寧縣營田地等一萬一千五百二十四畝三角二十一步

錢會五百七十二貫九百七十八文
大麥九石五斗九升二合
馬料六千五十石四斗三升五合四勺
句容縣營田地等七千七百五十四畝三角三十九步
錢會一千一百二十七貫六百一十一文
馬料四千四百二石五斗三升
溧水縣營田地等三千六百四十畝三角
錢會八百三十七貫八百七十文
馬料一千二百三十八石五斗七升

溧陽縣

錢會一千三百四十六貫一百九十九文

小麥三石三斗五升四合二勺

馬料三石一斗七升

沙租

沙租云者沙磧之地民墾而業之或以種穀或以長蘆而縣乃收其租焉自淳祐八年田事所差官經理縣不得有其租而隸之總領所未經理之前沙田沙地租嘗以錢經理後田租納米地租納錢多寡互有

不同寶祐三年有
旨三分減一以寬民力今建康五縣沙田沙地共計
一十六萬二千三百五十八畝六角五十四步六分
租以米計者四萬二千四百四十七石四斗四升二
勺錢不預焉上元縣未經理前沙田每畝一百九十四文沙地每畝伍百二文竝錢會中半蘆場每畝起四束鴈兒蘆葦每畝起二束每束竝折四百二十文足草塌藕池茭蕩每畝三十九文八分白面沈水沙每畝一十九文九分淳祐八年經理後沙田每畝納米一斗五升沙地每畝一貫二百文蘆場每畝一貫鴈兒蘆葦每畝四百文草塌藕池茭蕩每畝二百文白面沈水沙每畝一百文竝納十八界官會江寧縣未經理前沙田每畝四百三十六文沙地每畝三百四十五文蘆場每畝二百一十八文草

塌每畝四十九文三分竝錢會中半淳祐八年經理後沙田每畝起米一斗五升沙地每畝租錢一貫二百文蘆塲每畝租錢一貫草塌每畝租錢二百文竝十八界寶祐三年　朝廷行下於已經理租米租錢數內三分減一

諸縣一體施行

圩租

景定二年準　省劄坐下江東轉運司括到吳府圩田租數隸建康府上元溧水兩縣者歲計租米一萬三千七百七十八石八斗八升四合五勺租麥一十四石五斗九升五合竝文思院斛撥入淮西總領所理充支遣稅田租米不在此數

蠲賦雜錄

江寧縣嘉定八年六月初七日準府帖備準
尚書省劄子節文本路安撫轉運奏請建康府
城南第一第二第三都係江寧縣紹興中推行
經界將人戶房地起納兩料役錢成年計六百
四十四貫七百二十八文後於淳熙五年内本
縣將家業營運撥增作和買綿絹錢共三千七
十二貫八百五十六文較以疇昔已多二千四
百二十八貫一百二十八文民力重困欲從本

府及運司各於支用錢內中半抱認取撥自嘉
定八年爲始每一歲一處均補錢一千二百一
十四貫六十四文郄乞將搠置和買盡與除豁
其見在房地以經界則例起催元來兩料役錢
六百四十四貫七百二十八文從本縣令項催
赴本府交納添揍兩司抱認錢共作三千七十
二貫八百五十六文理充上項除豁窠名起發
上供五月二十九日奉
聖旨依劄付本府己備帖江寧縣遵守及申安

撫司轉運司照會其逐項錢已自嘉定八年爲始抱認至今照已降　指揮施行

轉運副使眞公德秀板榜契勘建康府江寧縣城南廂第一第二第三都偶因淳熙五年增科家業及營運錢起納和買綿絹錢二千四百二十八貫一百二十八文委是重困於民本司同建康府乞自嘉定八年爲始各抱認一半卻將上件增科和買綿絹盡與除豁所有本縣每年元催兩料役錢計六百二十四貫七百二十四文

從本縣令項催促赴建康府交納添湊轉運司
并本府包認錢共成三千七十二貫八百五十
二文理充拗增和買綿絹等事本司同建康府
已於嘉定八年四月二十六日具　奏回准嘉
定八年六月三日　尚書省劄子五月二十九
日奉　聖旨依劄付本司已帖江寧縣知佐
遵從施行并牒建康府照會仍於合解本司窠
名錢內扣豁一千二百一十四貫六十四文作
本司抱認城南民戶和買綿絹一半錢數今據

建康府申已扣豁到錢二百九十七貫八百一
十四文外有未截錢九百一十六貫二百五十
文申乞契勘別有合截窠名錢數行下本府扣
截貼湊解發施行奉運使修撰直院舍人台判
有利民之名必須有利民之實本司昨與建康
府共申　朝省乞將江寧縣城南廂第一第二
第三都增科和買綿絹錢除罷其合解發上供
錢各行抱認一半本司遂牒府將合解本司錢
截支今据都僉廳官申都稱只有二百九十七

貫八百一十四文可截當職竊思若每歲如此將恐因循成例將不可催之窠名揔與本府本府不免以別色官錢陪解是本司徒有利民之名初非有利民之實也如此則已罷之和買它時未必不復除嘉定八年錢送僉廳契勘將新近合解錢截撥湊數外所有嘉定九年錢候本府起催和買日徑申本司將經常錢盡數發下其本府合解本司錢却正行催理自今歲以為常案造板榜一面黑漆白字陷置本司廳壁庶

幾後政永遠遵守牒本府僉廳照會

句容縣均糴和買記

有一言可以懷天下曰平而已平之義聖者莫能易也我　國家於民役和買之制豫給緡錢責償于後實利之云故貸以春輸以夏秋補于其不足斂于其有餘　熙陵仁風動盪有截范蜀忠文公嘗筆此舉於東齋記中歷　祥符熙寧法浸以立緜鐩而及鹺鹺亾而額自若殆失初意顧罔不受命則有平之義存焉耳邑隸建鄴者五合一府所應輸均之五

邑宜也有爲紹興時相鄉曲地者指上元江寧爲寇攘焚盪之餘無所從出遂併抑之溧陽溧水句容三邑蔓延迨今邑不以告固有待焉溧陽溧水源源擠裁弊久未除莫句容若民之戴白者相與言吾屬供賦夥將奚辭不容已吾言者偏耳雖然利害著謹毋言當有爲吾平之者淳熙庚子郡丞張君埏果嘗有請於去郡調守零陵之日事雖中止其說不誣逮慶元六年少保吳公琚以重臣居留喜任所部興利除害之

責又邑令趙君時侃雅意爲民亟疏顛末絫數千百言一再白公公慨然動心卽日露章乞歲捐郡計以寬民力　天子旣從公請乃召觀察推官劉君叔向而語之曰句容增賦之弊吾欲蠲自今始出州家萬三千緡爲之代輸朝奏九重而暮拜曰俞之詔然則奉行德意之盛可無其人乎其爲我條均豁之要劉君於是贊美不暇畢智幕府稽實簿書家有壓征戶有畝稅一金以上等殺秩秩不使黠胥竝緣肆欺民受虛

賜凡均豁之目絹疋二千十九綿兩萬一百六十不平之賦劖于一朝槩之旁邑平矣顧其事未及示民而吳公疾病致爲臣而歸遹太府卿王公補之將指餉軍就攝帥事樂成前人之志復得劉君力右其說荐形剡奏圖功收終時趙君去令已久齊君礪來繼之奉命益虔計等均豁濃墨大字揭諸通衢稚耋聚觀曰此吾趙令君權輿之齊令君緒成之吾黨何能報耶君謙不自居方與民歎詠　天子之德之閎二帥之

講之力舊令之慮之遠府寮之畫之精此其歸美之忠推行之善登爲一日計哉抗居宣宣隸建鄴視句容爲一道從往來者得君句容之政廉以律己明以决訟惠以養民威以戢吏邑自常賦外一毫不妄取予而學宫社壇犴獄逵路與夫董征之廨鈇棨羨財繕治一新知所先後類非苟於應縣課者所能及也當路諸公列上政績行爲時用矣有如均谿一事雖倡自趙君而委曲推行無復遺恨則君之有功是邑尤多

夫以　天子之加惠二帥之將順趙君之建謀
劉君之叶贊必得當世名能爲文詞者垂之永
久而遠以屬沆失所擇矣沆去年秋仲解貴池
縣章回視三年撫字催科僅不乏事莫能大有
建立動人耳目故重違君請且以自媿云爾君
世爲青社人今家錫山實淳熙名臣次對華文
公之子治縣有聲不問可知沆獨取其大者書
焉葢革弊爲難而三數君子相承一心拔本塞
源損上益下難之尤者自春及冬君法當代可

無以告後之人俾知革弊之難相與謹守庶乎稱物平施之意僧　宋無極爲斯民者何其幸歟嘉泰四年三月三日奉議郎提轄行在榷貨務都茶場潁川韓沆記并書

趙時侃申豁和買役錢狀　照對時侃所領縣在使府屬邑最爲僻陋壤地磽瘠賦重民貧無問歲之凶豐動輒轉徙時侃竊嘗循流遡源而攷求其故本縣元額和買絹八千四十九疋綿三萬八千九十兩後因江寧上元兩縣房廊營運店業

之家蕩然於兵火之餘人戶多是流寓遂權將在城人戶合納和買絹一萬餘疋綿一萬一百六十兩數下外三縣抱納本縣添起和買絹二千一十九疋已是重困而和買綿一萬一百六十兩不及溧陽溧水兩縣乃獨盡令句容一縣抱認紹興間宋侍郎知建康日申請除減諸縣前項續增和買絹不幸句容一縣獨無時相產土一時觀望𨚫出牓曉示謂句容逐年催驅稅賦數足只將溧陽溧水縣元抱認城下兩邑捐

數除免外而句容例增之絹獨認之緜不與焉猶以爲未也則又以句容縣合減絹二千一十九疋之數再行均減在其餘四縣則是將句容縣合減額外增添稅賦却與上元江寧溧陽溧水四縣再於額內除減自是民始不堪矣至淳熙七年本府通判張朝奉任滿差知永州上殿嘗以句容租稅過重爲請得 旨行下蒙上司委寧國府趙通判前來取會而邑民貧困無力相繼陳雪未奉施行時侃請言坊郭所科和買

之不均在城江寧上元兩縣有房廊之家少者日掠錢三二十千及開解庫店業之人家計有數十萬緡者營運本錢動是萬數並無分寸和買句容縣有房廊及開解庫店業之家富者家計不過五七千緡而止營運本錢不過三二千緡而止其日掠房錢一百五十六文足者卽趁納和買絹一疋開解庫店業之家營運業錢每一貫文足卽納和買絹二寸二釐八毫各家歲納和買絹不下五七疋則府城之人何其幸而

縣郭之人何其不幸耶此特坊郭之不均耳時伲請言鄉村所科和買之不均且上元之與句容境壤相接阡陌相隣句容縣上等人户每田一畝起納和買絹一尺六寸二分六釐三毫和買綿五分五釐五絲上元縣上等人户每田一畝只起納和買絹三寸一分買綿二分二釐則上元之村民何其幸而句容之村民何其重不幸耶均是屬邑也均是赤子也其稅賦大不侔如此其他諸縣如江寧每畝止科和買絹六寸

如溧陽溧水雖等則細算不同亦無有重如何容者夫減免之恩既不能例霑而合放之數又均在他縣人戶日貧而稅賦日增斯民有轉徙而已痛哉牓文數語之禍也噫其忍言之哉時侃職在字民訪求利害無大於此重以催科撫字之責叢於一身政拙心勞不敢偏廢雖催理之際究心盡力不敢輒違使府比較期限以上勞督責而此身如據針氊而坐未嘗一日敢安也苟於是時不能激切而詳言之豈惟無以紓

邑人鬱鬱不獲伸之志亦將上辜使府布宣寬
大勤䘏民隱之意矣時佩區區之意欲乞鈞慈
於比較諸縣催科之時念邑民困於稅賦之重
其來已久摘出句容一縣別賜寬假以蘇民力
不勝大願仍乞斷自鈞慈特賜敷奏將本縣例
認之絹二千一十九疋獨認之綿一萬一百六
十兩撥還上元江寧兩縣在城人戶名下仍舊
均納施行庶使一邑之民共戴天地父母無窮
之恩

大卿李公大東蠲和買榜契勘本府近準轉運使臺牒據管屬句容縣市戶朱裕等狀本縣係山邑不通舟楫坊郭之內多是貧民下戶應干貨賣物色並是入府城打發下縣所得甚微每遇官司推排都有一項虛椿營運錢六十五貫一百七文計買絹八十六疋三丈官折錢四百三十三貫七百五十文白乾敷認於編戶名下陳乞比附江寧一體除免本府并江東運司遂委本縣丞簿尉同共講求利病本職照得本縣每

歲於田產店庫上已均敷和買絹八千二百四十餘疋坊郭房廊賃錢上已均敷二百二十餘疋郡又白敷坊郭市戶八十六疋有奇謂之虛增營運錢每遇推排別置一局深扃固鐍關防備至凡邑之民次第高下號十等戶雖負販小夫下至植蔬鬻餅之徒稍能經營者在焉內擇一人董其局事令自相糾決銖較寸量譁然爭競甚於仇敵雖民力有限虛額常存必欲抱認八十六疋而後已遂使詐力者以多爲寡弱者

宜寡而多結局未幾詞訴蠭起其弊非一日矣本職以虛增八十六疋計之爲錢僅四百三十餘緡緣事關州郡經賦申府施行奉知府安撫留守制置殿撰大卿台判上件絹科之本縣坊郭民戶遞年推排擾害不一不止催科追擾而已案帖縣自九年爲始與蠲除本州自行抱認仍具申轉運司本府已帖句容縣遵從自嘉定九年爲始蠲免本府自行抱認及具申轉運司照會了當合行曉示永遠爲照除已出牓榜句

容縣門釘掛曉示民戶知悉如本縣不遵使府已行蠲免妄作名色催理許被擾人具狀經府陳訴切待追捉縣吏典押送獄根究從條施行

溧陽縣均賦役記

嘉定十有一年正月望日山陰陸子遹從天官選來知縣事至之日延見士民問所先急咸以和買及差役對子遹曰請問和買之弊則曰名和買而不給直此以往事民不爲病今之弊在於虛額子遹曰奚謂虛額則又曰

常産之謂實貨財之謂虛常産之所賦出于甲則入于乙出于乙則入于丙視産之所在爲賦之所繫彼貨財則不然或藏金珠或鬻醯茗或蓄馬牛或乘舟車或廣棟宇或啟貿易或稱子本若此之類和買出焉其全盛則從而加之不爲難其衰替則不可得而損至有身淪乞丐而負和買數十百縑者以無所受焉故也民既被其害官亦無所入是箠楚于無告之地文移于徒設之所何弊如之子遹曰請問差役之弊則

曰自胥史之徇私也而取決於書手自書手之
患滋也而求正於推排使推排之公也尚恐不
能無弊而推排一有不公則訴訟互興而姑仍
舊貫之説興焉鼠尾之不立而銷丹之莫辨白
脚之隱匿而析戶之規免竄形詭迹深閉固拒
雖聾眼曠耳且弗能察名之曰承充而未嘗任
責者有之名之曰宜充而家業已罄者有之富
者無一日之勞而貧者困洊歲之擾民有妥差
之患官有乏使之虞苟非因民之有詞則亦何

從而考察子遹曰謹奉教子遹昔者聞之先太史和買必履畝而後可或者以爲履畝則困下戶姝不悟等第賦和買則惠姦而病良析上下之等則豪家大姓所以欺罔者萬端姑槩言之則名字行第小字稱謂裂爲數戶者有之若祖若父若兄弟若子姪若姻黨剖爲數十戶者又有之大抵歲月寖久則上戶皆入于下惟謹畏之家不敢肆欺者則和買之額偏聚焉而重受其害如是乃下戶歲加進而上戶日加削愚弄

官府慮視良民安可不革子適聞而銘于膺踰
三十年矣與今日所聞合爲二大患夫差役之
弊誠未易革而其爲弊則所在不同蓋鄉閭族
黨自有公論吏姦蔽障情不上達若能一聽民
欲不使吏與其間則謀無不成舉無不遂比年
以來浙中之義役江西之議役行之而民以爲
便義云者使民以等第捐粟以募役議云者戶
之高下役之久近一聽於衆議有司但視成而
已若酌二者之宜而折衷焉使村都之腴者損

粟以募役其乏者議定而行之當不爲難其明年冬會庾臺舉行推排義役事子遹欣然奉命先致力於和買舊比家業錢六千以下與夫變菰蘆而藝麰秔者和買皆不與於是悉比而同之列爲九品履畝成賦揭令一出民無異辭虛額之害不除而自除詭戶之姦不革而自革與夫啟告訐之門滋證逮之擾者不可同年而語矣其次從事於役乃告之尉陳君峬山前巡檢陳君錫羅君玿臣舊縣巡檢羅君鎰相與自邑而

分鄉自鄉而分都自都而分保能捐粟者從其便不能者以官產代充凡與役之家皆書名而敘其次第與捐粟之多寡焉豪者不得逞其私鄉胥莫能肆其欺矣於是悉去和買之虛額凡爲帛五千六十縑而羸纊萬九千六百兩而縮其均之常產者凡爲帛三千一百六十縑而羸纊萬三千五百兩而縮均之業錢六千以下者凡爲帛八百七十縑而羸纊二千九百二十兩而羸自菰蘆而秔䴬者其均之爲帛千三十縑

而緡續三千一百八十兩而羸役戶凡得保正三百六十有七保長二千八百八十有七其次第自嘉定庚辰至于庚寅周而復始其捐粟歲通二千九十石有奇穀四萬八百斤有奇官補其不足者七百六十有六石爲畝三千七百二十有奇又明年夏督稅秋督租其效則倍於前其力則省於舊官事無乏而民害頓除矣竊惟子遹迂拙狷踈潛心往哲無能爲役一旦取民不便者上稽父師之訓傍酌輿人之論內則斷

以已意不以衆搖不以難止用能底於有成豈非幸歟然變更往轍以便目前昔人所以遺後來者往往自子遹而無傳則惡得無罪故直書以識吾過嘉定十有三年仲冬壬辰承事郎知建康府溧陽縣主管勸農公事陸子遹記幷書

馬公光祖倚閣諸縣積欠苗稅寶祐三年榜示元年五縣見欠夏秋畸零二稅權行倚閣以寬民力夏稅折帛錢七萬六千五百三貫四百三十六文絹八千六百四十二疋一丈六尺九寸緜一萬

六千二百六十一兩五錢七分絲一百七兩六錢五分秋苗粳米三萬四千一百八十五石八斗六升七合糯米一千二百九十五石五斗六升三合穰草七千五百六十九束豆錢一千三百一十七貫七百六十八文十八界錢會中半仍帖五縣將日前已催在官未解府者盡數起發　不許欺隱二三年照見催却不許又行拖逵板榜曉示仍申　朝省戶部照應

寶祐四年榜示三年六料催科所在皆然事關

上供本難錮閣緣今歲諸邑間有放澇去處損
上益下有不容己榜帖下三縣將二年折帛錢
絹并穰草未催之數竝日下權與倚閣以寬民
力夏稅折帛錢六萬八千二百九十二貫九百
七十二文絹一萬一千八百九十九疋二丈六
寸三分綿二萬五百七兩二錢六分紬五百八
疋二丈六寸絲三十五兩四錢五分秋苗粳米
二萬七千九百九十石一斗八合二勺糯米四
百五十六石八斗一升四合穰草四千九百二

十八束豆錢二千八百九貫二百二十三文其
民戶有己算在團攬民下者仰一面自行理取
庶幾實惠及民其已催在官者自榜帖下日爲
始倒底解發不許隱漏如違根究
寶祐五年榜示今年夏稅若以二年比之尚未
及數且特與倚閣以寬民力榜縣門仍帖縣照
應通前共放過五縣夏稅折帛錢一十五萬三
百三十五貫七百五十二文十八界錢會中半
絹二萬一千一百九十六疋三丈五尺三寸七

分七蠶綿三萬六千七百六十八兩八錢三分紬五百八疋二丈六寸絲一百四十三兩一錢秋苗粳米六萬二千一百七十五石九斗七升五合二勺糯米一千七百五十二石三斗七升七合穰草一萬二千四百九十七束豆錢四千一百二十六貫九百九十一文十八界錢會中半

馬公光祖蠲秋苗斛面

寶祐三年榜文照得受納秋苗斛面事關郡計一粒以上指爲經常支遣本亦未易蠲除然寬

之一分培埴根本乃芻牧之本心況當來增耗
正恐專斗無藝取於斛面故使明增今明增之
外又再尖量卽是增而又增官司之取於攬戶
者如此攬戶之取於百姓者又不止是當使假
守當塗之時除明收耗米之外竝聽百姓親自
行槩擲節支遣亦自不致大段虧損豈此例可
行於當塗而不可行於留都乎備鏤牓曉諭餘
照　倸收明耗米外竝聽民戶親自槩量但不
許虧官仍貼受納官并諸縣照應使明知此意

毋爲攬戶多算庶幾百姓可被實惠自寶祐三年冬免收斛面外每年計廝指擬經常米一萬八千石

開慶元年榜文照對本府受納秋苗自來所取斛面爲數甚夥自當使閈閻遞年優減除合收數外並聽民戶親自執槩入所素知今準
朝省備據臣僚奏請每苗一石止收義耗用米共四斗二升遴委廉謹官員下場受納務在盡革前弊
聖恩寬大惠養元元培護根本本司所當奉以

布宣爲屬部郡縣之倡合鏤榜曉諭並遵照

朝省指揮行仍申　省部照應通前計虧經常米七萬三千餘石

馬公光祖蠲除兩縣虧隱稅額

上元江寧兩縣逐年每遇起催夏秋二稅拘納虧隱等稅錢寶祐三年八月二十二日具呈潘府判擬申呈奉台判姦民果有欺隱究見主名分曉付之三尺其將奚辭若槩立欺隱之名不得欺隱之實歲歲爲例責令戶長代輸戶長決須歛掠人戶兩縣之入于府者不滿三千緡而齊民之受其害者不知

其幾也以若所爲殊非理財正辭之義潘通判所擬可謂切當有志于民竝自當使交割日爲始一切住罷仍備牓曉示不許縣吏鄉胥尙循舊轍私行催討本府儻有所聞決不輕恕知縣失覺察亦議責罰上元江寧兩縣共放過錢一萬八千二百一十六貫五百文

制使姚公希得任內蠲放和州水退租米壹萬伍千餘石永遠築埧壅水以限戎馬和陽截三湖出江之派築埧壅水爲戎馬限數十里膏腴莽成巨浸以畝計之三萬八千有畸前政吳制置盡決埧水起立屯

租名曰水退以石計之一萬五千有畸未幾守
臣以備禦爲請仍前築垻更不申明爲民蠲租
遂使屯戶年年訴澇本司年年檢踏追會紛紜
終歸放免非徒無益而又害之景定三年十二
月準僉判所謂檢澇放租者以天時不能常澇
則田租不致常蠲是不容以永免也今和州之
垻以備禦言則此垻當與國相爲悠久矣此垻
既無可撤之時則此租終無可入之日不永免
而何待哉分司所申正與當職之見合雖申免
之數計一萬五千餘石然事之便民者豈容靳
於施行自景定三年爲始水退租一項永與蠲
免從前所欠併與住催劄和州及分司照應備
榜曉諭有合關防事件僉
廳具呈仍申朝省照會

景定建康志卷之四十一

景定建康志卷之四十二

承直郎宜差充江南東路安撫使司幹辦公事周應合修纂

風土志一

江左人物金陵爲盛蓋土地所生風氣所宜也既作古今人表及先賢傳更書民風以志其習書民數以志其聚書第宅以志其安書丘塚以志其藏書物產以志其阜書妖祥以志其異作風土志當塗江陵九江皆有風土志

風俗

隋志曰丹陽舊京所在人物繁盛小人率多商販君

子資於官祿市廛列肆埒於二京人雜五方俗頗相類

杜佑通典曰永嘉之後衣冠遷難多所萃止藝文儒術斯之爲盛今雖閭閻賤隸處力役之際吟詠不輟蓋因顏謝徐庾之風焉

沈立金陵記云其人士習王謝之遺風以文章取功名者甚衆

祥符圖經曰君子勤禮而恭謹小人盡力而耕殖性好文學音辭清舉

顏介曰南方水土柔和其音清舉而切天下之能言

唯金陵與洛下

楊萬里曰金陵六朝之故國也有孫仲謀宋武之遺烈故其俗毅且英有王茂宏謝安石之餘風故其士清以邁有鍾山石城之形勝長江秦淮之天險故地大而才傑時楊公爲江東轉運副使

游九言曰每愛金陵土風質厚尙氣前年攝行倅事日受訴牒不過百餘較劇郡纔十一爾爲吏爲兵者頗知自愛少健狡之風工商負販亦罕聞巧僞游爲撫幹

句容縣在江南卑溼之地火耕水耨民食魚稻以漁

獵山伐爲業果蓏蠃蛤食物常足故呰窳媮生亾千金之家縣志

溧水縣有山林川澤之饒民勤稼穡魚稻果茹隨給粗足雖無千金之家亦罕凍餒之民信巫鬼重淫祀畏法奉公各守其分安業重遷尤好文學承平時儒風藹然爲五邑冠縣志

溧陽縣介江淛之間其君子篤厚恭謹恬靜自得藝文儒術藹然相尚其細民務本力農淳朴質直類知畏法名儒勝士多因避地來寓溧上往往樂其風土

而定居焉宗丞王端朝曰是邑有李太白之英風故其人多秀而文有伍子胥之故迹故其俗多義而勇

民數

主戶一十萬三千五百四十五口二十二萬一千七百五十五

客戶一萬四千二百四十二口二萬六千四百四十一

隸上元縣者

主戶一萬一千二百八十口一萬五千七百八十五

客戶七千四百六十六口八千七百五十七

隸江寧縣者
主戶一萬一千三百五十四口一萬六千四百八十五
客戶二千二百五十七口二千四十七
隸句容縣者
主戶二萬二千三百七十口五萬一百三十
客戶三千九百九十六口七千二百一十三
按乾道舊志句容主戶二萬五千八百九十七主
丁口六萬七千五十客戶二千四百九十六客丁
口五千七百六十六較之今數主戶減二千五百

二十七客戶增一千五百

隸溧水縣者

主戶二萬二千五百二口四萬四千八百六十六

客戶二千二百五十九口八千二百五十九

隸溧陽縣者

戶六萬三千九百八十三口一十三萬七百五皆主

戶也

按乾道舊志溧陽主戶三萬一千二百一十二口

六萬八千九百三十一客戶無較之今數主戶增

三萬二千七百七十一口增六萬一千七百七十四

災祥

周顯王三十六年楚熊商見地有王氣○秦始皇三十七年望氣者言五百年後金陵有天子氣○吳太祖元年夏五月甘露降于建業黃武四年七月地連震赤烏十三年八月丹陽句容諸山崩洪水溢太元元年風拔樹三千株石碑磋動城門瓦飛落永安元年十一月甲午有風四轉五復蒙霧連日三年赤烏見四年白龍見五年白虎門北樓災七月黃龍見六

年十月癸未石頭小城西南災甘露元年甘露降蔣陵建衡三年十一月鳳凰集西苑天紀三年建業有鬼目草生工人黃狗家○晉元帝渡江時望蔣山有紫氣時時晨見永和三年夏四月地震五年十一月甘露降崇平陵元宮前殿七年七月濤水入石頭溺死者數百人九年秋七月丁酉地震有聲如雷十一年夏四月隕霜地震升平二年冬十一月地震寧康三年十二月甲申神虎門災太元元年夏五月癸丑地震二年閏三月壬午地震暴風折木發屋揚砂石

十一年二月壬子暴風發屋折木冬十二月戊子濤水入石頭毀大航殺人乙未大風晝晦延賢堂災十五年三月己酉朔地震東北有聲如雷八月己丑地震十七年夏六月癸卯地震甲寅濤水入石頭毀大航十八年正月癸卯朔地震二月乙未又地震隆安二年九月地震元興三年庚寅夜濤入石頭漂毀大航殺人其聲動天○宋元嘉五年正月庚午朔大風大水六月庚午都下大水十二年四月丙辰夜地震十四年鳳凰見改其地為鳳凰里十七年十一月乙

酉朔甘露降于樂遊苑二十年六月秣陵縣白雀見二十一年七月甘露降于樂遊苑二十三年六月甘露降于長寧陵二十四年三月甘露降景陽山二十五年四月丁丑青龍見于元武湖南五月戊戌黑龍見元武湖二十九年十二月戊申黃霧四塞孝建元年十一月甲申甘露降長寧陵大明元年五月壬子紫氣出景陽樓狀如煙迴薄久之二年夏四月辛丑地震六年二月戊午甘露降于京師秋七月甲申地震有聲如雷七年四月大風折和寧陵華表泰始四

年正月丙辰朔雨草于宮泰豫元年正月丁巳巨人跡見西池冰上○齊建元元年二月地震建陽門永明元年望氣者言新林婁湖有王氣帝乃築青谿舊宮作新婁湖苑以厭之十年都下大水○梁天監元年正月乙酉甘露降于茅山彌漫數里三年戊辰重雲殿東鴟吻有紫煙出屬天六年八月戊戌大風折木京師大水濤入御道七尺十年九月丙申天西北隆隆有聲赤氣下至地中大通五年地震大同元年十月黃塵如雪二年十一月都下地生白毛長二尺

九年正月丙申地震生毛四月丙戌同泰寺浮圖災
太平元年九月龍見於御路自太社至于象魏○陳
天嘉四年六月丁未夜白虹兩道出北斗間重雲殿
災六年七月癸未大風自西南至纔廣百餘步激壞
雲臺候館太建七年九月甘露三降樂遊苑八年正
月庚辰西南紫雲見九年七月大風雨震萬安陵華
表癸亥震瓦官寺重門一女子死十年六月大雨震
大皇寺刹莊嚴寺露盤重陽閣東樓千秋門槐樹鴻
臚寺府門十二年六月大風壞皐門中闥九月天東

南有聲如風水相激三夜乃止十三年九月癸亥夜大風從西南來發屋拔樹大雨雹十四年四月建康江水色赤如血八月丁酉天赤如火九月辛亥夜天東北有聲如蟲飛漸移西北至德元年九月丁巳天東南有聲如蟲飛十二月戊午夜天開自西北至東南其內青黃雜色隆隆若雷聲禎明元年正月乙卯地震二年夏四月羣鼠無數自蔡洲岸入石頭緣淮至于青塘兩岸數日自死五月甲午東冶鑄鐵有物赤如火大數升自天墜鎔所隆隆有聲如雷鑄鐵飛

出墻外燒八家丁巳大風自西北激濤水入石頭城秦淮暴溢漂沒船舫又船下有聲云明年亂覩之得嬰兒三尺無頭又蔣山衆鳥鼓翼拊膺曰柰何帝柰何帝又府城無故自壞青龍出建陽門井中湧赤霧地生白黑毛大風拔朱雀門○五代僞吳天祚元年二月甲申金陵大火乙酉又大火太和中徐知誥典金陵鍾山之陽積飛蝗尺餘厚有數十僧白晝聚首啗之盡昇元六年十一月丁丑溧水縣天興寺桑樹生木人廣順二年建康災焚廬舍營署踰月乃止

第宅

張昭宅在淮水南對瓦棺寺張侯橋所橋因宅而名

考證丹陽記大長干寺西有張子布宅○本傳昭仕吳言不用杜門稱疾帝恨之以土塞其門復以火燒之諸子扶昭起朝

諸葛恪宅在縣東二里古元風觀前南接青谿里其東即江令宅也

是儀宅在西明門臺城之西

考證吳志是儀爲人儉讓不治產業又愛施惠

宅在西明門甚卑陋雖處尊官弊衣單食帝聞之幸其宅求視蔬飯親嘗之對而歎息有所增加皆辭而不受○一日儀鄰家起大屋孫權出望見左右對以是儀家權曰儀儉必非問果他家其見信如此

駱監軍宅在上元縣東二十五里崇禮鄉土山之下父老傳云吳駱監軍宅也舊志

考證吳志駱統字公緒封新陽亭侯嘗爲濡須督此宅疑所居也今基址猶存

陸機宅在秦淮側又金陵故事臨秦淮有二陸讀書堂其跡猶在

考證陸機入洛作懷舊居賦云望東城之紆餘邈吾廬之延佇○李太白題王處士水亭云齊朝南苑是陸機宅故有北堂見明月更憶陸平原之句

王導宅在烏衣巷中南臨驃騎航舊志

考證晉記江左初立瑯琊諸王居烏衣巷王敦謀逆導憂覆族使郭璞筮之卦成歎曰吉無不

利淮水竭王氏滅子孫繁衍○世說王導曰庾元規若來吾角巾還烏衣南

謝安宅在烏衣巷驃騎航之側乃秦淮南岸謝萬居之北舊志

考證桓温得志欲以謝安宅爲營謝鯤曰邵伯之仁猶惠及甘棠文靜之德更不保五畝之宅邪溫聞慙而止○蔡宗旦金陵賦云前予立乎淮渚思驃騎之古航慕文靜其既遠宅五畝其已荒念憇茇猶勿翦歌詩人之甘棠

謝尚宅在城東南一里二百步永和四年捨宅造寺名莊嚴

謝萬宅在長樂橋東傍丹陽郡城今桐林灣東

紀瞻宅在烏衣巷

考證晉書瞻厚自奉養立宅烏衣巷館宇崇麗園池竹木有足玩焉

郄鑒宅在青谿上

杜姥宅在舊縣東北三里舊縣在冶城今天慶觀之東是也舊志

考證杜姥宅輿地志云在端門外直蘭臺路東○晉成帝恭皇后杜氏母裴氏即杜宏治之妻名穆孝武帝封爲廣德縣君初穆渡江宅於南掖門外時已壽考故呼爲杜姥○宋元徽二年桂陽王舉兵杜黑騾進至杜姥宅陳顯達出杜姥宅大戰於宣陽門破之

吴隱之宅在城東南五里

考證隱之爲廣州刺史官罷竝無還資籬垣仄陋妻子寒露內外茆屋六間女嫁謝安移廚助

之使人至日高蕭然乃令其婢牽一犬入市賣之其清操如此

絕宅地 舊志云在縣南三里古大社西有凶地三畝晉周顗司馬秀蘇峻皆宅于此悉以禍敗宋王僧綽曰大丈夫當以正道自居何宅之有凶吉尋爲元凶所害楊修有詩曰四主衣冠令不終高門列戟謾重重由來瘠沃分勞逸莫道人凶非宅凶

宋檀道濟宅 在青谿 舊志

考證 異苑云檀道濟居青谿此宅先是吳將步

闡所居諺云揚州青是鬼營青谿青楊是也自

步及檀皆被誅青楊巷名

何尚之宅在南澗寺側

考證袁淑與尚之書云丈人徽明未耗舉業方隆儻能屈事康道降節徇務含南瀨之採菽此行決矣尚之宅在南澗寺側故書云南瀨詩所謂于以采蘋南澗之濱也南澗今城南落馬澗是也

沈慶之宅在城東南十里

考證南史沈慶之傳居清明門外有宅四所室宇甚麗又有園在婁湖慶之一夕攜子孫徙居之以宅還官悉移親戚中表於婁湖同開迨前廢帝立加几杖給三望車慶之每朝賀常乘猪鼻無幰車左右從者不三五騎履行田園每農務劇月無人從行遇者不知其三公也柳元景造之鳴笳列卒滿道慶之插杖而耘嘗侍宴賦詩云老朽筋力盡徒步還南岡

謝幾卿宅在今府城東南十八里舊志

考證宋謝幾卿坐免官居白楊之石井朝中交好者載酒從客常滿坐

建平王劉宏第在雞籠山舊志

考證宋書云建平宣簡王少而閑素篤好文籍太祖寵愛殊常立第於雞籠山盡山水之美

齊武帝舊宅在青谿今城東一里臨秦淮是其地舊志

考證齊書云武帝諱賾字宣遠太祖長子也小字龍兒生於建康青谿宅其夜陳孝后劉昭后同夢龍據屋上故字焉○永明二年帝幸青谿

舊宅

蕭子良宅在鍾山之西舊志

考證竟陵王子良行宅詩曰訪宅北山阿卜居西野外幼嘗悅禽魚卑性羡蓬蓽

劉子珪宅在今城東二十五里青龍山之前舊志

考證南史齊劉瓛居于檀橋瓦屋數間上皆穿漏永平七年竟陵王子良表武帝爲立館帝以檀橋地給之

梁武帝宅今府城東南七里光宅寺基是舊志

考證 梁高祖於宋大明八年甲辰生于秣陵縣同夏里三橋宅

沈約宅 在鍾山之下名東田 舊志

考證 南史梁沈約遷尚書令雖名位隆重而居處儉素立宅東田矚望郊阜嘗爲郊居賦以敘其事又嘗賦東園詩有槿籬疎復密荊扉新且故之句○雞跖集云宅成劉杳贊之約報云惠以二贊詞采妍富便覺此地十倍

朱异宅 在今府城東北 舊志

考證 南史梁朱异及諸子自潮溝列宅至青谿其中有臺池玩好每暇日與賓客遊焉

范雲宅 在今府城東南七里 舊志

考證 陳軒金陵集載何遜行經范將軍三橋故宅詩云旅葵應蔓井荒藤已上扉寂寂空郊野無復車馬歸

江總宅 在青谿大橋北與孫瑒宅對 舊志

考證總仕陳爲尚書令故亦稱江令宅○實錄云江令宅在青谿中橋傍湘宮寺巷對桃花園

路北後主嘗幸其宅呼狎客○楊修詩注云南
朝鼎族多夾青谿江令宅尤占勝地○隋初緫
還宅詩云悒然想泉石驅駕出臺城𦨨竹春前
筍驚花雪後春記室新書云江緫之泉石依然
謂此也○劉禹錫詩云南朝詞臣北朝客歸來
惟見秦淮碧池臺竹木三畝餘至今人道江家
宅○本朝爲段縫約之宅青谿閣亦其地也故
荊公詩云昔時江令宅今日段侯家

孫瑒宅在青谿東其西即江緫宅舊志

考證 實錄陳起部尚書孫瑒居處奢豪家庭穿築極林泉之致歌童舞女當世罕儔

伏曼容宅 在今府治西南三里

考證 曼容居瓦棺寺東施高座於聽事有賓客輒升高座爲講說生徒常數百人

伏挺宅 在今府城北潮溝

考證 挺於宅講論語聽者傾朝

唐梛郎中故居 在茅山

考證 權德輿作梛郎中茅山故居詩云下馬荒

堦日欲曛潺湲石溜靜中聞鳥啼花落人聲絕

寂寞山窗掩白雲今不詳其處

孫晟宅在鳳臺山西

考證鄭文寶南唐遺事云孫晟爲尚書郎賜宅一區在鳳臺山西崗壠之間徙居之日羣公萃止韓熙載見其門巷卑陋謂孫曰湫隘若此登稱爲相第邪舉坐莫喻其旨明年孫拜御史大夫百日之間果登台席

徐鉉宅舊在攝山棲霞寺西今日陶莊者是也園池

甚盛

考證 裴迪留題徐氏來賢亭云常侍江東第一流子孫今不泯先猷結亭意在來賢者誰慕清風爲駐留王荆公題徐秀才園亭詩云茂林修竹翠紛紛正得山阿與水濱笑傲一生雖有樂有司還欲選方聞二詩刻石今在棲霞市酒坊

王荆公宅 今半山寺是 舊志

考證 公再罷政以使相判金陵到任卽納節固辭同平章事懇請賜允改左僕射未幾又求宮

觀衆表得會靈觀使築第於白下門外去城七里去蔣山亦七里平日乘一驢從數僮游諸寺欲入城則乘小舫泛潮溝以行蓋未嘗乘馬與肩輿也所居之地四無人家其宅僅蔽風雨又不設垣牆望之若逆旅之舍有勸築垣輒不荅元豐之末公被疾奏捨此宅爲寺有旨賜名報寧既而疾愈僦城中屋以居不復造宅父老曰今江寧縣治後廢惠民藥局其地卽公城中所僦之宅也

蔡寬夫宅在今貢院

考證南窗紀談云蔡寬夫侍郎治第于金陵青谿之南穴地爲池數尺之下見有瓦礫及朱髹七筯數十蔡驚異命工愈掘之又深尺餘有釜鑊瓦錫之器甚多皆破碎交錯仆壓于下竈下甎灰猶存又窮其傍大抵皆人居也然後知其下前代爲平地經六朝喪亂瓦礫糞壤積而至此高岸爲谷深谷爲陵豈不信哉今貢院基是

湖陰先生居今不詳其所

考證 王直方詩話云楊德逢號湖陰先生丹陽陳輔浙西佳士也每歲清明過金陵上冢事畢則至蔣山過湖陰先生之居清談終日歲率以爲常元豐辛酉癸亥頻歲訪之不遇題一絶於門云北山松粉未飄花白下風輕麥脚斜身似舊時王謝燕一年一度到君家湖陰歸見其詩吟賞久之曾稱於舒王聞之輒笑曰此正戲君爲尋常百姓耳湖陰亦大笑

建康志卷四十二

土貢

唐歲貢筆及甘棠梨

皇朝歲貢羅二十疋

物產

穀之品 稻粳來牟餅餌皆勝它郡菽麻粟

帛之品 俗勤蠶桑帛冠它郡羅絹紗花絹花紗四緊紗溧陽最多夏

紡絲冬紡絲綿

金之品 金句曲山銅鐵赤山銅器句容

藥之品 玉屑淮南子云出鍾山石鍾乳本草云茅山土石相雜偏生茅草以茅津

相滋乳色稍黑而滑潤謂之茅山乳性微寒

禹餘糧 本草云茅山甚有好者狀如牛黃重重甲錯其佳處乃紫色泯泯如麵齧之無磣然用之宜細研以水洮取汁澄之勿令有沙土也

黃精 本草云葉大根麄黃白色至夏有花實

生人葠 阮孝緒因母疾用藥須得生人葠舊傳鍾山所出孝緒躬歷幽險累日不獲忽一日鹿前行至一所遂不見就求之果得

鹿槊 本草云江寧府出一種小槊名鹿槊葉如茶根如小拇指彼處人取其皮治瘡癬及疥癩云甚效八月採

朮 陶隱居云蔣山白山茅山者爲勝

卷柏 建康記云出卷柏

石腦 陶隱居云今茅山東西平山竝有礬土麄取之

芍藥 陶隱居云今出白山蔣茅山最好白而大

乾地黃 陶隱居云板橋者爲勝

柴胡

麥門冬 茵蔯 王不留行 前胡 敗醬 石韋 菝葜 地榆 京三稜 甘遂 牙子 天南星 鬼臼 僊茅 連翹 紫葛 桑上寄

地蜈蚣蕁麻茵蔯蒿按本草以上並出江寧桔梗兎絲子香附子瞿粟荆芥蒼术元參百合百部白斂白及地黃地榆貫衆芫花半夏天門冬天仙藤威靈仙劉寄奴何首烏夏枯草穀精草按本草並出溧陽縣芝草菖蒲南燭山桃按本草並出句曲山覆盆子吳茱萸按本草並出溧陽縣豨薟草側柏並出句曲山芝草龍仙芝參成芝燕胎芝夜光洞草芝蕣玉芝熒火芝夜光芝琅葛芝並出茅山

香之品黃連香出茅山

果之品來禽大杏海紅金錠梅紅桃桃綠李相公李出句容秦公梨櫻桃繡蓮藕芡實菱實蒲萄海門柹石榴香

查西瓜甜瓜梧桐子地栗橘橙乳柑竹蔗荻蔗出府境

福鄉柰出句曲

菜之品 蒿筍大葱蘿蔔溧水冬瓜筍茭白芹蔞蒿防風

茶甘露子

禽之品 鳬鶉鳩

魚之品 鱘魚鱸魚邵魚狀如鳶蟹河魨石首鰣魚鯿魚

鮰魚金魚銀魚比目魚鰣魚

獸之品 獐鹿

景定建康志卷之四十二

景定建康志卷之四十三

承直郎宜差充江南東路安撫使司幹辦公事周應合修纂

風土志二

古陵

古越王塚在句容縣

考證王名翳周安王時薨葬句容大横山下

吳大帝陵在蔣山之陽去城一十五里舊志

考證吳志神鳳元年大帝崩葬蔣陵○寰宇記在縣東北蔣山八里○丹陽記云蔣陵因山爲

名○輿地志云九日臺當孫陵曲折之傍故名
蔣陵亭○今蔣廟西有孫陵岡蔣陵地也何[illegible]經孫
氏陵詩在昔炎靈厭神器若無依逐兎爭先[illegible]
持鹿競因機呼吸開霸道叱吒掩江畿豹變分
奇略虎視肅戎威長蛇衂巴漢冀馬絕淮淝交
戟無內禦重門豈外扉成功終已棄凶德愎而
違水龍忽東騖青蓋乃西歸揭來易永久年代
曖微微苔石疑文字荆墳失是非山鶯空曙響
隴月自秋輝銀海終無浪金鳧永
不飛閶闔今如此望望沾人衣

步夫人陵在蔣陵舊志

考證吳志赤烏元年追拜夫人步氏爲皇后後
合葬蔣陵○今蔣廟西南有孫陵岡上有步夫

人墩墩之側有夫人塚乃其地也

宣明太子墳亦在蔣陵舊志

考證吳志大帝皇太子登初葬句容後三年移葬鍾山西蔣陵

晉康帝陵

晉簡文帝陵

晉孝武帝陵

晉安帝陵

晉恭帝陵

考證實錄康帝建元三年葬崇平陵簡文帝咸安二年葬高平陵孝武帝太元二十一年葬隆

平陵安帝義熙十四年崩明年葬休平陵恭帝元熙二年葬冲平陵五陵並在鍾山之陽皆不起墳

晉元帝陵　　晉明帝陵

晉成帝陵　　晉哀帝陵

考證實錄元帝永昌元年春葬建平陵明帝太寧三年葬武平陵成帝咸康八年葬興平陵哀帝興寧三年葬安平陵四陵並在雞籠山之陽皆不起墳

晉穆帝陵在幕府山前近西里俗相傳穆天子墳即其地也舊志

考證實錄穆帝升平五年葬永平陵在幕府山

宋武帝陵在縣東北二十里舊志

考證實錄宋高祖永初三年葬初寧陵隸建康縣蔣山○政和間有人於蔣廟側得一石柱題云初寧陵西北隅以此考之其墳去蔣廟不遠

宋文帝陵在縣東北二十五里與武帝陵相近舊志

考證文帝元嘉三十年葬長寧陵

袁后陵 即文帝后合葬長寧陵 舊志

考證 南史元嘉十七年葬先皇后袁氏于長寧陵長寧即文帝陵也

宋明宣沈太后陵 在今寶林寺西南有墳壠相傳爲國婆墳疑即沈后所墳之地 舊志

考證 南史宋明宣沈太后爲文帝美人生明帝元嘉三十年葬建康之幕府山

宋明帝陵 在幕府山西與王導墳相近今山前有墳壠晉穆帝陵在山南或以西爲明帝之墓 舊志

考證 明帝泰豫元年葬高寧陵隸臨沂縣

齊明欽皇后陵 在今淳化鎮之北

考證 南史齊明欽劉皇后永明七年葬江乘縣

張山

梁昭明陵 在城東北四十五里賈山前與齊文惠太子同處排陵並葬

蕭墓堽 西去縣三十五里或云蕭梁帝陵寢未詳

陳高祖陵 在上元縣東崇禮鄉地名陵里有曰天子林其地有石麒麟二里俗相傳即陳高祖墓也去城

二十五里舊志

考證陳高祖永定三年葬萬安陵隸城東南古彭城驛側

陳文帝陵在縣東北陵山之南今爲門山之北舊志

考證陳文帝天康元年葬永寧陵

諸墓

左伯桃墓羊角哀墓並在溧水縣南四十五里儀鳳鄉孔鎭南大驛路西

考證烈士傳云左伯桃羊角哀燕人也二人爲

友聞楚王待士乃同入楚至梁山值雨雪糧少伯桃乃併糧與哀令往事楚自餓死於空樹中哀至楚爲上大夫乃告楚王備禮葬於此一夕哀夢伯桃告之曰幸感子葬我柰何與荆將軍墓相鄰每與吾戰爲之困迫今年九月十五日將大戰以決勝負幸假我兵馬叫噪塚上以相助哀覺而悲之如期而往歎曰今在塚上安知我友之勝負乃開棺自刎而死就葬伯桃墓中劉孝標廣絕交云續羊左之徽烈正謂是也唐

大歷六年顏眞卿過墓下作詩吊之（此詩書於蒲塘客館。大中十一年宣歙池觀察使鄭薰徙魯公墨蹟置宣州之北望樓作文以記之詩今亡）熙寧中太子中允關杞知縣事夢二人告之曰余羊左也爲魏倫所苦出祭文百餘篇示杞既覺僅能記其一語云千花落兮奠酒空明日問之邑人有魏倫者以錢買羊左墓木將伐爲杞遽止之乃表墓事見胡宗愈詩（詩云古有二烈士羊左哀與桃結交事遊學心若膠漆牢遠聞楚王賢待士皆英髦負笈首燕路不憚千里勞行行及梁山雨雪塡巖嶅途窮食不繼餓口空嗸嗸無爲俱死爾原野徒身膏我留子獨往命各繫所遭慷慨示一訣併糧解衣袍偃坐空穴中視死輕鴻毛角哀既仕楚爵位聯執羔顧懷交舊心血泣聲號咷王聞義其事禮葬遷蓬蒿孤風激頹俗千古清蕭飋叔世忠義喪友道皆滔滔平居論莫逆握手相遨遊利害一軋已所得無秋毫擠墜又下石反若豺狼嗥秦末餘耳輩遇時方驛騷誓為刎頸交名節初相高一旦成睚眦親勒兵相鏖斬餘泜水上論功傳子敖較此豈不愧清議安能逃凜凜溧水傷危墳望江皋蔚宗宰茲邑夢睹斯人曹衣冠甚奇古晤語開鬱陶時示古祭文百本皆旌褒其間記一二花落空負醪薄訴魏倫者相侵意貪饕詰朝究其詳倫果邑之豪墓木合數抱私欲揮斧刀移文禁採伐表識嚴芟薙英靈儼如舊雖久不聞韜哀我今之人五交戒所操○樞密蔣之奇詩結交有羊左是惟一時才為聞楚王賢翩然自燕來一旦食欲盡俱往空雙埋伯桃乃獨留餓死梁山隈角哀仕既達感舊肝膽摧念此併糧惠告還葬遺骸至

今溧水鬲突兀穴土堆何人致薦奠千花飛酒
杯精靈今在否古木風生雷魯公昔過之駐車
久徘徊感歎發篇詠灑翰鑱瓊瑰惜哉今不存
散落隨塵埃空餘鄭薰記片石昏蒼苔末世友
道絕雅歌[闕二字]頹草木尚萎死小怨何足懷我思
有所矯巨欿明寒灰茲事雖過中義烈亦壯哉
幸逢太巳長揭表旌泉臺寥寥千載間下激清
風廻還顧勢利交市道良可哀邑宰周邳跋此
詩刻石廟中○元祐中知縣周邦彥詩古交久
淪喪未世尤反覆谷風歌焚輪黃鳥警伐木永
懷羊與左重義踰血屬客行干楚王冬雪無斗
粟傾糧活一士誓不俱死辱風雲爲慘變鳥獸
同躑躅角哀哭前途伯桃槁空谷終乘大夫車
千騎下棺櫝子長何所疑舊史刊不錄獨行貴
苟難義俠輕殺戮雖云匪中制要可興薄俗荒
墳鄰萬鬼溘死皆碌碌何事荊將軍操戈相窘
逐○史吏部彌鞏宰溧水日有詩詞云餘耳當
年刎頸交所爭利害僅毫毛一朝涇水相屠戮

登識羊哀左伯桃交情切戒勤終媿以義存心
心必果死生可託永無睽自古中山說羊左羊
左合人我左既孫糧甘自餓羊仕楚王官職大
依舊殺身蓬顆顏公疇昔曾經過佳詠至今傳
播書此爲諸墓先又加詳焉非語怪也將以厲
薄俗也

西漢甄邯墓 在後湖之側

考證 南史宋張永嘗開元武湖遇古塚塚上得一銅斗有柄文帝以訪朝士著作郎何承天曰此亡新威斗王莽時三公亡皆賜之一在塚外一在塚內時三台居江左者惟甄邯爲大司徒

必邯之墓又啓塚内更得一斗復有一石銘云

大司徒瓛邯之墓

後漢史君崇墓在溧陽縣北三十里 舊志

考證崇爲司空驃騎將軍青冀二州刺史贈溧陽侯使持節徐兗二州刺史有神道碑在墓所晉永和八年立唐正觀十四年十八代孫越王府東閤祭酒常州長史仲謨題云隋末大亂避地閩越碑壞再立其頌曰山嶽降精川瀆耀靈猗歟史氏世濟其英忠言允塞嘉猷有聲從容

燮理散誕飛纓含香青瑣敷奏丹庭有犯無隱唯言是聽王室斯賴諸侯以寧內侍帷幄外典專城爲政以德察獄以情化俗草偃溪谷風淸金相玉質不隕厥名處溢不驕居勞不憚視險如夷忘身逐叛駉頌美魯青蒲安漢執簡書懲姦邪逃寘匪君之忠孰能戡亂在昔隆漢姻婭皇家唯帝念功爵命屢加三台五鼎駙馬奉車腰佩兩印綬帶雙綸何彼穠矣常棣之華如珪不玷似玉無瑕節之以禮儉而不奢篤生我侯

英略備舉有藝有才能文能武孝以奉親忠惟衛主赤眉始結白波猶侮執銳破堅斬馘滅虜截彼長虵殲斯猾豎策賞廟堂書勳王府功成弗居名立不取簡在帝心酬封胙土厥土惟何在溧之滸初食三千卒封萬戶葭菼揭揭麀鹿麌麌禾役旆旆原田膴膴俯營川陸魚鹽所聚蝗飛火滅還珠去虎子民輯悅建茲城宇大厦耽耽聽政之所祠堂石殿生靈攸處闕一字春秋兮祭祀不阻

溧陽侯陶謙墓在溧陽縣

考證後漢書獻帝興平元年溧陽侯陶謙卒且葬張昭哀之其詞曰猗歟使君君侯將軍膺秉懿德允武允文體足剛直守以溫仁令舒及盧遺愛于民牧幽暨徐甘棠是均憬憬夷貊賴侯以清蠢蠢妖寇匪侯不寧唯帝念績爵命以章既牧且侯啓土溧陽遂升上將受號安東將平世難社稷是崇降年不永奄忽殂薨喪覆失恃民知困窮曾不旬日五郡潰崩哀我人斯將誰

仰憑追思靡及仰叫皇穹嗚呼哀哉觀張公辭意則陶侯之賢可想矣

吳丞相萬彧墓 在溧陽縣南五十里惠德鄉銀方山下舊志

考證 吳志孫皓寶鼎元年彧爲右丞相鳳皇元年被譴憂死

吳甘寧墓 在直瀆山下舊志

考證 伏滔記吳將甘寧墓在直瀆之下俗云墓有王氣孫皓惡之鑿其後爲直瀆

僊翁葛元墓 吳太極左僊翁葛元墓在句容縣西南一里郡國志云句曲有葛元冢

諸葛恪墓 舊府志及句容縣志皆言在句容縣石子崗今考恪墓實在城西南

考證 恪仕吳累官至州牧爲孫峻所殺葬石子崗先是童謠曰諸葛恪蘆葦單衣篾鉤落於何相求成子閣成子閣者反語石子崗也建業西南有長陵名石子崗今清涼寺側亦有石子崗峻殺恪處非句容也詳見石子崗下

晉山簡墓在樂遊苑內舊志

考證晉永嘉六年征南將軍荆州刺史山簡卒歸葬建康眞武湖南覆舟山之陰

溫嶠墓初葬豫章朝廷追思之乃爲造大墓還葬元明陵北幕府山之陽舊志

考證按晉書嶠拜驃騎將軍開府儀同三司散騎常侍封始安郡公初葬豫章後朝廷追嶠勳德將爲造大墓於元明二帝陵之北陶侃上表顧停移葬詔從之其後嶠妻何氏卒子放之便

載喪還詔葬建平陵北卽是嶠妻何氏墓非嶠
墓也

郭璞墓眞武湖中有大墩里俗相傳曰郭璞墓舊志

考證按晉書王敦加荆州牧敦將舉兵使璞筮璞曰無成敦怒收璞斬之時在武昌或歸葬於此未可知也世傳璞墓非一恐未可執此爲是

卞壼墓在冶城舊志

考證晉蘇峻之亂尚書令右將軍卞公壼力疾率厲散衆及左右吏數百攻賊苦戰死之二子

盻盱見父沒相隨赴賊同時見害並葬冶城義熙間盜發壺墓尸僵鬢髮蒼白面如生兩手悉拳爪甲穿達手背安帝詔給錢十萬以修塋兆齊粱續加修治齊任彥升代綏建太守卞彬謝修墓啓云臣彬啓伏見詔書并鄭義泰宣勑當賜修理臣高祖晉故驃騎大將軍建興忠貞公壺墳塋臣門緒不昌天道所昧忠薄身危孝積家禍名教同悲隱淪惆悵而年世貿遷孤裔淪塞遂使碑表蕪滅巨樹荒毀狐兎成穴童牧哀歌感慨自哀日月纏邁○陛下宏宣教義非求効於方今壺餘烈不泯固蹐力於異世但加等之渥近闕於晉典樵蘇之刑遠流於皇代臣亦何人敢謝斯幸不任悲荷之至

南唐於墓所建忠貞亭穿地得斷碑徐鍇爲之

識○本朝慶歷三年葉公清臣改忠孝亭元祐八年曾公肇爲堂繪壹像其中列諸祀典爲之記建炎兵革碑燬不存史公正志取曾公記重刻石

記云江寧府之天慶觀吳冶城地也有晉卞忠貞公墓在焉按公諱壼官至尚書令右將軍蘇峻之難與其二子力戰死之謚忠貞葬冶城後七十餘年盜發公墓尸儼如生鬢髮蒼然爪甲穿達手背安帝賜錢十萬封之入梁復毀武帝又加修治李氏有江南建忠貞亭於其墓北穿地得斷碑公名存焉徐公鍇實爲之識本朝慶歷中知府事龍圖閣直學士葉公清臣又封墓刻石表之改亭名曰忠孝後五十年余來守是邦即亭爲堂圖公像其中列之祀典春秋祠焉或曰將軍死綏職也自古伏節死難之臣衆矣何獨祠公哉余曰不然晉自渡江崎

崛百年王敦蘇峻桓溫父子相繼稱兵內侮其弱甚矣敦峻之亂自劉隗刁協庾亮啓之然寇至輒遁王導亦避峻出奔數人皆執政大臣或元舅故老一時之望而倉卒之際委主於賊苟求自全況其下者哉此無它自西晉以來淸談勝而節義廢故學士大夫不以苟免爲耻公於是時獻能見危授命破家爲國其過人遠甚矧公剛烈鯁直見於平生王導貴重雖天子猶畏下之而公數攻其失可謂柔不茹剛不吐者矣至於當官幹實以矯革放誕敦崇名檢爲任其志豈苟阿時好以取容流俗者哉及亮之召峻舉朝知其不可而莫敢正言公獻固爭不從卒蹈其禍蓋其始終大節如此異乎匹夫之勇効死於一旦者矣雖更萬世聞其風者猶將感激奮厲想見其爲人況神靈所依拱木猶在祠之所以慰忠魂於地下興節義於衰俗豈苟然哉在禮以死勤事則祀之歷代之制賢臣之墓芻牧有禁維公所立實應二法況夫遠論贈會見

思九原近稽廵遠血食雙廟則公於斯祀夫何
歎哉堂成賓屬曰願有識余不得辭廼併著所
以祠公之意使來者有考云左朝請大夫充寶
文閣待制知江寧軍府事曾肇記曲阜文昭公
吕元祐八年自彭城鎮建業明年移河間經建
炎兵火記刻久失之見于廟壁後七十有六年
得番陽章甫隸而移之石乾道四年三月壬申
右朝散郎直祕閣江南東路轉運判官韓元吉
題左朝散郎直顯謨閣權發遣江南東路計度
轉運副使公事兼本路勸農使趙彥端左朝請
郎尚　書戶部員外郎總領淮西軍馬錢糧專一
報發　御前軍馬文字葉衡左朝奉郎充集英
殿修撰知建康軍府事充江南東路安撫使馬
步軍都總管兼　行宮留守司公事兼沿江水
軍制置使史　**嘉定四年黃公度建忠孝堂治城**
正志立石
樓於墓側　馬公之純　詩當時風俗尚清談笑道
公心死石含臨難此曹皆處女惟公

一箇是奇男一門忠孝真難得六代衣冠孰與
參墓草沒頭人不見令人惆悵極無堪○[redacted]
曾極詩握節顏公拳透爪歸元先軫面如生晉
陵發掘今無主獨有忠魂占冶城○[redacted]
哀哉戰死國門邊忠孝千年獨兩全蓋有完軀
保妻子誕謾奏凱說糜捐○[illegible]詩節義
之風古所褒清談於晉視如毛百
年王謝丘墟了惟卞將軍墓最高詳見冶城樓

忠孝亭忠烈廟

謝安墓在城南九里梅嶺崗

考證漢晉紀事云謝安墓前惟立一白碑當時
謂難述其功德耳按南史齊豫章文憲王蕭嶷
薨郡吏南陽樂藹與右率沈約書請爲碑文荅

日郭有道漢末之匹夫非蔡伯喈不足以稱三絕謝安石素族之白輔時無麗藻迄乃有碑無文蓋謂此也安墓舊在城南梅崗○南唐書云梅頤崗相接處卽謝安墓野亭馬公之純詩中興江左百餘年人物誰如太傅賢桓賊壽常思問鼎苻秦百萬已臨邊笑談解折姦雄銳指顧能摧敵陣堅平昔經綸纔試此依然賫恨向重泉

王祥墓在城西南八十里化成寺之北有斷碑

衛玠墓在新亭東去城一十里舊志

考證玠字叔寶河東安邑人以天下大亂遂扶

老母將家南行至豫章以王敦非純臣而不久留來向建業京師人士聞其姿容觀者如堵卒年二十七葬新亭東今在縣南十里時人謂看殺衛玠

顏含墓 右光祿大夫西平靖侯顏府君葬靖安道旁

考證 晉顏含乃唐時眞卿十四世祖也得古碑於靖安道旁乃李闡及顏延之文墓不知所在君諱含字宏都琅邪臨沂人春秋以降戰國以前賢智比肩備于載策昭穆次序上至顏燭漢

末喪亂舊譜淪亡自青州使君以上不復詳具
祖欽給事貞侯父黙汝陰太守學素相承有聲
邦黨君幼禀貞粹長而好古睦親之書發於羈
貫每讀書見孝友通靈之事輒悽然改容以爲
人神相與何遠之有但患人心澆僞自絶於神
耳苟能無以僞雜眞神其捨諸修巳立誠盡歡
就養訓行閨門義達州里久要心許之信夷險
不爽正冠納履之嫌終始不蹈兄畿患亡更生
君棄絶人事蓬首屏氣以就哈養者十有三年

次闕一字繁欽孫老而失明合藥須髯蚍膽有青衣童子持裹授君出戶化成青鳥飛去本州辟不就鎮東琅邪王參軍事過江累遷東閤祭酒朝議謂君正性端素學行通深有命太子中庶子轉黃門侍郎本州大中正封回車縣侯轉侍中吳郡太守事停還除侍中國子祭酒加散騎常侍光祿勳以年遜位就加右光祿大夫門施行馬特賜牀帳被褥四時致膳固辭不受馮懷欲爲王導降禮君不從曰王公雖重故是吾家阿

龍君是王親丈人故呼王小字王處明君之外弟爲子允之求君女婚桓溫君夫人從甥也求君小女婚君竝不許曰吾與茂倫於江上相得言及知舊抆淚敘情茂倫曰唯當結一婚姻耳吾豈忘此言溫負氣好名若其大成傾危之道若其闕一字敗也罪及姻黨爾家書生爲門世無富貴終不爲汝樹禍自今仕宦不可過二千石闕一字婚嫁不須貪世位家時議者以君審裁將以應軍司之選君遽告蔡謨曰此非輕弱所宜尸忝

竭逆方熾當保國養民以俟事會想愛人以禮宜寢此言主相聞之卒不授督統之任謨秉君此言終不唱討賊之計在朝正立不昵權豪及致仕退居長子髦解職覲膳中子謙躬率田桑中外莫不取給閨門靜軌廿餘年九十三薨遺命素棺薄斂吉凶官飾一無施列天子嗟悼詔賜墓田謚曰靖侯禮也停柩在殯鄰家失火三子抱柩號惶分同灰燼焱燭垂及欻然頓滅論曰君平生素行既感達幽靈終殯在堂又獲福

異登神祇保祐以顯淳德平闕託婣顏氏頗識舊聞與君二子髦約採集言行而著此傳銘曰嵎夷導日岱方禋春星離望合水别浸鄰少陽畜德蒼祇效神孕僊字聖誕智息仁洙上道奥稷下儒淵乃昔宗林傾廊曜筵升門取傳接堂稱賢闔則遯哀燭亦抗宣獷彼琅邪實惟海宇憬屬之罘邪臨潮櫟載濟越師大淹泰旅誰其來遷時聞遠祖青州隱秀爰始貞居内餙鼎府外康邦間建節中平分竹黄初刑清齊右政偃

營區葛嶧明懿平陽聰理或薦公庭或登宰士
列美覇朝雙風千里華萼之茂於昭不已博士
淵退再逡儒躬貞子七穆比世稱盛無忝汝陰
有偉安定舍人孜敏亦允儲命靖侯濳德信豈
在明言則測幽歎實聳靈仁親之寶大孝之榮
官必凝績學乃敦經隨難播覇特安闈掖扶元
陟帝翼成復辟忌滿裁婚鑒沖貶石望年靜駕
樂恬延歷三祖連光衆門稟教於時列孝克端
殊操潔景衡陰湮心型奧任不窮秩是謂高蹈

山曾木闕一字胄積荄深永惟世闕一字思樹碎林碑表

有毁策素匪任誦鑑墳阿長寄風音晉江夏李

闡字宏模傳曾孫宋金紫光祿大夫贈將進延

之字延年銘大歷七年歲次壬子夏四月甲寅

十四代孫唐金紫光祿大夫前行撫州刺史上

柱國魯郡開國公眞卿書重建於舊龜趺上

史萬壽墓 在溧陽縣東北三十五里舊志

考證 晉書萬壽爲安南將軍蔡州刺史

史興墓 在溧陽縣東北十五里舊志

考證晉書史爽爲冠軍將軍

馬訓墓在溧陽縣東北三十里舊志

考證晉書訓爲南海太守

呂游墓在溧陽縣東北五十里

考證晉書游爲尚書起居郎廬陵太守

史光墓在溧陽縣東南四十里舊志

考證晉書光爲中書侍郎

史憲墓在溧陽縣東北五十里舊志

考證晉書憲爲尚書山陰侯○史嶷撰神道碑

云伊昔有熊道德資始名列五帝澤流千祀文
捨伯邑武興太史官有世功春秋所紀衛尉疇
嗣孝成以康將軍樹績光武其昌事列盟府功
書太常源分陸海派別三江懿彼侍中飛纓殿
內爲王之伯熙帝之載左貂右蟬切問近對八
舍攸履七車不昧散騎帝友朝夕進規奉輿肅
事贊道攸宜有濟之論兼濬之儀獻替之美復
在於斯桓桓積石允文允武外擅爪牙內爲心
膂氣逸南仲才高召虎作師之貞爰誓其旅豫

章太守人之領袖如玉之貞如松之茂共理天下寔資時秀艮二千石抑非虛授惟君挺生材術縱横黄裳元吉白賁永貞荆巖植潤漢水騰明是謂家寶膺兹國楨英英學藝爲郎滿歲紫帳趨榮靑縑沐惠王譚練習鄭泰才計持實有章大猷無替悠悠廣熙南海之湄言典斯郡遠于將之變其風俗鎭以宣慈人斯攸賴吏不忍欺列郡之政兹焉爲盛開國承家大君有命山川光錫圭組輝映是曰懋功往哉惟敬重此台

望期諸棟隆礿欣鄭鹿奄歎虞鴻麟傷孔子馬
思滕公死而可作善始令終言式其墓岆山之
路如斧載形廣輪爲度委鬱松檟蒼茫草露萬
古同悲千春罷曙猗歟雲允世豈乏之賢不忘其
本願述其先塋家茂德潘氏流泉闕一字聲懿範日
月俱懸唐景龍四年所作其碑字多磨滅

史雅墓 在溧陽縣東六十里舊志

考證 晉書雅爲散騎常侍

史輝墓 在溧陽縣東六十里舊志

考證 晉書輝爲積石將軍

呂貞墓 在溧陽縣東北五十里舊志

考證 晉書貞爲安西將軍南蔡州刺史

周琛墓 在溧陽縣西南三十里舊志

考證 晉書琛爲遂安太守

紀瞻墓 在句容縣東南二十五里舊府志云在縣一里縣志云在東南二十五里府遠而縣近今從縣志

考證 晉書穆侯諱瞻有宅在烏衣巷今有古碑在縣圃易幷堂碑字磨滅僅辨其額云晉故僕

射散騎常侍大將軍開府儀同三司紀穆侯之銘後有胡克尭跋未詳何代人字漫不可辯○知縣山陽貟元弼題云紀思遠之碑自東晉明帝時逮今元豐癸亥歲僅千餘年可謂遠也已然風霜剝裂字皆漫滅惟題額存焉石亦斷而爲二偃仆於道旁幾爲農夫野老所壞故置之縣宇之東軒屋壁間蓋以其古物可貴爾後之好事者願常護之勿使毁也○知縣邢城張侃題云元豐癸亥邑令山陽貟公元弼取紀穆侯

碑陷東軒壁間且識歲月後百三十四年寶慶丙戌邢城張偘得之邑後圃榛棘中拂塵而觀題額尚存因誦古物可貴護使勿毀之語益信前輩所謂風霜湮淪磨滅散弃於山崖虛莽未嘗收拾亘可惜也初明帝引穆侯於廣室論社稷之臣屈指君便其一班班史冊觀此則銘章頌美又下一等遂買石作趺移置於易并堂左

宋謝濤墓 在上元縣土山

考證 淨名寺得古碑云宋散騎常侍謝濤元嘉

十七年葬于揚州丹陽郡建康縣東鄉土山里

王夫人墓在土山

考證大明七年夫人琅邪王氏合祔于土山里謝濤之墓有古碑可考夫人之祖曰獻之父曰靜之

冥漠君墓在東崗

考證宋書元嘉七年彭城王義康修東府城城壍中得古塚爲之改葬東崗使法曹參軍謝惠連爲文祭以豚酒不知其名字遠近故假爲之

號曰冥漠君文云元嘉七年九月十四日司徒御屬領直兵令史統作城録事臨曜令亭侯朱林具豚醪之祭敬薦冥漠君之靈忝總徒旅板築是司窮泉爲壍聚壤成基一掘既啓雙棺在茲捨畚悽愴縱鍤漣洏芻靈已毀塗車既摧几筵糜腐俎豆傾低盤或梅李盎或醯醢蔗傳餘節瓜表遺犀追惟夫子生自何代曜質幾年潛靈幾載爲壽爲夭寧顯寧晦銘誌湮滅姓字不傳號冥漠君永埀千年○馬公之純詩經營東府役紛紛掘土城壕得古墳但見雙棺埀欲朽不知何世了無聞遂令移殯北壖上仍與號爲冥漠君萬事到頭成幻滅祭時猶讀惠連文○虞部楊公備詩柴壘穿壕見古墳元嘉東府惠連文可憐名字知音少祇使雙棺万古聞

宋宗慤母鄭夫人墓在秣陵

考證 皇祐中金陵發一墓有石志乃宋宗慤母夫人墓有誌無銘不著書撰人名氏其後云謹牒子孫男女名位婚嫁如左蓋一時之制也按慤本傳與此志歷官終始不同傳云孝武即位以慤爲左將軍累遷豫州刺史監五州諸軍事討竟陵王誕入爲左衛將軍廢帝即位爲寧蠻校尉雍州刺史卒此誌乃大明六年作云爲左衛將軍監交廣二州湘州之始興冠軍將軍平越中郎將廣州刺史始遷豫州刺史監五州軍

事又為散騎常侍左衛將軍領太子中庶子荆州大中正而傳皆略之愍南陽涅陽人而此誌云涅陽縣都鄉安衆里人又云窆於秣陵縣都鄉石泉里都鄉之制前史不載

謝惠連墓在上元縣本業寺相近

考證唐保大中里人孫熹等常建碑**南譙張諳孫**詩幾年夢草句難成一日春風草又生來謁荒墳空展轉小塘幸有謝公名

齊巴東公墓在棲霞寺側有墓碑字皆不可辯其額云齊故侍中尚書令丞相巴東獻武公之碑

齊海陵王墓 在金陵

考證 夢溪筆談曰慶歷中子在金陵有饔人以方石鎮肉視之若有鐫刻取石洗濯乃齊海陵王墓誌謝朓撰并書其字畫如鍾繇可愛予携之十餘年文思副使夏元昭借去託以墜水

齊王孝恭墓 在溧陽縣東南二十八里

考證 齊史孝恭爲散騎常侍

梁始興王墓 去城三十里

考證 南史梁始興王蕭檐謚曰忠武墓在清風

鄉黃城村有石麒麟四及神道碑云梁故侍中司徒驃騎將軍始興忠武王之碑

安成王墓去城三十八里

考證梁安成王蕭秀字彥達謚曰康墓在清風鄉甘家巷有石麒麟二石柱一神道碑二題云梁故散騎常侍司空安成康王之神道又南史云佐史夏侯亶等表立墓碑誌王僧孺陸倕劉孝綽裴子野各製其文欲擇用之而咸稱實錄遂並建于墓今存者二其一已磨滅其一字畫

間有可辯乃孝綽文也

臨川王墓 去城三十里

考證 南史臨川王蕭宏字宣達謚曰靖惠其墓在北城鄉有石柱碑二題云梁故使黃鉞侍中大將軍揚州牧臨川靖惠王之神道

吴平忠侯墓 去城三十五里

考證 南史梁吴平忠侯蕭景字子照謚曰忠墓在清風鄉花林村之北有石麒麟二石柱一題云梁故侍中中撫將軍開府儀同三司吴平忠

侯蕭公之神道

建安侯墓去城三十五里

考證南史建安侯蕭正立謚曰敏其墓在淳化鎮西宋野石柱塘有石柱二題云梁故侍中左衛將軍建安敏侯之神道

南康簡王績墓在句容縣西北二十五里

范府君墓梁招遠將軍臨川王國侍郎范府君墓在溧陽縣東北五十里〔舊志〕

史府君墓梁散騎常侍兗州刺史史府君墓在溧陽

縣東北五十里舊志

周洪正墓在[redacted]縣東三十五里

考證梁元帝平侯景於江陵嗣位洪正諫帝不納江陵果陷洪正兄弟遁歸金陵大同末洪正嘗因蓍占謂弟曰國家危在數年間吾與汝等不知何處逃形及帝納景又曰禍至矣

陳王僧辯墓在方山下

考證僧辯爲陳霸先所害父子七人束以葦蓆同瘗一穴宣帝天嘉中故吏衛卿許亨抗表請

以家財造墓葬之

唐顏尚書墓 在縣東來蘇鄉後顏村石龜尚存淳熙十一年顏運使度重建祠堂

考證 實齋王公遂因閱縣志見所載來蘇顏墓屬邑士高元龜訪求遺跡所在得尚書墓隧於荆榛間隧門龜趺儼然如舊顏氏子孫之居是鄉者出淳熙年間江東計使顏公度蠲租故籍以白元龜好義者也因屋墓前而祠之實齋感慨忠義援筆作記推原魯公從容就死之志其

目有四繼得魯公集讀之乃知魯公之墓實在長安今來蘇之墓尙書墓而非魯公墓也按魯公所撰靖侯舍大宗碑則知自舍以下七葉皆葬金陵就七葉中言之如延之之子曰竣曰奐蓋魯公八世從祖皆嘗歷位尙書則來蘇所謂顏尙書墓者豈其人耶

許司徒墓在句容縣東白土奉聖寺側今寺中有捨寺基碑見存

史仲謨墓唐越王府東閤祭酒史仲謨墓在溧陽縣

東北三十里西山之前賈曾爲之碑

史務滋墓 在溧陽縣東北三十五里

考證 務滋仕唐通議大夫守納言詳見古今人表

劉府君墓 在溧水縣北三十五里

考證 唐文藝傳劉太眞宣城人善屬文師蘭陵

蕭穎士爲信州刺史卒葬於此

李順公墓 在金陵鄉七里鋪去城十二里

考證 公名金全字德鏐有神道碑題云唐故開

府儀同三司檢校太尉兼侍中贈中書令李順

公神道

張懿公墓在金陵鄉石頭城後去城一十里

考證公名君詠字德之有神道碑題云大唐順天翼運功臣特進守太子太傅上柱國清河郡開國公張懿公神道

高越墓在棲霞寺舊門外北山之麓去城四十五里有石題云侍郎高府君墓南唐人也

韓熙載墓在梅頤崗

考證熙載病卒後主謂近臣曰吾竟不得熙載

爲相乃追贈平章事謚文靖葬于此

荆將軍墓在溧水縣南四十五里因羊左事始知有荆將軍墓

盧循道王師乾墓在句容縣東一十里

葛府墓西平將軍杜陵侯葛府墓在句容縣西七里有碑

雙女墳在溧水縣南一百一十里

考證雙女墳記曰有雞林人崔致遠者唐乾符中補溧水尉嘗憩于招賢館前有塚號曰雙女

墳詢其事迹莫有知者因爲詩以弔之是夜感
二女至稱謝曰兒本宣城郡開化縣馬陽鄉張
氏二女少親筆硯長負才情不意爲父母匹于
鹽商小豎以此憤恚而終天寶六年同葬於此
宴語至曉而別

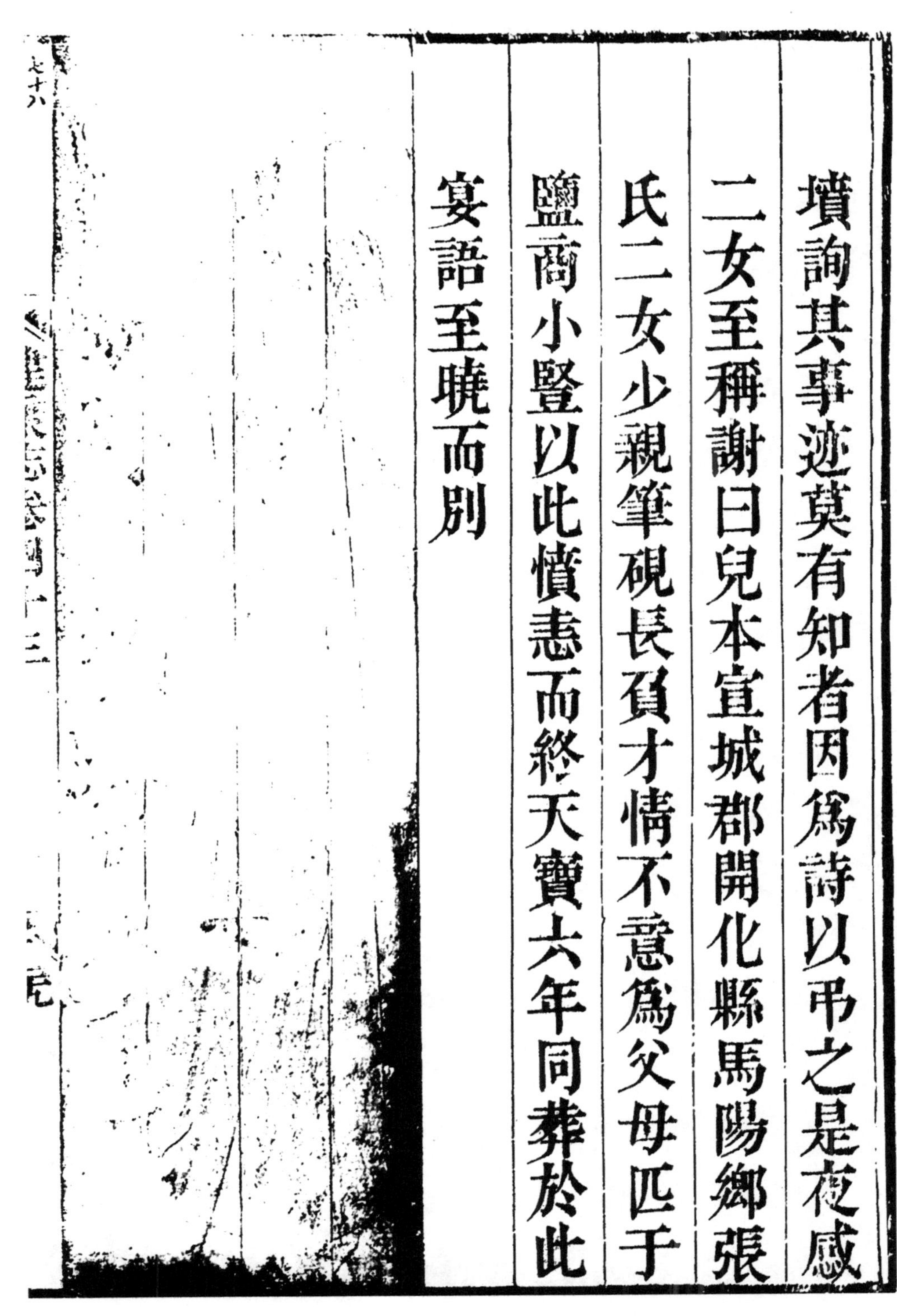

下

景定建康志卷四十三

[illegible]

元懿太子攢宮

高宗皇帝建炎元年五月十三日申時生太子三年
車駕在建康　行宮太子得疾未瘳有金香鼎置于
地宮人誤觸之仆地有聲太子應時驚搐不止
上命斬宮人于廡下少頃太子薨實七月十二日也
攢于府城内西冶城後鐵塔正覺寺法堂西偏小室
中紹興元年二月二十九日三省同奉
聖旨給降度牒一十道付建康府專一應副修葺日
輪軍員兵級防護本地分官旬具平安狀申府春秋

差官祭享

楊忠襄墓在南門外

考證建炎元年江寧府禁卒周德叛溧陽縣卒趙應之楊公邦乂爲宰諭止之不聽乃設方略圍捕殺之且檄隣邑共入討賊賊以故不得逞卒就擒事聞於　朝遷本府通判三年十一月虜犯建康官吏皆降虜邦乂獨不從罵虜啗口不絶寧作趙氏鬼不作它邦臣虜剖其心以死詳見表及傳　紹興中游公九言作墓道碑慶元初趙

師晨立石碑云所貴乎大丈夫者爲其有恥心也孰不好生而甚死寧死弗顧者爲其無以自立於天地間有重於生故也如其不恥則大丈夫不足爲難而名義不重矣建炎已酉金虜寇江駐東采石先是　車駕幸越杜充以宰相總諸道兵鎮江左前執政李棁供饟事顯謨閣待制陳邦光守建康充懦不能戰以軍六萬人列江岸乃閉壁莫敢出虜諜知遂渡江我師自潰充與麾下數千降虜北去虜入建康棁先降邦光欲棄城度不能遁亦降通判楊公邦乂獨不從大書其衣裾曰寧作趙氏鬼不爲它邦臣授其僕曰持此以見志吾死矣棁邦光慚謝猶强擁公上馬郎野次俱見虜酋四太子者命之拜公叱曰我不降何拜虜莫敢迫縱歸明日遣其將張太師諭公授以舊官公以首觸階陛求死虜大驚止之徐曰公所守固高然勢去矣第歸審思之明日復來公亟移書其酋曰世豈有不畏死而可利動者幸速殺我又明日

四太子鶻二降人於堂上樂作召公立庭下公注視梲邦光曰天子以若扞城賊至不能抗又不守節更與共燕樂尚有面見我乎虜取幅紙書死活二字謂曰無多言卽欲死書死字下則顧旁吏有簪筆者躍起奪而書曰死於是虜皆動色又使引去明日再以見公遙望四太子遂大罵若夷狄而圖中原天寧久假汝行磔萬段尚安得汙我虜怒使人疾擊挺交下公罵不絕口見殺剖腹取其心明年虜去州以事上聞詔贈直祕閣官其子二人卽死旁爲墓立廟賜謚忠襄九言嘗謂節義者國家之元氣也人無元氣則死國無節義則亡朝廷有伉直之風則遇變多伏節之士大丈夫臨難不可免遂以身死之所以立君臣之義明逆順之理使任人之事者曉然知廢義背理决不可以立乎天地之間其有功於名教也大矣嗚呼我　國家涵養二百年自熙豐一壞蔓延以至政宣變起倉猝當時京師不屈僅得數人而繼之者公也使靖康

之難一時有位人人如數公戎虜安得談笑而移城闕又使靖康之難無公等數人南渡何以中興然則有國家者平時獎崇正直扶持人心其可忽乎以建康論之杜充輩皆宰執侍從相倡降賊公以州佐貳乃挺然若此則官職又可輕予乎使朝廷以充之柄授公之手城未必遽陷今既敗事在公報國之義固已無負而朝廷所失何如哉此又爲古今忠義之士所深嘆也公吉州人政和乙未進士後六十九年建州游九言爲吏金陵再拜墓道嗟歎而爲辭曰山雲起兮陰陰木嘯風兮蕭森骨荒榛兮頹隧野鳥怨兮清音噎內午兮燕安藹薦紳兮多盤繫苞桑兮弗戒渝舊好兮開邊釁生兮召戎須大地兮塵蒙粲承干兮百載莽夷門兮廟宮我踰邠兮梁山虵游食兮江干擁貔貅兮首鼠矜雅拜兮後先獨立兮慨陳人自靖兮此身寧爲鬼兮趙氏肯涅緇兮虜庭肴酯飼兮苟哺弗自知兮貌頼握玉麟兮拜犬豕曾莫嗅兮趯腥豈曰余

兮獨死汝尸坐兮偷生振英聲兮堦下氣烈動兮凊寧凜名義兮身世九鼎重兮一羽輕翳翳兮幽藏頹陽照兮山荒髮毛爪齒兮一世同腐廟貌圭衮兮千古之光春秋兮代謝勿替兮烝嘗慶元戊午春修職郎建康司戶參軍趙師晨立石

王舒王墓 在半山寺後

翰林給事張唐公墓 在上元縣長寧鄉呂惠卿作誌

資政管元善墓 在句容縣下蜀鎮柔信鄉之原白時中撰誌銘 銘曰管以國氏世遠而分龍泉著姓自公有聞公姿粹秀渾然德器種學績文川流岳峙暨于從政激濁揚清有施有守偉其休聲濟是顯融持橐珥筆獻替絲綸左右密勿出殿方面入躋廟堂謀猷來告愍恤有章惟其令名詔于後裔勒茲堅珉幽宮永閟

楊忠介墓在上元縣鍾山鄉

考證楊宗閔字景齊代州崞縣人太傅和義郡王存中之父也屢立戰功建炎元年十二月金人犯永興衆以永興無備勸宗閔去宗閔曰吾結髮從戎蒙　國厚恩行年六十有七唯有死耳他非所知明年正月城陷血戰而死贈太師魏國公謚忠介其子存中招魂葬于鍾山敷文閣待制劉一正爲之銘楊爲顯姓世澤以滋由漢及唐别派分支公家鴈門奕奕有聞儒學相授位微德尊公曰丈夫志尚各異我必以功自見於世惟時夏童跳梁

干紀躪我西陲幾無寧歲公初郎戎氣已蓋衆
雙帶兩韃射則命中鏖戰腥羶架踐斥鹵固敵
是求計不返顧公身居先將士內激凡師所臨
當百以一料敵制勝不愧古人機變橫出捷若
鬼神晚佐永興遭時艱虞連城不守援絕勢孤
人或謂公子盍去諸公曰國恩必報以軀帝爲
嗟悼告第蔬榮孰慰忠魂公有孝孫孝孫翼翼
位在九棘勳名孔昭恭愼靡忒光大厥家未見
窮已天其賚
公孫又有子

葉狀元墓 在上元縣宣義鄉

考證 葉祖洽字惇禮熙寧三年廷對第一官至
徽猷閣直學士太中大夫政和七年四月六日
終于眞州寓舍詔賜賻加等贈宣奉大夫郡具

葬事以九年正月二十五日合葬于江寧府上元縣宣義鄉鴈門原夫人之墓上官均撰誌銘

銘曰惟士狃常文溺而弊纂組葩華濡失根柢神宗獨運以古爲制章明六經策以經濟惟公褎然眇視儕類放詞汪洋克當　帝意聲名偉如多士嗟唱峻陟蓬山炳燡郎位出殿侯方入聯近侍天官之宗權衡百吏　帝咨其人惟公之試有謀必陳有作必遂峙立孤騫弗傾弗倚俗方喜同公則弗隨衆爲遜恭公以簡持安于譽誹自信不疑投間經書研道之微尚期奮飛爲國之毗孰云其亾士友嗟欷年豈不多[illegible]位克躋有鬱其中不究其施[illegible]銘幽宮以永其垂

大師秦檜墓在牛首山去城十八里

大資秦梓墓在溧陽縣南屏風山

少保威定王德墓在上元縣鍾山之原

傅雱撰神道碑

銘曰赫赫炎宋中興丕基蕩攘蛇豕以及鯨鯢公自熙河提戈崛起感會風雲鷹揚萬里靖康之初手擒黠虜大振天聲名聞聖主窮虎跳梁震驚漢沔戎略一施二逆就戮昰亦擁衆盜據濟上親梟其首風威遠暢成挾強援鴟張淮蔡公談笑間星奔獸駭遇寇江夏鋒如蝟苡轉戰千里敗之池陽淮海震擾大駕南巡招懷降附獨成一軍亟趨東吳覲清國難賊壓和壘民墜塗炭求援於公乃麾偏將昰彥授首軍容益壯傅等造變以逞異圖公奮袂起期於誅鉏逆臣既擒天子復辟乾維再張公與有力繼聞胡馬南渡武昌卷甲而趨直阨其吭虜進無所其退惟艱勢益窮蹙歛軍北還公奏凱旋將迎隆祐未達贛上命誅妖寇嘯聚貴谿曰王念經僭竊大號恃險憑陵師涉彭蠡江等遊魂嬰公之鋒如火燎原尋歷

鄱陽鄱陽危急文舜猖狂矢石四集公冒重圍敵人褫魄指顧之頃凶渠盡獲爰乘雨勢擣念經壘枹鼓一鳴巢傾卵毀控扼天塹屏蔽京口羣議退保公請死守仲威恃衆翺翔揚土公手擒之不煩一旅清蹂江壖公乃拔劒破之崇朝過其虐燄琳刼其衆歸身逆徒不容旋踵磔死當塗逆雛惟麟悉衆肥水公往驅之曾不折箠應援西潁公方整旆羣醜諜知望風奔潰就襲蘄邑虎視宿城耶律面縛一塵不驚兀术精甲踰十萬衆長驅江滸利與我共于時分兵將保江東公請先登以折其衝獨麾虎旅夜涉采石父子捐軀誓死於敵賊陳柘皋旌麾塞空公親合圍首挫其鋒一緊公之勝衆方堵進名王貴酋殲夷殆盡由茲一戰敵勢大摧不敢南鄉飲馬長淮獷驁可汗其來桀驁視公凜然乞盟請好躋時承平疆場肅靖舍爵策勳節旄是命當宁憫公久膺煩劇聽解軍務俾就安適聖恩隆厚其誰公如總符江陵雍容其都卧鎮上游控制

荆楚忽焉淪喪失兹召虎訃聞西來上心震悼
昭示眷懷錫之涣號蘭砌芬芳勳庸益著高大
其門紹隆厥緒有宋功臣翊
戴皇極用詔後昆刻諸金石

忠壯李節使墓在溧陽縣西北青龍山之南

考證邈字彦思臨江軍人靖康元年八月詔以邈知眞定府事邈至守備單弱金人入寇己未兵薄城下辛酉虜圍城邈率其麾下且戰且守而援兵不至十月戊戌城陷邈巷戰不克將赴井死左右持不得入斡离不脅邈拜不拜以火燎其須眉及兩髀亦不顧虜問邈團境內民使

擊我謂我爲賊何也邈曰汝負盟所至掠吾金帛子女非賊而何虜不能屈乃拘於燕山府久之欲以邈知滄州笑不荅且說虜曰天下彊弱安有常吾中國適逢其隙爾汝不以此時歸二聖及兩河地歲取重幣如契丹以爲長利彊尚可恃乎虜諱其言命邈祝髮左袵邈憤詆虜甚力虜以撾擊邈口流血邈復吮血噀之翌日自去其髮爲浮屠虜於是大怒遂擊邈死時建炎二年也紹興二年招魂葬此葉參政夢得爲

之銘官至青州觀察使眞定府路安撫使贈昭化軍節度使謚忠壯

四廂王節使墓在上元縣鍾山鄉棠梨山

考證王瑋字君瑞隴西成紀人紹興中屢立戰功官至四廂都指揮使贈節度使陸敦臣撰誌銘碑字斷缺

贈節度使盛新墓在上元縣宣義鄉武岡山

考證墓記略云盛新亳州人以勦賊功賜承節郎後因虜寇犯境結忠義三千人隨張俊護駕南渡轉官至武功大夫差充建康府中軍統制次差充太平州采石鎭水軍統制紹興

辛巳虜主完顔亮入寇屯兵和州謀自采石渡江時都統制王權往建康府禀議軍事存留張提舉諸軍一行事務官遊奕軍張統制在石跋岸備禦其虜主於臺上親麾紅旗進發人船自北岸徑行衝突南岸盛新賈勇將士以海鰍船一十隻道先破敵賊船復　楊林岸下時中書虞舍人　宣諭江上至采石登山觀看戰陣發使收兵保守南岸申發報捷新蒙　恩加官至中亮大夫正任濠州團練使淳熙二年追錄前勞特贈福州觀察使繼贈昭慶軍節度使

待制戴端修墓在溧陽縣南上墟村

考證端修諱時敏溧陽人擢政和二年上舍第紹興初監修　行宮官至中大夫敷文閣待制李公處全誌其墓苗傅劉正彥之變呂忠穆公頤浩以簽書樞密鎮金陵謀

帥師勤王公時爲修　行宮官屬力贊之預草請復辟表置懷中一日出以告忠穆公曰艱危如此公以見執政處方面討叛職也勿居它人後忠穆聳然即日提兵趨行在所表語有曰太母以柔靜之身高居嚴邃　皇帝以幼沖之質淵默臨　朝陛簾之間天地相隔萬一羽書交至變故乘時則迫切之虞可勝道哉惟念神器之大祖業之重不憚再四請復明辟親攬萬機以安衆心然後思致寇之由奮撥亂之略據東南形勝以圖西北期以歲月中興不難致矣張魏公浚時以防遏使留平江同勤王之舉得表俾騰本傳四方讀者增氣發運副使呂源覽之泣下曰國有人焉可無憂矣公獨以不獲執鞭弭從諸軍周旋爲恨及事平諸司表賀往往多出公手○始入　朝見大臣于政庫堂首言今軍旅方興戎幕所辟置要須智謀策略之士否則伏節死義之人今蜀僚輩中非奔競無恥奴事諸將爲求官射利之計則陰負咎累絶進

取望者苟祿自私徼倖拔拭而已至於倉卒見敵欲決疑定議則托儒爲姦緣飾前代欺惑上將惟務退縮自爲身謀國家何賴焉乞悉從堂選以革前弊切中時病識者韙之

龍學錢元英墓在溧陽縣燕山之原

考證元英諱周林溧陽縣人鄉舉第一登建炎二年進士第嘗爲
孝廟潛邸舊寮再掌內外制官至龍圖閣學士

尤公袤撰誌銘　銘曰堂堂錢公一世之師騰實蜚英自其少時疇不工文體弱氣萎公以道德養其華滋雅健雄深盤誥爭奇士以文顯器識或卑公所踐履明白坦夷在險弗渝在涅弗淄有文有行於政或迷公之應事如燭與龜所居可紀所去見思校讎道山弭筆

右螭進登掖垣遂掌訓詞大冊雄篇星晶日暉常揚燕許厥問四馳帝在初潛公始受知執經王府四閱歲朞帝既踐阼公方奉祠曰予舊學其亟來歸公來自西天子曰噫久不見卿乃今未衰勸講華光旋陟瑣闈從容謂公鄉當輔台棘人欒欒俄反故棲再賜之環終以疾辭皇揆方深我志弗移遂上印紱如脫屣羈養浩上園左書右詩胷奇陳陳有蓄未施人徯大用天不慭遺燕山峩峩溧水繚之有崇其罔自公兆之懿德清芬世其詔之

于湖張狀元墓在上元縣清果寺

考證張孝祥字安國舉進士第一官至顯謨閣學士本歷陽人未第時多留建康隆興中嘗爲留守後葬于此乾道六年三月郡人朱曠拜墓下留詩瘦馬踏亂山盤折度村

嶋處處花椰明耕鋤徧壠畝麥苗見膚寸拳廲方出土乃知去夏旱布種坐遲暮夏租競如何未免催迫苦投鞭扣蕭寺來謁張公墓再拜拭淚行疇昔感知遇盛年厭紛華騎鯨上天去校讐三洞章飛仙自儔侶笑唾人間世一品競何補世人患死生未究死生故是往本不滅來往若寒暑休矣勿復言僧窗睡春雨○紹熙庚戌中秋後三日門人武陵黃道輔拜墓下留詩曉出白下門瘦馬踏秋色鍾山度蒼翠慰我遠遊客暮投淸果寺花草獻幽寂長廊靜無人落日照西壁平生張于湖萬里去一息翩然九州外汗漫跨鯨脊乾坤能幾時安用較顏跖文章失津梁所念斯道厄夜闌耿不寐搔首聽蕭瑟懷人感西風翁仲守孤陌○上元縣尉操[redacted]拜墓下留詩古塚誰來香一瓣斷蓬衰草自斜陽至今唯有文章骨埋入幽泉土也香

張防禦保墓在江寧縣鳳臺鄉松林莊之原

考證保字和叔太師循王俊之母弟也佐兄立功累官至拱衛大夫榮州防禦使留建康十五年紹興二十六年七月終于私第年六十六銘曰

黃帝子揮始制弓矢以功賜姓命張爲氏自仲孝友世不乏賢猗歟循王克享其全公以母弟實侍戎陳攻堅擊強屢犯鋒刃　帝曰予嘉好爵汝縻八遷横列震耀一時歸自柘皐約成偃武循王入覲留長西府公始脫冑領祠赤城時屯建業皆循王兵公居其間思所以處曰余伯氏爲國心膂予敢沽譽以惑衆情予敢賈勇以憂吾兄迺屏故習沈默閒靜晦智與能不與世競十有五年跡不涉疑循王之忠天下益知防過眞拜戎律貳總天與善人意公且用癘序忽盡公亦何心憂能傷人一夕古今長干之原循王所卜公其寧居貽子孫福

趙節使彥墓在上元縣金陵鄉祁家山之原

考證彥字公美本祁之深澤人　御前水軍統制純之父也初隸呂剛中戲下建炎初刲臂納密書間道走謁

高宗皇帝于相州遂扈　駕駐吳會勤　王平寇屢立奇功最後以柘皐功進七等乾道元年十一月卒于建康贈昭慶軍節度使

趙總管士旰墓在句容縣政仁鄉慈恩寺

考證墓誌云士旰字岩老　太宗皇帝第八子周恭肅王之四世孫也靖康丙

午八月生于睦親宅丁未之變公在襁褓養於
乳母李氏李適梅氏相與保毓甚謹晦其姓氏
紹興己未虜請和公始得同親王居廣徠歸年
已十四矣追念父母泯迹朔荒嗚咽流涕殆不
能生聰敏長厚以近屬賜名授官及冠奉衡山
祠禄于金陵攬形勢之雄壯歎中州之榛蕪謂
茲土裏江表淮王烝所聚且距河南地近恢復
之本當道於此指日疆土還職方之舊則歸父
母邦不遠矣故樂與軍師游譚兵家事以資異
時執戈衞社計於焉謀居蓋有待爾始則卜築
南郭外咫尺城闉且有清勝之趣鄉貴大夫慕
公高潔競與論交車轍闐門殆無虛日公雖天
性節儉然雅好賓客有解貂換酒之風居既安
不事榮進　朝廷嘗以公行尊屬近欲命襲爵
主祠公聞之巽謝甚力時議高之故凡奉祠者
六食員外監征之禄者三而公處之裕如淳熙
辛丑有以公之節行升聞　上深
嘉歎特命進秩積階至武經大夫

崔中書墓在溧陽縣南泉山諱敦詩

李戶部墓在溧陽縣北下湯之原諱朝正

董侍郎墓在溧陽縣北前馬里諱平

李侍御墓在溧陽縣西南大石山諱處全

魏參政墓在溧水縣諱良臣

王宗丞墓在溧水縣諱端朝

程孫墓在清涼寺後山之麓蓋明道先生程純公五世孫也諱偃孫本伊川先生五世孫寓居池州周應合爲明道書院山長日請于帥府將求伊

川之後人教養選擇以繼明道之後裕齋馬公移文池州尋訪太守定齋陳公謀之闔族參之公舉禮送偃孫來應兹選江東撫幹兼明道書院山長周應合申照會書院爲明道先生程純公立也固將有以壽其道脉亦當思所以壽其家脉今純公之後所至未見其人而伊川先生正公之子孫在池陽爲稍衆擬欲從閫府行下池州委請通判教授於伊川先生子孫中自十五至三十歲遴選其資質可以進學者五人並禮送書院養而教之觀其有立別議區處庶幾爲子孫者崇德象賢足以嗣續先世之舊而家脉與道脉俱壽矣更合取自指揮奉鈞判行池州回申備述通直郎新差知興國軍永興縣主管勸農公事兼軍正伊陽伯四世嫡長孫程淮箚子照得明道先生子二人而端懿居長孫四人而昂居長曾孫六

人其後不復可考淮本位伊川先生亦二子四孫曾孫八人元孫十二人仍孫見止十人來孫見止四人可以遷繼明道者實難其選獨節之之子濤濤之子偃孫乃伊川一氣之正派可爲明道後節之與克家爲兄弟若空一代而以偃孫爲克家之孫於法亦通然不可使節之之無後也今莫若全以節之一位三世爲明道先生嫡孫弟命繼節之爲明道曾孫濤爲明道元孫偃孫爲明道來孫則明道先生之後世世有人節之乃伊川長子知軍端中第三子通判晟之之第五子於通判本位卽不相妨雖非禮之正而合乎禮之權可以仰稱繼絕之盛德嘗經戶部看詳指定伊川先生次子通判第五子節之一位三世移繼純公之後按禮援法實爲允當奉

聖旨依劄

付池州

偃孫年方十七自幼而孤以貧失學有母六衰無以爲養定齋惻然爲具衣冠而資

送之既至建康山長率堂長以下告于純公命之爲五世孫以掌祠事請于府月廩四百千米四石以養其母貼占官屋以安其居給綿絹以完其衣定課程以勉其學委堂長胡淳講書程立本任訓導如己子以時察其學之進否專留書院薰陶氣質惟休澣日歸省其母非休日不許出其後張山長顯注意尤篤葢其監豐儲倉門日嘗納劄廟堂力言此事方冀偃孫之成立以嗣家學而偃孫忽以疾終寔景定二年三月

也應合適歸自池陽乃與胡山長立本謀具喪歛且請于府偃孫雖死而母無所依仍以偃孫存日所得之餐錢養其母終其身秋八月應合與翁山長泳謀治葬藏得地于清涼寺後山左右環抱面挹江淮咸曰吉壤委講書李朴任其事應合泳率諸士友縞服臨送更議爲偃孫立繼未得其人姑俟它日

義塚

四門義塚八所今爲義阡

紹興己酉

天子大饗明堂詔凡虜所破州縣暴骨之未歛者官募僧道收瘞建康守臣葉夢得度城四隅高原隙地各爲穴以待藏在西門清涼寺之南茶山之下者二北門張王廟之西北麟蛇山之下者二南門官道之西越臺之下者二東門官道之北齊安寺之西者二

掩骼記建康承平時民之籍於坊郭以戶

計者十七萬有奇流寓商販游手往來不與建炎己酉冬虜既大入十一月壬戌南渡自溧水徑趣浙留其僞太師張眞奴分兵五百薄建康宰相杜充率麾下北去知府事陳邦光以城降虜由是未盡肆其虐則築城於西南隅以居取城中器械子女金帛儲之禁吾民毋得出州城明年夏回自浙東五月復至建康與所留兵合丙午入城始料其强壯與官吏以兵圍守於州之正覺寺散取老弱之遺者悉殺之縱火大掠越三日府寺民廬皆盡乃擁衆去凡驅而與俱者十之五逃而免者十之一死於鋒鏑敲榜者蓋十之四城中頭顱手足相枕籍血流通道傷殘宛轉於煨燼之間猶有數日而後絕者官軍繼收復又二年烏鳶所殘風雨所蝕阡陌溝渠暴骨皆充斥行者更踐處居者雜卧起與瓦礫荆莽相半也紹興辛亥　天子在會稽秋大饗明堂詔凡虜所破州縣暴骨之未斂者官爲募爲僧若道者收瘞累數至二百則得度於是

州之寺五得其隷業精勤者二十八人益以貧民之餓者食而佐之度城四隅高原隙地各爲穴以待藏出羨穀四百斛錢三百萬以給費爲籍日校其所獲以時檢察之人人欣然皆樂效力閱十九日得全體四千六百八十有七斷折殘毀不可計以全者又七八萬以次入于穴而城中之骸略盡十二月甲子遂瘞虜之殘酷不道載籍以來未之有也惟　天子仁聖將爲斯民請命於上帝而不得則猶欲及其旣腐之餘昔文王葬枯骨而天下歸心其葬未必廣也推其所葬以及其所不葬而天下知其可以王矣秦穆公越國而伐人及其敗也能封其尸君子猶許以霸天生斯民必使之生養蕃息以厚其終禍福與奪實將聽之其曰得乎丘民可以爲天子殺一不辜雖得天下不爲者名之曰好生之德然則自虜荐食中國奪天之所厚而殘之葢不爲量數而吾　天子方推其所以好生者一二而收之於後天固享之矣合此億兆無辜

之冤則亦必有聞者虜之亾其無日乎凡穴深廣皆二丈以其四之三藏骨其一實以土其上封皆高一丈在西門清涼寺之南茶山之下者二北門張王廟之西北麟蛇山之下者二南門官道之西越臺之下者二東門官道之北齊安寺之西者二合八冢督役者兵馬鈐轄拱衞大夫寧州防禦使張禧都巡檢武翼郎王利檢察者安撫大使司準備差遣奉議郎安自求廸功郎沈正路工畢以狀上尚書明年二月禮部給牒而度者華藏寺五人能仁寺五人保寧寺五人清涼寺三人
壽寧寺二人

義冢之旁遂爲義阡凡軍民皆雜葬焉垣牆弗設牛羊踐之土淺骨暴過者顙泚甚失揜骼之初意開慶己未馬公光祖再鎮之初惻然動心

封其土繚以長垣在東門者一百五十四丈在南門者一百五十八丈在西門者一百九十八丈五尺在北門者二百八十九丈五尺爲門爲楄嚴其扃鑰非葬祭不啟委上元江寧兩尉綜其事選鄰僧之慈愨勤事者掌之東阡則選之半山寺南阡則選之宋興寺西阡則選之清涼寺北阡則選之永慶寺人各月支錢三十緡米一石

南北義阡係轉運副使眞公德秀立

建康府城內外昨於嘉定八年內民間因有死亾之家無力買地埋葬以致弃在溝壑遂踏逐到南北兩門外各有空閑高荒地段置立兩阡差撥僧道專一在各處看管埋瘞月支僧道等添給錢米內南義阡見造屋三間於毗近殊勝寺輪差僧一員行者一人在庵專一看守早晚焚修每月本司支錢叄貫米壹石目今見係僧道明行者濮了茂外有北義阡見係後湖眞武廟道士孫守清就行看管每月仍支米壹石

鵲柱牌以江東轉運司新刱南北義阡爲名

兩阡並委運管提督

遇有貧乏之家欲於義阡埋葬僧行等即時放

入不得稍有邀阻及乞取錢物如違許提督

廳覺察具申本司追究施行

所置義阡地段姑據見定地步尚狹未能開展

合立定則例每名只許破一丈庶幾不致多

占地段有妨他人安葬

所破葬地既以一丈爲準又恐安葬之時廣占

尺寸合行下尉司先將其地以一丈界爲一
眼令深五尺以防他日堤滅止許於界眼內
安葬所有坐向却從其便
看管僧道並不許抛離如點檢得不在其本月
錢米更不支給
所葬人姓第於簿內抄上
義阡葬地如己遍滿即申本司支錢取掘焚化
有子孫親屬者令其自行舉化其日隨宜添
請僧員就庵修設功德追薦

葬穴不可太淺庶免他日暴露仰僧行告報定
要掘深五尺

覆舟山下義塚

端平三年十二月十五日制置使陳尚書韡調兵勦虜江北戰而死者甚衆遂於建康府北門外覆舟山龍光寺側擇地開二大穴甃以灰塼凡陣歿將士骸骨悉收而葬之給牒度二僧以守其塚給田百五十八畝有奇以其租入爲每月供享忌日追薦之用版榜寺門勘會當司昨於建康府城

北門外龍光寺側擇地結砌曠口勒韃鏖戰陣
歿將士墳冢以安忠魂除給度牒貳道付本寺
度僧看管外所合給田與寺中每年修忌逐月
供養尋呈僉廳書擬忌辰欲用拾貳月拾伍日
鏖戰日分逐月供養欲用衙日所是田畝契勘
得鍾山鄉婁立中戶絕見在制司收租計壹伯
伍拾捌畝一角肆十步伍分與龍光寺附近歲
收小麥二拾八斛二㪷一升米叁十四斛伍㪷
陸升陸合欲全撥此項給據付本寺逐月忌辰
之用仍牒建康府劄僧正司版榜本寺照應

大使馬公光祖任內修四義阡 東西南北四義阡各
在城外死而無歸者給棺櫝殯焉歲久樊墻頹
圮牛羊從而牧之暴骨如莽後殯者多發前冢
棄枯骼而納新柩先是雖屢行禁止然綱維無

人舉是具文　大使始命上元江寧兩縣簿尉分其責月給十八界二十貫酒四瓶又踏逐寺之去阡近者東半山西清涼南宋興北永慶分命主僧經理營繕繚以修垣置門啟閉鑰則寺僧掌之月各給十八界六貫米一石又慮東義阡之去半山遠也創庵三間就寺選僧行各一名守視凡遇殯葬官給土工十八界五貫量棺之短長廣狹深穴而厚封立牌標記西南北亦如之又於清涼寺西偏得地三十餘畝以廣西

阡依山爲墻自是皆無蹂躪之患凡築墻五百八十一丈爲庵一爲門四共縻錢十八界四千三百餘貫米七十餘石

景定建康志卷之四十三

景定建康志卷之四十四

承直郎差充江南東路安撫使司幹辦公事周應合修纂

祠祀志一

十志後祠祀何也先成民而後致力於神也功德之祀著於禮經神示之居掌於宗伯詎可忽諸建康山川之靈甲於東南由古以來郊社于此者皆與君廟食其閒者多忠臣若琳宮梵宇又多僊士高僧之迹見於古今名流之所記詠者亦不誣也因而書之是亦社稷宗廟罔不祇肅山川鬼神亦莫不寧之意祠

祀志所以作也諸不在祀典非有賜額者不書

古郊廟

舊郊壇 案建康實錄晉太興二年所築郭璞卜立之在宮城南十餘里注云在長樂橋東籬門外三里又云今縣南有郊壇邨即吳南郊地舊志

考證 吳大帝太元元年始祭南郊在秣陵縣南十餘里吳志大帝時羣臣上奏宜修郊社以承天意帝曰郊祀當於中土今非其所於何施此重奏曰普天之下莫非王土王者以天下爲家若周文王都於酆鎬非必中土帝不聽終吳之世郊祀廟社缺然無可紀者晉元帝渡江大興三年始議

郊祀立南郊於巳地建武二年定郊兆於建鄴之南尚書令刁協國子祭酒杜夷議宜須旋都洛邑乃修之司徒荀組據漢獻帝都許即便立郊郊自宜於此修奉王導等皆從組議遂始立南郊郊於巳地其制度皆太常賀循所定唐會要晉元建武二年定郊兆於建鄴之南去城七里一壇之上尊卑雜位千五百神實錄云大與三年作南郊在宮城南十五里郭璞卜立之圖經云在今縣東南八里長樂橋東籬門外三里其縣南郊壇村郎吳南郊也宋孝武大明三年遷郊兆於秣陵牛頭山西在宮之午地廢帝復舊尚書左丞徐爰議郊祀之位遠古蔑聞禮燔柴於泰壇就陽位也建元初甘泉河東禮埋失位終亦徙於長安南北光武紹祚定二郊於洛陽南北晉氏過江悉在北及郊兆之議紛然不一又南出道狹未聞開

闕遂於東南巳地創立丘壇皇宋受命因而弗改且居民之中非邑外之謂今聖圖重造舊章畢新南驛開途陽路修遠謂宜郊正午以定天位乃移於秣陵牛頭山在宮之午地廢帝卽位以舊郊爲吉祥復移本處梁武帝卽位南郊爲壇在國之陽常與北郊間歲普通六年改作南北郊隋志梁南郊壇高二丈七尺上徑十一丈下徑十八丈其外再壝四門運歷圖云梁武中大通五年郊祀異香三至神光五色圓照滿壇陳武帝又修繕南郊圓壇高二丈二尺五寸上廣十丈柴燎白天〇金陵故事云梁武帝時改作四周築土壝宮三重便殿一所兆域數里今其地在城東南與婁湖相近南唐郊壇卽梁故處在長樂鄉去城十二里今爲藏冰之所

北郊壇 案建康實録在縣東八里潮溝後東近青谿

考證 晉元帝立南郊未立北郊明帝大寧三年始議立北郊未及建而帝崩成帝咸康八年追述明帝前指於覆舟山南立之制度一如南郊

宋書云江左未立北郊地祇衆神共在天郊咸帝立二郊天郊則六十二神五帝之佐日月五星二十八宿文昌北斗三台司命軒轅后土太乙天乙太微鉤陳北極雨師雷電司空風伯老人六十二神也北郊則四十四神五嶽四望四海四瀆五湖五帝之佐沂山嶽山白山霍山醫巫閭山蔣山松江會稽山錢塘江先農凡四十四神也江南諸小山蓋江左所立猶如漢京關中山水皆有望秩也文帝元嘉十六年有事北郊帝復下其議於是八座奏省四望松江浙江

五湖等座其鍾山白石既土地所在並留如故
文帝立儒學館於北郊十二年嘗閲武於此
宋孝武大明三年移北郊於鍾山北原今鍾山
定林寺山巔有平基二所闊數十丈即其地宋書
云北郊晉成帝世始立本在覆舟山南宋太祖
以其地爲樂遊苑後以其地爲北湖移於湖塘
西北其地卑下泥濕又移於白石村東又以爲
湖乃移於鍾山北原道西與南郊相對後罷白
石東湖北郊還舊處
梁武帝北郊爲方壇上方十丈下方
十二丈高一丈四面各有陛其外爲壝再重陳
北郊爲壇高一丈五尺晉王恭使前將軍王珣入守北郊○宋元嘉中
每閲武於此○梁嗣徽引齊兵爲寇侯安都距
齊軍於北郊壇紹泰中齊蕭軌等渡江亦屯于

北郊壇

禖壇石 按通典江東太廟門北有石文如竹葉小屋覆之宋文帝元嘉中修廟所得陸澄以爲晉孝武時郊禖石然則江左亦有此禮矣或曰百姓祀其傍或謂之落星石

明堂 在城東南七里不詳其處

考證 宋書晉元帝受命中興依漢故事宜享明堂宗祀之禮江左不立明堂故闕焉大明五年有司奏國學之南地實丙巳爽塏平暢足以營

造其墻宇規範宏擬則太廟惟十有二間以應期數但作大殿屋彫畫而已無古三十六戶七十二牖之制是年五月新作明堂丙巳之地宮苑記云在博士省南博士省在國學南國學在太廟南○梁武帝天監十二年詔以明堂地居卑濕可量就埤起以盡恍敬○陳亾焚毀皆盡將作監大匠宇文愷量臺趾丈尺寫樣奏聞

晉太廟舊址在秦淮西

考證晉太元十六年二月庚申改築太廟秋九

月新廟成案地志太廟中宗置郭璞遷定在今處帝常嫌廟東迫淮水西逼路至此年因修築欲依洛陽改入宣陽門内尚書僕射王珣奏以爲龜筮弗違帝從之於舊地不移更開墻禩東西四十丈南北九十丈宋以後仍之至陳乃廢

社稷諸壇附

府社壇舊在城南與江寧縣社壇同處慶元元年留守張公杓移置下水門内秦淮南岸風伯雨師壇附

上元縣社壇在縣白下門外尉司之東**記云**上元治秣陵中名壯縣先
唐合于江寧　宣孝皇帝五載號上元明年因
以名邑　國朝天禧閭昇州爲節度府　中興
嶽狩列于陪京一同之寄眂昔爲重矣淳熙六
年五月承議郎趙侯徠涖茲邑峕丞相申國公
以魁望塡北門寬大龢平百吏樂職侯素所蓄
積得[redacted]之下車之冬首治馬驛財力大[redacted]弗
沮弗媮顧詹社宮歲月荒老祠官日慢間嘗寓
之它所侯曰是職也宜先粵明年撰日郎工以
七月既望經始三旬而成其地西直臺城財里
所東走句曲南枕秦淮北眺鍾山中爲屋六楹
有畸外爲垣餘百五十丈崇崇其壇特立亥埒
雲煙紫翠森列獻狀春秋歲事冕戟具來明宮
齊廬[redacted]飾儼雅子男邦君之祠莫與儷焉先是
歲戊戌　國家用太社令言　制詔郡邑增
社稷之禩于時百辟肅然遹心蓋謂風人所稱
祈報惟謹敬儒先論勾龍棄之功與[redacted]素王等

故得祀徧天下噫其重矣哉今玆壇崇　恭
上之詔明古之訓一舉而二熾具其殆可書侯
名伯晟字明仲篤古而文綜練有官業同予弟
進士且俱吏吳中相樂　書徠征吾文以記辭
謝弗獲劘爲蹠實月而日之以諗來者俾共于
祀事尙侯之心云淳熙八年三月十五日宣教
郎充詳定一司勑令所删定官奚商衡記幷書
○又記邑社久弗葺後四十年秋浦葉宰爲長
於斯乃更新之設壇壝四始甃以石築墻堵百
六十有奇始覆以瓦建齋宮十有八楹視昔加
崇袤焉前闢軒宇拜下始有地後剏直廬更衣
始有所擇舊材可用者爲屋東隅以封牲牷西
隅以處徒御始肅然無譁舊循墻自北而入今
始作南門舊行事草莽間今始爲砥道縣計比
歲赤立銖積粒聚經營於庚辰仲夏踰年而後
落成夫邑有人民有社稷皆當務也不可緩而
新之亦常事也不必書而書之紀歲月也嘉定
十四年辛巳歲長至日記○又記金陵五邑上

元爲壯邑有社社有宮經始於淳熙庚子越四十年稍葺於嘉定辛巳又二十有三年秋浦陳侯始至視宮墻摧頹已甚樵牧出入蕩無限制未幾齋廬爲西風所震棟橈屋壓積瓦礫與壇齊秋祀雨驟作仰漏旁穿無所庇障相禮者至操蓋行事薦祼興俯弗暇如式侯惕然靡寧喟然歎曰令所職在農農所重在社春祈秋報從昔加嚴旱乾水溢於焉致禱而從祀之地圮陋如許奚以收聚誠意求神顧歆可拱睨不問始銳意更新且召梓人手畫日授大略定矣將漕孟公點廉而聞之自當塗書扁額來力贊其成侯退而視夫帑廩則枵如也且邑爲附庸一絲粟皆上之府令不以負租督過已幸苟可撐持了歲月何新爲新之寧不勤吾民前此諉之近郊里正吏執舊比來令汎焉責之彼苟焉塞責不久仍敝與其煩費而無補孰若撙約以有待力裕則其辦也不擾期寬則其成也不苟乃銖積粒累一意濟斯役迨今春而始畢工棟宇易

以堅木繚墻覆以陶瓦去積壤披剃榛置門闕嚴扃鐍於是仰瞻乎齋宮昔撓而今隆周視乎垣墉昔瘁而今崇循行乎壇壝之中昔窒而今通於斯過者昔慢而今恭矣終三年間無歲不豐十八鄉之民詠歌于春風和氣中夸侯不容口侯曰此神之休吾何功之有欿然以爲未足也儲材庸力凡可以植壞起仆者靡不經思治事之庭退食之堂游息之圃湫問之所向之浸淫朽腐藉濕支傾凜乎若壓不可一朝居者咸撤新之市材役工直與時平交手畀予鳧鶩行一孔弗敢謾訖事而田里晏然罔聞知夫嚴壇宇以事神也肅居處以治民也侯於此蓋兩得之非才有餘孰克辦此由逢辰觀之學爲本才次焉世之爲操切爲不恤者遇事立辦而民不免告病茲非短於才正以過於有才爾然則以才集事非難以學爲政斯難吾夫子於門人之爲邑者至不輕許子路在四科中以政事稱然聞其使子羔爲費宰則曰賊夫人之子及其言

有人民社稷何必讀書則曰是故惡夫佞者蓋未嘗讀書而使之即仕以爲學未必不適以害之未必不至於慢神而虐民子路且以此爲聖人所非甚矣邑之不易爲也侯以儒飾吏由分教有聲而長斯邑廉而不求人知明而終歸於恕民神之主也政善故得民民和故神降之福居是室也微有愧於心登斯壇也將有愧於神新社宮而及縣治其實相關其本則在講學是說也健決之吏笑以爲迂學道愛人者儻有取焉逢辰備數郡文學與侯相始終三載于此知侯爲詳輙述所以詔無窮侯名夢高字子升治行轉聞及瓜而代有日方進進爲時用云淳祐五年歲次乙巳三月望日從事郎充建康府府學教授方逢辰撰并書奉議郎差充沿江制置使司主管機宜文字兼參議官汪坦篆額從事郎建康府上元縣丞趙洪修職郎建康府上元縣主簿趙崇檐迪功郎建康府上元縣尉徐宗大同立石

江寧縣社壇 在縣西南府社壇之東

溧水縣社壇 在縣西南二里紹定四年知縣史彌鞏移建於縣治西北望京門之裏景定元年二月權縣事趙介如重修

句容縣社壇 舊在子城北今移在青元觀西南陳後山談叢葉君表爲句容令縣有盜改置社壇而盜止

溧陽縣社壇 在縣西南二里**記云**邑之祀事社稷爲重所報有常適所以爲民也記曰重社稷故愛百姓亶其然乎則垣圾之隳毀祠室之橈腐詎容若是恝耶溧陽社壇在縣治之西自立縣固已立社第歲久不治壇圯壝夷蓁莽滿汙或致窊穢春秋薦享牲糈雖具而寓祭之所乃不克稱行禮者惡觀禮者歎嘉定戊寅會稽陸公來視邑事始慨然念之然

政務膠轕財計棙瘠支顛補罅未暇也越明年
己卯歲則大熟十有一月峤試尉兹邑獲忝僚
末以事公公眷顧特厚有懷必吐閲歲庚辰嘗
諭峤曰社稷自古尚矣考先儒之釋社者五土
之神稷者五穀之神勾龍配食於社棄配食於
稷葢亦各以其有功於水土者配然而犧牲既
成粢盛既潔祭祀以時則可以必其無旱乾水
溢之憂不然則且將變置其所配食之人矣之
人與事盡誠責實幽明不間若此今兹登稔荐
臻家給人足公私倉廩儲粟浩穰豈非社稷之
有功於民乎不葺其弊不新其舊不嚴其報非
予責而誰責峤曰唯於是九頓首以順公之美
贊公之決居無何公適捐金發帑下公移尉司
督彎兵護作六月甲申衆工齊事七月癸丑乃
成爲二壇其廣袤也丈九尺有五寸其崇峻也
二尺有五寸以祀社稷又爲三壇其廣則丈其
崇皆然列於左右以祀風雨雷之神齊獻俛與
興灌奠燎瘞各共乃位各得其所外門旁廬績

藻一新明敞改觀公始蒞事儀牧增煥神之聽之祥祉昭格庶民用寧百穀用成公之重社之義爲民之意於是乎驗矣雖然昔子路使子羔從政於費邑吾夫子以爲賊夫人之子子路曰有民人焉有社稷焉何必讀書然後爲學而夫子深惡其佞蓋子路謂有民人而治之有社稷之神而事之治民事神於是而習是亦爲學而不知古者學而後入政未聞以政學者也然則詎可以不讀書於治民事神之先乎矧惟公之先公世世積學建于西清鳴道闡文日益富贍而源流所自公獨深造之博洽經籍貫穿史傳以至終夜不寢益進進而不息則其讀書也豈庸常者比哉故其於縣堂亦必以讀書扁之凡政績彰彰無非其英華之發見者也重社愛民特其一耳公命晞記其事因以述之併及公學古從政之大槩以示來者云時嘉定十有四年正月迪功郎建康府溧陽縣尉陳晞記○又記次春初至溧上適行社祭入壇之境道茀而垣

圮壇壝存縱廣大略祠官屋上漏下濕幾不可頓足問其方所則違於經詳其儀設則悖於禮觀諸祝史則翫於習竣事而退厥衷慨焉曰令司社稷也社稷民命也春祈秋報此爲何事以至于此蓋邑猶家也整則事事條理不特內寢堂外門巷所以安神靈者亦然若家廢則事事疎窳居處出入弗治何有於幽冥祝告之所次春靜而思前此視邑之抗敝有不暇葺者況社稷乎雖然置彼整此猶不失爲社稷主且邑孰爲大社稷爲大社稷不治是忘本也夫天統元氣而始萬物地統元形而生萬物人稟氣受形所以位天地育萬物也先王之制饗帝則於郊祀社則於國凡皆以類來之邦國都鄙則設社稷之壝社土神也配以棄風雨雷因地爲神也祭以時蓋天之尊不可瀆而人依形以立取財以養惟地最親故曰社社所以神地道也正道不明禮廢樂壞士狃見聞之陋以疑天地之性人徇利害之私以淆鬼神之分繇是祈哀於老佛

乞靈於龍岡謂寶坊眞館潭洞湫瀵之所尊於社稷黃冠白足巫覡方伎之流工於禳禬嗚呼其昧理也甚矣次春蚤夜恂慄幸邑治粗葺則及於社稷因考晦庵朱文公參訂政和新儀凡神位祭器儀式具可法也迺正方嚮迺新門垣迺闢塗路爲屋凡九楹望拜有宮執獻有位祭器有室更衣有所于以飭玩立惰示吾重社稷之意記不云乎重社稷故愛百姓重民愛也重社稷敬也愛固生於敬也輕社稷而曰吾能重民誣矣雖然人心涵太極五行之理所謂敬者澄穆虛靜以此神明交彼神明無念不敬則無民不愛儻平日心與敬違雖矯飾於拜伏獻祼之頃非敬也如民何次春既以自警併著其刻於社以告來者寶祐改元八月吉日宣教郎特改差知建康府溧陽縣主管勸農營田公事兼沿江制置使司幹辦公事劉次春記

風伯雨師壇 附府社壇

祭龍壇在縣西南十二里陰山上

國朝景德三年置

古大社大稷壇晉元帝建武元年初立宗廟社稷在古都城宣陽門外郭璞卜遷之左宗廟右社稷元風觀在太社西偏對太社右街東即太廟地社立三壇帝社太社各一稷一在縣東二里按宋書晉元帝建武元年依洛京二社一稷禮左宗廟右社稷歷代因之洛京社稷在廟之右而江左又然也吳時宮東開雩門疑吳社亦在宮東與廟同所也宋仍舊無所改作○實錄云晉初仍漢舊儀置官社而無官稷太社有稷而官社無稷故常二社一稷也太康中詔併二社之祀

傳咸奏宜如舊詔一依魏制至元帝建武元年又依洛京二社一稷隋志梁社稷在太廟之西蓋晉元帝建武元年所創有太社帝社太稷凡三壇門墻並隨其方色

雩壇 通典晉穆帝永和中有議制雩壇於國南郊之傍依郊壇遠近注阮諶云在巳地隋志天監九年有事雩壇遂移於東郊在籍田之域內武帝以雨既陰類而求之正陽其謬已甚東方既非盛陽而為生養之始則雩壇應在東方祈晴宜於此

籍田壇 在城東十五里按隋志普通二年又移籍田於建康北岸築兆域大小列種黎柏便殿及齋官省如南郊別有望耕壇在壇東帝親耕畢登

此以觀公卿之推別有祈年殿普通二年徙籍田於東郊外十五里詔曰平秩東作義不在南前代因襲有乖禮制可於震方問求沃野具茲千畝大同五年又築雩壇於籍田兆內紹泰元年齊徐嗣徽復入至元武湖陳武帝遣侯安都拒之戰於耕壇南卽此地也蔡宗旦金陵賦注云梁籍田壇在城東二十里正青龍山前

鍾山壇在鍾山南巖上苻堅大軍至壽春晉武禱於壇神曰當助攻堅見八公山上草木盡爲人形又聞風聲鶴唳皆言王師至堅衆大潰西走

制使姚公希得任內刱修社壇邦之有社重祀也壇壝齋廬歲久頽敝景定四年鼎新修刱祭壇四座齋廳一所檽星門及前後左右挾屋看守宿屋大小總一十有七間週迴界墻屋下裝摺一一圓備總費四萬二千七百餘緡米五十三石有奇

社壇大使馬公光祖重建郡邑有社壇春祈秋報古也今存其名而禮制失之矣祀事之頃升降跪起聽命胥徒動容鄙野甚非所以格神明而來

靈貺也夷攷政和五禮新儀壇壝崇廣具有成式乃命主江寧簿楊相如按古制而築之社稷之壇各一飾以方色燾以黃土南位而北向燎壇瘞坎悉如禮又爲齋廬[redacted]間以備陰濘而祭風雨雷三壇位北向南亦鼎新焉

記云社稷在祀典視羣祀爲重以其關於民者大也我朝政和列於五禮新儀淳熙編次成書頒之天下制度威儀纖悉畢載自禮律同錄藏於法家不能家傳而人誦之州縣循習苟簡平居暇日莫過而問及乎行事惟執事者是聽諉曰籩豆之事則有司存有志於古者相視太息而已金陵陪都立社有年矣壇壝非制祭器禮服猶闕咸淳丙寅夏潦害稼丁卯雨不

時若裕齋先生馬公念念在民靡神不舉社稷莫先焉至誠先昭格以克有秋嗣歲將興祀事斯蕆於是天台楊相如以江寧主書滥竽幕底公前而命之曰余三守茲土至則首謁于社環視諦觀大異先朝所頒之制非闕典歟夫明則有禮樂幽則有鬼神天有四時春秋冬夏風雨霜露無非教也地載神氣神氣風霆風霆流形庶物露生無非教也禮之不存神將安饗獨念夫古者先成民而後致力於神曩民瘼未甦罔敢輕用其力茲歲事告豐民氣熙洽繄神之貺今守臣古諸侯也社稷之事不可改而正諸子慈湖家學也從臣嘗以明古禮薦於朝矣盍爲我與起而一新之俾此邦知有此故典洗積習之陋亦幸之大者竣事則執筆以記其勿多遜相如不敏懼弗克堪載惟公以社稷重臣心乎社稷如此何敢不恪乃祇率指誨差穀旦度舊址聚羣材會衆工審其面勢南直午首二壝對峙五壇崇成社稷位於午風雨雷位於子昔主

石不琢今方圓中度昔陛不四出今升降有階
昔方色不施今五彩輝映昔瘞燎無所今壇坎
從方致齋有次熟牲有庖犧象豆籩簠簋尊俎
罍洗勺篚拈帨巾冪必以式旒冕弁幘衣裳韠
佩組綬帶履繢畫絺繡必以等經始於良月越
明年成一物不欺百廢具舉以此交神明其庶
矣乎公之盛心豈爲徼福於神而爲是哉亦曰
禱祀祭祀非禮不誠不莊期於仰稱　國家立
社之意焉爾矧公之於政薄斂勸分蠲租已責
養老慈幼惠孤恤寡獄無冤民庭無留訟已足
對越而無媿社稷有靈愚知其福公之民也昭
昭矣相如既奉公命有董其役紀其成復請於公
圖而刻之碑陰以扶是禮於勿墜云戊辰正月
既望修職郎建康府江寧縣主簿兼本府僉廳
楊相如撰并隸石修職郎特差
充建康府府學教授許臬篆蓋

諸廟

城隍廟唐天祐二年置舊在城西北今在府治南御街東太廟街內

東嶽廟在城內西南斗門橋之東　本朝雍熙二年置紹興十一年重建

江瀆佑德廟在城西清涼寺東

事跡紹興三十一年十一月二十六日知樞密院事督視軍馬葉義問言比虜寇進逼江上與鎮江建康太平諸郡纔隔一水先被虜人謀開第二港河欲徑衝丹徒施工累日一夕大風沙張截斷不得渡以爲水府陰祐仰惟陛下神聖威武將士用命犬羊之衆未遽衝突

然滔滔大江橫截其前虜軍爲之逡巡退卻雖有舟楫不得施者實神陰相於冥冥之中所以致然乞詔禮官考其制依五嶽例峻加帝號令建康守臣擇地建廟其金山采石二水府乞增封遣官精潔祭告已而太常寺言江瀆已封廣源王止係二字欲特增加六字作八字王擬昭靈孚應威烈廣源王令建康府守臣擇爽塏之地建廟賜額曰佑德其乞峻加帝號一節恢復中原日別議封冊兼契勘廣源王本廟係在成都府今來所封廟額幷增八字王令本廟一體稱呼從之○黃度記云爾雅水自江出爲沱漢爲潛禹貢紀沱潛梁州以岷嶓見著所出也荊州以九江見著所入也漢東南行過大別與江俱東至彭蠡漢行於北爲北江江行漢蠡之間爲中江孔安國曰有北有中南可知近世蘇文忠公遂以彭蠡爲南江余謂此經文也禹貢導山出岷衡荊州分域衡陽爲南界贛水發大庾嶠下合彭蠡牽淦盱濁餘鄱僚循十川鍾于彭

蠡爲大澤與江漢東入海是爲南江其源委可攷故曰此經文也揚州紀彭蠡下出三江江漢加彭蠡爲三矣余登金山其北爲鶻棄山兩山對立江分爲三而東因陸羽三沴之說驗禹貢三江爲信又求所謂第七水者在今寺北趾僧舍中號中冷水冷沴字之訛也它日有爲余言金山下二十里有海門山亦兩山對立江分爲三入海它日又有爲余言歷陽有東西梁山對立江中江亦分爲三而趨東乃知自九江而下山之行乎江中者皆岷嶓下尾江域於山雖波流相漸被而異槽其安行順道而不駭蕩遷徙者由此也夫自漢尙書家說沱潛說三江皆失實吳越春秋范蠡汎舟出三江口指謂浙浦陽剡也三水異出合流于會稽郡之東北今猶稱三江口瀕海小瀆稱謂偶同非一州之望不足紀錄水經松江下流奇分爲三鄙道元引吳都賦指東江婁江與松江爲三瀆尤小本無三江之名且非口岸蓋牽合不可憑也金陵故石頭江

城南有江瀆神廟不知其所起紹興辛巳虜入寇郡禱于廟虜潰去有旨賜號佑德久之棟宇頹圮弗稱靈貺歲在癸酉制置劉公改作之江導源岷山行梁荆揚三州二千餘里挾漢蠡而長之由此入海灌溉濟涉之功博矣食于此宜也因念河自秦漢不行九河故道濟絕源不復截河入滎淮亦與汴泗交錯多非禹跡四瀆惟江溟淼衍長持固處順歷數千載而津逕不易方其自梁入荆去海尚遠甚而已有朝宗之勢經特表見之夫豈非融結之初其受命于兩間者爲獨異也

眞武廟在宮城西北清化市東　國朝太平興國二年置　建炎四年虜入燒建康應官舍民居寺觀神祠無不蕩盡惟此廟獨存

後湖眞武廟本吳赤烏元武觀後燬於兵

國朝嘉泰中王運使補之親印其地禱雨而應遂建
眞武廟取土得龜蛇嘉定間胡運使榘增創前殿寶慶初
丘大卿壽邁又增兩廊三門

蔣帝廟在蔣山之西北去城一十二里

事迹神蔣姓名子文漢末尉秣陵死而靈異吳
大帝爲立廟搜神記曰蔣子文廣陵人嗜酒好
色自謂己骨青死當爲神漢末爲
秣陵尉逐盜至鍾山下賊擊傷額因解綬縛之
有頃遂死及先主之初其吏見子文於道乘白
馬執白羽侍從如平生子文曰我當爲此土神
爲吾立祠不爾使蟲入人耳爲災吳主以爲妖
言後果有蟲入耳皆死醫巫不能治又云不祀
我當有大火是歲數有火災吳王患之封爲中

都侯加印綬立廟改鍾山爲蔣山表其靈異○吳志吳初封子文爲中都侯次弟子緒爲長水校尉皆加印綬立廟堂轉號鍾山爲蔣山

晉加相國之號

晉蘇峻之難鍾山神同蔣侯爲助且曰蘇峻爲逆當共誅鋤之後果斬峻○太元中苻堅入寇望見王師部陣齊整又見八公山上草木皆類人形憮然有懼色初會稽王道子聞堅入寇以威儀鼓吹求助於鍾山神奉以相國之號及堅望見若有助焉

宋加相國大都督中外諸軍事封蔣王

杜佑通典宋高帝永初二年普禁淫祀自蔣子文祠以下皆絕孝建初修復加蔣侯爵位至相國大都督中外諸軍爲蔣王

齊進號爲帝乃以廟門爲靈光門中門爲興善門外殿曰帝山內殿曰神居

齊永明中崔慧景之難迎神還臺以求福助事平乃進帝號

梁武

嘗禱雨有異及魏軍圍鍾離復見陰助○南唐謚曰莊武帝更修廟宇徐鉉奉勅撰碑其略曰蔣帝孕清明之氣稟正直之資宴九德之所生與五龍而比翼自西江考績謝聯事於元夷北部申威戢庶功於黃綬于時祚終四百運偶三分人懷墜炭之愁家有剝廬之痛帝則勤勞徇物慷慨憂時既援張敞之桴卽震李崇之鼓赤心未盡執漢節以忘生青骨難誣降北山而受享飛蟲顯俗生民之舒慘焉依白馬耀奇平昔之威容如在云云○詔曰蔣帝受命上元奠職茲土功昭累代澤被中區所謂有益於人以死勤事者也今位號已極名謚弗彰闕典未申朕甚不取其以勝敵克亂之業爲人除害之功因姓開國追謚莊武仍令有司修飭寢廟備制度焉

本朝開寶八年廟火雍熙四年卽舊址重建景

景祐二年陳公執中增修請于　朝賜額惠烈祐
二年春蔣莊武帝廟成廟去治城北走据鍾山
之趾帝即東漢秣陵尉子文之神功烈載于前
史威靈見於後世頃嘗逐盜勇死誓當血食初
有變怪迺祠于吳因姓名山雄壓境土縣吳造
晉或侯或王陰助國難終敗賊峻遂帝其號偽
唐因之至于我朝日月寖遠治而不廢開寶中
田野弗時悉火其屋厥後完緝甫就像壞壓存
歸然一隅鞠爲榛莽前此出鎮率巨公大臣所
處尊重未始經慮今頹川陳公縣內閣來殿是
邦下車之明年款帝宇下周覽齋嗟頹圮之甚
以爲捍菑禦患實在祀典茲山之靈一府之望
水旱疾疫歲時禱祠神亾攸居民不蒙福非登
弟父母之意即日庀徒飭材頭指面執盡剗故
惡聿圖宏壯既立門戶乃樹堂寓前後挾室左
右列廡南翼隆夏烹燀之處北峙表位遊愬之
所廣敞艷深幾百許柱遐盻輪奐若病盬刓膜

忽見物象之明滅却睨巉崿如丹青新圖半出霄漢而飛動蘋藻可薦簫鼓可樂千里之俗變然驚眂叫呼奔走僉以爲公尊奉神靈發揚幽光颺于樂康覩于歲成君子曰左傳有之神聰明正直依人而行者也若夫公之聰直與神明通故神有所依馮而山得以制與說以使人不日而成不然何曩時之敗壞一旦必葺若斯之盛歟先是御史蔣君司計東道蓄出裔自近在治所躬謁以竣鑱文于石府公感之愈加誠焉二賢同符徽惠邦人不朽之作古之制也御史以予嘗學春秋繪傳其事俾書始末而爲之記云

政和八年漕使劉公會元重修

政和八年福唐劉公會元將漕江左以事謁祠下見其廊廡摧毀丹青皴剝濯漑以仰稱威靈用政和六年天子德音以官錢三萬有畸委屬縣完治殿之毀者完之使新廡之狹者闢之使廣明宮齋廬煥然一新工始於正月十一日甲午而成於九月十三日

壬辰越三日公率屬吏具祭祠下奉安神像事既畢以次列坐公顧客而謂曰事神者內誠欲其至外儀欲其肅然事有激於外而動於內者不可不察也今夫祼以入廟者仰首四顧凜然竦動毛髮懼色見顔面非脅於刑威使然也彼其見於外者嚴肅可憚則恭畏之心怵然生於內自然之勢也茲廟之食於金陵將千歲矣神之福斯民不可謂不久而昔之上雨旁風丹堊不飾俾民之祀者牽牲奉俎以入見其隳廢若此則恭畏之心何自而生焉夫挾慢易之心以求於神而神弗荅豈神之過哉今幸其棟宇復完使今而後民以業而育子孫士以神而蒞官守者咸知事神之理若此則庶幾乎茲廟常完而不隳神之聽明亦將昭荅於無窮矣屬吏邵搏摭公之言而爲記之

乾道八年樞密洪公遵重修記略云乾道七

年詔侍衛騎軍屯建康明年樞密洪公自當塗守遂塡本道迺行城東直蔣山得高亢地以爲

營循山而北以謁于蔣帝之廟慨然念神之食于茲山千數百年赫有靈嚮輔世討賊前王賴焉今貌虎萬犛連營其左折衝之威神尚克相之而祠宇陋傾不葺何以徼福於是撰時庀徒治其廟若神之百須皆修而新之四月戊午告成遂書石湖之上求文以爲記云云竊推神之英烈昔殺身不顧發靈兵間漂疾無方撼摧逆凶已敵先代所懷至像設輿馬皆有行色可謂壯哉可謂異哉烏呼秣陵之盜不烈於滔天之虜石頭之逼不慘於舊京之禾黍鍾離之橋邵陽之柵不熾於中原萬里數十年之氛埃神於其小者猶能奮其威怒有此武功寧獨無意於丕天之大恥乎嘗試酌椒漿桂酒酹神而問之其必有不虛之報以無負於洪公公亦將合人神之助崇建動業以無負於 上之倚重焉成大不佞敢志其遠且大者以告神且以復公之命八年十一月二十六日左朝奉郎充集英殿修撰新知靜江軍府事提舉學事兼管內勸農

使充廣南西路兵馬都鈐轄兼本路經略安撫使兼提舉買馬吳縣開國男食邑三百戶賜紫金魚袋范成大記并書資政殿大學士左中大夫知建康軍府事提舉學事兼管內勸農使充江南東路安撫使馬步軍都總管兼營田使兼行宮留守鄱陽縣開國子食邑六百戶賜紫金魚袋洪

遵立

題詠

元祐辛未裔孫新安仁令蔣題青骨犹埋恨未休寒煙深鎖舊山愁悲風力掃欃槍日勇氣平吞澤國秋身殞一朝心報國功衰千古首凝旒當年白羽雲頭扇還許來仍得見不又鍾阜巍巍插太虛祠堂高拱此山墟誰言荒草埋青骨時有僊風掃舊廬○曾極白馬千年繫廟門爐煙浮動袞龍昏闔棺謾說榮枯定青骨猶當履至尊○楊備深過巖扉敞廟門靈風時動戟衣翻禦災捍患陰功大玉冊榮加帝者尊○馬之純一尉爲官亦已輕後來封爵一何

榮骨青相貌由來異羽白威神儼似生嘗遣陰兵隨義旅不從私禱長姦萌自當血食鍾山上仍與鍾山換却名又爵以封王從大代謚爲莊武自南唐緣何血食垂千祀爲有威靈庇一方魏有鍾離尋敗走秦屯淝水輒奔亾蟲生火起徒妖怪載記還應擇未詳

吳大帝廟 在西門外清涼寺之西舊傳今廟即當時故宮

題詠 袁世弼詩 人苦曹瞞虐天悲漢祚終山河分鼎峙氣象發江東一旦墟京洛彌年參幼沖炎精覓灰燼紫蓋出艨艟長策資公瑾雄材得呂蒙招延師友議繼述父兄忠舊府峨雙闕驚濤涌半空風雲龍虎勢日月帝王宮地力因時險神謀與意同屈伸思所濟逆順審於衷驗足姑交質靈牙曜即戎同盟界函谷獨斷保鼇叢定霸葵上劣推心建武同長沙兆生讖典

年賴餘風戰守餘忠在登臨四望中隴遷成萬古世異想羣雄歌舞於民祀干戈逐虜功征帆來浦外久客愴途窮精鋭消孤劒飄零君斷蓬徘徊廊廡下紅葉亂江楓○曾極曾將一劒定全吳斗大祠庭泣楚巫故國神遊應撫掌蘆花楓葉幾年無○周弼成曾是東南第一王眼看此地六興亡東緣有酒登京口西爲無魚憶武昌非復虎臣陪殿上空餘猩血泣祠旁何年並建瑯邪廟其對淮山草木長○劉克莊露坐空山裏英靈喚不迴久無祠祭主曾作帝王來壞壁蟲傷畫幾爐鼠印灰今人渾忘却江左是誰開

晉元帝廟 唐天祐二年置舊在城內西北卞將軍廟側 國朝景德四年重修後移就嘉瑞坊城隍廟東廡嘉定五年黃公度作新廟於石頭東兩廡設禮樂

贊典三十六像太傅參相中外大都督始興文獻公琅邪王導字茂宏○太保中書監錄尚書事領揚州刺史衛將軍大都督十五州諸軍事贈太傅廬陵文靖公陳國謝安字安石○侍中太尉使持節都督并冀幽三州諸軍事廣武愍侯中山劉琨字越石○鎮西將軍豫州刺史贈車騎將軍范陽祖逖字士稚○散騎常侍安東軍司贈侍中驃騎將軍開府儀同三司嘉興元公吳郡顧榮字彥先○左光祿大夫開府儀同三司贈司空穆侯會稽賀循字彥先○驃騎將軍散騎常侍贈開府儀同三司臨湘穆侯丹陽紀瞻字思遠○尚書右僕射贈光祿大夫平陽鄧攸字伯道○安南將軍使持節都督梁州諸軍事梁州刺史贈征南將軍尋陽壯侯汝南周訪字士達○平南將軍使持節都督江州諸軍事江州刺史贈鎮南大將軍儀同三司觀陽烈侯汝南應詹字思遠○驃騎將軍都督兗豫幽冀雍并六州諸軍事假節散騎常侍贈右

光祿大夫儀同三司秣陵簡侯廣陵戴淵字若思○尚書左僕射護軍將軍贈左光祿大夫儀同三司武城康侯汝南周顗字伯仁○散騎常侍輔國將軍領左軍將軍監湘州諸軍事南中郎將湘州刺史贈車騎將軍譙閔王河內司馬承字敬才○尚書令假節領軍將軍給事中贈侍中驃騎將軍開府儀同三司建興忠正公濟陽卞壼字望之○侍中太尉使持節都督揚州諸軍事贈太宰南昌文成公高平郗鑒字道徽○持節侍中太尉都督荊江雍梁交廣益寧八州諸軍事荊江二州刺史贈大司馬長沙威公鄱陽陶侃字士行○散騎常侍驃騎將軍開府儀同三司使持節都督江州諸軍事江州刺史贈侍中驃騎大將軍始安忠武公太原溫嶠字太真○司空征西將軍使持節都督江荊豫益梁雍六州諸軍事江荊豫三州刺史贈太尉永昌文康公潁川庾亮字元規○右衛將軍贈衛尉零陵忠伯琅邪劉超字世瑜○侍中贈光祿

勳潁川鍾雅字彦冑○散騎常侍宣城內史贈太常萬寧簡男護國桓彛字茂倫○衛將軍左光祿大夫開府儀同三司散騎常侍贈侍中車騎大將軍江陵穆公吳郡陸曄字士光○鎮東將軍散騎常侍會稽內史贈車騎將軍開府儀同三司餘不亭侯會稽孔愉字敬康○散騎常侍廷尉贈光祿勳晉安簡男會稽孔坦字君平○使持節侍中都督揚豫徐州之瑯邪諸軍事揚州刺史驃騎將軍錄尚書事贈司空都鄉文穆侯廬江何充字次道○左光祿大夫開府儀同三司贈侍中司空濟陽文穆男蔡謨字道明○光祿勳右光祿大夫西平靖侯瑯邪顏含字宏都○廷尉領著作長樂侯太原孫綽字興公○右將軍會稽內史贈金紫光祿大夫瑯邪王羲之字逸少○尚書令散騎常侍衛將軍贈侍中驃騎將軍開府儀同三司藍田簡侯太原王述字懷祖○散騎常侍護軍將軍尚書令贈左光祿大夫儀同三司謚簡瑯邪王彪之字叔虎

○北中郎將都督徐兗青三州諸軍事徐兗二州刺史贈安北將軍藍田獻侯太原王坦之字文度○車騎將軍侍中使持節都督江荊梁益寧交廣七州諸軍事領護南蠻校尉荊州刺史贈太尉豐城宣穆公譙國桓沖字幼子○衛將軍尚書令開府儀同三司贈司空南康襄公陳國謝石字石奴○散騎常侍左將軍會稽內史贈車騎將軍開府儀同三司康樂武公陳國謝元字幼度○彭澤令鄱陽陶潛字元亮

葉公適作記

城隍晉元帝舊祠孤寄寒寠牲瘦酒薄祝史桀慢執吏惰弛不記其主此土也嘉定五年江淮制置使黃公度作新廟於石頭初卜壺有食嵇紹配焉公謂壺名輩後紹當以序列且均晉臣也因徙置廟東房又謂晉傳四姓嘗爲中原共主更七八巨寇不害其立非用材致然耶故設繪事兩廡起劉琨迄陶潛三十有四人表異之又謂王導謝安獨晉所恃以存也故特像於廟西房客或顧而嘻曰深乎

是役也商周之相乎終迴衡是以銘常勒鼎烝從祫侑示其不忘漢唐陋矣其姝勳盛烈亦紀官爵圖形貌有麒麟雲臺凌煙之目夸其得意及後子孫忽於念功棄不省錄運去物改臣主同盡名跡俱泯一抔之土不暇爲謀徒使文士弄筆於墜編遺簡之餘騷客費吟於殘煙衰草之外其亦有足哀也建康雖晉都邑千載旣遠遷革尤多尋冶城問新亭豈復異時髣髴哉今不惜數畝之宮聚其賢勞祼饋以倫山川具存楹桷可想行者翼然如瞻太極之題止者洗然如聞廣室之論然則公之好古非若魯殿秦碑愛其剝缺摧落而已苟有益於世教以今準昔猶一日也方王處仲簒勢已成舉朝不悟尙安恬自若惟帝視爲腹心之疾決意討除憂辱逮身忠義激發至于卒殄滅之不然晉亾久矣葢過於明斷而無不足也自正始以風流相命貴好成俗士雖坐談空解不畏臨戎及氣倍勇積則袴襦子弟能破百萬兵矣蓋清談致効而非

喪邦也二事終始大節疑史妄評故略著云五月一日龍泉葉適記吳人滕宬書鄱陽余褱篆額廟作於四月己卯八月丁丑落成十月己丑刻記

題詠 曾極 茅茨綿蕝寄江東陵廟回看喋血紅右袵危冠纔自保未能無責敢言功○劉克莊 元帶新祠西郭外野人弔古獨來遊陰陰畫壁閑冠劍寂寂絲窠上琭旒勢比龍盤猶在眼事隨鴻去不過頭葉碑廊下無人看欲去摩娑又少留

忠烈廟 即卞將軍廟在天慶觀西晉蘇峻亂尚書令卞壼與其二子死難南唐保大中始建忠貞亭於其墓北 國朝慶歷三年改亭曰忠孝元祐八年列于祀典胡銓作記 建鄴實江左一大都會其事繁職重在祀典民為政者率皆先成民而後

致力於神凡祀典所秩雜然不可縷數自社稷五祀四望四類六宗八蜡無所不當祭又有實柴以祀五緯十二次槱燎以祀中能上能貍沈以祭山林川澤疈辜以祭四方百物又有磔禳以祭飌雨壇墠以祭地祇瓢齋以祭水旱厲疫禜酇以祭國門屏攝以祭群小祀中霤以祭室神又有爇蒩以侑食復胙以侑福以至十倫之義吁亦衆矣今大丞相觀文大學士和國張公來鎮此府下車之初獨首及卞公之祠何哉銓嘗求其說稽之漢則曰節行者國家之金城稽之唐則曰忠義者天下之大閑蓋導以德禮則人尚名義嬰以廉恥則人矜節行故父兄之臣誠死宗廟法度之臣誠死社稷輔翼之臣誠死君上守圉捍敵之臣誠死城郭封疆夫人皆戮力一心伏節死義則國家安固隱若長城是不亦節行者國家之金城歟秦以并吞八荒之心欲帝萬世然亡伏節死難之士有一茅焦幾不免虎口故沐猴一呼而天下土崩東漢之亂獻

帝越在草廬曹操奉以爲主當是時天下已無漢矣而惟曹氏之爲聽姦斧逆鼎搏人而肆其酷海內凛凛以爲漢亡在須臾爾然殺一孔文舉而忠臣義士折首滅頂伏死以爭終曹公之身而不得逞是不亦忠義者天下之大閑歟繇是觀之公之所以首及卞公之祠其旨豈不深且遠哉公道德忠孝伏一世用不用爲天下重輕雖去國垂三十年海內至今歌思以相天子蓋闕銎之歎破斧也人皆惜姬老之居東而折箠以答赤舄也天豈容高密之久外况其高勳鴻烈藏在盟府視古人何愧焉而其意方將尚友古人歉然若不足孔子曰志士仁人無求生以害仁有殺身以成仁孟子曰生我所欲也義亦我所欲也二者不可得兼舍生而取義者也公之意豈不端出於是仰惟無隄之與展義吳會稽歲惕日雖臥薪仰膽而未見死綏之節雖寢草枕戈而蔑聞執兵之陪顧甌脫之警日聞復復之期未指而士氣委靡呰窳偷生則苟而

可微公宗尚名教以砥礪頹風則孔孟仁義之談幾何其不埽地也哉嗚呼尚忍言之哉謂銓予言信矣敢問殺身成仁與舍生取義二者同異銓曰不同夫仁人於死生無擇故能成仁義士於死生有取舍焉故止能取義殺身成仁夷齊以之舍生取義子路有焉故結纓而死未能無擇雖然夷齊遠矣有志乎古者或可企及不然猶不失為魯仲由也卞公其何歉焉卞公諱壼字望之其大節舊史詳矣故不復識紹興三十二年歲次壬午十二月朔左奉議郎新權發遣饒州軍州事

廬陵胡銓記

紹興八年葉公夢得又即亭之南為廟請於　朝賜額忠烈為殿三間位置公像仍列公二子昣盱于右又以嵇侍中紹配食於左

請廟額狀右臣伏見本府有晉尚書令卞壼墓一所在城西南隅謹按晉書壼當南

渡之初與王導庾亮實相戚帝蘇峻之難以壹都督大桁東諸軍事捍賊力疾再戰遂死於敵眕盱見壹沒相隨俱死忠孝之節萃於一門成帝特贈壹侍中驃騎將軍開府儀同三司後復給錢修其塋兆歷代封植載在典祀自金人渡江幾毀殆盡竊慮歲久漸致湮沒臣已委官檢計重建廟宇方時多艱如壹等輩數百年間不過三五人安有襃顯以詔後來欲望聖慈特依應天府張巡許遠蔡州顏真卿例賜以廟額庶以興起四方伏節死難之士共明君親之義

紹興十五年晁公謙之乾道四年史公正志嘉定四年黃公度皆修崇之互見忠孝亭及墓下

伍相廟 按建康實錄吳孫綝侮慢人神燒大航及子胥廟今不詳其所總龜詩話云儀眞觀西一水縈迴南入大江號曰胥浦一日三潮俗

云子胥解劒渡江處其西又有伍相林對南岸竹篠溝下口又有廟里俗呼爲伍相洎馬廟其地在上元縣長寧鄉

晉謝將軍廟在城西南隅戒壇院之側唐咸通九年建將軍蓋謝元也

廟記 昔典午氏之東狩秦不庭空國南下淮淝之役將軍談笑而郤之其功係諸生靈其名播之天下其行事焜燿於史冊廟貌血食垂榮無疆此固不待記而傳不因文而顯也有唐咸通九載肇祀將軍于城西南隅今統司中軍講武堂之右是其故址 皇宋乾道間統制魯侯安仁覩其堂埕淺隘日近塵囂練習戎期往來雜沓迺改卜峻地用恢前規崇基峙鳳集之臺勝勢接龍盤之阜然庭宇已成而不揭其號珉石既具而未刊其辭雖鴻勳偉績顯晦不在

於斯而歲月無傳蹤跡莫攷亦非所以垂方來示永久也闕典未備因循逮今丁巳之夏適值風雨飄搖祠門傾圮統領張宸會諸將校而言曰厥今王業偏安驕虜未殄于斯之時政宜戮力一心仰慕前烈將軍之廟不克修葺則何以繼魯侯宗奉之志慰忠臣奮激之心乎迺相與出俸資鳩工徒易其舊闕表以新額築植告備赫然改觀嗚呼提八千之衆破百萬之兵以生前之忠勇爲身後之英靈草木皆人形風鶴皆軍聲俾幽冥之昭格剗躬列於神明將見壯我軍容肅我行壘保佑　社稷奠安邊陲其有望於將軍者如此於是乎書時慶元四年歲次戊午三月朔日三山鄭之翰記

題詠

曾極兒輩能軍國未危更令朱序助聲威秦人若也全師集雲母車盛晉鼎歸○**馬之純**苻秦親自到淮淝眞有回山倒海威只遣八千精銳去能令百萬敗亾歸雖從太傅求方

略要是將軍識事機廟食如今知幾歲英風隱隱動窗扉○[illegible]喜處誰知屣齒邊分明江左再坤乾莫教從此輕肥子容易談兵誇少年

晉陰山廟在城西南一十二里晉建武中丞相王導於岡阜間隱約見步騎數十駐立壟上導恠之使人致問俄失其所夜見夢於導曰我乃陰山神也昨隨帝渡江寓泊于此卿爲我置祠當福晉祚導以其事聞上乃置廟於此仍名其岡爲陰山　國朝開寶八年平江南曹翰重修因爲廟記書於堂之西壁

題詠

楊備　爐香煙斷暮雲凝陰德山高衆所稱開府瑯邪舊蒙福龍飛一馬至中興

馬

之純相君一日到郊垌步騎俄逢十數兵拂曉見來姝隱約中宵夢此極分明陰山血食當知我晉帝南巡適從行事既奏聞因立廟坡坨亦復享嘉名

晉梅將軍廟 在城南門外雨華臺東地名東石子岡晉梅頤嘗屯營於此又名梅嶺岡或名梅頤營後人即此立廟

文孝廟 梁昭明太子是也在城內西南新橋之西面臨淮水建炎焚毀紹興五年再建

題詠 **曾極** 德隱前星民已和山隈水曲廟何多皇孫不得承天統猶使而翁恨蠟鵝

武成王廟 在右南廂鎮淮橋之北御街西唐開元中

詔京師及天下州府並立太公廟南唐徐鉉武成王廟碑云入端門而右廻旁太廟以西屬卽今處也

李王廟在城東南十里南唐李主也里俗呼曰李帝廟歲時祀之

廣惠廟在城東三里廣德張王也

淳熙省劄資政殿學士正奉大夫知建康軍府事錢良臣奏臣伏覩建康軍民昨於府城東剏行蓋造正順忠佑靈濟昭烈王廟一所保護一方軍民消災集福每遇祈禱雨澤無不應驗本府今歲緣自入夏以來雨水愆期有妨栽插秧苗臣於五月十九日躬親前詣本廟祈禱卽獲感應連日雨水霶霈高下之田悉皆霑足有此靈跡其正廟見在廣德著於祀典委

是詔實欲望　聖慈特賜加封庶使一方軍
民轉至欽崇牒奉　勅宜賜廣惠廟爲額
題詠　葉適題　開禧三年春不雨江河淺狹田野
皆枯裂夏至秧老憂不得入土禱於祠山
廟期以三日逾夕而雨大降插種畢猶有餘澤
乃作此詩刻於廟廡建鄴守龍泉葉適夏至老
秧合寸黄平田回回不敢犁羣農無計相聚泣
欲將淚點和乾泥祠山今古同一敬籤卦分明
指休證傳言極珓三日期注綆翻車連曉暝龍
神波后何憭愴昔睡今醒喜蕭爽人云天上行水
曹取此化權如反掌浙河以東盡淮壖哀哉震
澤幾爲原願王頓首帝王前請賜此雨周無偏

三聖廟之神即蒼史王也廟在府治之西偏未詳所
始嘉定十年李公珏始加增闢十六年余公嶸實廣
元年丘公壽邁皆相繼修崇至于今不廢祈禱以正

青谿應廟記

陪京重鎮蟠龍踞虎天設險要建旌仗鉞坐麟堂聽政睎方岳爲獨尊山川百神拱揖祇命最親且近者三聖神祠在焉歷年多祠宇頹圮弗稱厥祀蛛簷蘚壁來者動情客燕賓鴻既去輒已嘉定丁丑制置判府安撫留守待制侍郎隆興李公始克撤舊觀鼎新之是役也不勞民力不費公帑割俸資用撰日告功殿廡宏敞而邃深廟像端嚴而儼肅璘璸華彩光射圖壁精鐲瑩潔儀物畢陳日輝月明意象非疇昔矣神非有求於公公非求媚於神慨然注念若此登廢興自有數遇合自有時耶吏民贊歎紀其事未果辛巳仲冬相與致辭屬郡人吳蕆爲之記蕆曰公帥西淮邊無警塵夜月秦關春風漢隴太平杯酒恩意涵濡宅是南邦逈壯屏翰萬山鼇鎮一柱鯨波于江于淮福施滋廣鏘鸞再駕惠恩信益孚和氣致祥民物昌阜豐功偉

績殆不勝紀一祠宇之修何足侈公美乎涉筆
非敢辭不敢借也雖然昔風雨之漂搖今丹青
而黼藻亦足爲神賀矣始序其梗槩夫神無方
無乎在無乎不在敬心所鄉神實寓焉按耆舊
所傳三聖神祠古跡受世享者蒼史史名頡黃
帝時史官倣像類形創書法詔天下眞有功萬
世　朝廷省部官府奉事曰蒼史王不忘其初
也鴻荒迨今幾千百年英靈在天不泯豈獨私
此邦詩書文物之地篤意信向故神之眷念益
新神亦不輕於有所寄矣崇牙列戟門衛森嚴
犀甲熊旗鱗次羅列神居其中密贊陰扈星猶
在漢漏未傳宵梅角聲催人影月照守帥未正
席過其祠者必先瞻禮守帥而下朝夕寅奉節
朔祭告克恭克謹罔敢或怠暮春三月時維誕
晨都人士翁鄉崇仰神血食于此榮矣雖然神
亦何負於此邦神之四目即有四司靈官曰舉
留日閻聰日誤證日追失猶令府椽六曹郡織
悉事咸總焉一歲之間陰陽爕調方內熙安禱

袴興詠道不拾遺吏責寬矣神亦得以自寧不然吏方懍懍以爲憂神能無動情乎一月之間官府晏如文書整治庭無留訟獄無滯冤吏治舉矣神亦足以自慰不然吏方倥偬不暇神能無關念乎一日之間棠陰晝靜燕寢香凝金鑠綠沈雍容樽俎神亦爲賛喜其或鴈鶩拱前案牘叢委曉燭散午夜坐分更神豈能自暇逸乎有悃必致禱有禱必求應役役於神之前者總總也惕然懼無以應之殆有甚於吏之念民者矣夫孰有知其心者蓋亦有知之者矣目相接知敬中有慊知畏處危難知警岸遠舟移水平波靜此念轉異所以敬者暫而非久迹而非心也我公獨能爲神興建祠宇於先再至又懼奉事有間選虞胥老於事曹其姓者專其責豈公之聰明正直默與神會愛民利物一念交感於心自有不容釋者歟公知神之心神知公之心公知敬於神神知敬於公神能體公之意惠此邦之民緜緜永永於無窮民荷神之休亦將感

公之賜縣縣永永於無窮矣敬書是以告
來者時嘉定十四年長至前三日謹記

又記 三聖大王乃通鑑史冊蒼史王也王姓蒼
名頡王有四目者掌籍掌算開聰追失三
聖者籍算爲其一開聰爲其一追失爲其一能
明此三事故曰三聖所主官府文籍計算總失
所在官府建祠王生而聰慧正直忠節乃三月
三日聖誕世人多不知其生辰者遂致湮沒乎
今徧行詢問方得此實行在省部往往立其香
火祭祀不絕此間名之曰三聖省部奉之日至
聖蒼史王名號雖異其實一也王有四司靈官
如府之六曹也一曰舉留二曰開聰三曰證課
四曰追失內有一事災咎隨其所掌誠心禱之
無不感應此間卻闕此香火若能隨力創制方
爲圓備王掌人之休咎災祥無不關涉又有羊
頭三聖者行在亦有祠乃七國時功臣旌忠是
其封今南門外越臺正是其
祠若比之府之三聖非也

曹王廟 舊在江寧社壇之前王諱彬謚武惠 國初統兵平江南不殺一人邦人感之故立祠焉歲久祠廢後人但以土地祀之事見年表

褒忠廟 在城南門外建炎三年立褒楊邦乂死節之忠也詳見年表及府學祠堂記

廟記 上即位三年金人再入寇渡淮薄江師于東采石先是 車駕幸越宰相杜充總諸道兵留鎮江左顯謨閣待制陳邦光守建康李梲以前執政爲戶部尚書供餽饟充聞虜至出其軍六萬人列戍江南岸而閉門莫敢出師無統一居數日虜知充無鬬志遂渡江江上之軍皆不戰盡潰充與其麾下數千人北去遂降虜虜入建康梲與邦光不能守梲先降邦光欲棄

城去後亦降獨通判軍府事楊君力拒不從大
書其衣裾曰寧作趙氏鬼不爲他邦臣以援其
僕曰持此以見吾志吾卽死死矣梲邦光愧謝猶
强擁君上馬卽郊次與俱見僞四太子命使拜
君叱曰我不降何拜亟遁歸臥其家虜雖梟猶
未敢辱君也明日遣其酋張太師好諭君授以
舊官君以首觸階陛曰我以志死何多以誘我
爲虜大驚卒止之徐曰公所守固高柰勢不可
何第歸審思之吾明日復見公君退亟移書其
酋曰世豈有不畏死而可利運者幸速殺我無
久留我至明日其酋燕梲邦光坐堂上樂方作
召君立庭下君瞠眂梲邦光叱曰 天子以若
拒賊不能抗俛首求活犬豕已不若復與其燕
樂尚有面目見我乎賊將有起取幅紙書死活
二字佯脅君曰公無多言卽欲死趣書死字下
我乃信君眂吏有辮筆持文書側立卽躍起奪
其筆引手掣紙書字曰死虜相顧色運又使引
去明日再以見僞四太子君不勝憤遙望見大

罵曰若夷狄而圖中原耶天寧久假汝行磔汝萬段尙安得汙我虜怒使人疾擊君挺交下君罵不絕口遂殺之剖腹取其心明年虜去州以事上聞　天子爲太息詔贈君直秘閣官其子二人郎死所立廟紹興三年資政殿大學士葉夢得爲江東安撫大使得其舊吏徐起知溧陽縣事張知剛皆君死時在旁知狀言君甚詳而前有司奏不盡備乃復列上請下太史書於策太常議謚時君家在遠君尸猶藁葬城西門外詔加贈君朝奉大夫謚曰忠襄賜其廟額曰褒忠官爲之改葬乃以是歲三月甲辰葬君城之東南隅二里既啟殯君尸猶不盡腐匈腹輕虛如芝菌即其墓前爲廟環以周廡禁四旁無得樵牧率其僚以　天子之命告君祭以少牢而櫝藏之君諱邦乂字希稷吉州廬陵人舉進士入官先以奉議郎知溧陽縣州兵叛四其帥宇文粹中君部曲有起應賊者諭止之不聽盡圍捕滅之檄鄰邑共入討賊賊以故不得騁卒就

擒其忠決果敢皆天性云君既列廟祀宜有歌
詩歲時薦獻乃具著其事而繫之辭曰天生裔
夷以限四極有不能然乃肅上國既殄我民爾
則逆天惡稔而誅天胡舍旃在昔肅氏厥貢砮
矢不我來庭敢干我紀揭揭楊侯梗其喉牙萬
夫一軀莫我敢加誰謂爾狂我馮我抑誰謂爾
嫠我唑我我斥　天子曰噫惟我有臣曷不贖之
人百其身屹屹崇岡侯安于域桷梴旅楹侯有
廟食惟　皇上帝命侯侯來歸顧瞻山川申我王
威侯食百世旗纛旖旖百靈齊邀從侯北指侯
車轟轟于彼故疆覆其穴巢何有虎狼告功帝
闡　帝笑為喜四方既平侯祀百世曷慕匪忠
曷畏匪死簡于　帝衷惟忠弗畏明明天子與
帝一心是播是崇是顯自今有流滔滔貫于南
邦我詩孔昭配此大江資政殿大學士左太中
大夫江南東路安撫大使馬步軍都總管兼知
建康軍府事管內勸農使　行宮留守葉夢得
撰端明殿學士太中大夫知建康軍府事兼管

內勸農使充江南東路安撫使馬步軍都總
管兼營田使兼　行宮留守范成大重立石

旌忠廟在城南鐵索寺之東南紹興三十一年虜兵犯淮西　御前策選鋒軍統制姚興獨以一軍與賊接戰于尉子橋鏖戰數十合援兵不至竟歿于陣將死猶手殺數十人知樞密院葉公義問以事奏聞特贈正任觀察使仍命立廟賜今額

省劄禮部狀準紹興三十一年十一月十二日三省樞密院機速房劄子知樞密院事葉義問劄子奏契勘建康府選鋒軍統制右武大夫姚興十一月十七日與金賊戰于尉子橋以兵四隊當賊數萬衆鏖戰數合手殺數百餘人以援兵不至臨陣戰歿死不忘君忠勇可尚當

議旌賞以激士氣爲天下忠義之勸臣除已差叅議官一員致祭及往其家撫視孤幼并支賻贈銀 仍開具諸軍陣亡將士姓名保明推恩外欲望 聖慈特降 睿旨先次將姚興贈觀察使除依格與合得恩澤外更特與恩澤三資仍許奏異姓并與本寨立廟賜額條收復淮西日別於戰場立廟牒奉
勑宜賜旌忠廟爲額

忠節廟在城東三里與半山寺相望隆興元年夏江淮都督張公浚命李顯忠邵宏淵收復宿州宏淵將王珙深入賊營戮力鏖戰自辰至申手殺虜兵甚衆竟以戰歿督府以聞特贈閤州觀察使命於本寨前立廟賜額忠節

廟記上卽位之明年建元隆興夏四月命少傅
樞密使魏國公浚董師北征五月甲午度
淮己亥與金人大戰于符離拔其城前將軍珙
死之魏國公具以聞有詔贈珙閬州觀察使官
其子若弟八人命建康守擇佳山廟食之十二
月癸丑廟成賜號忠節惟將軍姓王氏字伯溫
清遠軍節度使贈太師謚威定諱德之第三子
今武康軍承宣使主管殿前司公事珙之弟威
定公以西州虎臣遭時艱難捍大敵立大功為
中興名將威定歿　太上念之深收用其諸子
紹興三十二年冬虜主亮入寇驍騎逼江岑以
尚書戶部侍郎被旨行江上時將軍兄弟守採
石虜張甚淮屯多失守將軍列彊弩楊林堤上
持滿待敵我師乃濟亮銳意渡江將軍戰艦中
流迎擊大破之亮卽日遁去明年太上內禪又
明年聞符離之役後四年岑至自江西纔入秦
淮殿前公遣刻者潘壽隆持書來曰自逆亮死
朝廷未嘗弛備而虜情狙詐無狀陰擾淮人使

不得奠枕中原遺民繼踵請命者不絕逮王師北渡所至迎降珙弟先拒隋河口而後進及符離虜騎來我軍以五色分識珙率所部絳衣鐵冠奮勇苦戰自辰至申凡數十合虜軍辟易俄其帥擁精騎數萬直指珙軍飛矢如雨貫胷洞脅珙拔箭鼓作益死戰招討使止之珙奮然謂國家多事來先人以善戰名珙何敢辱今日以馬革裹尸幸矣復上馬激將士奮臂大呼而入手格殺數十百人城拔而珙亾矣此弟兒時已不凡先人討賊山東留之濟上方八歲爲賊所掠問其名曰我王夜叉子也我父惟能殺賊賊驚怖不敢害具鞍馬歸之後十餘年金人寇淮南諸帥合戰柘皐先人自採石濟江襲取昭關珙不俟命率騎士由萬歲嶺以前宣撫使張俊揮之殿珙曰公豈少我乎父不顧死矣子當從珙平時喜書史至古人死節處輒掩卷太息垂涕在軍三十年得賞賚輒以享士士以故樂爲之死重念先人易簀之訓曰我起隴畝中專斧

鉞爲將帥臣　上恩我厚矣我死汝曹當捐軀以報不然非吾子也琪果不辱命矣琪晚出雖閒杼山不生以名教自任願借此筆以激後來岑不識所謂前將軍而聞其不辱君不辱親不辱兄如此豈大書深刻以侈上賜以表無窮謹題曰贈閬州觀察使王公忠節廟碑因作詩遺其子靂使歌以祀之將軍家世隴西秦將翦之後我國初徙通遠軍熟羊寨後所謂鞏州者今陷僞矣威定公統軍來建康因家焉辭曰皇天祐宋生虎臣奮身槖鞬起西秦勇義智略衛霍倫西平云亡懟復興疾首媢敢憑陵恨不一舉空朔廷鳴劍抵掌志幽并提兵北趨指神京遇虜大戰符離城絳衣鐵冠目怒瞋虜衆辟易屢竄奔飛矢洞脅隕其身帝心震悼詔廷紳一旦失此飛將軍作宮廟食安其靈生爲人雄死明神雖歿不愧遠與巡氣衝斗牛叩穹旻臣魄尚能厲女眞鎮山之南勒堅珉百世祀兮慰忠魂

徽猷閣直學士左朝散大夫吳興郡開國侯食

邑一千戶賜紫金魚袋致仕劉岑撰并書

惠澤龍王廟在水西門裏大軍倉東政和元年建記云

政和元年夏五月余率僚屬禱雨于上下神祇未應邦人願恭迎鍾山眞覺像于保寧方罄哀祈越翼日有蜿蜒降于州宅之階楯大若指面長及尺許璀璨類青蜴蜥間以金線顧瞻升降怡融自若已而憩于瓶上之梛枝再夕乃去尋有迎致于保寧者彩鬣而黑足又有得于囊門之肩者黑脊而紺尾神爽英異弗食弗飲每酌茶以獻則騰躍入甌搖曳湯上弗畏也羣僚再拜歎言且曰是豈順濟耶順濟於江湖庇賴往來甚大東南歲漕數百萬舳艫相啣渡浩渺而無顛沈者蓋其力也歟凡睹靈姿靡不爲福今乃屢降雨其將至乎江城無小大咸有廟祀茲實會藩適寄梵宇儼沐大貺容築祠以報亦民願也余不敢諾而心然之未幾甘澤雱流蒔秧

遂徧倅車曰是可以舉矣迺往相地余爲請于部使者而得金錢諉掌庾趙君司岸張君董其事肇工于七月之甲戌而告成于九月之癸酉堂室高深門序端翼前臨通道下瞰秦淮往來之徼福者踵相接迺嚴像設備禮奉安迺爲文以祭其詞曰惟王陰功盛德庇賴南邦江流渺瀰越數千里舳艫以濟往來用寧封爵建祠載在祀典顧茲建鄴寔號會藩館爲蕭然乃依梵宇牲牢靡設民意缺如時當朱明愆亢方厲靈姿屢降來應禱祈甘澤霶流多稼用茂既施既厚報稱是圖迺臨康莊迺築爽塏辰不累浹新宮既成輪奐高明用嚴崇奉載蠲穀旦式具醪羞尚其燕寧永爲民祐既奠爵儵然復見大小有三而采色不一江寧宰曰願勒祝詞于石以示事始余曰是不可以不紀也乃併爲書其本末以示方來云歲在辛卯十一月丙申資政殿學士太中大夫知江寧軍府事錢塘薛昂記并書

蜀三大神廟三神有德有功著靈遠矣今東南州郡所在建祠金陵大都會獨爲闕典制使姚公希得蜀人也分閫是邦乃度地於青谿之側鼎創是祠又於其傍建道室爲標燎之所取管下洞神宮額以名之

創造房廊費三十三萬米八百石買田解本各十萬鏹諸石契據砧基寄軍資庫命道士王道立主之

廟記蜀三大神廟食東南無慮數十州陪京槃槃一都會寧神之宇孤寄委陋非所以安靈斿嚴祀事也景定二年冬予被　命留鑰始至簡節疏目治以不擾相古成民致力厥有先後明年雨暘來敘農扈告登迺度地於青谿之陽厥既得卜則以季秋經始匠石材葦壹取諸

互送之禮撙節之餘越中冬落成榱橑翼如泉
流環繚契陰陽之回復合人物之指歸吉日辰
良乃安斯寢像設鼎列位序以倫爰率衣冠人
士進禮廟下犧幣有儀興俯中度命賓爲歌楚
歌之九以樂之嗚嗚然新廟之感舊都之懷也
或曰楚祠睢漳廣祭南海古者名以其地祭三
神顯靈於蜀固也其歆祀於鄴乎詩曰神之格
思不可度思謂其變動難測無方可泥爾名山
大澤之祇常周流乎冥漠譬之水天地間容有
閉塞不通之脈心誠求之蓋有不疾而速者先
王祭瀆凡五禹之功契之敎非此族也不在焉
若　祭清源君之鑿離避洙驅除罔象西人永賴
功不細矣　梓潼君之雪母讎恥職是人文
白崖君之諫　君澤民之死靡貳質諸祭法俱在
勤事定國禦災捍患之科而禹契之事同一道
也然則惟忠惟孝道理最大貫三精關百聖由
先秦越六朝迨今千六百年益見人倫天理神
人實共主張是頃猖獗吠蜀爲梁千涪中外束

手惟神之歸　皇武惟揚酋殪而逍非神之聲
赫靈濯蜀其不震乎　師相載嘉神功以其事
聞煌煌顯封奕奕寢廟孔蓋翠於適觀上國忠
孝之報其食未艾也矧金陵　行闕王氣所聚
鍾阜石城無以異於岷山劍閣之勝也三神之
來燕來享於彼乎於此乎然則人不神不祇神
不人不依登斯廟者盍知予所以建祠之意云
通議大夫試刑部尚書沿江制置使知建康軍
府事兼管內勸農營田使江南東路安撫使馬
步軍都總管主管　行宮留守司公事節制和
州無為軍安慶府三郡屯田使兼權淮西總領
鄒縣開國子食邑五百戶姚希得記中奉大夫
權兵部尚書兼直學士院兼侍讀洪勳書朝請
大夫試尚書禮部侍郎兼同修國史實錄院同
修撰兼侍讀牟子才篆蓋
廟額參知政事楊□書

重修東嶽　嶽帝廟　府城舊有是廟歲久頹塌景定

四年制使姚公任內鼎新重建九月十日興工至十一月十五日畢其正殿門廡逐一修換像設莊嚴總費一十萬二千九百八十餘緡米四百二十五石五斗有奇

重建吳晉二帝兩廟

吳大帝廟舊在城西門外久已隳廢僅存荒基景定五年春制使姚公希得專委添倅陳蒙相視據申以謂故基僻左不便款謁晉元帝廟側有廢寺基頗堪改造庶幾二帝廟貌接畛便於

奉祀且有合昔人題詠何當並建瑯邪廟之意遂即其地創立殿宇門樓廊廡等屋設帝像繪侍臣及辦一應裝摺供器都門著衣亭則與晉廟共之計用錢七萬二千五百餘緡米三百一十三石七斗有奇

晉元帝廟殿宇重創視昔增高門廡牆壁則仍其舊而葺之臣主像貌莊嚴一新廡間三十四賢圖形再從彩繪且作亭廟前盡挹江山爲騷人墨客懷古遊瞻之地用錢六萬七千三百餘

緡米二百五十九石有奇

廟記

金陵自秦有王氣之占後五百年孫氏建都邑以當其數而不知渡江自有一龍也然龍蟠虎踞則由孫氏發之而始爲帝王州若吳與晉俱醱食萬世可也今石頭之西麓有大帝廟或謂吳故宫而圖碣無所考其東麓則晉元帝廟也嘉定五年江淮制置使黃公度繇城隍徙焉兩廡設晉臣像凡三十有四王導謝安特位於兩房體相具而屋亦老矣吳廟去不五十步巨壠之所侵冒樵牧之所便安破屋餘礎頹像露空過者愴之水心葉公作晉廟記已謂邦人不記其王此土矧能記吳大帝邪騷人訪古徒有悲吟如會景建蘆花楓葉幾年無之句如後村劉公今人渾忘却江左是誰開之句猶數十年前事後是可想矣景思將漕之明年是爲刑部尚書潼川姚公希得尹饔之三年德洽政通闔無遺事郊東草具約登冶城觀二卞

廟曰吾修此以觀忠孝也乃歷石頭城而又駭榱桷之襃嘗碧丹之濯濩也曰是祠晉元帝即舊宇庚而新稍顧其右隆夏重起若亢若賓曰是祠吳大帝緜故基徙而並石頭江山最雄處異代英君昔所經營不安於斯乎想夫泬寥之夕茲怨之間儼袾襹之嘉容紛冠劒其來轟紫髯戟若龍顏煒如相與痛當日之偏安指神州之鶻沒忘其爲吳晉之異今昔之非也子其爲我誌之景思曰諾夫水旱菑疾之應禱者有司顓其事生死禍福之驚動人者凡民聚其力今公之爲是也越在祭法審先後之序矣而廟不以序乎從世代則晉當後吳論附庸則吳不得以先晉公曰是不然方孫氏以數州之地合劉而誅曹也并知任能卹民固覓赤壁一戰霸業以開江東君臣非下人者逮鼎分爲三則天下事去矣它日聽童謠而懷建業其志又有大可悲者焉晉之興也雖取中原於魏而實得正統於蜀元帝不幸寄國江沱其明斷足以除凶激

烈可以死士中華元氣微弱相承更宋齊梁陳
而後為隋唐之混一蓋正統也今因晉而表吳
所以本霸基右吳而左晉所以尊正統非歟景
思請郎是以表于廟董是役者通判四明陳蒙
蒙告刻石更繫以享神之辭辭曰山兮如慕水
兮如訴問故宮兮莽何許有翼其宇有百其堵
中冕旒兮冠珮以序邦伯維主酒醴維馨祀我
民兮曰毋沴我土景定五年三月二十五日中
大夫集英殿修撰江南東路計度轉運副使兼
權淮西總領陸景思撰并書太中大夫權禮部
尚書兼直學士院兼給事中兼同修國史實錄
院同修撰兼侍讀牟子才篆蓋通議大夫試刑
部尚書沿江制置使知建康府江東安撫
使主管　行宮留守司公事姚希得立

重修忠烈廟卞公壯烈英風千載一日廟祀有嚴歲久弗治景定五年制使姚公希得乃捐庫金重新修葺工物總費七萬九千九百二十餘緡米二百七十三石六斗有奇**記曰**忠烈晉尚書令右將軍卞公祠紹興三十一年十有二月魏國忠獻張公來殿是邦下車首嚴祀事澹庵忠簡胡公記之所以崇節義淑人心也景定二年冬潼川姚希得實護留鑰後公恰百年廟久弗葺棟楹撓傾旁風上雨治城弔古有槩於心及是昉克以成民餘力爲之經始匠石材葦不取諸民規䕶位置一仍其舊儼英靈之如在厥人士之新敬先是廟有租以助經費後乃漁於道流浸失初意因釐正之俾廟不失利以備葺治成既落只晝石諸按公力疾鏖戰奮不顧身死於忠而不廢臣節

眕盱亟赴父難鬬不旋踵死於孝而不失子道是翁是季一門所立如此雖古聖賢何以尚茲我　朝列聖相承肇修人紀盡力君親者必錄得罪名教者必誅慶歷元祐秩公祀典南渡中興錫公廟額我魏公彰而大之豈苟然哉善乎澹庵之言曰微公崇尚名教砥礪頹風則孔孟仁義之談掃地矣仁而遺親義而後君古今萬無是理也臣當死忠子當死孝天下壹同是心也卞公之心魏公之心也澹庵之心也希得西土晚出承俊躅於百歲後能不以魏公之心爲心乎晉史稱公妻裴氏撫二子尸哭曰父爲忠臣汝爲孝子夫何恨乎殆與范滂母同一令名廟薦弗及非缺歟今併祠夫人于後堂春秋同饗焉發千古幽潛之光示萬世臣子之法詩曰高山仰止景行行止故爲之書

重修晉都督謝將軍廟 景定四年制使姚公希得任

內撥錢米付都統司重行整葺自二月二十九
至六月初九畢工計費舊楮四千餘緡米九石
六斗有奇

重修姚顗王廟景定四年制使姚公希得任內重行
修葺九月十六日興工至十月初五日畢費一
千六百五十餘緡米四石有奇

重修忠節王將軍廟景定四年四月初四日興工至
五月初九日畢費一千一百五十餘緡米四石
有奇

景定建康志卷之四十四

建康志卷四十四

景定建康志卷之四十五

承直郎宜差充江南東路安撫使司幹辦公事周應合修纂

祠祀志二

宮觀

天慶觀在府治西北

考證觀臺係晉朝冶城故址○元帝太興初改爲西園俗呼爲冶城園○安帝元興十五年改爲冶城苑○後唐龍德元年楊氏據吳改建爲紫極宮宮分東西東爲吳王鑄劍之所西爲蜀

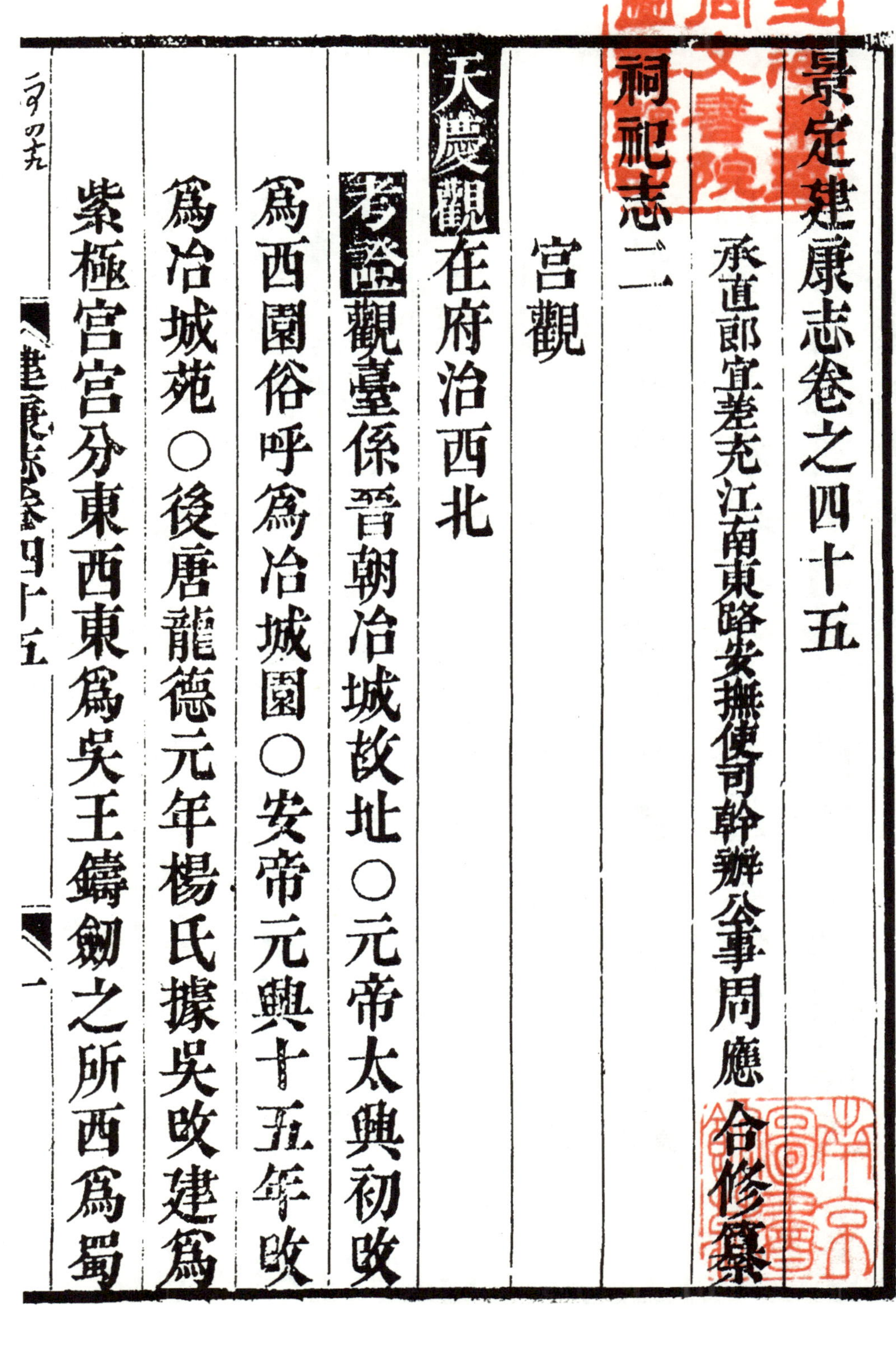

隴郭文舉之故臺〇本朝大中祥符間賜額改爲祥符宮續又改爲天慶觀建炎兵火後羽流結茅屋以居至紹興十七年留守晁公謙之請于朝重建之〇舊太乙殿基卽郭文舉讀書臺也今在　聖祖殿後冶城樓忠孝亭在觀之右詳見卞壺墓〇陳軒金陵集載富臨狄咸郭祥正同游紫極宮竹軒觀王相國舊題蘇子瞻書子由詩祥正和之有老鶴唳風之句寫之壁間未竟有白鶴數十翔舞北極壇上徘徊而去〇淳

祐初留守别公之傑倡諸司捐金聚重修之太學正章公權爲之記記云漢興三世至于孝文好道家之學躬修元默而清淨之化流我　眞宗皇帝紹休聖緒以時考之亦漢文時也意將不言而化行無爲而事洽迺大興道教　詔諸路軍州各建天慶觀至於或因或革或狹或廣其土木費用或一出科降或兼資施捨則不能槩全金陵之天慶蓋晉冶城故地楊氏之吳建爲紫極宮籍田二十項在常之晉陵無錫間暨爲天慶田亦因之熙寧間始　勅免稅役建炎初金虜犯江兵火之禍故跡盡矣其徒結茅居奉香火垂二十年晁公謙之守是邦迺請于　朝一切鼎新帖請通元大師方清廸主之嘉熙淳祐之交旱魃爲虐閫臺望雨靡神不欽遡無應驗制守貳政别公之傑聞茅山景元範誠信質實行可對越其祖師即開山方君道法靈通的有傳授迺邀請住持就

命禱雨章甫奏而迅雷烈風隨作雨集溝澮皆盈已而有秋邊烽亦熄別公遂以暇日數延見談元虛益加敬重因言觀宇頹弊當葺更圖開廣別公慨然捐金粟以倡兩臺諸寄寓若有力者亦皆出貲共成自辛丑至辛亥十有一年迺畢工見者咸曰壯哉觀而况竹亭翼然乎其東境界清特其西爲冶城樓地形高樓又高實留都絕境登樓瞬想麥秀黍離近悲六代之故墟雲藹微茫遠認關洛於江淮之外古今變態盡在目中士夫好尚閑雅常茲游息若其感慨之餘道香滌塵靜趣天契或興遺世獨立乘虛御風之想視烏衣翠微青溪賞心兩華鳳臺之游踵東山之跡皓齒細腰相與娛樂亦徑庭矣噫道家以太虛爲域宇宙爲宮三光爲燈燭雲霞爲香火主之以絳衣帝君妙不宰之宰修不工之工居天下之廣居洞洞豁豁一無障礙此道之所以爲大今之宮室棟宇實寄也然道自無而生有有復於無則無者超矣自虛而生實實

歸於虛則虛者至矣我有大患爲我有身苟未
能外其身而身存則凡教門之事意者有輔於
世道盡心力而爲之夫豈容已天慶自初建碑
刻具詳燬於火久不復今重建既備烏可竟泯
其傳故即羽流所述記其略焉淳祐十二年
正月日承直郎新除太學正古括章公權撰

報恩光孝觀在府治西南

考證觀基元係陳朝進奏院故址崇寧二年十
二月奉　勑江寧府合置觀賜崇寧觀爲額政
和元年十二月　聖旨崇寧觀並改爲天寧萬
壽觀紹興九年八月　聖旨諸路天寧萬壽觀
並以報恩光孝爲額專充追崇

徽宗皇帝道場其曾經燒毀去處州縣不得因今來指揮輒興工役本觀願自修蓋者聽

崇禧觀在大茅峯北華陽洞南門之東即古太平觀

考證唐史方技傳道士王知遠少聰敏博綜羣書初入茅山師事陶洪景傳其道法高祖之潛龍也知遠嘗傳符命太宗平王世充與房元齡微服以謁知遠曰此中有聖人得非秦王乎太宗以實告知遠曰方作太平天子願自愛也太宗登極將重加祿位知遠固請歸山正觀九年

潤州置太平觀以處之○舊圖經云晉陶隱居創後爲永嘉館復爲嘉道館以待四方之衆卽此也後號太平觀爲盜所焚南唐昇元初重建本朝祥符元年因祈禱致醮改今額建炎四年燬于火紹興中再刱○陶宏景傳云大茅中茅間有積金嶺先生於嶺西立華陽上下館○舊記云崇禧觀卽梁貞白先生陶君華陽之下館○茅山記云太師益國公以金帛建造觀宇粗備先是

真皇祈嗣茲山既獲感應自此每歲遇
聖節建金籙道場七晝夜內降青詞朱表并降
香施料命句容縣宰充代拜官設醮于此至今
爲例由是總轄諸山此觀爲甲張商英撰碑銘
東南之鎮曰句曲山蓋華陽洞天地肺福地易
遷含眞之所宅司命童初之所治晉宋以來得
道之士二許楊陶遺壇故宅猶有存者宮觀十
二崇禧總之　國家靈承天心敷錫民福鏤金
之虬鏤玉之簡妙眞之香丹素之詞歲修常典
間遣王人設官以提其綱賜田以贍其衆崇其
宮闕壯麗列聖下居廊廡深嚴萬靈侍衛至者
悚然有以移其視聽居者肅然有以洗其心志
僊科秘範之所出寶章靈篆之所宗而希夷淡
泊之門寂寞無味之教學士大夫未之或講州

縣政事又非所先田租所入悉籠於官道侶計口而賦糧有司互劵而出納方斗筲之鈎攷孰土木之暇議上下顧望歲月因循屋顛而不扶櫰故而不革圮廢而不興垣頹而不作寶文待制何公君表在元祐中以趣向背時提舉西京崇福宫居金陵嘗至山中孰知其敝紹聖　親政召對便殿明年移鎮於此伸發叢志議營繕之會商英謫蒞管庫公圖以授商英曰子於道家之學博且久矣凡向背與開闔之不如經者其悉據古攷正之商英覩圖南面三門則道俗出入之所由也體三清北極本命三殿相直而玉皇殿迺在東隅商英謹按老子之書曰天法道道法自然所謂自然者清氣之始也其天爲清微其境爲玉清其天尊爲元始其帝爲玉皇所謂道者氣之純清也其天爲禹餘其境爲上清其大上爲大道玉晨君其帝爲天皇所謂天者氣之積清也其天爲大赤境爲太清其太上爲老君其帝爲北極本命者支干之神以統於

北極者也北極者中天之極以承玉皇者也今以北極夫三清以本命夫北極而玉皇居左非道之序也神而來格亦莫安於其位矣請先玉皇後北極而左本命三門者神靈之所由也非祠醮則闔之東建道院西設賓館如此則尊卑不相亂道俗不相淆人神不相雜矣公曰善乎論也茲山宮宇古今廢置不一道術之士有在於是者亦已多矣曾亡一人以三氣三天三尊三帝之說辯正升降者豈崇無以復静者或闕於羣有之用造有以致動者或昧於至無之體哉已移句容縣如子之議因而完之矣越明年五月玉皇殿成奉安之日有雙白鶴終日回翔遶唳其上於是上清大洞法師劉混康與其授籙弟子曰異時白鶴嘗以三月十八日來集或有或亡亦不常也今殿成而鶴降非何公崇敬之誠默與眞契其何以召其祥請繪公于別室以永我邦人之思已事而求記於商英迺序而係之頌曰一氣之先强名自然致虚爲道運道

成天三彰一隱一立三全分爲九氣列爲八埏
峩峩峩茅峯東南之望帝居道祠丁山下上厥初
經營先後錯爽何公正之靈報如響儀儀者鶴
來自雲霄誰其駕之於焉逍遙氣合太沖神遊
泬寥監觀在下德聲孔昭宮室絢絢巖谷煥煥
風馬霓旌侯止侯燕維山有祥維國有良天子
萬年賚及四方何公于蕃百治皆具神之聽之
亦惟公故錫爾嘉穀安其邦人介爾多祜耆寧
厥身邦人感仰繪公之像配山久長以對景貺
紹興三年十月八日朝奉郎充寶文閣待制知
江寧府事充江南東路兵馬鈐轄
柱國賜紫金魚袋何正臣立石

玉晨觀 世人稱爲茅山第一福地

考證 高辛時展上公周時郭眞人巴陵侯漢時
杜廣平東晉楊眞人許長史父子唐李元靜南

唐王貞素並在此得道梁時陶隱居於此精修爲朱陽館唐太宗時爲華陽觀元宗時爲紫陽觀　皇朝大中祥符元年九月奉

勑改爲玉晨觀顔眞卿茅山元靖先生李君碑云先生嘗以茅山靈迹剪爲將墮眞經祕籙亦多散落請歸修葺乃特詔於楊許舊居紫陽以宅之韋景昭丹陽延陵人師事包士榮天寶中與元靖先生奉詔造紫陽而居焉○徐鉉紫陽觀碑云紫陽觀者今上爲烈祖孝高皇帝元敬皇后之所重修也又曰華陽洞天寶羣僊之福地金陵地肺又三茅之福鄉左憑柳汧煙霞韜映右帶陽谷川原鱗隱伏龍靡迤鎮以雷平之嶺巒岡迴合浸以護軍之潭郭眞人叩舷之池不遷留岸許長史煉丹之井自冽寒泉

太平觀在茅山側

考證梁書陶隱居讀書萬餘卷善琴碁爲諸王府侍讀永明十年乃掛衣冠神武門居句容之曲山立館自號華陽陶隱居

本朝元符中改爲太平觀

崇壽觀在茅山

考證九錫碑云宋太始中廬陵太守曾國孔嗣之爲道士華文賢建舊記云晉任眞人舊宅宋元嘉十一年路太后建未詳孰是齊建元二年

立崇元館爲太子嘗臨之重廣基堂唐天寶奉
勑重修　本朝改爲崇壽觀

下泊宮在中茅西

考證三茅記云茅君自秦漢間結庵修行於此得道飛昇至宣帝地節二年賜額爲宮唐貞元十一年黄洞元作記記略云下泊宮者上清司命眞君之舊宅也夫大道杳冥遼廓無像神僊主宰尚有元司太古立以祠堂示存教之跡也

元符萬寧宮在茅山

考證三茅記云嘉祐中有蜀人王略於積金峯

結廬以煉丹藥樂全張文定公以詩贈之事見樂全集中略後因事捨去劉混康初入山居之哲宗皇帝召混康赴　闕詔以所居爲元符觀崇寧五年落成　徽宗皇帝御題其榜曰元符萬寧宮建炎四年爲盜所焚少傅楊沂中以私財建造殿堂輪奐踰於舊矣

祠宇宮在中茅峯西側

考證舊記云唐天寶七年勅於廟下立精舍度道士焚修屯田員外郎柳識建碑

華陽宫在茅山積金嶺

考證舊記云本貞白之上館唐天寶七年三月勑度道士焚修後燬於兵　本朝政和中重建宣德郎郭衡爲之記　記略曰句曲山之華陽舘隱居之上館也陶以上舘自居以中舘處弟子以下舘延四方高士累功修德上舘居多是以引珠泉以煉大還修本草以和名餌設大慈於官而向道者心化置靈符於井而飲水者患愈功成事遂而舘名遽立於天監之時眞積力久而華陽始建於天寶之際惜乎爾後干戈鑿聚於中原烈焰熾延於深谷天后便闕嘯聚者屋之淸虛東窗兵刃則藏之三峯鶴馭遠九轉丹爐隳壇圮神居跡屏上士暨至　我朝海內淸肅祥符天聖眞風振興皇祐以來迺有沖隱大師道正莊愼質者天才超

頽德操邁逸心恬淵靜身樂淸虛侍從師資安養斯館爰及政和三年已踰六十六載橺灡茀塡畏傾弗支於是起役山嵓鳩工雲集征材蔽谷揮刃摩天昔唯茅茨今且革之昔唯土堦今且甃之

崇元觀在茅山大横山下

考證 陶隱居眞誥定錄言大横山下有泉昔李明於下合丹而升元洲梁天監十四年陶隱居栖鬱罡齋室以追元洲之蹤天寶中元静先生居之制旨建置殿堂臺榭甚多皆明皇賜額曰棲眞堂會眞亭候僊亭道德亭迎恩拜表等亭

國朝大中祥符二年國師朱觀妙於此結廬修行先賜集虛庵爲額天聖三年九月改賜今額

天聖觀在茅山積金峯上

考證梁天監初陶宏景開創池沼唐貞觀中建立道靖至德中賜名火浣宫唐末遂廢本朝景德中張明眞結廬於此祥符中御製觀龍歌送龍歸三茅山所得之池即此處也天聖三年九月賜名延眞庵五年賜額爲觀

五雲觀在茅山華陽洞西門五雲峯下

【考證】景祐中太師中書令王文穆公欽若於此建庵景祐四年四月七日賜額五雲觀慶歷二年十月丞相晏元獻公殊撰記後爲雷所擊碎碑不再刻文見晏公集中記云丞相冀文穆公即世之明年其小君許國夫人開于　內朝請建道館于茅山之南麓以爲公棲神之所　聖上追念大臣哀憐時思特命郡守舊相李公迪主其營繕又　勅公門下吏右侍禁張得二董其力役後十四年夫人以制度之未備申命公之猶子右班殿直士駉往增葺焉始賜名曰五雲觀僝工於天聖之丙寅已事於康定之庚辰其廣袤因崖巘之回抱其奧阼視科文之品第崇堂以宅肖像秘殿以嚴真供層閣嶁起廣除環構修廊蔓衍高閌濬開庖廚有方廐庫有次其外則壇場著前朝

之蹟洞穴表靈峯之蘊喬松夾植蔭行旅之勞良田外營資糇膳之給妙擇勤士恭修秘式其所以尊奉遺貌妥安淨衆者罔不周具惟道家者流有清淨沖虛之說歸眞復樸之教後代悅其風者觸類而長於是乎幽經秘訣之敷演淸都洞臺之照臨三雲八景之鍊修童初廣寒之遊集上自后辟迄于臣民用資化源著在彝典初　眞宗皇帝既偃武節聿修文事封太山款后土謁僊里建靈宮務輯一王之儀邈追前代之盛　公於是時都將相之重極風雲之遇與二元老泊鴻儒碩生內則翊贊　宸猷外則討論經禮用削藁之沉密荷沃心之賞詩借前箸而謀定中巽風而令行至如檢玉分圡瘞繒雖壞近甸巡豫嘉壇裒對咸遵秘籙聿彰勤任用三洞之科式先八鑾而啟行公則參儀衛之職焉寅受天瑞欽崇祖烈五嶽升號靈泉效祉並儆眞宇茂昭元貺公又歷置使之任焉總集髦雋紛披載籍擷百世之龜鑑述方來之矩矱復

詔公之典領焉公又以混元之法有助亨會函
笈所蘊源流寔繁欣逢盛明得用論次乃復選
通達其學者校讐而辨正焉名山洞室之藏金
簡玉文之萃多所刊定訖無抗謬本至性之沖
漢矜聖期之參會倘佯乎叢霄太霞之境諷詠
乎廣韶曲素之篇竊緜赤松之遊沉酣金匕之
藥間接真士高談妙樞由是脩然有乘雲驂飈
離人拔俗之想每出沐休暇或元辰令吉特想
世事虔修淨醮壇宇嚴邃旌幡飄纚杳塵寰之
不接疑景象之有開緜祺寖久積精忽倦乾典
王賤歲分符秣陵眷言茲山實邇郊次俄奉中
詔郎仲嘉薦注慕靈壤褒回淨域迺爾自得澹
乎忘歸隱士朱自英者肥遯中巖載更年所公
樂其素尚究若石交還朝秉鈞之再歲以其名
聞召至都下宴語紬繹異于常倫及其還山又
約它日卜隣洞府音旨隆寄朱生異之後數月
而公捐館舍且有遺語卜茲締構前後所費私
帑凡百五十萬官給不須焉績詔自英往還臨

蒞之皆從公之素志也按眞誥言句曲地肺土
良水清謂之華陽洞天可以度世種民是處三
災不干又言至忠至孝之人皆先受靈職次爲
列僊歲登降其幽明如人間之考績則公之結
思崇岫歸誠妙象豈徒然哉矧夫出應賢運越
登極位佐時勳大用物精多非特受靈氣負踰
羣品爲以協昌辰之偉任非默契僊籙往階眞
格局以顯太和之挺生質於前聞其有眞合鳴
陸乘時奮庸握文武之柄尊主芘物磬其蘊懷
執方持衡不疚風義烜赫輝燿以功名自終然
後脫遺世氛與羨門偓佺之徒相期於煙霄之
際不其盛與不其偉與惟夫人恪奉治命無忘
遺追其嗣子殷中丞寅亮瞿瞿協心克終勝槩
足播徽範永光圖史謂殊夙以文翰游公館宇
見託撰述著之金石是用拜禮命之辱而忘其
陋蕪公姓王氏諱欽若字定國夫人姓李氏公
之邑里世系歷官差次上載史諜下刊碑誌此
得略而不書慶歷二年歲次壬午十月晏殊記

抱元觀在茅山柳谷泉

考證舊名柳谷庵政和八年六月二十九日因陳希微修行於此有　勑賜抱元觀爲額慶元間王元綱重建劉運使[redacted]嘗題詩龍崗十里秀蟠雲天蘄靈墟館異人柳眼長年駐春色金精一掬吐寒津田公羽駕隨飈遠長史琅函得語眞今日我來師接否半憑飛雪話蒙屯

昇元館在中茅峯西

考證本名白鶴廟劉至孝三遇僊桃之所元祐中桐川道士湯友成友直居之政和八年守臣

俞臬奏改今額

棲眞觀在崇禧觀東

考證本名玉霄庵舊記云貞白陶君之中舘和州史君尹士牟撰碑宣和中賜今額

華陽觀在崇壽觀西

考證舊名鴻禧院舊記云寶歷二年奉　勑置即梁昭明太子舊宅丘徵君亦隱於此上柱國李相德裕延太元周先生於此建立院碑侍御史賈餗文宣和初改賜今額周先生名隱遥字息元居洞庭巴山

不以晝夜更動息不以寒暑易纖厚不食而甚力雖飲而無瀰唐令狐楚作記僊傳拾遺有傳

清眞觀在大羅源中

考證政和中吳德淸始營建爲道人棲泊之所徽宗朝賜以觀額紹興間每歲三月十八日四方道人皆會於此齋時多有鶴至故謂之鶴會

燕洞宮在茅山柳谷㟙東

考證宮之東南有燕口山三小山相偶梁普通中有晉陵女子錢氏妙眞年十九辭家學道師事陶隱居獨處幽巖誦黃庭經積三十年佩白

練入洞自後奉祠不絕至唐天寶七年興修爲
宮賜額燕洞宮度女冠以紹香火梁邵陵王爲
記　本朝嘉祐甲辰野火焚之遂移於句容縣
紹興二十年復於舊基上興建

白雲崇福觀在中茅峯西白雲峯下
考證先是華陽宮知宮道士王景溫退居結廬
于此紹興三十二年名聞于　上詔卽所居爲
白雲崇福觀召對　德壽宮賜紫衣虛靜之號

永僊觀在茅山

本朝淳熙甲辰劉先覺以高士召赴　行在賜
對重華宫講解南華眞經引疾還山擕　賜詩
於抱朴峯誅茅棲泊始名玉霄庵今改此額

寶華宫舊在方山南唐昇元中爲母后所建後廢淳
熙七年道士吕志淳移其額於城南門外重建

洞元觀在方山南輿地志吳赤烏三年爲葛元於方
山立觀後元白日昇天今方山猶有煮藥鐺及
藥臼在唐正觀六年併巖栖觀入焉

永樂觀在城東北七十里舊經云漢劉謙光捨宅爲

觀南唐昇元中重修　本朝改爲崇虛觀

修眞觀在天慶觀西舊在越王臺下南唐保大七年置爲女冠觀　本朝開寶八年焚毁太平興國二年移置於此

藏眞觀在茅山疊玉峯南臨大路劉靜一先生解眞瘞劍之地　本朝大觀中建因賜額爲藏眞今觀側有靜一先生墓

崇元觀齊建元中改爲崇元館唐天寶七年重修　本朝大中祥符七年改今額

復洞神宫據舊志所載是宫舊在蔣山太平興國寺東今有古基階級存焉制使姚公希得任內因創興蜀三大神廟於青溪側景定四年就於其旁創一道宫以爲祈報燎標之所因以洞神舊額加之首命道士王道立爲知宫費十三萬舊楮米五百石

記天高地下萬物散殊人以眇然之軀並列爲三其所以與天地相似者曰誠而已誠也者實然之理匪初匪終匪狂匪聖不可以聰慧求不可以聲臭接而須臾不容離此知愚之所同得也天維高明日月星辰運行無息萬物覆焉地體確厚嶽瀆河海洪纖小大萬物載焉上際下蟠無一隙不到古往今來無一息間斷所以主張綱維其間微是理之實然者其何所取證

人與天地同厥有初聽視明卽此理之高目下耳者也是非決擇卽此理之賞善罰惡者也萬象不能匹形氣不能礙昭昭靈靈毫末有欺而陟降左右已毛髮森豎於大譴大呵之域於皇上帝陰騭下民風雨霜露無非至教神祇上下昭布森列消息盈虛之易處禨祥禍福之異位豈有心其間哉惟天蒼蒼以萬物之心爲心而自無心惟天無私以萬物之感應爲感應而自無感應不然何其形聲影響不失錙銖如是可考不誣哉衆人昧上天本然之知而爲人上天以衆人同然之體而爲天其降衷不異而源委本末遂有毫釐千里之差可嘆也後世不推原其自於天人之際岐而爲二所以事天者始屋而居之像而崇之會謂昭格之誠果在是乎雖然收其放心於主一不二之地則其本然不失者固非斗羊斧斤可以盡皆斵喪宮宇之設其來已非一日矣建鄴舊有洞神宮久廢不治景定辛酉東川姚公希得來司留鑰其政以敬

事而信節用而愛人爲本既明年化行惠孚乃卜青溪之勝以祠蜀三大神又明年因洞神之扁築琳宮於左命黃冠主其香火葢亦謂世俗耳目未可頓躋之本然之地而其攝齊而入肅容而登則其心未始不如捧盤水如承大祭不待驅迫而天理見前斯亦入德之方也已宮役告成公俾復之記其行事復之嘉公之本心有在乎是於是乎書景定五年二月日朝散大夫直煥章閣主管成都府玉局觀合陽文復之譔

朝散郎差充沿江制置使司參議官嚴灘黃蛻書丹朝散郎差充沿江制置使司參謀官天台趙時棗題蓋

景定建康志卷之四十六

承直郎宣差充江南東路安撫使司幹辦公事周應合修纂

祠祀志三

寺院

保寧禪寺在城内飲虹橋南保寧坊内

考證吳大帝赤烏四年爲西竺康僧舍建寺名建初晉宋有鳳翔集此山因建鳳凰臺於寺側晉宋更寺名曰祇園齊更名曰白塔唐初復名曰建初開元更名曰長慶南唐更名曰奉先

本朝太平興國中賜額曰保寧祥符六年增建
經鍾樓觀音殿羅漢堂水陸堂東西方丈莊嚴
盛麗安衆五百又建靈光鳳凰凌虛三亭照映
山谷圍甃塼牆五百丈茂林修竹松檜蘙蔚
詔歲度五僧政和七年　勑改神霄宮建炎元
年　勑復舊額三年四月
大駕幸江寧權以寺爲行宮閏七月如浙西其
後命即府治修爲　行宮而　御坐猶在本
寺歲久屋弊留守馬光祖重建殿宇及方丈觀

音殿水陸堂厨堂庫院移鍾樓冠青龍首增建廊屋橫直一十八間作新建鳳凰臺記詳見鳳凰臺下

葉夢得輪藏記

維摩氏極天下之辯而反之於默其爲法名之曰不二夫不二即一矣不言其一而言不二豈以一猶爲有在者歟道未始有二也既以有物不得不裂爲二彼自爲二而吾强欲一之必有廢其一以成其二者非道之全也要有非一而不二者存焉爾何特維摩氏爲然孔子曰有鄙夫問於我空空如也我叩其兩端而竭焉空空云者豈有物實之者哉然猶意其墮於一也則叩之以兩端蓋維摩氏所謂不二法叩之兩端而知其所解則以吾之所知證彼之所知可一舉而盡矣之人也謂之鄙夫則可謂之君子則不可佛以無所言而爲一切衆生無所不言以爲有言不言是顛倒見以爲無言不言是斷滅見孰能辯其非

一而不二者乎自漢永平爲佛者始持其書入中國由晉宋歷唐至于今不絶梵語華言更相發明傳其學者又從而申衍之其説遂充滿天下輻而藏之皆設爲峻宇高甍雕刻綵繪備衆寶以爲飾竭衆巧以爲工苟可以莊嚴者無不至梁普通復有異人爲之轉輪以運之其致意深矣吾少時見四方爲轉輪藏者無幾比年以來所在大都邑下至窮山深谷號爲蘭若十而六七吹蠡伐鼓音聲相聞襁負金帛踵躡戶外可謂甚盛然未必皆達其言尊其敎也施者假之以徼福造者因之以求利浸浸日遠其本建康府保寧寺當承平時於江左爲名刹更兵火久廢今長老懷祖守其故址於煨燼之餘十有四年堂殿門廡追復其舊而一新之最後作轉輪藏余鎭建康時見其始經營後四年余歸石林祖以書來告曰藏成矣幸得記其本末祖蓋以正法眼傳其心者其爲人潔而通靖深而敏非徒以有爲作佛事者也乃爲推其師之言合

諸儒之說正佛之所以言以曉世俗之弊祖當益以是振之夫方無所言則維摩氏之默如太阿難等得道受記諸大弟子皆不任問疾及其無所不言則雖觀世音亦從聞所聞而入爾乃寺之興廢係其時人之施舍係其力有不必記故不書

正覺禪寺 一名鐵塔寺在城內西北冶城後崗上

考證 本大始中邪人捨地建精舍號延祚寺至唐有靈智禪師生無雙目號羅睺和尚經論文字悉能明了時人稱有天眼爲建塔於寺內廣明中賜額○梁侯景之亂王僧辯入討景使其黨宋長貴守延祚寺何遜有登延祚寺閣詩○

佛殿前有鐵塔二座鑄云乾興元年造古鐘亦唐時所鑄有經幢鐫大吳金陵府延祚院寺有井十一口內一口最大號爲百丈泉井欄上字乃保大元年所鐫○宋熙寧中賜寺名曰正覺塔名曰普照○王荊公嘗於寺西作書院有軒名籜龍○建炎三年以法堂西偏爲　元懿太子攢宮詳見攢宮曾極劉克莊皆嘗題詩曾極詩逝水無情去不回黃簾窣地隔風埃摩挲鐵塔堪流涕此是君王思子臺劉克莊詩細認苔間寺方知鑄塔時不因兵廢壞似有物扶持古殿人聞少深窻日上遲僧言明受寺相對各攢眉

能仁禪寺在城内南廂嘉瑞坊

考證慶元間游九言撰本寺佛殿記略云能仁寺南接秦淮數百步按其地古青溪之瀆也初名報恩宋元嘉文帝爲高祖刱建唐會昌中廢僞吳大和六年毗陵郡公徐景運復爲其親造曰報先南唐昇元改興慈無鐫識可攷獨據圖經所載然五代唐愍帝應順甲午爲吳之太和逆數會昌乙丑蓋已九十年既曰廢矣中間誰所繼續乎院之老僧相傳僅記　本朝之言院

故在西門雙廟之東至道中有　圓覺律師德明者際遇

太宗皇帝召見錫之　御容及羅漢像以歸咸平間重賜院基田産更律爲禪寵以　聖製詩章詩見第四卷院復大顯至崇寧賜名承天政和七年改能仁今之寺基咸平所賜而遷也

蔣山太平興國禪寺 去城一十五里

考證 梁武帝天監十三年以定林寺前岡獨龍阜葬誌公永定公主以湯沐之資造浮圖五級

於其上十四年即塔前建開善寺今寺乃其地也唐乾符中改爲寶公院南唐昇元中徐德裕重修後主又改爲開善道場　本朝太平興國五年改賜今額慶歷二年葉公清臣奏請爲十方禪院侍郎劉公岑今蔣山大佛殿記云寶公道場始於梁武其女號曰永定公主割捨私財創爲精舍當時詞臣陸倕王筠作爲文章以紀其事我　本朝大中祥符賜榜太平興國禪寺加封寶公道林眞覺慶歷改元翰林學士葉清臣來守是邦以禪易律元豐主僧曰法泉者經營辛苦成大叢林焚於建炎復於紹興云大佛殿前又有大毗盧閣兩翼爲行道閣屬之殿其餘堂廡極其雄麗皆紹興以來所建淳熙十六年九月辦一夕而燼今累年營繕駿

駸復盛矣寶公舊像父老相傳以沉香爲之國初取歸京師陳軒金陵集載狄咸游蔣山詩云旃檀歸象魏窣堵卧煙霞蓋謂此也本朝太平興國七年舒氏柯萼遇老僧往萬歲山指古松下掘之得石篆乃寶公記聖祚綿遠之文於是遣使致謝謚曰寶公妙覺治平初更謚道林眞覺大師按建康實錄開善寺有誌公履唐神龍初鄭克俊取之以歸長安今洗鉢池尚在塔西二里法雲寺基方池是也寺西有日道光泉以僧道光穿斸得名曰宋熙泉以近宋熙寺基之側有八功德水在寺東悟眞庵之後一云泉在寺北高峯絶頂寺東山巓有定心石下臨峭壁寺西百餘步有白蓮庵庵前有白蓮池乃策禪師退居之所寺後向東有婁禪師之塔

題詠

李司徒建勳 樓臺雖少景何深滿地青苔勝布金松影晚留僧共坐水聲閑與客同尋清涼會擬歸蓮社沉湎終須棄竹林長愛寄吟經案上石窗秋霽向千岑

又

趙道林雖向鍾峯數寺連就中奇勝出其間不教幽樹妨閑地別着高窻向遠山蓮沼水從雙澗入客堂僧自九華還無因得結香灯社空倚王門玷玉班○李中宿投林下寺中夜覺神清磬罷僧初定山空月又生龍燈吐冷艷岩樹起寒聲待曉紅塵裏依前冒遠程○徐伯陽聊追鄴城友灑步出蘭宮法侶殊人世天花異俗中鳥聲不測處松吟未覺風此時超愛綱還復洗塵蒙○崔塗山殿秋雲裏香煙出翠微客尋朝磬食僧背夕陽歸下界千門見前期萬事非看心兼送目葭菼暮依依○王荆公安石登寶公塔倦童疲馬放松門自把長笻倚石根江月轉空爲白晝嶺雲分暝與黃昏鼠搖岑寂聲隨起鴉矯荒寒影對翻當此不知誰主客道人忘我我忘言重登寶公塔空見方墳涌半霄難將生死問參寥應身東返知何國瑞像西歸自本朝遺寺有門非輦路改池無鉢但僧瓢獨龍下視皆陳迹追數齊梁亦未遙又碧玉旋螺怳隔霄

冠山仙冢亦寥寥空餘華石延風月無復靈蹤落市朝帳座追嚴多獻寶供盤隨施有操瓢他方出沒還如此與物何心作邇遙**寶公塔院詞**

梁斯文實有寄天豈偶生才一日鳳鳥去千秋梁木摧煙留衰草恨風造暮林哀豈謂登臨處飄然獨往來**書静照禪師塔**簡老已歸黃土陌淵師今作白頭翁百憂三十餘年事陳迹山林草野中**寶公塔**道林眞骨葬青霄窣堵千秋未寂寥寶勢旁連大江起尊形獨受衆山朝雲泉別寺分三徑香火幽人祗一瓢我亦驚峯同聽法歲時歌唱豈辭遙○**曾極**六帝園陵墮刼灰獨餘靈骨葬崔嵬行人指點雲間鶴輿得齊梁一夢回○**馬野亭之純**凌晨同作蔣山游細雨絲輕霧不收謝得東風如有意故教晴色漸盈眸松陰十里青絲障石磴千層白玉樓彌望寬平有如此故應常作帝王州

牛山報寧禪寺在城東七里距鍾山亦七里王荊公

安石故宅也

考證其地名白塘舊以地卑積水爲患自荆公卜居乃鑿渠决水以通城河元豐七年安石病聞　神廟遣國醫診視既愈乃請以宅爲寺因賜額報寧禪寺寺後有謝公墩其西有土山曰培塿乃安石决渠積土之地由城東門至鍾山此半道也故今亦名半山寺寺中有寶禪師語錄序王荐撰米芾書陳軒金陵集載荆公半山詩凡十五首半山即事詩將石黛染春潮復撚黄金作柳條西崦東溝從此

好筍輿追我莫辭遥○雪乾雲靜見遥岑南陌
芳菲復可尋擕得千籭爲一笑春風吹柳萬黄
金○南浦東岡二月時物華撩我有新詩含風
鴨緑粼粼起弄日鵞黄裊裊垂○水滿波塘穀
滿篝謾移蔬果亦多收神林處處傳簫鼓共賽
元豐第一秋○放歌扶杖出前林遥和豐年擊
壤音曾侍玉堦知帝力曲中時有譽堯心○隨
意柴荆手自開沿岡度塹復登臺小橋風露扁
舟月迷鳥羇雌競往來○露積山禾百種收漁
梁亦自富鰕鰌無羊說夢非眞事豈見元豐第
二秋○湖海元豐歲又登旅生猶足暗溝塍家
家露積如山壠黄髮咨嗟見未曾○豚柵雞塒
晻靄間暮林摇落獻南山豐年處處人家好隨
意飄然得往還○秋雲放雨靜山林萬壑千湍
共一音欲記荒寒無善畫賴傳悲壯有能琴○
半山歲晚卽事曰蜜畏前境淵明欣故園那知
飯不賜所喜菊猶存亦有牀坐好俱無車馬喧
誰爲吾侍者稚子候柴門○長者一牀室先生

三徑園非無飯滿鉢亦有酒盈樽不起華嚴坐常開柳際門謾知談實相欲辯已忘言○半山春晚即事春風收花去遺我以清陰翳翳陂路靜交交園屋深床斆每小息杖屨或幽尋惟有北山鳥經過遺好音○楊誠齋萬里題半山寺霜松雪竹老重尋南蕩東陂水自深鳳去宅存誰與住不如作寺免傷心○老無稚子爲膺門病有毗耶伴此身相府梵宮均是幻却須捨宅作離塵○日邊賜額寺名新雞犬相迎舊主人見說小兒齊拍手半山寺主裹頭巾○楊鵠山元亨題半山寺蹇驢挾策一蒼頭罷相歸來隱寂寥看到半山三不足依然野水漫青苗○羅兆谷題半山寺道德文章一世師只傷學術欠通時不思變動熙寧禍却欲重修作福基

清涼廣惠禪寺在石頭城去城一里

考證僞吳順義中徐溫建爲興教寺南唐昇元

初改爲石城清涼大道場

國朝太平興國五年閏三月改今額○舊傳此寺嘗爲李氏避暑宮寺中有德慶堂今法堂前舊基是也後主嘗留宿寺中詩有未能歸去宿龍宮之句德慶堂名乃後主親書祭悟空禪師文乃後主自爲之碑刻今並存東坡嘗捨彌陁畫像于寺中詩云問禪不契前三語施佛空留丈六身○寺有大鍾乃僞唐後主所鑄類說載江南李氏時有一民死而復蘇云至冥司見先主被五木甚嚴民大駭曰主何至此耶主曰吾爲宋齊丘所誤殺和州降者千餘人汝歸謂嗣君凡寺觀鳴大鍾吾受苦則

大の十五

暫休或能爲吾造一鍾九声後主造鍾于清涼寺鐫云追薦烈祖孝高皇帝脫幽出苦○

寺有白雲庵見王荆公詩　翠微亭不受暑亭鄭介公書堂詳見亭堂○聖宋書畫錄云舊有董羽畫龍李昱八分書李霄遠草書時人目爲三絕王荆公故人不惜馬虺隤許我年年一度來野館蕭條無準擬與君對植浪山梅○蘇東坡贈淸涼長老代北初辭沒馬塵江南來見臥雲人問禪不契前三語施佛空留丈六身老去山林徒夢想雨餘鍾鼓更淸新會須一洗黃茆瘴未用深藏白氎巾○又贈淸涼長老過淮入洛地多塵舉扇西風欲汚人但怪雲山不改色豈知江月解分身安心有道年顏少遇物無情句法新送我長蘆舟一葉笑看雪浪滿衣巾○楊次公題君勿愛淸涼淸涼如火如沸湯君勿惡炎熱炎熱如冰如

積雪勿愛亦可惡未是逍遥處君不見海會山前一條路一車來一車去今古轉轅何日住落花時節雨初晴黃鶯枝上分明語○曾極李主避暑處至今多竹鳴鞘響斷苑牆平敲戛惟聞風玉聲三百年間陵谷變寒潮不到石頭城○秋月春花迹未陳衮龍曾繞夢中身夷門金鼓從天落驚起床頭鼻鼾人○温庭筠黃花紅樹謝芳蹊宮殿參差黛巘西詩閣曉窻藏雪嶺畫堂秋水接藍溪松飄晚吹摐金鐸竹蔭寒苔上石梯妙跡奇名竟何往下方煙暝草萋萋○張祜山勢抱煙光重門突兀傍連簷金像閣半壁石龕龍廊碧樹叢高頂清池占下方徒悲宦遊意盡日老僧房○馮野亭出郭無多遠登山有許高舊游曾到處此地足稱豪日月眞雙轂關河等一毫松篁知我意故與北風鏖○舊時月過女牆頭風雨摧頹廢不脩地老天荒無處問松聲灘響替人愁祥刑使者來何暮弔古詩篇清更幽收拾江山入懷袖却歸講席進鴻疇○劉

後村塔廟當年甲一方千層金碧萬緇郎開山佛已成胡鬼住院僧猶說李王遺像有塵龍壞壁斷碑無首立斜陽惟應駐馬坡頭月曾見金輿夜納涼○**王潛齋**五馬南浮一化龍山川萬古勢增雄誰知佛祖安禪地曾是君王避暑宮古磴松篁秋意足空江煙水夜潮通介翁祠宇依然在儘有廉頑立懦風○**羅北谷**清涼世界竹如雲舊日君王愛此君時代改遷龍變化荒山啼鳥不堪聞○[redacted]赫日纔升抹撻紅江南自在覆盆中齋餘茗椀聽僧話身在當年避暑宮

天禧寺即古長干寺在城南門外

考證梁天監元年立大同元年幸長干寺阿育王塔出佛爪髮舍利又幸寺設無遮食大赦○

丹陽記大長干寺道西有張子布宅在淮水南對瓦官寺長干是秣陵縣東里巷名江東謂山壠之間曰干建康南五里有山岡其間平地庶民雜居有大長干小長干東長干並是地名小長干在瓦官寺南巷西頭出大江梁初起長干寺按塔記在秣陵縣東今天禧寺乃大長干也○皇朝開寶中曹彬下江南先登長干北望金陵卽此地○天禧二年改爲天禧寺政和六年建法堂李公之儀端叔天禧寺新建法堂記云天禧寺者乃長干道場葬釋迦眞身舍

利祥符中建塔賜號聖感舍利寶塔至天聖中又賜今額按梁書大同三年高祖改造阿育王塔出舊塔下舍利及爪髮髮青紺色衆僧以手伸之隨手長短放之則屈爲蠡形如吳時有尼居其地爲小精舍孫綝尋毁除之塔亦同泯吳平後諸道人復於舊處建立焉中宗渡江更修飾之至簡文咸安中使沙門安法師程造小塔未及成而亡弟子僧顯繼而修之至孝武大元九年上金相輪及承露其後西河離石縣有胡人劉薩何遇疾暴亡而心下猶暖未敢便殯經七日更蘇説云有兩吏見録至十八地獄隨報重輕受諸苦毒見觀世音語云汝縁未盡若得活可作沙門洛下齊城丹陽會稽並有阿育王塔可往禮拜則不復墮地獄因此出家游行禮塔次至丹陽未知塔處乃登越城望見長干里有異氣色因就禮拜果是阿育王塔所放光明由是定知有舍利乃集衆掘之入一丈得三石碑中一碑有鐵函函中有銀函銀函中有金函

盛三舍利及爪髮各一枚長數尺即遷舍利近北對簡文所造塔造一層塔十六年沙門僧尚加爲三層即高祖所開者也○蘇魏公頌長干寺詩注云晉時有沙門惠達至金陵長干獲古佛塔因於其地建佛刹即劉薩何也至南唐時廢寺爲營廬久之舍利數表見感應祥符中僧可政狀其迹并感應舍利投進有詔復爲寺即其表見之地建塔賜號聖感舍利寶塔○白塔在寺東即葬唐三藏大徧覺元奘大法師頂骨之所金陵僧可政端拱元年得於長安終南山紫閣寺俗呼爲白塔事具塔記元符二年知府事呂公升卿請於朝改爲十方住持○楊次公長干聖感塔詩云釋迦八萬四千塔一在江南古道場無礙展開青髻髮最初分得白毫光○陳軒金陵集載槐京登長干塔詩云江南營當幸事畢盡憑廟算非臣寮眷言此地本軍壘乞與招提安佛子蓋敘國初事也

寺有阿育王塔天禧中賜名聖

感有塔記題詠尤多朱存窣堵凝然鎮梵宮舉頭層級在雲中金棺舍利藏何處鐸遶危簷聲撼風○蘇魏公次韻遊長干寺寺接郡東南僧常爲我談初因晉大士來獲古靈龕歷世名空在重興德乃堪先朝賜新額此地建精藍億載扶皇統生民息戰函利仍存故里龍復止深潭九級唯塗甓千梁盡架楠亭臺各軒豁巖谷更空谽谺殿角芝成玉松梢露隊甘穴棲多禮颸池怪集神龕可愛臨岡曲何人結草庵欲來尋隱逸誰與共歡酣念往須勤到登高已舊諳低頭小城市舉目遍村嵐靜境緜茲遠塵容却自慚常思真趣嚮可抑俗饕貪宇宙開懷適江山極望涵相邀幸多暇命駕卽追參又次韻登長干寺塔凡刧半依山經營昔甚艱周遭嚴佛宇直上俯天關登陟緣梯險淹留布坐慳椽楹亦塗附欂櫨遍朱殷白日分明到青雲咫尺攀龍潭斜影落鳥翼怯飛還基龕從吳晉聲名動朔蠻灯然時照耀梵唱每循環

往事稠重問前朝指顧間誰知息心處香火老僧閑○王荊公梵館清閑側布金小塘回曲翠文深柳條不動千絲直荷葉相依萬蓋陰漠漠岑雲相上下翩翩沙鳥自浮沉羇人樂此忘歸志忍向西風學越吟○曾極十丈祥光起相輪鐵浮屠鎮法王墳只愁西域神僧至夜捧長干刹入雲○周文璞雲杪熒熒一塔燈覺皇舍利寶煙凝山門推上三更月似照前朝禮拜僧○馬野亭兩山回處是爲千有塔亭亭高似山不但裝嚴增梵刹可能形勝助城關燈明星斗掛林木鈴動天風吹佩環陌上行人遥見此有時東往又西還○[illegible]帝王萬世餘磐石宮派五家多旋渦獨立城南經六代問君心事竟如何

鹿苑寺舊名法光寺即梁蕭帝寺也在今城東南隅

考證元屯田絳嘗爲記金陵氣王三百年聲明文物與時隆替中間惟

蕭梁折節以佞佛故佛之廟貌光斥江表都城
與維直淮上所有精舍焉紫峯紆餘反宇欲翔
盤高孕虛含吐萬景望之輝然如修虹亘霄丹
碧相發殿有聖像卽山而成追琢之功極其精
妙案輿地志不知從昔之名但後人以帝氏目
之黃旗運歇勢勝故在閏唐攘據因其跡而增
華易榜法光標爲幽概　聖朝混一書軌以三
代文教篇勹宇内四聖累洽浸厚福於生民梵
刹禪林容仍舊物而茲寺垂阤瘁焉不支己卯
春寺僧募大姓杜德明出楮金五十萬程工就
其址起高廣殿木糵不移棼橑有嚴光輝復還
風物異態又粉繪釋迦文相卽山塑十六大尊
者生生之供稱是該備其秋告成乃作鍾唄蒲
飡以落之道俗和會圜視作適青溪之水木鍾
阜之雲物來入軒戺相爲澄曠都人詫焉有修
其狀而至者會同閈趙郡李君從事海瀕謂余
有一日之雅授簡不腆且曰欲以新志累子追
惟勝冠簪仕彼都與故濮陽吳嗣復昌卿並遊

其墜露醉撫翰刻名楹間晦明颷馳蓋四十八甲子老龍死矣靈光巋然齎咨舊游怳若夢覺今之辱請可没其燬乎月而日之庶以傳久康定二年三月八日記

寺有子隱堂卽周處築臺讀書處也詳見臺觀○佛殿前有郗氏窟舊傳梁武帝郗后化蟒事頗迂恠不錄

崇勝戒壇院卽古瓦官寺又爲**昇元寺**在城西南隅

考證晉哀帝興寧二年詔移陶官於淮水北遂以南岸窑地施僧慧力造瓦官寺舊志曰瓦棺寺者非也蓋據俗說云瓦棺寺之名起自西晉時長沙城隅忽陸地生青蓮兩朶民以聞官掘得一瓦棺見一僧形皃儼然其花從舌根生父老云昔有一僧不說姓名平生誦法華經萬餘部臨死遺言曰

以瓦棺葬之遂以寺名爲瓦棺而本於此其説頗涉恠誕縱果有此事亦在長沙於此無與也不知陶官之爲瓦官而以官爲棺殆傳會而爲之説耳 淳熙中韓元吉嘗爲記每歲度僧於此受戒

嚴因崇報禪寺即景德**棲霞寺**在今城東北之攝山去城四十五里

考證齊永平七年明僧紹捨宅爲寺見江揔持碑明僧紹宋泰始中遊此山刊木結茅二十許年遂捨爲寺○寺有舍利塔乃隋文帝葬舍利處○唐高祖改爲功德寺增治梵宇四十九所樓閣延袤殿宇鱗次高宗御

製明隱君碑改爲隱居棲霞寺御書寺額有碑尙存字不可辯武宗會昌中廢宣宗大中五年重建○南唐高越林仁肇建塔徐鉉書額曰妙因寺○國朝太平興國五年改爲普雲寺景德五年又改爲棲霞禪寺元祐八年六月改賜今額爲參政簡翼張公璪功德寺○左有千佛嶺後有天開巖碧鮮亭白雲庵迎賢石醒石中峯澗石房白雲泉亦名品外泉寺前有明僧紹高越墓寺中古碑及時賢題詠頗多山中南谷昔有天台止觀

寺高僧法曠嘗於寺紫溢峯下建般若堂演大論有虎穴寺在山中峯齊王融有游虎穴寺詩○宋景文祁雜識集云南齊棲霞寺大明法師好談論手執松枝爲談柄隋文帝仁壽二年送舍利天下凡八十一州分而造塔蔣州棲霞其一也○唐則天建舍利塔於青龍山之巔唐末焚毀○寺有金銀銅像背記略云維大唐景龍二年四月八日洛州大福先寺前棲霞寺在比丘曇一於潤州江寧縣明隱君經坊內鑄瀉金銀銅釋迦像三軀奉爲高宗皇天大帝則天大聖皇后應天神龍皇帝云○又有石像在千佛嶺棲霞詩注云明隱君與度法師講無量壽經西峯石壁中夜發光光中現無量壽佛自爾捨家財鑿巖造大像坐高五丈觀音勢智立像高三丈五寸○宋齊七帝造石佛千尊所謂千佛嶺○周繇棲霞寺贈月公明家不用買山錢施作清池種白蓮松檜老依雲外地樓臺深鎖洞中天風經絕頂迴疎雨石倚危屏挂落泉欲

結茅庵伴師住肯饒多少薜蘿煙○劉長卿東峯尋南齊明徵君故居山人今不見山鳥自相從長嘯辭明主終身卧北峯泉源通石徑礀戶掩塵容古墓依寒草前朝寄老松風雲生斷壁萬壑遍疎鍾惆悵空歸去猶疑林下逢○李頻居與鳥巢鄰日將巢鳥親多生從此性久集得無身樹老風終夜山寒雪見春不知諸祖後傳印與何人○權德輿清論月輪低閑吟茗花熟又巖花點寒溜石磴掃春雲○張暈躋險入幽林翠微含竹殿○李紳鳥嘌啄秋果翠深銜素魚○李司徒建勳養花天氣近平分瘦馬來敲白下門時色未開山意遠春容猶淡月華昏琅邪冷落存遺跡籬落稀疎帶舊村此地幾經人聚散只今王謝獨名存○知府事王隨翠巘聳層雲珍祠古迹存獲登千佛嶺仰荷九天恩塔影凌虛閣鍾聲度遠村僧言前太守罕有到松門○虛牕殘燭明欹枕旅懷清永夜起松籟滿山疑雨聲吟餘閑景象道勝小榮名鍾罷星[illegible]

嚳悠悠迴旆旌○楊虞部備一炷香銷百和焚有時鍾磬梵天聞上方結草如楿枕不獨棲霞可卧雲○王荊公安石遊棲霞庵約平甫至洌洌林間路蕭蕭物外僧高陰涼易入閑貌老難增官事眞傷錦君恩更飲冰永日此山下終欲忤陳登○知府葉清臣僊峯多靈草近在東北維僧紹昔捨宅捴持嘗作碑高風一緬邈廢宇亦陵遲清泉漱白石霏霧蒙紫芝松蘿日蕭寂猿鳥自追隨游人尠或詣隱者誰與期支郎篤清尚千里孤雲飛覽古玩靑簡尋幽窮翠微顧予符戢守出宿簡書違遝師訪陳迹牘作攝山詩○谷倪子[illegible]去郭六十里閑遊避世譁不將仙鶴伴還用白牛車草木隱君宅香燈古佛家幾多吟景致無限筆光華泉想尋新眼茶應發嫩芽遙知碧巖上舉手拂烟霞○[redacted]山川四絕自來誇茅屋剕扉三數家須有高人繼肥遁莫疑僧室擅棲霞○知府趙師龍尋幽訪古到巖前仰視雲霞接梵天六代興王那復在

千身化佛尚依然老松欲作蒼龍去怪石常如猛虎眠已覺塵勞變清淨何當築室向危巔○**上元趙知縣伯晟**棲霞境界何清壯嶽立五峯如列障三徵不復見高人千刻尚能瞻寶相摩空老木韵秋聲雲屋天巖滿意行夜闌風定月將午門外呦呦聞鹿鳴

隆報寶乘禪寺即舊**草堂寺**在上元縣鍾山鄉去城十一里

考證齊周顒隱居之所後顒出仕孔稚圭作北山移文假草堂之靈以譏之高僧傳云時有釋慧約姓婁少達妙理顒素所欽服迺於鍾山舊館造草堂寺以居之今寺左乃婁約置臺講經

文之地寺後卽顒舊居也唐會昌中寺廢
國朝復建治平中賜額寶乘紹興三十二年六
月改賜今額王荊公安石與道原遊西庵遂至
草堂寶乘寺桑楊已零落藻荇亦
銷沉園宅在人境歲時傷我心强穿西埭路共
望北山岑欲見道人語跨鞍聊一尋○親朋會
合少時序感傷多勝踐聊爲樂淸談可當歌微
風澹水竹靜日暖烟蘿興極猶難盡當如薄暮
何○草堂寺烏石岡邊繚繞山柴荊細徑水雲
間拈花嚼蘂長來往只有春風似我閑○遊草
堂寺次韻三首垣屋荒葛藟野殿冷檀沉鶴有
思顒意鷹無戀遁心禪房閑深竹齋鉢度遙岑
寂寞黃塵裏金身待一尋○僧殘尚食少佛古
但泥多寒守三衣法飢傳一鉢歌寬閑每迸竹
危朽漫牽蘿惆悵庭前柏西來意若何○野寺
眞蘭若山僧老病多疎鍾挾谷響悲梵入樵歌

水映茅篁竹雲埋蔦女蘿拂塵書所見因得擬陰何○對棊與道源至草堂寺北風吹人不可出清坐且可與君棊明朝殺局日未晚從此亦復不吟詩○草堂一山主一公持一鉢想復度遙岑地瘦無黄犢春來草更深○草堂懷古周顒宅作阿蘭若婁約身歸窣堵坡蕙帳銅缾皆夢事翛然陳迹翳松蘿

同泰寺 案輿地志在北掖門外路西南與臺城隔路

考證 實錄梁武帝大通元年剏此寺寺在宮後別開一門名大通對寺南門造大佛閣七層大同十年震火所焚略盡卽更造未就而侯景亂南唐改爲淨居寺尋又改圓寂寺其半爲法寶

寺又輿地志法寶圓寂寺即古同泰寺基舊址梁大通元年初創同泰寺開大通門以對寺之南門取反語以協同泰自是晨夕講義多由此門寺郎吳之後苑晉廷尉之地遷於六門外以其地爲寺○龔穎運歷圖云大同元年幸同泰寺鑄十方銀像二年幸同泰寺鑄十方金像○南史上幸同泰寺設四部無遮大會上釋御服持法衣行清淨大捨以便房爲省素牀瓦器乘小車私人執役升講堂法座爲四部大衆開涅槃經題羣臣以錢億萬祈白三寶奉贖皇帝菩薩衆僧默許百辟詣寺東門奉表請還宸極三請乃許上三荅書前後並稱頓首六朝事迹云梁武帝起同泰寺在臺城內窮竭帑藏造大佛閣七層爲天火所焚梁帝捨身施財以祈佛福自大通以後無

年不幸同泰寺設四部無遮大會俄而侯景兵起陷城遂以虛器進膳自庚辰至丙戌七日不食而崩僧祕詩布薩闍齊涕泗揮大通基址昔入非此身終屬侯丞相誰辦金錢贖帝歸○楊虞部備詩佛事莊嚴國力疲照天金碧倚欄危沉檀爐上煙雲合恰似當來煨燼時

寺今廢其半爲法寶寺

法寶寺亦曰**臺城院**乃梁同泰寺基之半也今在行宮北精銳軍寨內

考證梁武帝大通元年創同泰寺詳見前寺○僞吳順義二年以同泰寺之半置爲臺城千福院

本朝改賜今額○寺前有醜石四各高丈餘俗呼爲三品石政和中取歸京師或謂之闕石○寺前牆外有井耆老相傳爲陳時臙脂井叔寶與張麗華墜而復出之所也寺基最闊淳祐七年創置精鋭軍同泰寺舊基皆爲寨屋及蔬圃今井在寨內今精鋭軍寨在都統制司之後都統制司在 行宫城之後法寶寺在精鋭軍寨之後蓋都統制司地基及精鋭軍寨基皆梁陳宫掖舊址也故景陽臺基及臨春結綺望僊三閣故址與臙脂井皆在精鋭軍寨內法寶寺老僧猶能記其祖師之言謂今 行宫城後門乃梁陳宫城前門今法寶寺門牆外即梁大通門也

湘宮寺舊在青溪橋北今徙置清化市北本宋明帝故宅改爲寺費極奢侈虞愿曰陛下起此寺皆是百姓賣兒貼婦錢佛若有知當悲泣哀愍帝怒使人曳愿下殿**曾極詩**數椽敗屋湘宮寺虞愿忠規正凛然十級浮屠那復有虛抛貼婦賣兒錢

景德寺在城內嘉瑞坊舊崇孝寺也僞吳置

國朝景德中改今額建炎初其地爲　太廟徙城隍廟于旁今廟側小巷中有僧舍數間仍用寺額

壽寧禪院在江寧縣治南　國朝開寶七年徙入城中蓋參政張公洎南唐賜第也捨宅爲寺併城北廣孝寺入焉淳化五年改今額其孫誨云建康志謂昔爲愛敬寺者非也家集有公謝表證焉舊有瓊花一本內翰張公藂移自維揚手植於此○鄭祁正詩一種瓊花內相栽年年琲壜待春來○吳思道詩壽寧閑鎖翰林春月明空照瓊花影今不存

證聖寺在　行宮後南唐保大中木平和尚居此寺故里俗至今呼爲木平寺寺東有溝迤邐西北接運瀆今堙塞僅存遺跡王荊公詩云證聖南朝寺三年到百迴不

知牆下路今
有幾荷開

寶戒寺 今在轉運衙西本迦毗羅寺南唐改眞際寺

國朝開寶二年改今額

法濟寺 今在上元縣治東北

封崇寺 今在斗門橋北圖經舊報慈廨院也

治平寺 今在江寧縣治西南

大悲寺 今在炳靈公廟昔崇勝寺子院也

秀峯院 舊在城北　國朝開寶八年廢太平興國

五年重建尋又廢紹興中移于鳳臺山西

興嚴寺舊在竹格渡之北本謝尚宅也亦號塔寺永和四年名莊嚴寺宋大明中改為謝鎮西寺陳宣帝改名興嚴寺　國朝紹興中徙今眞武廟北

龍光寺在城北覆舟山下宋元嘉二年號青園寺高僧傳云竺道生後還上都青園寺寺是惠恭皇后褚氏所立本種青處因以為名其年雷震青園寺佛殿龍升于天光彩西壁因改龍光○本朝嘉祐三年佛殿記云宋元嘉五年有黑龍見覆舟山之陽帝捨果園東建青園寺西置龍王殿今沼沚見存至會昌年廢咸通二年重興勅賜龍光院額舊志以為在龍光門外者非也

定林寺有二上定林寺舊在蔣山應潮井後宋元嘉

十六年禪僧竺法秀造在下定林寺之西乾道間僧善鑑請其額於方山重建下定林寺在蔣山寶公塔西北宋元嘉元年置後廢今爲定林庵王安石舊讀書處王公安石詩衆木凜交覆孤泉靜橫分楚老一枝節於此傲人羣城市少美蔬想今困惔焚且憑東北風持寄嶺頭雲○定林自有主我爲林下客客主各有心還能共岑寂○窮谷經春不識花新松老柏自欹斜慇懃更上山頭望白下城中有幾家○定林修木老參天橫貫東南一道泉五月杖藜尋石路午陰多處弄潺湲○漱甘涼病齒坐曠息煩襟因脫水邊屨就敞巖上衾但留雲對宿仍值月相尋眞樂非無計悲蟲亦好音○僧修定林路□獨龍新路得平岡於免遊人屐齒妨更有主林身半現與公隨轉作陰涼

○定林所居屋繞灣溪竹繞山溪溪山却在白雲間臨溪放艇依山坐溪鳥山花共我閑○題定林壁懷李叔時雲與淵明出風隨禦寇還燎爐無伏火蕙帳冷空山○書定林院窻二首竹雞呼我出華胥起滅篝燈擁燎爐試問道人何所夢但言渾忘不言無○道人今輟講卷祇寄松蘿夢說波羅蜜當如習氣何○自白門歸望定林有寄蹇驢愁石路余亦倦躋攀不見道人久忽然芳歲殘朝隨雲暫出暮與鳥爭還香杳青松塋知公在兩間○與徐仲元自讀書臺上定林橫絕潺湲度深尋犖确行言年同逆旅一塋我平生○楊公萬里詩鍾山已過萬山深更過鍾山入定林穿盡松杉行盡[redacted]一庵猶隔白雲岑○一箇青童一蹇驢九年來去定林居經綸枉被周官誤罷相歸來始讀書○半破僧庵半補籬舊題無復壁間詩秪餘手植雙桐在此外仍兼洗硯池○踏月敲門訪病夫問來誰是雪堂蘇不知把燭高談許曾舉烏臺詩帳無○羅

公汝元詩罷相歸來再讀書定林庵内守清虛少年錯解周官處悔殺當朝是誤渠○劉公集詩聯鑣小憩定林庵秖欠攜壺太子巖禪律兵機非二致山僧笑我飽曾參○周公晉詩定巖坐聽松聲好德水行穿竹影斜無限世間幽絕處天工分付與僧家○家之巽五絕山人當日濟時艱要把唐虞作樣看奏罷簫韶無鳳至空教猿鶴怨盟寒功名良苦賦歸歟兩鬢霜花百念枯鍾鼎樓臺渾一夢數間茅屋亦浮屠十載浮雲幾變更歸來鍾阜碧嶙峋早知山色無今古只與青山作主人六籍工夫四海名太平底事竟沉沉裕陵一去何年再長使時賢淚滿襟老屋三門山徑幽中藏無限古今愁新詩吟罷春雲合塔裏金僊笑點頭

宋興寺一名興教院今在南門外寺基即劉裕故居

李建勳遊宋興寺東巖詩幾年不到東巖下舊住僧亡屋亦無寒日蕭條何物在朽杉經燒石

池枯○曾極詩晉至昌明祚已終讖文猶有兩晉童桓元偷得宮中寶却屬新河伐荻翁

高座寺 一名永寧寺在城南門外晉咸康中造又名甘露寺嘗有雲光法師講法華經於寺天花散落今講經臺遺址猶存或云晉朝法師竺道生所居因號高座寺 記略云考圖志此山得名於晉永嘉中名甘露寺尸黎蜜多羅為王茂宏所敬故留竺生法師繼號所居為高座梁初寶公主之與五百年大士俱有靈光師座山顛說妙法天花墜焉今號雨花臺則故僕盧給事中名襄字贊元者所命也寺易今名且百年矣故藏古今詩刻皆廢可攷者唐李翰林 本朝呂侍講王中父三篇而已吾師遺言必求紀於耆艾捨公而誰宜余雖病勉彊捉筆惟此父子能苦行自立於瓦礫場中作大佛

事無毫髮擾可稱也哉可稱也哉乾道三年閏七月望徽猷閣直學士左朝散大夫吳興郡開國侯食邑一千戶賜紫金魚袋致仕劉岑記并書左朝奉郎充荆湖南路安撫使馬步軍都總管賜紫金魚袋張孝祥篆額○**曾極詩**石子岡前高座寺犢車曾向此徘徊清談未解傾人國更引胡僧渡海來

殊勝寺在城南門外本宋福興寺僞唐後主葬照禪師於此因名塔院

吉祥寺在城南二里餘　本朝治平二年賜額舊在城隍廟東後以寺基爲太廟徙置于此

百福院在城南五里本梁解脫院今爲樞密王公綸

功德寺

功慶院在城南門外舊在金陵坊晉天寶寺唐開元十年改爲天保寺　國朝開寶八年毀太平興國五年就修眞觀基重置紹興初移其額于雨華臺後壞于火因遷于臺之下今止有古塔一座即無殿舍屋宇塔前鐫宋故三藏特賜寶覺圓通法濟禪師道公之塔一十八字後有宋故三藏法師道公塔銘

佛窟寺一名崇教寺在牛頭山去城三十里舊傳牛

頭山下有辟支佛窟宋大明中移郊壇於山之東峯執事者導從百餘人游西峯石窟見一僧趺坐執事者問之忽無所有但遺錫杖香鑪缾盂而已梁天監二年司空徐度造寺因名佛窟寺唐大歷九年代宗因感夢勑修寺之東西峯頂七層浮圖　國朝太平興國二年賜今額

楊虞部備詩曩事何人爲證明白雲深鎖翠微坑已聞過去辟支佛未見當來彌勒生○馬野亭之純詩牛頭山上有深隈佛窟何人向此開過去辟支還示見分明彌勒又生來刀如敝盡鋒何在形若銷亡氣莫回死復受形胎可入有無眞妄使人猜

卷終

景定建康志卷之四十七

承直郎宣差充江南東路安撫使司幹辦公事周應合修纂

古今人表傳序

崇厚風俗表章人材此南軒先生修志之訓也建康牧守既表于志之前矣若古今名德生於此居於此職於此墓於此祠於此封於此者皆不容泯也因思漢史有古今人表潤志有耆舊寓公傳乃倣斯例表其人于志之後復傳其事於表之後傳凡十一曰正學二曰孝悌三曰節義四曰忠勳五曰直臣六曰治

行七曰耆舊八曰隱德九曰儒雅十曰貞女表以迹而傳以品有表而不必傳者有傳而不必表者有表傳所不及者見之拾遺皆以寓崇厚表章之意云

古今人表 已入表志題名者不復錄

	生於此	君於此	職於此	墓於此	祠於此	封於此
周			范蠡越上將軍築越城	左伯桃溧水縣南 羊角哀	羊左廟哀伯桃 貞義女	
西漢				甄邯後湖側		劉敢丹陽侯 劉纏秣陵侯 劉欽溧陽侯 劉畢溧陽侯

東漢
史顥崇子嚴光結廬潘乾爲溧史崇溧陽史祖廟崇史氏自崇
史茅顥子溧水陽長許光句容蔣帝廟子文至澤世爲
史洽茅子史崇世居蔣子文秣溧陽侯
史澤洽子溧陽陵尉陶謙溧陽
史鉉澤子許光居句
史嵩崇裔容

吳
陶璜是儀臺城萬彧溧陽張婁侯昭潘璋溧陽侯
朱治西南是尚書儀張昭由拳侯
朱然治子張昭長子甘寧直瀆周將軍瑜韓當石城侯
朱績然子北山芮元溧陽侯
陸機秦淮葛元句容
側西南

晉
紀瞻王導劉超句容令山簡覆舟卞將軍壼戴淵秣陵
薛兼謝安顧昌曾滕山之陰謝將軍元侯

張闓	紀瞻	並建康令王祥城西梅將軍頤	王俊永世
許邁	並烏衣巷	諸葛恢臨南	王導謝安劉倓
陶回	郗鑒青谿	沂令 謝安梅頭	琨祖逖顧榮
王諒	上	王舒溧陽岡	賀循紀瞻鄧
樂道融	謝尚興嚴	令 卞壼冶城	攸周訪應詹
甘卓	寺	阮裕溧陽 紀瞻句容	戴淵周顗司
許穆	謝萬長樂	令 衛玠新亭	馬承卞壼郗
葛洪	橋東	陶潛鎮軍 顏含靖安	鑒陶侃溫嶠
史萬壽	王僧虔馬	參軍 道芻	庾亮劉超鍾
史爽	糞巷	袁瓌丹楊 史萬壽史	雅桓彝陸曄
史光	謝元土山下	令 爽史光史	孔愉孔坦何
史憲	吳隱之城東	憲史雅呂	充蔡謨顏含
史雅	許穆雷平山	游呂員馬	孫綽王羲之
		訓並溧陽	王述王彪之
			王坦之桓沖
			謝石謝元陶潛
			並附元帝廟

宋

雷次宗鍾鮑昭秣陵謝濤建康雷徵君款
山西巖　令　東
周續之鍾　顧憲之劉謝惠連上
山　秀之張永元縣
檀道濟青陸徽江東
谿北　之沈浚並
何尚之南建康令
澗寺側　鄭襲江乘
謝幾卿白令
楊之石井臧燾臨沂
令

齊

諸葛穎　周顒鍾山褚球溧陽
劉係宗　西巖　令
劉貞簡瓛
陶侍讀宏景

陶宏景

劉瓛檀橋
蕭坦之府
城東
陶宏景茅
山

王擒王沈
並秣陵令
劉元明劉
係宗賀道
方鍾岏蕭
懷蕭涎並
建康令

梁

紀少瑜
陶子鏘
陶季直
丁咸序
張松

朱异
沈約
伏曼容
伏挺
范雲
淳于兗
盧郢
並居建康

樂法才傅葛府句容
酈謝挺孔陶宏景句
奐並建康容雷平山
令　周宏正■
孟智臨沂■縣
令

昭明太子統杜龜溧陽
侯

陳

馬樞茅山劉沼司馬王僧辯方
周韶方山中並秣陵山下
江總青谿令
駱文牙士蕭引張雉
山 才阮邈並
凪謙上元 建康令
縣 明仲璋臨
孫瑒青谿沂令

唐

許叔牙
張常清
崔芊
劉鄰
史務滋
史寔

韋渠牟 王通竇叔顏尙書來 顏尙書爛 杜伏威吳王
鍾輻 向白季康蘇鄉 李翰林白 史務滋溧陽
並居鍾山陸該岑仲史務滋溧孟參謀郯縣子
休並溧水陽縣 顏眞鄉丹
令 陽縣子
柳均李寂

許淹

鄭宴並溧陽令

楊於陵句容簿

宋隣孟郊並溧陽尉

王昌齡江寧令

南唐

李建勳鍾山

康仁傑溧陽簿

孫晟鳳臺山

張知白句容尉

徐鉉攝山

李司徒建勳

潘內史佑

宋朝

潘濍之
錢時敏
李朝正
錢周材
史思賢
刁衎
邵必
陳克
李華
錢徵
潘祺
吳柔勝
洪遵
朱舜庸

閻彥昭
呂宣問
並居溧陽
王安石半
山寺
蔡寬夫在
今貢院
劉岑溧陽
陳己竹街
汪膠汪瀛
並筲橋

曹彬升州
行營統帥
李及升州
觀察推官
程顥上元
主簿
虞允文督
府參謀
張栻督府
機宜
馬之純運
管

楊邦乂南門外　楊忠襄邦乂
王安石半寺後　姚察使興
張環長寧鄉　曹武惠王彬
曾孝善蜀鎮　程純公顥
楊熒閔鍾山鄉　程正公頤
葉祖洽宣義鄉　張忠定公詠
錢周材燕山　李恭惠公及
王德鍾山　范忠宣公純仁
李邈青龍山　楊文靖公時
王瑋鍾山鄉　鄭介公俠
盛新武岡山　李文定公迪
錢端修溧陽南　傅獻簡公堯俞
張保鳳臺鄉　馬忠肅公亮
趙彥金陵鄉　呂文穆公頤浩
李莊簡公光

錢時敏溧
陽伯
李朝正溧
陽男

建康志卷四十七　五

錢元英溧陽　張忠獻公浚
張孝祥上元　張宣公栻
張保爲臺鄉　呂忠肅公■
趙士岍句容　楊忠襄公邦乂
崔敦詩溧陽南　朱文公熹
李朝正溧陽北　周文忠公必大
董平溧陽北　趙忠簡公■
李處全溧陽　吳正肅公柔勝
魏良臣溧水　陳正獻公■
王綸朗溧水　黃尚書度
程孫將溧守　劉忠肅公珙
馬少師之純
丘樞密■
真文忠公德秀

正學傳

明道先生程子諱顥字伯淳其先河南人年十五六時奉父太中公諱珦之命師事濂谿周先生聞其論道遂厭科舉之業慨然有求道之志明於庶物察於人倫辨異端似是之非開百代未明之惑秦漢而下未有臻斯理也謂孟子沒而聖學不傳以興起斯文為己任進將覺斯人退將明之書不幸早世皆未及也其辯析精微稍見於世者學者之所傳爾先生自弱冠應詔中進士第官始於主簿終於宗正寺丞嘗主

江寧府上元簿蓋其再調也上元田稅不均比他邑尤甚蓋近府美田爲貴家富室以厚價薄其稅而買之小民苟一時之利久則不勝其弊先生爲令畫法民不知擾而一邑大均其始富者不便多爲浮論欲搖止其事旣而無一人敢不服者後諸路行均稅法邑官不足益以他官經歲歷時文案山積而尙有訴不均者計其力比上元不啻千百矣會令罷去先生攝邑事上元劇邑訴訟日不下二百爲政者疲於省覽奚暇及治道先生處之有方不閱月民訟遂簡江

南稻田賴陂塘以溉盛夏塘堤大決計非千夫不可塞法當言之府府禀於漕司然後計功調役非月餘不能興作先生曰比如是苗槁久矣民將何食救民獲罪所不辭也遂發民塞之歲則大熟江寧當水運之衝舟卒病者則留之爲營以處曰小營子歲不下數百人至者輒死先生察其由蓋計留然後請於府給券乃得食比有司文具則困於飢已數日矣先生白漕司給米貯營中至日卽與之食自是生全者大半措置於纖微之間而人已受賜如此之比所至多

矣先生常云一命之士苟存心於愛物於人必有所濟仁宗登遐遺制官吏成服三日而除三日之朝府尹率羣官將釋服先生進曰三日除服遺詔所命莫敢違也請盡今日若朝而除之所服止二日爾尹怒不從先生曰公自除之某非至夜不敢釋也一府相視無敢除者茅山有龍池其龍如蝪蜥而五色祥符中中使取二龍至中途中使奏一龍飛空而去自昔嚴奉以爲神物先生嘗捕而脯之使人不惑其始至邑見人持竿道旁以黏飛鳥取其竿折之教之使勿

爲及罷官檥舟郊外有數人共語自主簿折黏竿鄉民子弟不敢畜禽鳥先生爲政治惡以寬處煩而裕當法令繁密之際未嘗從衆爲應文逃責之事人皆病於拘礙而先生處之綽然衆憂以爲甚難而先生爲之沛然雖當倉卒不動聲色方監司競爲嚴急之時其待先生率皆寬厚施設之際有所賴焉先生所爲綱條法度人可効而爲也至其道之而從動之而和不求物而物應未施信而民信則人不可及也先生自上元移澤州晉城令尋以呂公著薦授太子中

允權監察御史裏行　神宗素知先生名期以大用前後進說甚多大要以正心窒欲求賢育材爲先不飾辭辯獨以誠意感動人主嘗言人主當防未萌之欲　神宗俯身拱手曰當爲卿戒之時王荆公安石日益信用先生每進見必爲　神宗陳君道以至誠仁愛爲本未嘗及功利荆公寖行其說先生意多不合事出必論列數月之間章數十上尤極論者輔臣不同心小臣與大計興利之臣日進尙德之風寖衰荆公與先生雖道不同而嘗謂先生忠信先生每

輿論事心平氣和捌公多爲之動而言路好直者必
欲力攻取勝由是輿言者爲敵矣先生言旣不行懇
求外補　神宗猶重其去上章及面請至十數不許
遂闔門待罪　神宗命執政除以監司復上章曰請
罪獲遷刑賞混矣累請得罷尋與外任雖在小官賢
士大夫視其進退以卜輿衰　哲宗聖政方新賢德
登進先生特爲時望所屬召爲宗正寺丞未行以疾
終元豐八年六月十五日也享年五十有四士大夫
識與不識莫不哀傷爲朝廷生民恨惜先生資禀旣異而充養有

道純粹如精金溫潤如良玉寬而有制和而不流忠誠貫於金石孝悌通於神明視其色其接物也如春陽之溫聽其言其入人也如時雨之潤胸懷洞然徹視無間測其蘊則浩乎若滄溟之無際極其德美言蓋不足以形容先生行己內主於敬而行之以恕見善若出諸己不欲弗施於人居廣居而行大道言有物而動有常先生教人自致知至於知止誠意至於平天下灑掃應對至於窮理盡性循循有序病世之學者捨近而趨遠處下而闚高所以輕自大而卒無得也先生接物辯而不間感而能通教人而人易從怒人而人不怨賢愚咸得其心狡僞者獻其誠暴慢者致其恭聞風者誠服覿德者心醉雖小人以趨嚮之異顧於利害時見排斥退而省其私未有不以先生爲君子也並墓誌子三人端懿端懿端本元豐八年十月葬於伊川先塋太師潞國公文彥博題其墓曰大宋明道先生程君伯淳之墓伊川

先生表其墓曰周公沒聖人之道不行孟軻死聖人之學不傳道不行百世無善治學不傳千載無眞儒無善治士猶得以明乎善治之道以淑諸人以傳後世無眞儒天下貿貿焉人欲肆而天理滅矣先生生千四百年之後得不傳之學於遺經志將以斯道覺人天不憖遺哲人早世鄉人士大夫相與議曰道之不明也久矣先生出倡聖學以示人辨異端闢邪說開歷古之沈迷聖人之道得先生而後明爲功大矣於是帝師采輿議而爲之稱以表其墓學者之於道知所嚮然後見斯人之爲功知所至然後見斯名之稱情山可夷谷可堙明道之名亘萬世而長存勒石墓旁以詔後人元豐乙丑十月戊子書　晦庵先生徽國文公朱熹贊曰揚休山立玉色金聲元氣之會渾然天成瑞日祥雲和風甘雨龍德正中厥施斯普嘉定中賜謚曰純臧格議曰壽濂谿之脉吾道賴以復傳者有二程先生在

載惟二先生天分不齊及其體道成德則同歸一致
有司濃節惠之典未免從而區別然二先生所得之
妙又豈容以差殊觀哉謹考伯淳先生窮理盡性開
示後學潞國太師叶之公言以表其墓曰明道先生
夫道之不明天實憫之今茲篤生賢哲資稟特異天
意固有所屬矣居洛十年充養備至融會貫通內外
洞徹人見其氣貌肅然不敢卽也而和氣充浹睟面
盎背遠色厲辭亾有也人見其接物粹然若可易也
而望之崇深截截乎規矩準繩不敢慢也局度清越
世故若將浼焉而克勤小物雖鄙賤猥瑣弗之憚也
立言灑落近而易知抑之則無窮出之則愈新也切
議先生者所見自不一而不知先生道積于中固純
乎而弗雜也抑嘗究極先生所以用力之地矣謂心
不可以一事留謂學不可以一善止有適有莫戒其
非天地之全客氣未消防其爲義理之勝以至去新
學之支離非釋氏之不相聯屬忌學者之先立標準
斥記誦之玩物喪志蓋圭角少露皆先生之所不予
若訓不息爲生則曰中無間斷推明易理則曰敬無

間斷純亦不已此天之所以爲天也先生妙造精義
渾渾無涯其體純盡在是歟異時身居御史不□文
字以懲詆訐之失元祐羣賢悉起散地先生獨有憂
色使之協濟於朝以施調一之功安有紹聖報復之
禍哉一時遊其門者日遊乎寛平樂易之中而無有
枯槁憔悴蹙迫無聊之態如羣飲於河各充其量故
得先生之敬者非顯道之誠篤□則公揆之端厚
方重得先生之和者非淳夫之安恬靜默則中立之
簡易平淡誠以先生會道之全備隨其所得者固已
足名世矣按諸謚法中正粹精曰純伊川先生狀其
行曰純粹如良金石本中摭諸先賢之論曰溫然純
粹張宣公嘗爲之贊亦曰會其純全今謚以純庶足
以賓其實當先生既沒門人學子相與推尊稱美其
間固有不同者夫以親見而師之既無異教必無異
辭特以先生道大未易稱故各用其所知者以名之
使其有得乎純之説雖生乎百載之上又安有異辭
乎○樓觀覆議曰嘗觀明道先生有言曰仲尼元氣
也顔子春生也孟子并秋殺盡見之又曰仲尼天地

也顏子和風慶雲也孟子泰山巖巖氣象也先生之品藻聖賢區別於片言隻字之間儼然如在其左右也然則今之議先生之謚者烏可泛然而贅爲之說乎博士謚曰純公豈有得於春生而爲和風慶雲者乎及觀伊川先生狀其行曰先生資稟既異而充養有道純粹如精金溫潤如良玉寬而有制和而不流信斯言也謚之以純曰宜

淳祐初詔曰明道初元天於河南篤生大賢是似顏子故任承議郎宗正寺丞謚純程顥德性粹甚天理渾然由明而誠有過化存神之妙自體達用有綏來動和之功使得相於熙寧蒼生之福未艾朕每追惜之然誦其遺書如有用我期月而可眞足以開萬世之太平也爰躋從祀仍錫追封以示襃

崇可特封河南伯

南軒先生張子諱栻字敬夫故丞相魏國忠獻公浚之嗣子也生有異質穎悟夙成忠獻公浚愛之自其幼學而所以教者莫非忠孝仁義之實旣長又命往從南嶽胡公仁仲先生問河南程氏學先生一見知其大器卽以所聞孔門論仁親切之指告之公退而思若有得也以書質焉而仁仲先生報之曰聖門有人吾道幸矣公以是益自奮厲直以古之聖賢自期作希顏錄一篇蚤夜觀省以自警策所造旣深遠矣

而猶未敢自以爲足則又取友四方益務求其學之所未至蓋玩索講評踐行體驗反覆不置者十有餘年然後昔之所造深者益深遠者益遠而反以得乎簡易平實之地其於天下之理蓋皆瞭然心目之間而實有以見其不能已者是以決之勇行之力而守之固其所以篤於君親一於道義而没世不忘者初非有所勉慕而強爲也少以蔭補右承務郎辟宣撫司都督府書寫機宜文字除直秘閣是時　孝宗新即位慨然以奮伐仇虜克復神州爲己任忠獻公浚

亦起謫籍受重寄開府建康叅佐皆極一時之選而公以藐然少年周旋其間內贊密謀外叅庶務其所綜畫莫府諸人皆自以爲不及也間以單事入奏始得見　上即進言曰　陛下上念宗社之讎耻下閔中原之塗炭惕然於中而思有以振之臣謂此心之發即天理之所存也誠願益加省察而稽古親賢以自輔焉無使其或少息也則不惟今日之功可以必成而千古因循之弊亦庶乎其可革矣上異其言蓋於是始定君臣之契己而忠獻公辭位去用事者遂

罷兵與虜和虜乘其隙反縱兵入淮甸中外大震然廟堂猶主和議至勑諸將毋得以兵向虜時忠獻公已卽世公不勝君親之念甫畢葬事卽拜疏言吾與虜人乃不共戴天之讎向來　朝廷雖亦嘗與縞素之師然玉帛之使未嘗不行乎其間是以講和之念未忘於胷中而至誠惻怛之心無以感格乎天人之際此所以事屢敗而功不成也今雖重爲羣邪所誤以蹙國而召寇然亦安知非天欲以是開聖心哉謂宜深察此理使吾胷中了然無纖芥之惑然後明詔

中外公行賞罰以快軍民之憤則人心悅士氣充而虜不難却矣繼今以往益堅此志誓不言和專務自強雖折不撓使此心純一貫徹上下則遲以歲月亦何功之不成哉疏入不報後六年以補郡臨遣見上首進明大義正人心之説明年召還　上問曰卿知虜中事乎公對曰不知也　上曰虜中饑饉連年盜賊四起公又對曰虜中之事臣雖不知然境中之事則知之詳矣　上曰何事公遂言曰臣竊見比年諸道亦多水旱民貧日甚而國家兵弱財匱官吏誕

讒不足倚仗正使彼實可圖臣懼我之未足以圖彼也今日但當下哀痛之詔明復讎之義顯絕虜人不與通使然後修德立政用賢養民選將帥練甲兵通內修外攘進戰退守以爲一事且必治其實而不爲虛文則必勝之形隱然可見雖有淺陋畏怯之人亦且奮躍而爭先矣　上爲歎息襃諭以爲前未始聞此論也其後又因賜對反復前說　上益嘉歎面諭當以卿爲講官冀時得晤語也時還朝未期歲而召對至六七公感　上非常之遇知無不言大抵皆修

身務學畏天恤民抑權倖屏讒諛之意至論復讎之義則反復推明所以爲名實之辨者益詳於是宰相益憚公而近倖尤不悅遂合中外之力以排之而公去國矣蓋公自是退居三年更歷兩鎮雖不復得聞國論而蚤夜孜孜反身修德愛民討軍以俟　國家扶義正名之舉尤極懇至於是　天子益知公可用嘗賜手書褒其忠實蓋將復大用之而公已病矣病亟且死猶手疏勸　上以親君子遠小人信任防一己之偏好惡公天下之理以清四海克固丕圖爲言

若眷眷不能忘者寫畢緘付府僚使驛上之有頃而絕嗚呼靖康之變國家之禍亂極矣小大之臣奮不顧身以任其責者葢無幾人而其承家之孝許國之忠判決之明計慮之審又未有如公者雖降命不長不克卒就其業然其志義偉然死而後已則質諸鬼神而不可誣也公爲人坦蕩明白表裏洞然詣理旣精信道又篤其樂於聞過而勇於徙義則又奮厲明決無毫髪滯吝意以至疾病垂死而口不絕吟於天理人欲之間則平日可知也栻常有言曰學莫先於

義利之辨而義也者本心之所當爲而不能自已非有所爲而爲之者也一有所爲而後爲之則皆人欲之私而非天理之所存矣嗚呼至哉言也其亦可謂廣前聖之所未發而同於性善養氣之功者歟公在建康幹父謀國之暇嘗游城南天禧寺竹間愛其清邃掃室讀書名曰南軒後人因建祠焉朱文公贊曰擴仁義之端至於可以彌六合謹善利之判至於可以析秋毫拳拳乎其致主之切汲汲乎其幹父之勞仡仡乎其任道之勇卓卓乎其立心之高知之者識

其春風沂水之樂不知者以爲湖海一世之豪彼其揚休山立之姿既與其不可傳者死矣觀於此者尚有以卜其見伊呂而失蕭曹也耶按此贊用湖海一世之豪蓋乾淳間學士大夫有不知朱張二先生者以湖海豪目之故南軒別文公詩曰盡收湖海意仰希洙泗遊而文公贊南軒亦有此語門人嘗以爲問文公曰吾始見敬夫時吾豪氣未除者頗多敬夫嘗以此見規故敬夫與吾詩有妙質貴強矯之語後數年吾力行敬夫之言豪氣頓除而敬夫豪氣猶有毫髮未盡去也氣質之難化也如此哉上元尉翁泳聞於其師蔡節齋文公作南軒碑終之以求仁得仁與文公再祭南軒文相表裏文公許南軒傳道之意備見於此

嘉定八年賜謚曰宣孔煒議曰公蓋代儒宗爲國世臣起千載絕學負四海重名功業未究中道以没于今三紀矣易名之典久未克請維時帥臣

列其事于朝上郎報可所以尊道崇化也天光下臨雷厲風動豈容拘常襲故實慊名浮者所可同日道哉公丞相魏國忠獻之嗣子五峯先生胡公之門人也鍾美萃靈英特邁往親承忠孝之傳講切義理之學慨念孔孟既沒正論淪鬱言道德者溺虛無尚功利者急變詐儒者功用泯然無見於世去古愈遠流靡日激 宋興百年河南二程始唱明道學開迪人心由是聖賢不傳之緒賴公復續然俗之久安者難變理之僅明者易微公爲此懼毅然以斯文爲已任不攄遺書尋繹精義居敬窮理以立本開物成務以致用其學極於廣大高遠究其歸則不離於簡易篤實故凡見之言語文字之間職守事功之會無非爽□明白務實求是謂克己復禮顏子所以爲百世師也作希顏錄早夜以自警謂仗義履正諸葛忠武所以爲三代佐也作武侯傳文爲之記爲之贊先漢人物獨許董相以知學若趙營平之爲國遠慮尤拳拳焉則其講學之精微趨向之純一識者有以知其心
孝廟初元銳意規恢建置督府公參贊機幙間以

軍事入奏爲上開陳正名復仇大義慷慨激切及爲郎賜對申演前議乃在實於修德實於立政實於備禦而無取乎徒假其名經筵勸講援古證今願上以三代之治自期其論高矣至條舉治要不過曰宅心爲萬事之綱修身爲天下之本上稽天理下從人欲見於行事者皆至公務實而已三復至言其視帝王盛時元臣碩輔所以識達國體啟沃君心者異世一轍公自以蒙被殊知圖惟補報奮不顧身盡言無隱如指切發運苛斂之病民力排樞筦除授之非據英詞勁氣至今凜凜直道難行毀言日至公不得久內矣越數歲　天子深思其賢俾臨蕃屏公誼存報主不以內外爲間隨其所至先立成規其經略廣西也所以復于上者必欲以撫存安靜爲本及制置荊南也首以凡事務實不但空言見義則爲不敢顧避諄諄爲　上言之惟誠於爲民若保赤子誠心求之不墜聖賢之訓故洊更二鎮凡民事利害休戚博采周咨惟恐不及如鹽筴如馬政如義勇如弓弩手究見本末立奏罷行曾無留滯必使封圻之遠閭閻之細

悉徹聽上亦嘉其忠實璽書勉勞有志大用而公屬疾矣病亟手疏勸上親君子遠小人信任防一己之偏好惡公天下之理其愛君憂國至公血誠雖死不忘某讀公遺編至此廢卷永歎竊謂公平生大節所以蔽天地而不慚質鬼神而無疑者其學自不欺始蓋理之實然者謂之不欺公能存此心充此理任重道遠日進無疆自然講於己者爲實學復於君者爲實德建於民者爲實利篤志明善以知之鞠躬盡力以行之夫是以天下無不可爲之事臨事無不可成之功而儒者有益於人之國信矣夫唐人有言曰上不負天子下不負所學其斯之謂歟謹按謚法體和居中善聞周達曰宣公沈涵道眞見理昭徹秉德制行渾然天成非體和居中乎人宗其學家藏其書君信其言民孚其惠非善聞周達乎節行壹惠請謚曰宣○楊汝明覆議曰惟公之學根原於中庸大學之奧旨參訂於濂谿二程之微言漸漬於忠獻之純忠發揮於五峯之師說豁此心於天地充其仁於萬物辨之明毫釐必計行之力食息弗違故其在講筵

在宰屬猶是心也在州郡在藩鎮猶是心也今觀其所言悉可槩見知上有尅復神州之志則以稽古親賢爲請知廟堂有和戎之謀則以悅人心充士氣爲言其補外臨遣則請先克己私以明大義正人心其召還奏對則請先務實以修德立政用賢養民論史正志爲發運使則斥其病民之實論張說僉書樞密則懼其激武臣之怒在靜江則變漕司抑賣州鹽之法申諸州按習效用之令息洞酋之譁革綱馬之弊在江陵則嚴盜賊之禁結諸將之歡正淮民出塞之罪行義勇量取之法考致要歸無不自所學流出經曰天不愛其道董仲舒曰道之大原出於天道固天之道天不輕以授人自周公孔子以至孟子厥後罕傳雖間有經生文士性理是談體用未明或相矛盾

宋興百年濂谿二程發明於前呂謝游楊扶持於後義理貫徹復出前儒公與晦庵朱氏出而嗣之相爲師友於是演迤溥博丕闡於世得其大者足以名當世得其小者亦足善一身考論淵源所自公力居多今晦庵朱氏已謚曰文公没三十六年始議其謚

時則後矣謚之曰宣尚與朱氏相參用見羽翼孔門之意謚法體仁居中善聞周達曰宣公之明理謹獨學精行成是謂體和居中公之德言俱立君信民孚是謂善問周達迹古以驗今博士議是請從謹議

景定二年正月

皇太子釋奠于國學奏請以南軒張栻及東萊呂祖謙從祀大成殿

上從之

西山先生真氏諱德秀字景元建寧人也少年中進士第尋召試博學宏辭後歸還陽盡讀朱文公諸書發揮天理人心之妙蓋有及門而不盡得者誠意實

德見者心服嘉定八年江東大旱公爲轉運副使濟人之政皆以身當其勞拯荒其一也合本道義倉及轉般米數十萬斛而厚其積因戶部罷夏稅之請以蠲其征取郡縣官及寓公之賢以覈其實大家勿勸分貧者糶之者濟已甚者齎粟賜之病者載藥與之本之以河北救災之議行之以青州之政櫛風沐雨遍走二郡不足則閞寄納倉出官錢糴之吳中又不足則以翰苑槖中金益之不忍留都之不及則發私財以賑贍之訖事民益急則轉糶爲濟賴以全活者

數十萬計廣德守臣附會時好劾教官以聞公引咎
以白其冤禱雨白鷺洲應如響迄以稔告捐金粟建
明道書院設教一本於程子由是士知講學公嘗躡
奏推本
寧皇之仁一似仁祖而羣臣般樂怠傲不異政宣者
十事語意剴切　上爲感動初公涉三館侍螭坳入
玉堂論事　上前皆本仁義皆關君德治體切於君
子小人之辨使虜不逹則亦嚴中國夷狄之分中外
想聞其風采其後守泉南帥豫章長沙三山惠民平

盜尤多善政外夷讋服天下唯恐其不入相更化立朝發明大學得失與盛衰治亂存亾之義　上為詔讀校文入奏懽然接納將舉國聽之而公薨矣自濂谿而下六君子扶持道統者皆未得顯位于時惟公續斯道之脉晚始嚮用世皆以堯舜君民望之命參大政不及拜朝埜莫不悼惜今其著書立言存於世者羽翼考亭與其書而竝傳焉贈太師謚曰文忠

或問十傳首正學何也應合曰程子嘗謂道統不傳則百世無善治道學不明則千載無眞儒故能傳堯舜禹湯文武周公孔孟之心者為正道能明堯舜禹湯文武周公孔孟之道者為正

學周子所謂爲天地立心爲生民立命爲往聖繼絕學爲萬世開太平者此也其所關繫不亦大乎傳首正學不亦宜乎或又問曰子常記青谿先賢祠曰河南純公龜山文靖公南軒宣公紫陽文公西山文忠公有道者五今正學傳爲道而立所傳止及其三而龜山紫陽二先生不與焉詳於記而略於傳何也應合曰記與傳各有體記爲祠作也祠已有位記則述之傳爲郡作也郡嘗有迹傳則列之祠有其位而祠記不書則疎郡無其迹而郡志有傳則泛有如龜山紫陽二先生之道天下共尊之豈待建康有傳而後知建康志傳爲一郡而作非爲天下而作二先生之事迹偶未著於建康則不敢列於建康之傳與程張眞公三先生之嘗有政於此者不同也或又問曰文公嘗持漕節文靖公嘗居溧陽而子謂二先生無迹於此邦何也應合曰文公雖嘗授漕節寔未供職未入建康之境青谿之所以祠公者非以爲漕之故徽州公所居

南康公所治皆在江東所部之內揭虔安靈以起邦人景行之思祠之宜也建康郡志之有傳葢書其有迹於建康者耳徽之居南康之治則於建康志不相干也至若楊文靖公之居於溧陽終於溧陽雖見於舊志之所載而未敢以爲信按龜山先生本出宏農五世祖唐末避地閩中寓南劒州之將樂縣因家焉先生既殁之後有大盜過其門而不入即將樂之居也未嘗聞有遷居之所年七十時常監常州市易務常州地近溧陽謂嘗經從此邑恐或有之謂其常居此邑則不可信自市易秩滿召爲秘書爲著作爲諫議爲給事中其後丐去奉祠年八十三以疾終于正寢葬于將樂之西山胡文定公誌其墓者不誣也而舊志乃謂先生終於溧陽又不可信墓誌及呂舍人所撰行狀皆言先生有子五人曰迪曰迥曰遹曰適曰造未聞有所謂杭者舊志乃謂先生之子名杭爲編修者家於溧陽杭之孫慶嗣嘗請建康鄉舉使先生果又有

一子名杭墓誌行狀何緣不書以胡呂二公所書爲信則溧陽志所書皆不可信今若信舊志之説以龜山嘗居溧陽而存其傳於建康則是疑胡呂而誣龜山矣應合所不敢也然縣志所載亦必有説未詳其故姑闕所疑後之君子儻有考焉宜有以折衷之

景定建康志卷之四十七

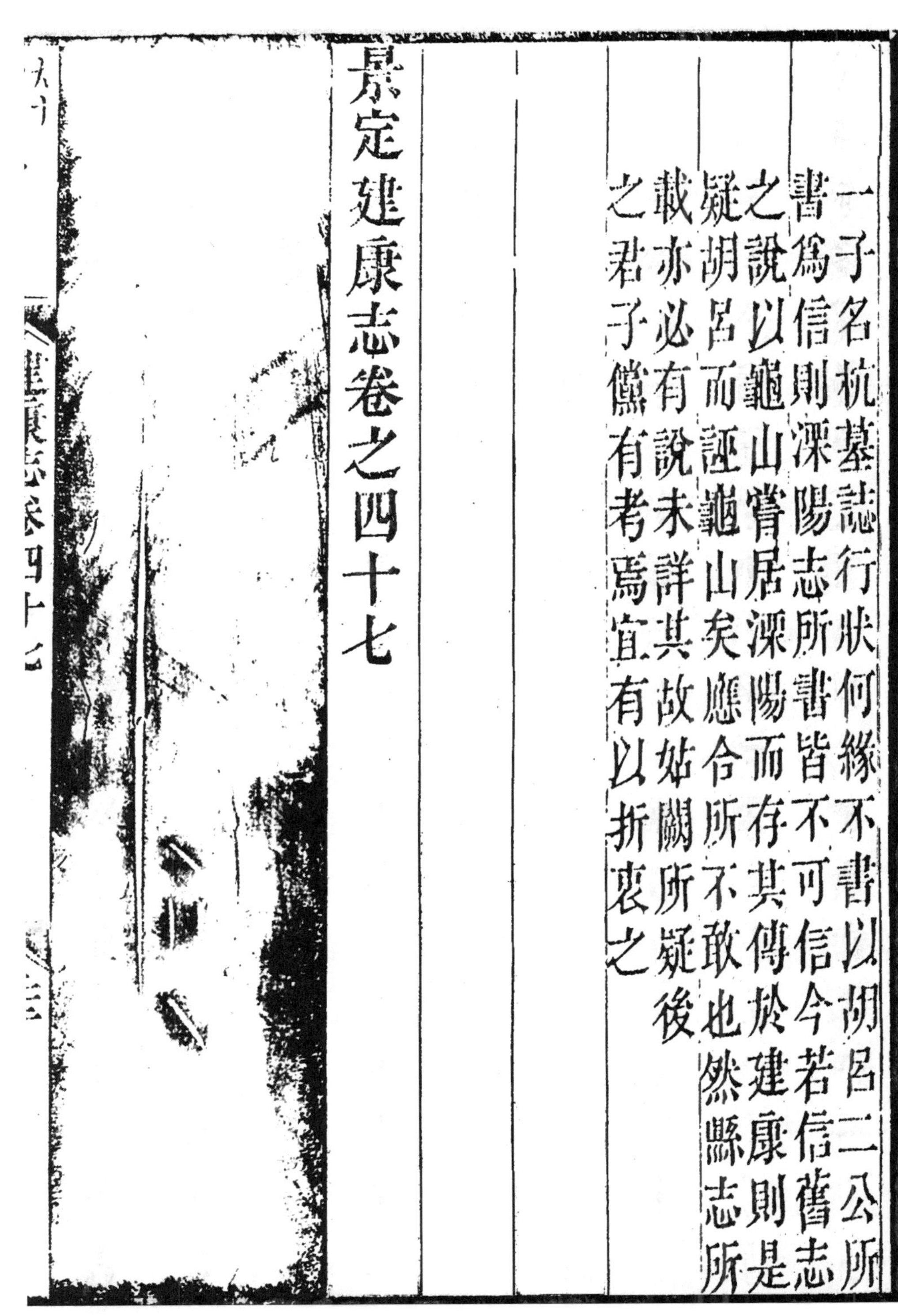

景定建康志卷之四十八

承直郎宜差充江南東路安撫使司幹辦公事周應合修纂

孝悌傳

王祥及**覽**即烏衣王氏之先也**祥**字休徵本臨沂人性至孝繼母朱氏不慈每使掃除牛下祥愈恭謹父母有疾醫不解帶湯藥必親嘗母嘗欲生魚時天寒水凍祥解衣將剖冰求之冰忽自解雙鯉躍出持之而歸母又思黃雀炙忽有黃雀數十飛入其幕復以供母鄉里驚歎以爲孝感所致有丹柰結實母命守

之每風雨祥輒抱樹而泣其篤孝純至如此漢末遭亂扶母攜弟覽避地廬江隱居三十餘年母終居喪毁瘁杖而後起徐州刺史呂虔檄爲别駕固辭覽勸之乃應召自是累官至太常封萬歲亭侯天子幸太學命祥爲三老祥南面几杖以師道自居天子北面乞言晉武踐祚拜太保進爵爲公大事皆諮訪之以子肇爲給事中使常優游定省祥疾篤著遺令訓子孫曰言行可覆信之至也推美引過德之至也揚名顯親孝之至也兄弟怡怡宗族欣欣悌之至也臨財

莫過乎讓此五者立身之本其子皆奉而行之薨年八十五謚曰元弟覽繼母所出也年數歲時見祥被母楚撻輒涕泣抱持至于成童每諫其母少止凶虐母屢以非理使祥覽輒與祥俱又虐使祥妻覽妻亦趨而共之母患之乃止母密使酖祥覽知之徑起取酒祥疑其有毒爭而不與母遽奪反之自後母賜祥饌覽輒先嘗母懼覽致斃遂止覽亦篤行著聞應召累官至太中大夫薨年七十三謚曰貞祥五子肇夏馥烈芬肇仕至始平太守馥至上洛太守肇子俊守

太子舍人封永世侯俊子邈為鬱林太守馥子根為散騎郎覽六子裁為撫軍長史基為治書御史會為侍御史正為尚書郎彥為治中護軍琛為國子祭酒丞相導卽裁之子也世居烏衣巷衣冠之盛為江左第一舊志記祥墓在今江寧縣化成寺北

顔含

顔含字宏都卽宋延之之曾祖唐眞卿之十四世祖也自含而下七世墓皆在建康碑猶可質也含少有操行以孝聞兄畿咸寧中得疾就醫遂死於醫家家人迎喪旐每繞樹而不可解引喪者顛仆稱畿言曰

我壽命未死但服藥太多傷我五臟耳今當復活慎無葬也其父祝之曰若爾有命復生豈非骨肉所願今但欲還家不爾葬也旐乃解及還其婦夢之曰吾當復生可急開棺婦頗說之其夕母及家人又夢之卽欲開棺而父不聽含時尚少乃慨然曰開棺之痛孰與不開相負父母從之乃共發棺果有生驗以手刮棺指爪盡傷然氣息甚微存亡不分矣飲哺將護累月猶不能語飲食所須託之以夢闔家營視頓廢生業雖在母妻不能無倦矣含乃絶棄人事躬親侍

養足不出戶者十有三年石崇重含淳行贈以甘旨含謝而不受或問其故荅曰病者綿昧生理未全既不能進噉又未識人惠若當謬留豈施者之意也含二親既終兩兄繼沒次嫂樊氏因疾失明含課勵家人盡心奉養每日自嘗省藥餌簝問息耗必簪屨束帶醫人疏方應須髯蛇膽而尋求備至無由得之含憂歎累時嘗晝獨坐忽有一青衣童子年可十三四持一青囊授含含開視乃蛇膽也童子逡廵出戶化成青鳥飛去得膽藥成嫂病卽愈由是以篤行著名

本州辟不就晉元帝命爲參軍東宫初建補太子中庶子遷黄門侍郎本州大中正歷散騎常侍大司農豫討蘇峻功封西平縣侯拜侍中尋除國子祭酒加散騎常侍遷光禄勲以年老遜位成帝美其素行就加光禄大夫門施行馬賜牀帳被褥勑太官四時致膳不受郭璞嘗遇含欲爲之筮含曰年在天位在人修己而天不與者命也守道而人不知者性也自有性命無勞蓍龜桓溫求婚於含含以其盛滿不許惟與鄧攸深交或問江左羣士優劣荅曰周伯仁之正

鄧伯道之淸卞望之之節餘則吾不知也其雅重行實抑絕浮僞如此致仕二十餘年九十三卒遺命素棺薄斂謚曰靖喪在殯而鄰家失火火至喪所而滅僉以爲淳行所感也三子髦歷黃門郎侍中光祿勳謙至安成太守約零陵太守並有聲譽

蕭統字德施梁武帝長子也以齊中興元年九月生于襄陽少日而建鄴平天監元年十一月立爲皇太子五年出居東宮生而聰慧三歲受孝經論語五歲徧讀五經悉通諷誦性仁孝自出宮常思戀不樂帝

知之每五日一朝多便留永福省或五日三日乃還
宮八年九月於壽安殿講孝經盡通大義講畢親臨
釋奠于國學普通七年十一月母丁貴嬪有疾太子
還永福省朝夕侍疾衣不解帶及薨步從喪還宮至
殯漿水不入口每哭輒慟絶武帝敕中書舍人顧協
宣旨曰毁不滅性聖人之制不勝喪比於不孝有我
在那得自毁如此可即强進飲粥太子奉敕乃進數
合自是至葬日進麥粥一升武帝又敕曰聞汝所進
過少轉就羸瘦我比更無餘病政爲汝如此胷中亦

塡塞成疾故應彊加饘粥不使我常爾懸心雖屢奉
敕勸逼終喪日止一溢不嘗菜果之味體素壯腰帶
十圍至是減削過半每入朝士庶見者莫不下泣自
加元服帝便使省萬機內外百司奏事者塡塞於前
太子明於庶事每所奏謬誤巧妄皆卽辯析示以可
否徐令改正未嘗彈糾一人平斷法獄多所全宥天
下皆稱仁性寬和容衆喜愠不形於色引納才學之
士賞愛無倦常自討論墳籍或與學士商摧古今繼
以文章著述率以爲常于時東宮有書幾三萬卷名

才並集文學之盛晉宋以來未之有也性愛山水於
元圃穿築更立亭館與朝士名素者遊其中嘗泛舟
後池番禺侯軌盛稱此中宜奏女樂太子不荅詠左
思招隱詩云何必絲與竹山水有清音軌慙而止出
宫二十餘年不蓄音聲未薨少時敕賜太樂女伎一
部略非所好普通中大軍北侵都下米貴太子因命
菲衣減膳每霖雨積雪遣腹心左右周行閭巷視貧
困家及有流離道路以米密加振賜人十石又出主
衣絹帛年常多作襦袴各三千領冬月以施寒者不

令人知若死亡無可歛則爲備棺槥每聞遠近百姓賦役勤苦輒歛容變色常以戸口未實重於勞擾吳郡屢以水災不熟有上言當漕大瀆以瀉浙江中大通二年春詔遣前交州刺史王弈假節發吳吳興信義三郡人丁就役太子上疏曰吳興累年失收人頗流移吳郡十城亦不全熟唯信義去秋有稔復非常役之民卽日東境穀稼猶貴劫盜屢起在所有司皆不聞奏今征戍未歸强丁疎少比得齊集已妨蠶農不審可得權停此功帝優詔以喻焉太子孝謹天至

每入朝未五鼓便守城門開東宫雖燕居内殿一坐一起常回西南面臺宿被召當入危坐達旦三年三月游後池乘彫文舸摘芙蓉姬人蕩舟没溺而得出因動股恐貽帝憂深誡不言以寢疾聞武帝敕看問輒自力手書啓及稍篤左右欲啓聞猶不許曰云何令至尊知我如此惡因便嗚咽四月乙巳暴惡馳啓武帝比至已薨時年三十一帝臨哭盡哀詔斂以衮冕謚曰昭明吁仁孝如統而不得其壽君子知梁之不能永矣幽而爲神廟食百世宜哉

呂宣問字季通開封人文穆公之四世孫徙居溧陽父希圓紹興甲子倅洋州妾韓氏生宣問甫六歲辭去莫知所之父卒母李氏獨在宣問既長將訪所生以池陽當蜀人往來通道乃調錄事參軍凡蜀客經從必託使物色存否臨滿秩而仙井兵楊俊報之曰韓氏在彼時李氏已老無它男宣問不可捨李氏而遠涉亟調峽州推官欲益近蜀至之次年被檄如荊門過當陽玉泉寺寺側武安王廟求夢而應果得其母於仙井時紹熙庚戌相失四十餘年至是母子如

初相持感泣吏卒爲之出涕李氏時年八十三韓亦七十矣洛陽吳仁傑斗南賦詩以美之詳見夷堅志

宣問弇改秩知蘄春縣

陶子鏘 張松 張常洧 徐鉉 李芾 潘祺 錢戩 並互見耆舊傳

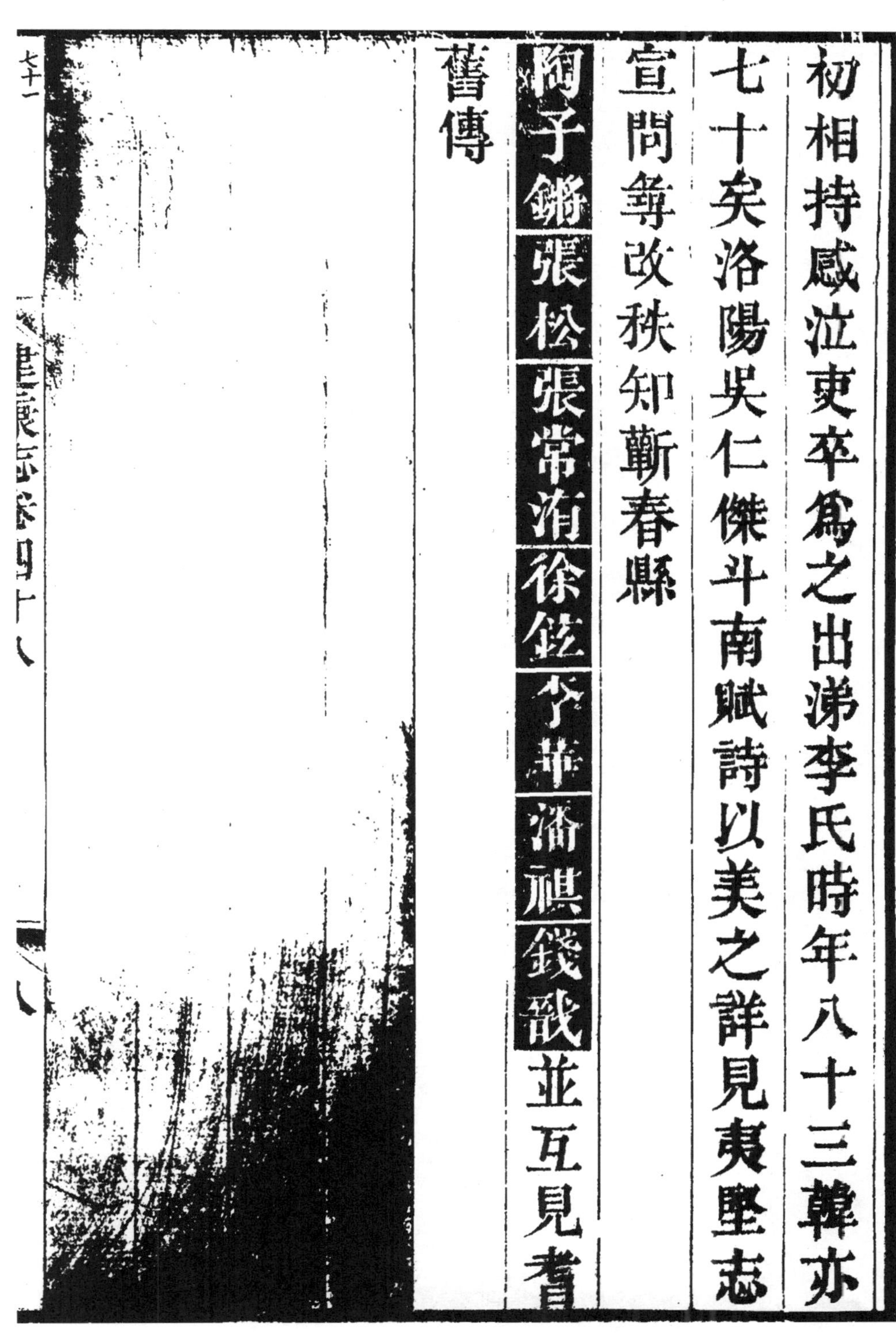

景定建康志卷四十八

節義傳

卞壼字望之濟陰寃句人父粹張華壻也壼弱冠有名譽晉元帝鎮建鄴召爲中郎甚見親杖明帝時領尚書令與王導俱受顧命輔幼主王導稱疾不朝而私送車騎將軍郗鑒壼以導虧法從私無大臣之節御史中丞鍾雅阿撓王典不加準繩並請免官舉朝震肅壼斷裁切直不畏彊禦皆此類也幹實當官以襃貶爲已任欲軌正督世不肯苟同時好庾亮將召蘇峻壼固爭謂亮曰峻擁强兵多藏無賴且逼近京

邑路不終朝一旦有變易爲蹉跌宜深思遠慮恐未可倉卒亮不納壼知必敗司馬任台勸壼宜畜良馬以備不虞壼笑曰以逆順論之理無不濟若萬一不然豈須馬哉峻果稱兵詔以壼都督大桁東諸軍事壼率郭默趙允等與峻大戰於陵西爲峻所破死傷以千數峻進攻青溪壼與諸軍距擊不能禁賊放火燒宮寺六軍敗績壼時發背創猶未合力疾而戰率厲散衆及左右吏數百人攻賊麾下苦戰遂死之時年四十八二子眕盱見父沒相隨赴賊同時見害壼

贈侍中驃騎將軍開府儀同三司謚曰忠貞祠以太牢贈世子畛散騎侍郎盱奉車都尉徵士翟湯聞之歎曰父死於君子死於父忠孝之道萃於一門其後盜發壼墓尸僵鬢髮蒼白面如生兩手悉拳爪甲穿達手背安帝詔給錢十萬以修塋兆壼第三子瞻爲廣州刺史瞻弟眈爲尚書郎

皇朝楊邦乂字希稷吉州吉水縣人政和中以上舍生賜第建炎元年爲溧陽縣令時江寧府禁卒周德叛因其帥宇文粹中縣卒有起應之者邦乂諭止之

不聽乃設方略圍捕殺之且檄隣邑共入討賊賊以故不得逞卒就擒事聞于 朝差通判軍府事三年金虜入寇渡淮薄江師于東采石先是 車駕幸越宰相杜充總諸道兵留江上左顯謨閣待制陳邦光守建康李梲以前執政為戶部尚書供餽饟充聞虜至出其軍六萬人列戍江南岸而閉門莫敢出師無統一居數日虜知充無鬬志遂渡江江上之軍皆不戰盡潰充與其戲下數千人北去遂降虜虜入建康梲與邦光不能守梲先降邦光欲棄城去後亦降獨

邦乂力拒不從大書其衣裾曰寧作趙氏鬼不爲他
邦臣以授其僕曰持此以見吾志吾卽死矣棁邦光
愧謝猶强擁邦乂上馬卽郊次與俱見僞四太子命
使拜邦乂叱曰我不降何拜亟遁歸臥其家虜雖暴
猶未敢辱之也明日遣其酋張太師諭邦乂授以舊
官邦乂以首觸階陛曰我以志死何多以誘我爲虜
大驚卒止之徐曰公所守固高柰勢不可何第歸審
思之吾明日復見公邦乂退亟移書其酋曰世豈有
不畏死而可利遷者幸速殺我無久留我至明日其

會燕梲邦光坐堂上樂方作召邦乂立庭下邦乂瞠眎梲邦光叱曰　天子以若拒賊不能抗俛首求活犬豕已不若復與共燕樂尚有面目見我乎賊將有起取紙書死活二字佯脅邦乂曰公無多言卽欲死趣書死字下我乃信邦乂眎吏有簪筆持文書側立卽躍起奪其筆引手掣紙書字曰死虜相顧色運又使引去明日再以見僞四太子邦乂不勝憤遙望見大罵曰若夷狄而圖中原耶天寧久假汝行磔汝萬段尚安得汙我虜怒使人疾擊挺交下邦乂罵不絕

口遂殺之剖腹取其心明年虜去州以事上聞
天子爲太息詔贈直秘閣官其子二人即死所立廟
賜額褒忠

九

建康志卷四十九

忠勳傳

范蠡南陽人事越二十餘年句踐即位三年而欲伐吳蠡進諫曰夫國家之事有持盈有定傾有節事王曰爲三者柰何對曰持盈者與天定傾者與人節事者與地王不問蠡不敢言天道盈而不溢盛而不驕勞而不矜其功夫聖人隨時以行是謂守時天時不作弗爲人客人事不起弗爲之始今君王未盈而溢未盛而驕不勞而矜其功天時不作而先爲人客人事不起而創爲之始此逆於天而不和於人王若行

之將妨於國家靡王躬身王弗聽蠡進諫曰夫勇者
逆德也兵者凶器也爭者事之末也陰謀逆德好用
凶器始於人者人之所卒也淫佚之事上帝之禁也
先行此者不利王曰無是貳言也吾已斷之矣果興
師而伐吳戰於五湖不勝棲於會稽王召蠡而問焉
吾不用子之言以至於此爲之柰何蠡對曰君王其
忘之乎持盈者與天定傾者與人節事者與地王曰
與人柰何對曰卑辭尊禮玩好女樂尊之以名如此
不已又身與之市王曰諾乃令大夫種行成於吳吳

人許諾王曰蠡爲我守於國對曰四封之內百姓之事蠡不如種也四封之外敵國之制立斷之事種亦不如蠡也王曰諾令大夫種守於國與蠡入官於吳三年而吳人遣之歸及至於國王問於蠡曰節事奈何對曰節事者與地唯地能包萬物以爲一其事不失生萬物容畜禽獸然後受其名而兼其利美惡皆成以養其生時不至不可彊生事不究不可彊成自若以處以度天下待其來者而正之因時之所宜而定之同男女之功除民之害以避天殃田野開闢府

倉實民衆般無曠其衆以爲亂梯時將有反事將有間必有以知天地之恒制乃可以有天下之成利事無間時無反則撫民保教以須之王曰不穀之國家蠡之國家也蠡其圖之對曰四封之內百姓之事時節三樂不亂民功不逆天時五穀睦熟民乃蕃滋君臣上下交得其志蠡不如種也四封之外敵國之制立斷之事因陰陽之恒順天地之常柔而不屈彊而不剛德虐之行因以爲常死生因天地之形天因人聖人因天人自生之天地形之聖人因而成之是故

戰勝而不報取地而不反兵勝於外福生於內用力甚少而名聲章明種亦不如蠡也王曰諾令大夫種爲之四年王召蠡而問焉曰先人就世不穀即位吾年既少未有恒常出則禽荒入則酒荒吾百姓之不圖唯舟與車上天降禍於越委制於吳吳人之那不穀亦又甚焉吾欲與子謀之其可乎對曰未可也蠡聞之上帝不考時反是守彊索者不祥得時不成反受其殃失德滅名流走死亡有奪有予有不予王無蚤圖夫吳君王之吳也王若蚤圖之其事又將未可

知也王曰諾又一年王召蠡而問焉曰吾與子謀吳子曰未可也今吳王淫於樂而忘其百姓亂民功逆天時信讒喜優憎輔遠弼聖人不出忠臣解骨皆曲相御莫適相非上下相偷其可乎對曰人事至矣天應未也王姑待之王曰諾又一年王召蠡而問焉曰吾與子謀吳子曰未可也今申胥驟諫於王王怒而殺之其可乎對曰逆節萌生天地未形而先爲之征其事是以不成雜受其刑王姑待之王曰諾又一年王召蠡而問焉曰吾與子謀吳子曰未可也今其稻

蠏不遺種其可乎對曰天應至矣人事未盡也王姑待之王怒曰道固然乎妄其欺不穀邪吾與子言人事子應我以天時今天應至矣子應我以人事何也蠡又對曰王姑勿怪夫人事必將與天地相參然後乃可以成功今其禍新民恐其君臣上下皆知其資財之不足以支長久也彼將同其力致其死猶尙殆王其且馳騁弋獵無至禽荒宮中之樂無至酒荒肆與大夫觴飲無忘國常彼其上將薄其德民將盡其力又使之望而不得食乃可以致天地之殛王姑待

之至於元月王召蠡而問焉曰諺有之曰觥飲不及壺飧今歲晚矣子將柰何對曰微君王之言臣故將謁之臣聞從時者猶救火追亡人也蹶而趨之唯恐弗及王曰諾遂興師伐吳至於五湖五湖即笠澤也溧陽縣長塘湖亦名洮湖即五湖之一詳見山川志吳人聞之出而挑戰一日五反王弗忍欲許之蠡進諫曰夫謀之廊廟失之中原其可乎王姑勿許也臣聞之得時無怠時不再來天予不取反爲之災贏縮轉化後將悔之天節固然唯謀不遷王曰諾弗許蠡又曰臣聞古之善用兵者贏縮以

爲常四時以爲紀無過天極究數而止天道皇皇日月以爲常明者以爲法微者則是行陽至而陰陰至而陽日困而還月盈而匡古之善用兵者因天地之常與之俱行後則用陰先則用陽近則用柔遠則用剛後無陰蔽先無陽察用人無藝往從其所剛柔以禦陽節不盡不死其野彼來從我固守勿與若將與之必因天地之災又觀其民之饑飽勞逸以參之盡其陽節盈吾陰節而奪之利宜爲人客剛彊而力疾陽節不盡輕而不可取宜爲人主安徐而重固陰節

不盡柔而不可迫凡陳之道設右以爲牝益左以爲牡蚤宴無失必順天道周旋無究今其來也剛彊而力疾王姑待之王曰諾弗與戰居軍三年吳師自潰吳王帥其賢良與其重祿以上姑蘇使王孫雒行成於越曰昔者上天降禍於吳得罪於會稽今君王其圖不穀不穀請復會稽之和王弗忍欲許之蠡進諫曰臣聞之聖人之功時爲之庸得時不成天有還形天節不遠五年復反小凶則近大凶則遠先人有言曰伐柯者其則不遠今君王不斷其忘會稽之事乎

王曰諾不許使者往而復來辭愈卑禮愈尊王又欲許之蠡諫曰孰使我蚤朝而宴罷者非吳乎與我爭三江五湖之利者非吳耶夫十年謀之一朝而棄之其可乎王姑勿許其事將易冀已王曰吾欲勿許而難對其使者子其對之蠡乃左提鼓右援枹以應使者曰昔者上天降禍於越委制於吳而吳不受今將反義以報此禍吾王敢無聽天之命而聽君王之命乎王孫雒曰子范子先人有言曰無助天爲虐助天爲虐者不祥今吳稻蟹不遺種子將助天爲虐不忌

其不祥乎蠡曰王孫子昔吾先君固周室之不成子也故濱於東海之陂黿鼉魚鼈之與處而鼃黽之與同渚余雖靦然而人面哉吾猶禽獸也又安知是譏譏者乎王孫雒曰子范子將助天爲虐助天爲虐不祥雒請反辭於王蠡曰君王已委制於執事之人矣子往矣無使執事之人得罪於子使者辭反蠡不報於王擊鼓興師以隨使者至於姑蘇之宮不傷越民遂滅吳句踐既平吳乃命蠡築城金陵之長干（長干在今建康府城南天禧寺所故址猶在詳見越臺辨及越城下）以兵北渡淮與齊晉諸

侯會於徐州致貢於周元王使人賜句踐胙命爲伯是時越兵橫行江淮東諸侯畢賀號稱霸王蠡乃辭於王曰臣聞之爲人臣者君憂臣勞君辱臣死昔者君王辱於會稽臣所以不死者爲此事也今事已濟矣蠡請從會稽之罰王曰所不掩子之惡揚子之美者使其身無終沒於越國子聽吾言吾與子分國不聽吾言身死妻子爲戮蠡對曰臣聞命矣君行制臣行意遂乘輕舟以浮於五湖注見前變姓名自謂鴟夷子皮苦身戮力父子治產居無幾何致產數千萬齊

人聞其賢以爲相蠡喟然嘆曰居家則致千金居官則至卿相此布衣之極也久受尊名不祥乃歸相印盡散其財以分與知友鄉黨而懷其重寶閒行以去止于陶於是自謂陶朱公

周瑜字公瑾廬江舒人父異洛陽令瑜長壯有姿貌初孫堅興義兵討董卓徙家於舒堅子策與瑜同年獨相友善瑜推道南大宅以舍策升堂拜母有無通共瑜從父尚爲丹陽太守瑜往省之會策東度到歷陽馳書報瑜瑜將兵迎策策大喜曰吾得卿諧也遂

從攻横江當利皆拔之乃渡擊秣陵破笮融薛禮轉下湖孰江乘進入曲阿劉繇奔走而策之衆已數萬矣因謂瑜曰吾以此衆取吳會平山越已足卿還鎮丹楊瑜還頃之袁術遣從弟允代尚爲太守而瑜與尚俱還壽春術欲以瑜爲將瑜觀術終無所成故求爲居巢長欲假塗東歸術聽之遂自居巢還吳是歲建安三年也策親自迎瑜授建威中郎將即與兵二千人騎五十匹策令曰周公瑾英儁異才與孤有總角之好骨肉之分加前在丹陽發衆及船糧以濟大

事論德酬功此未足以報者也瑜時年二十四吳中皆呼爲周郎以瑜恩信著於廬江出備牛渚後領春穀長頃之策欲取荊州以瑜爲中護軍領江夏太守從攻皖拔之復進尋陽破劉勳討江夏還定豫章廬陵留鎮巴丘案孫策時始得豫章廬陵尚未能得定江夏瑜之所鎮應在今巴丘縣也與後所卒巴丘處不同策薨權統事瑜將兵赴喪遂留吳以中護軍與長史張昭共掌衆事操新破袁紹兵威日盛建安七年下書責權質任子權召羣臣會議張昭秦松等猶豫不能決權意不欲遣質乃獨將瑜詣母前定

議瑜曰昔楚國初封於荊山之側不滿百里之地繼嗣賢能廣土開境立基於郢遂據荊揚至於南海傳業延祚九百餘年今將軍承父兄餘資兼六郡之衆兵精糧多將士用命鑄山爲銅煑海爲鹽境內富饒人不思亂汎舟舉帆朝發夕到士風勁勇所向無敵有何偪迫而欲送質質一入不得不與曹氏相首尾與相首尾則命召不得不往便見制於人也極不過一侯印僕從十餘人車數乘馬數匹豈與南面稱孤同哉不如勿遣徐觀其變若曹氏能率義以正天下

將軍事之未晚若圖爲暴亂兵猶火也不戢將自焚將軍韜勇抗威以待天命何送質之有權母曰公瑾議是也公瑾與伯符同年小一月耳我視之如子也汝其兄事之遂不送質十三年九月操入荆州劉琮舉衆降操得其水軍船步兵數十萬將士聞之皆恐權延見羣下問以計策議者咸曰曹公豺虎也然託名漢相挾天子以征四方動以朝廷爲辭今日拒之事更不順且將軍大勢可以拒操者長江也今操得荆州掩有其地劉表治水軍蒙衝鬬艦乃以千數操

悉浮以沿江兼有步兵水陸俱下此惟長江之險已與我共之矣而勢力衆寡又不可論愚謂大計不如迎之瑜曰不然操雖託名漢相其實漢賊也將軍以神武雄才兼杖父兄之烈割據江東地方千里兵精足用英雄樂業尚當橫行天下爲漢家除殘去穢況操自送死而可迎之邪請爲將軍籌之今使北土已安操無內憂能曠日持久來爭疆埸又能與我校勝負於船楫可乎今北土既未平安加馬超韓遂尚在關西爲操後患且舍鞍馬杖舟楫與吳越爭衡本非

中國所長又今盛寒馬無藁草驅中國士衆遠涉江湖之間不習水土必生疾病此數四者用兵之患也而操皆冒行之將軍擒操宜在今日瑜請得精兵三萬人進住夏口保爲將軍破之權曰老賊欲廢漢自立久矣徒忌二袁吕布劉表與孤耳今數雄已滅惟孤尚存孤與老賊勢不兩立君言當擊甚與孤合此天以君授孤也權拔刀斫前奏案曰諸將吏敢復有言當迎操者與此案同及會罷之夜瑜請見曰諸人徒見操書言水步八十萬而各恐懾不復料其虛實

便開此義甚無謂也今以實校之彼所將中國人不過十五六萬且軍已久疲所得表衆亦極七八萬耳尚懷狐疑夫以疲病之卒御狐疑之衆衆數雖多甚未足畏得精兵五萬自足制之願將軍勿慮權撫背曰公瑾卿言至此甚合孤心子布元表諸人各顧妻子挾持私慮深失所望獨卿與子敬與孤同耳此天以卿二人贊孤也五萬兵難卒合已選三萬人船糧戰具俱辦卿與子敬程公便在前發孤當續發人衆多載資糧爲卿後援卿能辦之者誠決邂逅不如意

便還就孤孤當與孟德決之時劉備爲操所破遣諸葛亮詣權權遂遣瑜及程普等與備并力逆操遇於赤壁時操軍衆已有疾病初一交戰操軍敗退引次江北瑜等在南岸瑜部將黄蓋曰今寇衆我寡難與持久然觀操軍方連船艦首尾相接可燒而走也乃取蒙衝鬬艦數十艘實以薪草膏油灌其中裹以帷幕上建牙旗先書報操欺以欲降又豫備走舸各繫大船後因引次俱前操軍吏士皆延頸觀望指言蓋降蓋放諸船同時發火時風盛猛悉延燒岸上營落

頊之煙炎張天人馬燒溺死者甚衆操軍敗退還分南郡權拜瑜偏將軍領南郡太守以下雋漢昌瀏陽州陵爲奉邑屯據江陵劉備以左將軍領荆州牧治公安備詣京見權瑜上疏曰劉備以梟雄之姿而有關羽張飛熊虎之將必非久屈爲人用者愚謂大計宜徙備置吴盛爲築宫室多其美女玩好以娛其耳目分此二人各置一方使如瑜者得挾與攻戰大事可定也今猥割土地以資業之聚此三人俱在疆場恐蛟龍得雲雨終非池中物也權以操在北方當廣

擥英雄又恐備難卒制故不納是時劉璋爲益州牧外有張魯寇侵瑜乃詣京見權曰今曹操新折衂方憂在腹心未能與將軍連兵相事也乞與奮威俱進取蜀得蜀而并張魯因留奮威固守其地好與馬超結援瑜還與將軍據襄陽以蹙操北方可圖也權許之瑜還江陵爲行裝而道於巴丘病卒所卒之處應在今之巴陵與前所鎮巴丘名同處異也兩男一女女配太子登男循尚公主拜騎都尉有瑜風

王導字茂宏光祿大夫覽之孫也少有風鑒識量清

遠年十四陳留高士張公見而奇之曰此兒容貌志
氣將相之器也元帝爲琅邪王與導素相親善導知
天下已亂遂傾心推奉潛有興復之志帝亦雅相器
重契同友執帝之在洛陽也導每勸令之國會帝出
鎮下邳請導爲安東司馬軍謀密策知無不爲及徙
鎮建康吳人不附居月餘士庶莫有至者導患之會
敦來朝導謂之曰琅邪王仁德雖厚而名論猶輕兄
威風已振宜有以匡濟者會三月上巳帝親觀禊乘
肩轝具威儀敦導及諸名勝皆騎從吳人紀瞻顧榮

皆江南之望竊覘之見其如此咸驚懼乃相率拜於道左導因進計曰古之王者莫不賓禮故老存問風俗虛已傾心以招俊乂況天下喪亂九州分裂大業草創急於得人者乎顧榮賀循此土之望未若引之以結人心二子既至則無不來矣帝乃使導躬造循榮二人皆應命而至由是吳會風靡百姓歸心焉自此之後漸相崇奉君臣之禮始定俄而洛京傾覆中州士女避亂江左者十六七導勸帝收其賢人君子與之圖事時荆揚宴安戶口殷實導爲政務在清靜

每勸帝收其賢人君子與之圖事尤見委杖情好日隆朝野傾心號爲仲父帝從容謂導曰卿吾之蕭何也晉國既建以導爲丞相軍諮祭酒桓彝初過江見朝廷微弱謂周顗曰我以中州多故來此欲求全活而寡弱如此將何以濟憂懼不樂往見導極談世事還謂顗曰向見管夷吾無復憂矣于時軍旅不息學校未修導上書曰夫風化之本在於正人倫人倫之正存乎設庠序庠序設五教明德禮洽通彝倫攸敘而有恥且格父子兄弟夫婦長幼之序順而君臣之

義固矣方今戎虜扇熾國恥未雪忠臣義夫所以扼腕拊心苟禮義膠固淳風漸著則化之所感者深而德之所被者大使帝典闕而復補王綱弛而更張獸心革面饕餮檢情揖讓而服四夷緩帶而天下從得乎其道豈難也哉故有虞舞干戚而化三苗魯僖作泮宮而服淮夷桓文之霸皆先教而後戰今若聿遵前典興復道教擇朝之子弟並入于學選明博修禮之士而爲之師化成俗定莫尚於斯帝甚納之及帝登尊號百官陪列命導升御牀共坐導固辭至于三

四曰若太陽下同萬物蒼生何由仰照帝乃止及劉隗用事導漸見疏遠任眞推分澹如也有識咸稱導善處興廢焉王敦之反也劉隗勸帝悉誅王氏論者爲之危心導率羣從昆弟子姪二十餘人每旦詣臺待罪帝以導忠節有素特還朝服召見之導稽首謝曰逆臣賊子何世無之豈意今者近出臣族帝跣而執之曰茂宏方託百里之命於卿是何言邪乃詔曰導以大義滅親可以吾爲安東時節假之及敦得志加導守尚書令初西都覆没海內思主羣臣及四方

並勸進於帝時王氏彊盛有專天下之心敦憚帝賢明欲更議所立導固爭乃止及此役也敦謂導曰不從吾言幾致覆族導猶執正議敦無以能奪初帝愛瑯邪王裒將有奪嫡之議以問導導曰立子以長且紹又賢不宜改革帝猶疑之導日夕陳諫故太子卒定帝崩導復與庾亮等同受遺詔共輔幼主及石勒侵阜陵詔加導大司馬假黃鉞出討之軍次江寧帝親餞于郊俄而賊退解大司馬庾亮將徵蘇峻訪之於導導曰峻猜險必不奉詔且山藪藏疾宜苞容之

固爭不從亮遂召峻既而難作六軍敗績導入宮侍帝峻以導德望不敢加害猶以本官居已之右峻又逼乘輿幸石頭導爭之不得峻日來帝前肆醜言導深懼有不測之禍時路永匡術賈寧並說峻令殺導盡誅大臣更樹腹心峻敬導不納故永等貳於峻導使參軍袁耽潛諷誘永等謀奉帝出奔義軍而峻衛禦甚嚴事遂不果導乃攜二子隨永奔于白石及賊平宗廟宮室並爲灰燼溫嶠議遷都豫章三吳之豪請都會稽二論紛紜未有所適導曰建康古之金陵

舊爲帝里又孫仲謀劉元德俱言王者之宅古之帝
王不必以豐儉移都苟宏衛文大帛之冠則無往不
可若不績其麻則樂土爲虛矣且北寇游魂伺我之
隙一旦示弱竄於蠻越求之望實懼非良計今特宜
鎭之以靜羣情自安由是嶠等謀並不行導有羸疾
不堪朝會帝幸其府縱酒作樂後令輿車入殿石季
龍掠騎至歷陽導請出討之加大司馬假黃鉞中外
諸軍事置左右長史司馬給布萬匹俄而賊退解大
司馬復轉中外大都督進位太傅又拜丞相依漢制

罷司徒官以并之冊曰朕夙罹不造肆陟帝位未堪多難禍亂荐興公文貫九功武經七德外緝四海內齊八政天地以平人神以和業同伊尹道隆姬旦仰思唐虞登庸雋乂申命羣官允釐庶績朕思憑高讃宏濟遠猷維稽古建爾于上公永爲晉輔往踐厥職敬敷道訓以亮天工不亦休哉公其戒之咸和五年薨時年六十四帝舉哀於朝堂三日遣大鴻臚持節監護喪事賵襚之禮一依漢博陸侯及安平獻王故事及葬給九游轀輬車黃屋左纛前後羽葆鼓吹武

貢班劒百人中興名臣莫與爲比錫謚曰文獻祠以太牢六子悅恬洽協劭晉

謝安字安石少有重名初辟司徒府除著作佐郎並以疾辭寓居會稽與王羲之及高陽許詢桑門支遁游處出則漁弋山水入則言詠屬文無處世意年四十餘征西大將軍桓溫請爲司馬將發新亭朝士咸送中丞高崧戲之曰卿屢違朝旨高臥東山諸人每相與言安石不肯出將如蒼生何蒼生今亦將如卿何既到溫甚喜言生平歡笑竟日既出溫問左右頗

嘗見我有如此客不溫當北征會萬病卒安投牋求歸尋除吳興太守在官無當時譽去後爲人所思頃之徵拜侍中遷吏部尚書中護軍簡文帝疾篤溫上疏薦安宜受顧命及帝崩溫入赴山陵止新亭大陳兵衛將移晉室呼安及王坦之欲於坐害之坦之甚懼問計於安安神色不變曰晉祚存亡在此一行既見溫坦之流汗沾衣倒執手版安從容就席坐定謂溫曰安聞諸侯有道守在四隣明公何須壁後置人邪溫笑曰正自不能不爾耳遂笑語移日坦之與安

初齊名至是方知坦之之劣溫嘗以安所作簡文帝謚議以示坐賓曰此謝安石碎金也時孝武帝富於春秋政不自已溫威振內外人情噂沓互生同異安與坦之盡忠匡翼終能輯穆及溫病篤諷朝廷加九錫使袁宏具草安見輒改之由是歷旬不就會溫薨錫命遂寢尋爲尙書僕射領吏部加後將軍詔安總關中書事時彊敵寇境邊書續至梁益不守樊鄧陷沒安每鎭以和靖御以長筭德政既行文武用命不存小察宏以大綱威懷外著人皆比之王導謂文雅

過之嘗與王羲之登冶城悠然遐想有高世志羲之謂曰夏禹勤王手足胼胝文王旰食日不暇給今四郊多壘宜思自効而虛談廢務浮文妨要恐非當今所宜安曰秦任商鞅二世而亡豈清言致患邪是時宮室毀壞安欲繕之尚書令王彪之等以外寇爲諫安不從竟獨決之宮室用成皆仰模元象合體辰極而役無勞怨又領揚州刺史詔以甲仗百人入殿時帝始親萬機進安中書監驃騎將軍錄尚書事固讓軍號于時懸象失度亢旱彌年安奏求晉初佐命功

臣後而封之頃之加司徒讓不拜復加侍中都督揚豫徐兖青五州幽州之燕國諸軍事假節時苻堅彊盛疆埸多虞諸將敗退相繼安遣弟石及兄子元等應機征討所在剋捷拜衛將軍開府儀同三司封建昌縣公堅後率衆號百萬次于淮淝京師震恐加安征討大都督元入問計安夷然無懼色荅曰已别有旨既而寂然元不敢復言乃令張元重請安遂命駕出山墅親朋畢集方與元圍碁賭别墅游陟至夜乃還指授將帥各當其任元等既破堅有驛書至安方

對客圍碁看書既竟便攝放牀上了無喜色碁如故客問之徐荅云小兒輩遂已破賊既罷還內過戶限心喜甚不覺屐齒之折其矯情鎮物如此以總統功進拜太保安方欲混一文軌上疏求自北征乃進都督揚江荊司豫徐兗青冀幽并寧益雍梁十五州軍事加黃鉞其本官悉如故是時桓沖既卒荊江二州並闕物論以元勳望宜以授之安以父子皆著大勳恐爲朝廷所疑又懼桓氏失職桓石虔復有沔陽之功慮其驍猛在形勝之地終或難制乃以桓石民爲

荆州改桓伊於中流石虎爲豫州旣以三桓據三州彼此無怨各得所任其經遠無競類皆如此又於土山營墅樓館林竹甚盛每携中外子姪往來游集肴饌亦屢費百金世頗以此譏焉而安殊不以屑意常疑劉牢之旣不可獨任又知王味之不宜專城牢之旣以亂終而味之亦以貪敗由是識者服其知人時會稽王道子專權而姦諂頗相扇構安坐鎭廣陵之步丘築壘曰新城以避之帝出祖于西池獻觴賦詩焉安雖受朝寄然東山之志始末不渝每形於言色

及鎮新城盡室而行造汎海之裝欲須經略粗定自
江道還東雅志未就遂遇疾篤上疏請量宜旋旆并
召子征虜將軍琰解甲息徒命龍驤將軍朱序進據
洛陽前鋒都督元抗威彭沛委以董督若二賊假延
來年水生東西齊舉詔遣侍中慰勞遂還都聞當輿
入西州門自以本志不遂深自慨失因悵然謂所親
曰昔桓溫在時吾常懼不全忽夢乘溫輿行十六里
見一白雞而止乘溫輿者代其位也十六里止今十
六年矣白雞生酉今太歲在酉吾病殆不起乎乃上

疏遜位薨年六十六帝三日臨于朝堂贈太傅謚曰文靖葬加殊禮依大司馬桓溫故事

溫嶠字太眞司徒羡弟之子也聰敏有識量博學能屬文少以孝悌稱於邦族年十七州郡辟召皆不就平北大將軍劉琨妻嶠之從母琨深禮之請爲參軍與討石勒有功遷右司馬元帝初鎮江左琨謂嶠曰昔班彪識劉氏之復興馬援知漢光之可輔今晉祚雖衰天命未改吾欲立功河朔使卿延譽江南子其行乎對曰嶠雖無管張之才而明公有桓文之志欲

建斤合之功豈敢辭命乃以爲左長史檄告華夷奉表勸進嶠既至引見具陳琨忠誠志在效節因說社稷無主天人係望辭旨慷慨舉朝屬目帝器而嘉焉王導周顗謝琨庾亮桓彝等並與親善于時江左草創綱維未舉嶠殊以爲憂及見王導共談讙然曰江左自有管夷吾吾復何慮除散騎侍郎固讓不拜苦請北歸葬母不許後遷太子中庶子在東宮深見寵遇太子與爲布衣之交數陳規諷又獻侍臣箴甚有宏益時太子起西池樓觀頗爲勞費嶠上疏以爲朝

廷草創巨寇未滅宜應儉以率下務農重兵太子納焉王敦舉兵內向六軍敗績太子將自出戰嶠執鞚諫曰臣聞善戰者不怒善勝者不武如何萬乘儲副而以身輕天下太子乃止明帝卽位拜侍中機密大謀皆所參綜詔命文翰亦悉豫焉俄轉中書令嶠有棟梁之任帝親而倚之甚爲王敦所忌因請爲左司馬敦阻兵不朝多行陵縱嶠諫敦曰昔周公之相成王勞謙吐握豈好勤而惡逸哉誠由處大任者不可不爾而公自還輦轂入輔朝政闕拜覲之禮簡人臣

之儀不達聖心者莫不於邑昔帝舜服事唐堯伯禹竭身虞庭文王雖盛臣節不愆故有庇人之大德必有事君之小心俾芳烈奮乎百世休風流乎萬祀至聖遺軌所不宜忽願思舜禹文王服事之勤推公旦吐握之事則天下幸甚敦不納嶠知其終不悟於是謬爲設敬綜其府事干說密謀以附其欲深結錢鳳爲之聲譽每曰錢世儀精神滿腹嶠素有知人之稱鳳聞而悅之深結好於嶠會丹陽尹闕嶠說敦曰京尹輦轂喉舌宜得文武兼能公宜自選其才若朝廷

用人或不盡理敦然之問嶠誰可嶠曰錢鳳可用鳳亦推嶠嶠僞辭之敦不從表補丹楊尹嶠猶懼錢鳳爲姦謀因敦餞別嶠起行酒至鳳前鳳未及飲嶠因僞醉以手板擊鳳幘墜作色曰錢鳳何人溫太眞行酒而敢不飲敦以爲醉而釋之臨去言別涕泗橫流出閤復入如是再三然後即路及發後鳳入說敦曰嶠於朝廷甚密而與庾亮深交未必可信敦曰太眞昨醉小加聲色豈得以此便相讒貳由是鳳謀不行而嶠得還都乃具奏敦之逆謀請先爲之備及敦構

逆加嶠中壘將軍持節都督東安北部諸軍事敦與
王導書曰太眞别來幾日作如此事表誅姦臣以嶠
爲首募生得嶠者當自拔其舌及王含錢鳳奄至都
下嶠燒朱雀桁以挫其鋒帝怒之嶠曰今宿行寡弱
徵兵未至若賊豕突危及社稷陛下何惜一橋賊果
不得渡嶠自率衆與賊夾水戰擊王含敗之復督劉
遐追錢鳳於江寧事平封建寧縣開國公賜絹五千
四百匹進號前將軍帝疾篤嶠與王導郗鑒庾亮陸
曄卞壼等同受顧命時歷陽太守蘇峻藏匿亡命朝

廷疑之征西將軍陶侃有威名於荆楚又以西夏爲
虞故使嶠爲上流形援咸和初代應詹爲江州刺史
持節都督平南將軍鎮武昌甚有惠政甄異行能親
祭徐孺子之墓又陳豫章十郡之要宜以刺史居之
尋陽濱江都督應鎮其地今以州帖府進退不便且
古鎮將多不領州皆以文武形勢不同故也宜選單
車刺史別撫豫章專理黎庶詔不許嶠聞蘇峻之徵
也慮必有變求還以備不虞不聽未幾而蘇峻果反
嶠屯尋陽遣督護王愆期西陽太守鄧嶽鄱陽內史

紀瞻等率舟師赴難及京師傾覆嶠聞之號慟人有候之者悲哭相對俄而庾亮來奔宣太后詔進嶠驃騎將軍開府儀同三司嶠曰今日之急殄寇爲先未効勳庸而逆受榮寵非所聞也何以示天下乎固辭不受時亮雖奔敗嶠每推崇之分兵給亮遣王愆期等要陶侃同赴國難侃恨不受顧命不許嶠用其部將毛寳說復固請侃行初嶠與庾亮相推爲盟主嶠從弟充言於嶠曰征西位重兵彊宜共推之嶠於是遣王愆期奉侃爲盟主侃許之遣督護龔登率兵詣

嶠嶠於是列上尚書陳峻罪狀有衆七千灑泣登舟移告四方征鎮曰賊臣祖約蘇峻同惡相濟用生邪心天奪其魄死期將至譴負天地自絕人倫寇不可縱宜增軍討撲輒屯次湓口卽日護軍庾亮至宣太后詔寇逼宮城王旅撓敗出告藩臣謀寧社稷後將軍郭默冠軍將軍趙允奮武將軍龔保與嶠督護王愆期西陽太守鄧嶽鄱陽內史紀瞻率其所領相尋而至逆賊肆凶陵陷宗廟火延宮掖矢流太極二御幽逼宰相困迫殘虐朝士劫辱子女承問悲惶精魂

飛散嶠闇弱不武不能殉難哀恨自咎五情摧隕慙負先帝託寄之重義在畢力死而後已今躬率所部爲士卒先催進諸軍一時電擊西陽太守鄧嶽尋陽太守褚誕等連旗相繼宣城内史桓彝已勒所屬屯濱江之要江夏相周撫乃心求征軍已向路昔包胥楚國之微臣重趼致誠義感諸侯藺相如趙邦之陪隷聪君之辱按劍秦庭皇漢之季董卓作亂劫遷獻帝虐害忠良關東州郡相率同盟廣陵功曹臧洪郡之小吏耳登壇啼血涕淚横流慷慨之節實厲羣后

況今居台鼎據方州列名邦受國恩者哉不期而會不謀而同不亦宜乎二賊合衆不盈五千且外畏胡寇城內饑乏之後將軍郭默卽於戰陣俘殺賊千人賊今雖殘破都邑其宿衞兵人卽時出散不爲賊用且祖約情性褊阨忌尅不仁蘇峻小子惟利是視殘酷驕情權相假合江表興義以抗其前彊胡外寇以躡其後運漕隔絕資食空懸內乏之外孤勢何得久羣公征鎮職在禦侮征西陶公國之耆德忠肅義正勳庸宏著諸方鎮州郡咸齊斷金同稟規略以雪國恥苟

利社稷死生以之嶠雖怯劣忝據一方賴忠賢之規
文武之助君子竭誠小人盡力高操之士被褐而從
戎負薪之徒匍匐而赴命率其私僕致其私杖人士
之誠竹帛不能載也豈嶠無德而致之哉士稟義風
人感皇澤且護軍庾公帝之元舅德望隆重率郭後
軍趙龔三將與嶠戮力得有資憑且悲且慶若朝廷
之不泯也其各明率所統無後事機賞募之信明如
日月有能斬約峻者封五等侯賞布萬匹夫忠爲令
德爲仁由已萬里一契義在不言也時陶侃雖許自

下而未發復追其督護龔登嶠重與侃書曰僕謂軍有進而無退宜增而不可減近已移檄遠近言於盟府尅後月半大舉南康建安晉安三郡軍並在路次同赴此會惟須仁公所統至便齊進且仁公今召軍還疑惑遠近成敗之由將在於此僕才輕任重責實憑仁公篤愛遠稟成規至於首啟戎行不敢有辭僕與仁公當如常山之蛇首尾相衛又脣齒之喻也恐惑者不達高旨將謂仁公緩於討賊此聲難追僕與仁公並受方嶽之任安危休戚理既同之且自頃之

顧綢繆往來情深義重著於人士之口一旦有急亦望仁公悉衆見救況社稷之難惟僕偏當一州州之文武莫不翹企假令此州不守約峻樹置官長於此荆楚西逼彊胡東接逆賊因之以饑饉將來之危乃當甚於此州之今日也以大義言之則社稷顛覆主辱臣死公進當爲大晉之忠臣參桓文之義開國承家銘之天府退當以慈父雪愛子之痛約峻凶逆無道囚制人士裸其五形近日來者不可忍見骨肉生離痛感天地人心齊一咸皆切齒今之進討若以石

投卵耳今出軍既緩復召兵還人心乖離是爲敗於
幾成也願深察所陳以副三軍之望峻時殺侃子瞻
由是侃激勵遂率所統與嶠亮同赴京師戎卒六萬
旌旗七百餘里鉦鼓之聲震於百里直指石頭次于
蔡洲侃屯查浦嶠屯沙門浦時祖約據歷陽與峻爲
首尾見嶠等軍盛謂其黨曰吾本知嶠能爲四公子
之事今果然矣峻聞嶠將至逼大駕幸石頭時峻軍
多馬南軍杖舟楫不敢輕與交鋒用將軍李根計據
白石築壘以自固使庾亮守之賊步騎萬餘來攻不

下而退追斬二百餘級嶠又於四望磯築壘以逼賊
曰賊必爭之設伏以逸待勞是制賊之一奇也是時
義軍屢戰失利嶠軍食盡陶侃怒曰使君前云不憂
無將士惟得老僕爲主耳今數戰皆北良將安在荆
州接胡蜀二虜倉廩當備不虞若復無食僕便欲西
歸更思良算但今歲計殄賊不爲晚也嶠曰不然自
古成監師克在和光武之濟昆陽曹公之拔官渡以
寡敵衆杖義故也峻約小竪爲河內所患今日之舉
決在一戰峻勇而無謀藉驕勝之勢自謂無前今挑

之戰可一鼓而擒也柰何捨垂成之功設進退之計且天子幽逼社稷危殆四海臣子肝腦塗地嶠等與公並受國恩是致命之日事若克濟則臣主同祚如其不捷身雖灰滅不足以謝責於先帝今之事勢義無旋踵騎猛獸安可中下哉公若違衆獨反人心必沮沮衆敗事義旗將廻指於公矣侃無以對遂留不去嶠於是創建行廟廣設壇場告皇天后土祖宗之靈親讀祝文聲氣激揚涕流覆面三軍莫能仰視其日侃督水軍向石頭亮嶠等率精勇一萬從白石入

挑戰時峻勞其將士因醉突陣馬蹶爲侃將所斬峻弟逸及子碩嬰城自固嶠乃立行臺布告天下凡故吏二千石臺郎御史以下皆令赴臺於是至者雲集司徒王導因奏嶠侃錄尚書遣閒使宣旨並讓不受賊將匡術以臺城來降爲逸所擊求救於嶠江州別駕羅洞曰今水暴長救之不便不如攻榻杭榻杭軍若敗術圍自解嶠從之遂破賊石頭軍奮威長史滕含抱天子奔于嶠船時侃雖爲盟主而處分規略一出於嶠及賊滅拜驃騎將軍開府儀同三司散騎常

侍封始安郡公邑三千戸卒年四十二江州士庶聞之莫不相顧而泣帝下冊書曰朕以眇身纂承洪緒不能光闡大道化洽時雍至乃狂狡滔天社稷危逼惟公明鑒特達識心經遠懼皇綱之不維忿凶寇之縱暴唱率羣后五州響應首啟戎行元惡授馘王室危而復安三光幽而復明功格宇宙勳著八表方賴大猷以拯區夏天不憖遺早世薨殂朕用痛悼于厥心夫襃德銘勳先王之明典今追贈公侍中大將軍持節都督刺史餘如故賜錢百萬布千疋謚曰忠武

祠以太牢初葬于豫章後朝廷追嶠勳德將爲造大墓於元明二帝陵之北陶侃上表曰故大將軍嶠忠誠著於聖世勳義感于人神非臣筆墨所能稱陳臨卒之際與臣書別臣藏之篋笥時時省視每一思述未嘗不中夜撫膺臨飯酸噎人之云亡嶠實當之謹寫嶠書上呈伏惟陛下既垂御省傷其情旨死不忘忠身沒黄泉追恨國恥獎臣戮力救濟艱難使亡而有知抱恨結草豈樂今日勞費之事願陛下慈恩停其移葬使嶠棺柩無風波之危魂靈安於后土詔從之

十

陶侃字士行本鄱陽人吳平徙家廬江之潯陽廬江太守張夔召爲督郵領樅陽令察孝廉至洛陽張華與語異之除郎中顧榮見甚奇之劉宏爲荆州刺史辟侃爲南蠻長史遣討賊張昌破之宏謂侃曰吾昔爲羊公參軍謂吾其後當居身處今相觀察必繼老夫矣陳敏之亂宏以侃爲江夏太守加鷹揚將軍敏遣其弟恢來寇武昌侃出兵禦之隨郡內史扈瓌間侃於宏曰侃與敏有鄉里之舊居大郡統彊兵脫有異志則荆州無東門矣宏曰侃之忠能吾得之已久

豈有是乎侃潛聞之遽遣子洪及兄子臻詣宏以自
固宏引爲參軍資而遣之又加侃爲督護使與諸軍
并力距恢侃乃以運船爲戰艦或言不可侃曰用官
物討官賊但須列上有本末耳於是擊恢所向必破
侃戎政齊肅凡有虜獲皆分士卒身無私焉後以母
憂去職服闋參東海王越軍事江州刺史華軼表侃
爲揚武將軍使屯夏口又以臻爲參軍軼與元帝素
不平臻懼難作託疾而歸白侃曰華彥夏有憂天下
之志而才不足且與琅邪不平難將作矣侃怒遣臻

遂東歸於帝帝見之大悅命臻爲參軍加侃奮威將軍假赤幢曲蓋軺車鼓吹侃乃與華軼告絕頃之遷龍驤將軍武昌太守時天下饑荒山夷多斷江劫掠侃令諸將詐作商船以誘之劫果至生獲數人是西陽王羕之左右侃卽遣兵逼羕令出向賊侃整陣於釣臺爲後繼羕縛送帳下二十八侃斬之自是水陸肅清流亡者歸之盈路侃竭資振給焉又立夷市於郡東大收其利而帝使侃擊杜弢令振威將軍周訪廣武將軍趙誘受侃節度侃令二將爲前鋒兄子與

爲左甄擊賊破之時周顗爲荆州刺史先鎮潯水城賊掠其良口侃使部將朱伺救之賊退保泠口侃謂諸將曰此賊必更步向武昌吾宜還城晝夜三日行可至卿等誰能忍饑鬬邪部將吳寄曰要欲十日忍飢晝當擊賊夜分捕魚足以相濟侃曰卿健將也賊果增兵來攻侃使朱伺等逆擊大破之獲其輜重殺傷甚衆遣參軍王貢告捷於王敦敦曰若無陶侯便失荆州矣伯仁方入境便爲賊所破不知那得刺史貢對曰鄙州方有事難非陶龍驤莫可敦然之卽表

拜侃爲使持節寧遠將軍南蠻校尉荊州刺史領西陽江夏武昌鎮于沌口又移入沔江遣朱伺等討江夏賊殺之賊王沖自稱荊州刺史據江陵王貢還至竟陵矯侃命以杜曾爲前鋒大督護進軍斬沖悉降其衆侃召曾不到貢又恐矯命獲罪遂與曾舉兵反侃坐免官王敦表以侃白衣領職侃復率周訪等進軍入湘使都尉楊舉爲先驅擊杜弢大破之屯兵于城西敦奏復侃官弢將王貢精卒三千出武陵江誘五谿夷以舟師斷官運徑向武昌侃使鄭攀及伏波

將軍陶延夜趣巴陵潛師掩其不備大破之斬千餘級降萬餘口貢遁還湘城賊中離阻杜弢遂疑張弈而殺之衆情益懼降者滋多王貢復挑戰侃遥謂之曰杜弢爲益州吏盜用庫錢父死不奔喪卿本佳人何爲隨之也天下寧有白頭賊乎貢初橫脚馬上侃言訖貢斂容下脚辭色甚順侃知其可動復令諭之截髮爲信貢遂來降而弢敗走進尅長沙獲其將毛寶高寶梁堪而還王敦深忌侃功將還江陵欲詣敦別皇甫方回及朱伺等諫以爲不可侃不從敦果留

侃不遣左轉廣州刺史平越中郎將以王廙爲荆州侃之佐吏將士詣敦請留侃敦怒不許侃將鄭攀蘇溫馬儁等不欲南行遂西迎杜曾以距廙敦意攀承侃風旨被甲持矛將殺侃出而復廻者數四侃正色曰使君之雄斷當裁天下何此不決乎因起如厠諮議參軍梅陶長史陳頒言於敦曰周訪與侃親姻如左右手安有斷人左手而右手不應者乎敦意遂解引其子瞻爲參軍侃既達豫章見周訪流涕曰非卿外援我殆不免侃至始興會杜宏反侃擊斬之傳首

京師諸將皆請乘勝擊溫邵侃笑曰吾威名已著何事遣兵但一函紙自足耳於是下書諭之邵懼而走追獲於始興以功封柴桑侯食邑四千戶侃在州無事輒朝運百甓於齋外暮運於齋內人問其故答曰吾方致力中原過爾優逸恐不堪事其勵志勤力皆此類也太興初進號平南將軍尋加都督交州軍事及王敦舉兵反詔侃以本官領江州刺史尋轉都督湘州刺史敦得志上侃復本職加散騎常侍時交州刺史王諒爲賊梁碩所陷侃遣將高寶進擊平之以

侃領交州刺史錄前後功封次子夏爲都亭侯進號征南大將軍開府儀同三司及王敦平遷都督荆雍益梁州諸軍事領護南蠻校尉征西大將軍荆州刺史餘如故楚郢士女莫不相慶侃性聰敏勤於吏職恭而近禮愛好人倫終日斂膝危坐閫外多事千緒萬端罔有遺漏遠近書疏莫不手荅筆翰如流未嘗壅滯引接疎遠門無停客常語人曰大禹聖者乃惜寸陰至於衆人當惜分陰豈可逸遊荒醉生無益於時死無聞於後是自棄也諸參佐或以談戲廢事者

乃命取其酒器蒱博之具悉投之于江吏將則加鞭扑曰樗蒱者牧豬奴戲耳老莊浮華非先王之法言不可行也君子當正其衣冠攝其威儀何有亂頭養望自謂宏達邪造船木屑及竹頭悉令舉掌之咸不解所以後正會積雪始晴聽事前餘雪猶濕於是以屑布地及桓溫伐蜀又以侃所貯竹頭作丁裝船其綜理微密皆此類也暨蘇峻作逆京都不守侃子瞻爲賊所害平南將軍溫嶠要侃同赴朝廷推爲盟主以峻殺其子重遣書以激怒之便戎服登舟星言兼

邁贍喪至不臨五月與溫嶠庾亮等俱會石頭諸軍即欲決戰侃以賊盛不可爭鋒當以歲月智計擒之累戰無功諸將請於查浦築壘監軍部將李根建議請立白石壘侃不從曰若壘不成卿當坐之根曰查浦地下又在水南唯白石峻極險固可容數千人賊來攻不便滅賊之術也侃笑曰卿良將也乃從根謀夜修曉訖賊見壘大驚賊攻大業壘侃將救之長史殷羨曰若遣救大業步戰不如峻則大事去矣但當急攻石頭峻必救之而大業自解侃又從羨言峻果

棄大業而救石頭諸軍與峻戰陳陵東侃督護竟陵太守李陽部將彭世斬峻於陣賊衆大潰峻弟逸復聚衆侃與諸軍斬逸於石頭初庾亮少有高名以明穆皇后之兄受顧命之重蘇峻之禍職亮是由及石頭平懼侃致討亮用溫嶠謀詣侃拜謝侃遽止之曰庾元規乃拜陶士行邪王導入石頭城令取故節侃笑曰蘇武節似不如是導有慙色使人屏之侃旋江陵尋以爲侍中太尉加羽葆鼓吹改封長沙郡公邑二千戸賜絹八千匹加都督交廣寧七州軍事以江

陵偏遠移鎮巴陵遣諮議參軍張誕討五谿夷降之屬後將軍郭默矯詔襲殺平南將軍劉允輒領江州侃聞之曰此必詐也遣將軍宋夏陳修率兵據湓口侃以大軍繼進默遣使送妓婢絹百匹寫中詔呈侃參佐多諫曰默不被詔豈敢爲此事若進軍宜待詔報侃厲色曰國家年小不出胷懷且劉允爲朝廷所禮雖方任非才何緣猥加極刑郭默虓勇所在暴掠以大難新除威綱寬簡欲因隙會騁其從横耳發使上表討默與王導書曰郭默殺方州卽用爲方州害

宰相便爲宰相乎導荅曰默居上流之勢加有船艦成資故苞含隱忍使其有地一月潛嚴足下軍到是以得風發相赴豈非遵養時晦以定大事者邪侃省書笑曰是乃遵養時賊也侃既至默將宗侯縛默父子五人及默將張丑詣侃降侃斬默等默在中原數與石勒等戰賊畏其勇聞侃討之兵不血刃而擒也益畏侃蘇峻將馮鐵殺侃子奔于石勒勒以爲戍將侃告勒以故勒召而殺之詔侃都督江州領刺史增置左右長史司馬從事中郎四人掾屬十二人侃旋

于巴陵因移鎮武昌侃命張夔子隱爲參軍范逵子珧爲湘東太守辟劉宏曾孫安爲掾屬表論梅陶凡微時所荷一飡咸報遣子斌與南中郎將桓宣西伐樊城走石勒將郭敬使兄子臻竟陵太守李陽等共破新野遂平襄陽拜大將軍劒履上殿入朝不趨讚拜不名上表固讓咸和七年六月疾篤又上表遜位遣左長史殷羨奉送所假節麾幢曲蓋侍中貂蟬太尉章荊江州刺史印傳棨戟以後事付右司馬王愆期加督護統領文武侃輿車出臨津就船明日薨于

樊谿時年七十六成帝下詔曰故使持節侍中太尉都督荆江雍梁交廣益寧八州諸軍事荆江二州刺史長沙郡公經德蘊哲謀猷宏遠作藩于外八州肅清勤王于内皇家以寧乃者桓文之勳伯舅是憑方賴大猷俾屏予一人前進位大司馬禮秩策命未及加崇昊天不弔奄忽薨殂朕用震悼于厥心今遣兼鴻臚追贈大司馬假蜜章祠以太牢魂而有靈嘉兹寵榮又策謚曰桓朱文公請陶威公廟額狀載云江南劉義仲所撰公贊曰晉太尉陶威公侃有大功於晉讀其書懍乎若見其唱義於武昌破石頭斬蘇峻何其壯也東坡蘇公嘗爲子言威

公忠義之節橫秋霜而貫白日晉史書折翼事豈有是乎且就其說考之威公夢生八翼登天門九重登其八闇者以杖擊之墜地折左翼及握疆兵居上流潛有窺覦之志輒思折翼之祥自抑而止心之所寓者爲志神之所寓者爲夢何自而知其然哉至其書梅陶稱機神明鑒似魏武忠順勤勞似孔明豈不信哉魏武起徒步唱義兵非若威公威名之著也以漢德之深磐石之固可折箠驅之以息天下之禍非若成帝削弱之資也董卓之亂求必大於蘇峻魏武之功未必過於威公保兗州以爲固挾天子以爲資其意安在則其託興復以爲名是乃窺漢之計也名莫大乎忠孝分莫大乎君臣若魏武無忠臣之節其所謂機神明鑒者姦雄耳威公豈其比乎始蘇峻之禍賊將害其子者馮鐵也馮鐵奔石勒爲戍將石勒畏威公之疆殺馮鐵石勒自以爲一時豪傑標置二劉之間俯視曹孟德司馬仲達而氣出其右頋畏威公如此威公沒距今幾千年所在廟祀之都昌縣南北廟爲尤盛廟屢廢而屢興由其有功德於斯民者厚

也又繳到近世撫州布衣吳澥所著辯論曰卓哉陶士行之獨立也方魏晉之際浮虛之俗搖蕩朝野一時聞人達士名卿才大夫莫不陷於末流罔知攸濟唯士行深疾時弊慨然有作蓄其剛毅沉厚之氣秉其忠慤正固之節以與流俗爭衡雖動而見尤所向白眼一入仕途荊棘萬狀而方寸耿耿者未始少渝終日運百甓於竹頭木屑間纖悉經營雖一束之縷劬勞不怠當時名士觀之宜若老農俗吏無足比數而士行確然為之不屑也卒能恢廓才猷立功立事以大庇斯民當晉室橫流之中屹為底柱自非明智獨立安能臻此哉然覽庾亮之傳應詹之書則疑侃有跋扈之心觀溫嶠之舉毛寶之謀則見侃有顧望之跡比至歃血成文登天折翼動可疑怪豈有是事也哉此蓋行高於人衆必非之加以蘇峻之誅庾亮恥為之屈既士行盡先朝露後嗣零落而庾氏世總朝權其志一逞遂從而誣譎之耳秉史筆者既有所畏何所求而不得哉是其芻貶曲出乃所以證成其罪也然觀士行義旗既建一麾東下子喪不臨直趨

蔡洲一時勤王之師蔑有先者暨元勳克集實主斯盟而退然不有旋師歸藩既坐擁八州據上流巴重泰山晉輕鴻毛移其宗社曾不反掌而臣節益修未始擅作威福以自封殖朝廷憚其勳名每加疑備而士行泰然曾不少芥胷次及未年臥疾封府庫而登舟舉欲期而自代視去方伯之重不啻脫屣其臣節終始夷險無一可訾窮晉二百年間卓然獨出不忠之迹果安在哉今捨其灼然之實而信其似是之虛豈可謂善觀史也哉嗟乎自古欲誣人而不得者必汙以閨房之事以其難明故也今晉史欲誣士行而乃以夢寐之祥是其難明殆又甚於閨房哉然不知士行而實懷異志則如此夢寐之祥正合自知耳人安得而知之晉史以此待士行其智果不得與小兒等其說固不待攻而自破云

本朝曹彬字國華眞定靈壽人也父芸成德軍兵馬使彬始生周歲日父母以百翫之具羅於席觀其所

取彬左手持干戈右手取俎豆斯須取一印他無所視人皆異之既長氣質淳厚漢乾祐中爲成德牙將周太祖貴妃張氏彬之從母也彬歸京師得隸世宗帳下補供奉官累遷西上閤門使出使吳越訖事卽行不受私覿吳越人以輕舟追遺之至於數四彬猶不受既而曰吾或終拒之是近名也遂受而歸盡輸內帑世宗彊還之欲辭不獲悉以分親舊而一介不取還引進使　宋興遷客省使與王全斌郭進屢破北寇　太祖伐蜀以內客省使監歸州路行營劉光

毅軍峽中郡縣悉下諸將皆欲屠城殺降彬獨任恕
而戢下所至悅服　太祖降璽書褒之蜀平王全斌
等不卹軍事蜀人苦其侵奪彬屢請旋師全斌等不
從俄而全師雄等作亂擁衆十萬彬復與光毅破之
于新繁卒平蜀亂時諸將多有子女玉帛彬橐中惟
圖書衣衾而已　太祖以全斌等貪縱不法屬吏而
謂彬清介廉謹拜宣徽南院使義成軍節度使彬辭
曰伐蜀將士俱得罪臣以無功獨蒙褒寵恐無以勸
天下　太祖曰卿有茂功加以不伐設有微累全斌

等豈惜言哉夫懲惡勸善朕所以勵臣下也彬乃不
敢辭　太祖將親征太原爲前軍都監率兵次團柏
谷降賊將陳廷山　太祖伐江南以彬將行營之師
彬分兵由荆南順流而東破峽口砦進克池州連克
當塗蕪湖二縣駐軍采石磯作浮梁跨大江以濟師
大破其軍于白鷺洲師進次秦淮江南水陸十萬陳
於城下大敗之俘斬數萬計進圍金陵李煜危甚遣
其臣徐鉉奉表詣闕乞緩師彬亦緩攻取冀煜歸服
使人諭之曰事勢如此所惜者一城生聚若能歸命

策之上也城垂克彬忽稱疾不視事諸將皆來問疾彬曰余之病非藥石所愈惟須諸公誠心自誓以克城之日不妄殺一人則自愈矣諸將許諾共焚香爲誓明日稱愈遂克金陵城中皆按堵如故李煜與其臣百餘人詣軍門請罪彬慰安之待以客禮煜之君臣賴以獲免自出師至凱旋士衆畏服無輕肆者其軍政如此及入見以牓子進稱奉敕江南幹事回其謙恭不伐又如此初彬之總師也　太祖謂曰俟克李煜當以卿爲使相副帥潘美豫以爲賀彬曰不然

夫是行也仗　天威遹廟謨乃能成事吾何功哉況使相極品乎美曰何謂也彬曰太原未平爾已而還朝獻俘　太祖曰本除卿使相然劉繼元未下姑少待之旣聞此語美竊視彬微哂　太祖覺之遽詰所以美不敢隱遂以前對　太祖亦大笑乃賜彬錢二十萬彬曰人生何必使相好官亦不過多積金錢耳未幾拜樞密使忠武軍節度使　太宗卽位加同平章事　太宗議征太原召彬問曰周世宗及　太祖皆親征何以不能克彬曰世宗時史彥超敗于石嶺

關入情驚擾故班師　太祖頓兵甘草地會歲暑雨軍士多疾因是中止　太宗曰今吾欲北征卿以爲如何彬曰以　國家兵甲精鋭剪太原之孤壘譬摧枯拉朽爾何爲而不可　太宗意遂決從平太原加兼侍中後爲弭德超所誣罷爲天平軍節度使既而太宗悟其譖封魯國公待之愈厚雍熙三年　詔彬將幽州行營前軍馬步水陸之師與潘美等北伐敗契丹于固安破涿州又與米信破契丹于新城戰于歧溝關我師敗績責右驍衛上將軍四年起彬爲侍

中武寧軍節度使徙鎮平盧　眞宗即位復同平章事召入爲樞密使咸平二年被疾　眞宗親視臨問手爲和藥仍賜以白金萬兩問以後事對曰臣無事可言臣二子璨與瑋材器有取臣若內舉皆堪爲將　眞宗問以優劣對曰璨不如瑋薨年六十九　眞宗惻然震悼對輔臣語及彬必流涕贈中書令追封濟陽郡王謚曰武惠與趙普配享　太祖廟廷彬仁敬和厚在　朝廷未嘗忤旨亦未嘗言人過失伐二國秋毫無所取位兼將相不以等威自異待遇士大夫

必引車避之居官奉入給宗族無餘積平蜀回
太祖詢官吏善否對曰軍政之外非臣所聞也固問
之唯薦隨軍轉運使沈倫廉謹可任北征之失律也
趙昌言在魏奏乞誅彬及昌言自延安還被劾不得
入見彬在右府爲請於　太宗乃許朝謁彬之仁厚
皆此類也子璨瑚璋玹玘珣琮瑚官至昭宣使玹左
藏庫副使玘尚書虞部員外郎珣東上閤門使玘之
女即　慈聖光獻皇后也芸累贈魏王彬韓王玘吳
王謚曰安僖璨官至中書令謚曰武懿瑋官至侍中

謚曰武穆琮官至侍中謚曰忠恪

呂忠穆公諱頤浩字元直本滄州樂陵人五世祖因官遂家於齊州公登紹聖元年進士第初調北京成安尉再調密州司戶以門下侍郎李清臣薦除大名府國子監教授避親改邠州教授再任六年除周王宮宗子博士考滿除通判延安府尋除兩浙提舉茶鹽官改差提舉河北東路常平等事就除河北轉運判官召爲太府少卿數月除轉運副使尋陞都轉運使奉法稱職宣和四年春金人與契丹主天祚大戰

天祚敗績棄其國奔竄至本國東北末界依達靼以
苟活契丹推擇潭湘立之所謂九大王是也內侍童
貫乘契丹之衰敗祖宗信誓舉諸路之兵欲圖燕薊
朝廷命貫爲宣撫使以蔡攸副之是年五月貫攸遣
种師道和詵下砦于白溝以窺涿州潭湘遣首領四
軍大王者率兵來拒我師大敗　朝廷亦悔此舉欲
令班師會潭湘死貫攸意在貪功遂復聚兵以謀再
舉是年九月契丹將郭藥師以兵五千據涿州以涿
州來獻易州之民亦以易州來獻　王師以十月初

三日令劉延慶統兵僅十萬自涿州取燕山府契丹之兵大集與　王師相拒于良鄉縣殺傷相當延慶潛令郭藥師引鋭兵取間道入燕山府約別遣奇兵策應藥師既入燕山府契丹以兵與藥師巷戰策應之兵不至藥師敗大將高世宣死之　王師敗走是時延慶置砦于盧溝河南契丹乘勝以輕兵來挑戰又以奇兵斷吾糧道延慶憂皇不知所出二十九日夜初更引中軍南遁五軍覺知遂盡棄輜重器械奔竄官軍相蹂踐於路契丹追襲至雄州境上殺傷我

師莫知其數是時公在軍前墜馬失道望北斗南走徒步六十里賴幽人張蘭僧引路間關至涿州僅能入城而契丹之兵已圍合涿州矣被圍凡十五日郭藥師以兵來解圍公與官員將校千餘人乘雪夜走一百二十里至安肅軍又兩日至雄州貫攸尚欲再舉兵而大兵已潰散不能與師會金人於十二月初七日自居庸關引兵到燕山府契丹之衆聞風奔潰金人遂有燕山府及檀順景薊等州童貫蔡攸遣使往燕山府見金國主阿骨打重許歲幣求此四州之

地使者凡五六輩來往商議金人知貫攸急要燕薊以報　天子須索益廣倍於歲賜契丹之數銀絹外下至藥材薑橘藤竹陶器之類不可悉數議既定金國兵遂回貫攸引兵五萬自云前去撫定燕薊貫攸到燕山住十日而班師奏差詹度知燕山府繼而王安中到燕山爲本路宣撫使度乃罷是時郭藥師所統兵二萬號曰常勝軍又契丹剌面軍萬餘人號食糧軍費用錢糧不可勝計　朝廷命公爲轉運使公條奏燕山一路費用如此雖窮天下之力竭天下之

財必無以善其後又條奏河北燕山路危急五事願
詔三省密院博議久長之策　朝廷怒沮壞邊事尋
奉　聖旨呂頤浩所奏意有包藏情不可貸可先次
落徽猷閣待制仍降官如軍糧闕誤令宣撫使枷項
仍依舊爲轉運使兼經制燕山府河北京東路財用
後踰月宣撫使王安中奏　御筆處分令公赴宣撫
司出頭聽　旨供伏軍令狀　御筆云　朕紹　累
聖之業繼　寧考之志復燕雲之境土仰承　帝休
博採衆智蔽于　朕心蓋不專廟堂之論呂頤浩輩

乃何人敢懷姦興訛造訕每詆恢復大政自沈積中
被罪盆桀傲不遜無復顧藉分朋植黨援引憸人對
衆毀謗　朝廷肆爲輕侮唱不可守之說以疑衆心
陳不可行之事以困朝論既欲動搖國是成其姦回
又因沮抑疆事以求罷免爲臣如此深駭所聞卿可
勾頤浩赴宣撫司出示　詔旨面加詰問及聞頤浩
自云已辦白金數千兩爲海外之行卿問頤浩不知
編配之外　朝廷别有典憲否此後應副邊防一事
一件少有闕誤稽違或爲國纖芥生事當以軍法首

坐頤浩忝爲臣子之戒卿具此取索頤浩伏軍令狀以　聞仍令以此　德意自諭其黨不得下司公在燕山僅二年備歷艱險常勝軍索糧帶甲持刃脅公每恐不能逃禍是時金人已深憾　朝廷令王安中詹度納結平州節度使張覺後金人以勁兵破平州覺挺身走至燕山匿姓名隱郭藥師軍中金國自爾漸生釁端變詐反復邀求不已　徽宗皇帝感悟公前日之言遂復公官職進徽猷閣直學士宣和六年八月丁太夫人憂公扶護至濟南府葬于山中未掩

壙有　旨起復催促還任支移沓至不許辭免公再
到燕山府又僅一年而金國大舉兵悉衆南牧郭藥
師以兵五萬交戰于潞縣敗績金人入燕山公與蔡
靖以下文武官三百餘員皆爲金人所執差人監蔡
靖與公同李與權沈琯等于後園以兵防守驅虜令
隨行既至東京城下凡一月金人既與　本朝講和
欲班師　朝廷遣宇文虛中到金人砦商議國書次
淵聖皇帝有　旨令宇文虛中訪尋蔡靖呂頤浩李
與權等得還　朝廷不兩旬差公再爲河北都轉運

使公力辭不獲又令隨制置使种師中大軍到滑州
公緣陷蕃百餘日寒月飲冷致疾力乞宫祠　朝廷
下制置使司保明是實差提舉西京嵩山崇福宫公
既得閑方自開德府來南京尋訪家屬是年十一月
挈家寄居揚州買小圃閑居無仕宦意建炎元年五
月　上卽位于南京六月　召公赴　行在公以病
辭免未起聞先致書宰執云頣浩宣和五年八月内
嘗具奏燕山府一路開邊闊遠其勢難守并條具利
害尋被　旨先次落職如有闕誤令宣撫司枷項繼

又有　處分令赴宣撫司詰責供伏軍令狀上件行遣並在　朝廷去年二月到　尚書省亦嘗陳述金人八月必犯邊十一月必大舉不蒙省察以今日之事料之金人釁隙又甚於日前不待言而可知也若秋冬緣邊不能捍禦必又渡河分道並入　朝廷何以枝梧爲今日計莫若遠斥堠明探報不入寇卽已儻或復來宜速避地於江外以爲後圖此事誠不可忽去年秋冬間秖緣　廟論不同或和或戰膠擾不決又百官內少有知邊事謀臣陳畫利害致令　朝

廷受禍天下痛心今日之事不容更有蹉跌伏願深思熟慮以保萬全蓋金人詭詐不情貪婪無厭與契丹相持二十年今歲講和明年大戰前後反覆卒吞契丹今日之勢講和亦不可恃欲戰則力不逮若非遷避更無上策議者多以謂　鑾輿南渡必失中原大不然赤壁之戰魏彊吳弱然而魏武大衂者江淮之間沮洳之地又有長江之險非北人用重兵之利此吳所以勝也戰勝則勢張豈有失中原之理哉議者又曰胡人既能渡大河豈不能渡大江亦不然黄

河水狹霜降之後水面不過一二里又無水戰之具胡人渡河所以不能制大江則不然水面闊遠狹處不下七八里若於南岸豫習水戰俟其半渡由南岸以輕舟戰艦順流而下頃刻追及雖百萬之師可挫也且以夏人號爲善用兵與我師相持每迭勝迭負我師未嘗如今日敗衄者以涇原環慶等路皆山險之地非騎兵所利故也自金人犯邊我師遇之不待接戰而輒奔潰不暇成列者蓋平原曠野步人不能抗騎兵故也愚意謂宜遷避者以三十年來貫積掌

兵柄軍政盡壞賞罰不明人無鬭志必先革此弊然
後可以語戰兼自燕山之敗金人連二年入寇後來
數路官私馬劫掠已盡步人之勢終難抗騎兵霍去
病傳云自後更不議伐匈奴者以無馬故也豈可不
鑒哉望長慮却顧俯察愚夫之言況防秋在近機事
甚迫梁宋間諸州環地千里城壁不固雖欲增修已
不及矣伏願發於誠心開悟　天意先遷　宗廟於
江外　大駕且駐南京若無探報只留南京萬一有
警速　駕南來江淮地熱又胡馬無稈草必不能久

留竢其既往我復北去亦未爲失計也兵法所謂彼入我出彼出我入茲誠今日備禦之策若乃江淮荆湖兩浙等路如何練兵如何養馬如何遴將佐如何修城壁如何備器械如何聚糧食此六者尤爲今日急務惟速圖之不可緩也又數日再有　旨促公赴行在方就道差知揚州　隆祐皇太后駕到維揚欲渡江往鎮江而辛道宗所統兵叛刼鎮江府焚之烈焰北照揚州城　太母促召公至舟中簾前公率發運使梁揚祖同對　太母問以鎮江事及欲揚州暫

留公以爲便　太母遂遷入府治是年十月二十三日　聖駕幸揚州公前期繕治　行宮分處三省密院百司及衛兵營舍擾不及民而事辦十一月　召對公奏劄云臣竊以金人裒百戰之兵一年之內兩犯　京闕天祐　陛下不墮賊中躬有　神器臣竊觀天下之勢以撥亂爲急務成敗安危繫於施設臣不敢遠引堯舜三代之事昔周世宗當中國殘弊之後王朴獻策曰唐失道而失吳蜀晉失道而失幽并觀所以失之由知所以平之術在乎反唐晉之失而

已必先進賢退不肖以清其時用能去不能以審其材恩信號令以結其心賞功罰罪以盡其力恭儉節用以豐其財徭役以時以阜其民峙其倉廩實財用足人安將和則有必取之勢無不成之功　陛下睿算遠圖布昭聖武伏願任賢使能信賞必罰理財節用積粟訓兵裁抑恩倖無令撓　朝廷之權搜選人材使之任將帥之責大開諫路而擇其善總攬羣策而從所長則何爲不成何戰不勝哉此劄甚稱　旨公又旬餘日再　陛對進劄云淮南兩路北距海南

阻江土地膏腴形勢雄勝　陛下鑾輿順動以慰天人之心必得其宜矣臣嘗謂彊可以使之弱弱可以致之彊昔漢高祖與項氏相持百戰百敗然垓下之役一戰遂成帝業越王兵敗棲於會稽卑辭厚禮養兵蓄銳有待而發一戰遂收霸功然則　陛下駐蹕淮甸豈非天意所以資　陛下興王業乎伏願聚精會神苦心嘗膽期於除禍亂致太平實萬世無疆之休也　上面諭公曰卿忠言甚切當　朕心又曰除卿徽猷閣學士又數日除戶部侍郎兼知揚州明年

三月進戸部尚書劇賊張遇有衆四五萬自上江順流而下破太平州眞州至鎭江府金山寺屯泊　朝廷遣使招安遇雖聽命然不卸甲四向焚刼　朝廷遣王淵劉光世楊惟忠韓世忠張俊康彌俱重等相持而諸將號令不一未有統率遂命公節制諸大將劉光世以下前去措置公携長子抗及辟差二三屬官下砦于楊子橋公夊日早單騎入賊砦中採訪得張遇下第二名劉彥者爲遇畫謀令不卸甲及勿令放散被虜人民彥尤凶悍覩殺人如刈草芥公呼張

邏等巡上首領十人詢問不依元約卸甲及不放散被虜人民因依九人者皆指稱劉彥爲首公令壯士捽彥于庭下截其兩足釘于揚子橋桂其餘首領皇駭震恐即日卸甲納于官公給公據放散被虜之民凡三四萬人得被虜婦人五六千人以舟船載至揚州奏給錢米召人識認皆不失所是年十二月改吏部尚書公被　旨令密具邊防事宜乃陳備禦十策一曰收民心二曰定廟算三曰料彼己四曰選將材五曰明斥堠六曰訓彊弩七曰分器甲八曰備水戰

九日控浮橋十日審形勢累數萬言公久在西北極邊諳知虜情料金人必犯淮南在版曹日屢乞先輦致左藏庫官物過江及獻守淮之策甚備宰執不從明年二月初三日金人以輕騎逼揚州　車駕倉卒南渡公與禮部侍郎張浚聯馬追及　行在僅得渡江凡百司官物及侍從臣寮等士庶盡爲金人殺掠公扈從至秀州除資政殿學士同簽書樞密院事江淮兩浙制置使引嬴兵千餘人守揚子江公沿路召募潰散之兵得四五千人就鎮江府之北枕江下砦

與金人對岸相持僅一月公日被甲乘輕舟時於江中往來督責軍將官以舟濟渡江北被虜逃歸官員士庶軍兵家小及選募敢死之士過江遇夜燒劫虜砦又分遣兵將官沿江上下招集潰兵金人北去

朝廷命公兼領江寧軍府事公即日泝流西行又兩日抵江寧府此三月初九日也忽有赦書至　上遜位于皇太子人情洶洶不安十一日公之子撫時任兩浙漕屬遣人齎蠟彈報公具道苗傅劉正彥反叛及擅廢立仍推　隆祐太后聽政改年曰明受公曰

今　主上爲賊臣所廢遷于杭州　睿聖宫此不戴天之讎也遂倡義曰我幸擁兵萬餘人必舉兵討賊公遂　上表云臣契勘自崇寧以來內侍童貫譚稹互掌兵柄二十餘年賞罰不明號令失信西則侵陵夏國北則與契丹敗盟致將帥解體士卒不用命皆緣內臣基禍流毒天下遂令徒黨爲害近聞將相大臣被命勦戮內侍誠可以快天下之心紓臣民忿怒之氣伏覩三月五日　睿聖皇帝親筆詔書以謂卽位以來彊敵侵陵遠至淮甸其意專以朕躬爲言朕

恐其興兵不已枉害生靈畏天順人退避大位以此
仰見　睿聖皇帝出於至誠不吝至尊之位以紓敵
國之禍也恭惟　太后陛下仁聖恭儉之德三十餘
年孚于四方垂簾聽政擁佑　皇帝陛下四海之內
孰不歸依但臣有愚見不敢愛死而言方今彊虜乘
戰勝之威羣盜有蜂起之勢興衰撥亂事屬艱難豈
容　睿聖皇帝退避大位而享安佚伏望　太后陛
下皇帝陛下不憚再三祈請　睿聖皇帝亟復
帝位親總萬機從此以往屏絕內侍近習之人褒賞

立功將帥之士然後 駕幸江寧以圖恢復如此則宗廟社稷有無疆之休將相大臣有無窮之福不然恐天下禍亂不可勝言既而遣屬官奉議郎李承造往鎮江府約劉光世及遣官往平江府見張浚及以書抵韓世忠張俊等同起兵討賊士大夫紛紛謂公曰今苗傅劉正彥挾 太母幼主以令天下何擅起兵以取覆族之禍又公之子摭及家屬在杭州苗傅聞公起兵令歸朝官馬柔吉監守之公曰 上在危難中我何敢顧家屬至常州苗傅劉正彥差使臣齎

狀申公具道廢立本末因令使臣白公云朝廷已留
知樞密院闕以待公之來公斬其使臣督進兵行至
望亭招張浚浚自平江府四十里來見公遂同楊定
議討賊之策次日至平江府公遂撰檄書曰恭惟
宋有天下垂二百年　太祖　太宗開基創業
眞宗　仁宗德澤在民列聖相傳人心未猒昨因內
侍童貫首開邊禍遂致虜騎歷歲侵陵逆臣苗傅躬
犬彘不食之資取鯨鯢必戮之罪乃因艱難之際敢
爲廢立之謀劉正彥以孺子狂生同惡共濟自除節

鉞專擅殺生仰惟　建炎皇帝憂勤恭儉志在愛民聞亂登門再三慰勞而傳等陳兵列刃凶焰彌天逼脅至尊倉皇遜位語言狂悖所不忍聞大臣和解而不從兵衛皆至于掩泣詔書所至遠近痛心駭戾人情孰不憤怒顧惟率土何以戴天況傳等揭榜闤市自稱曰余　祖宗諱名曾不回避迹其本意實有包藏今者呂頤浩因金陵之師劉光世引部曲之衆張浚治兵於平江韓世忠張俊馬彥溥各領精銳半道宗丞宗陳思恭總率舟師湯東野周杞扼據衝要趙

哲調集民兵劉誨李迨餽餉芻糧楊可輔等參議軍事并一行忠義將佐官屬等同時進兵以討元惡師次秀州四方響應用祈請 建炎皇帝亟復 大位以順人心今檄諸路州軍官吏軍民等當念 祖宗涵養之恩思 君父幽廢之辱各奮忠義共濟多艱所有朝廷見行文字並是苗傅等僞命及專擅改元即不得施行敢有違戾天下共誅之三月二十八日公與張浚劉光世韓世忠張俊等率兵趨杭州仍率諸將列銜請 上復位師至臨平賊遣苗翊率步騎

萬餘人迎擊官軍公督韓世忠血戰大破之賊皇駭
率衆離杭州望衢州路奔走　上復位公以四月初
五日朝見初七日除宣奉大夫尚書右僕射一行官
吏將佐等第推恩時建炎三年四月也尋遷左僕射
公在相位又與張浚密謀誅范瓊一軍帖然無事是
時天下盜賊羣起金人離淮甸未久李成扼據宿泗
靳賽薛慶裴淵等據通泰承楚京城隔絶山東河北
諸路命令不通四方寇盜不可勝計以前此　朝廷
賞罰失當將士解體公以謂若非大收將士之心

國家兵威不能復振無由恢復中原公又奏乞置三省樞密院賞功司應自軍興以來諸路立功將校借補等人並許繳元立功干照自陳　朝廷看詳隨宜推恩補轉官資於是四方將士莫不歸心　朝廷又自苗劉伏誅之後士氣稍振公措畫招收諸路潰軍盜賊殆無虛日又諸大將陳乞空名官告公奏臣三十年前曾在陝西鄜延環慶等路每見出師用兵成功則賞敗事則罰罕曾給降空名官告勑劄自童貫開邊後來統制官乘國家多事每遇出兵過有要求

多乞空名告劄軍前書填與親舊伎術無功之人致名器太輕無以激勸赴功力戰之士今乞將所降空名勑告等更不給降若實有功績之人卽具名保奏乞從　朝廷推恩庶革僥冒　上嘉此奏而行之是年九月間時有探報金人舉兵南來　朝廷措置禦敵之計遣兵守淮及要害分屯大兵于建康府等處控扼江上　車駕未有順動之意　隆祐太后前期往江西面奉　聖訓六宮並隨　太母行公奏留六宮在此以安人心及分撥內尚書直筆之類在此以

嚴命令蒙　上嘉納公初在相位力乞　車駕臨幸
浙西奏劉云臣累日來以浙西潰散人兵頭項尚多
恐殘害諸州及妨農務夙夕思慮寢食幾廢昨日與
執政共奏乞差重臣提兵前去撫定者蓋謂此也今
有一事望　陛下力行之庶幾克濟大業臣願
陛下到越州少歇數日留六宫百司在越州以近臣
一員及兵官一員主越州留務　陛下親總六師前
去鎮江府撫定浙西號令江淮如此則諸頭項潰兵
盜賊自然斂衽得命矣蓋　車駕所至威聲氣焰自

可以讋服人心故也昔漢高祖唐太宗取天下豈嘗一日寧居黥布作亂是時謀臣猛將固不乏人然高祖不憚親征太宗曰吾經營天下所至處買飯而食僦舍而宿是也　陛下便鞍馬精馳射蓋天之所授將以撥亂安忍燕處清閒坐廢白日乎臣侵尋老境常恐功業不成抱恨泯滅伏望　聖慈詢謀近臣察其可否然後奮發獨斷施行十月金人渡江杜充既敗走金人破杭州欲渡浙江逼　行在公憂憤不知所爲遂乃獻航海避狄之計　聖意浩然開納時廷

臣所論皆不合惟　聖意確然不移　車駕自明州
登海船精銳之兵萬餘人扈　駕行至台州港泊數
日乃趨溫州是時金人已回至鎮江韓世忠以舟師
扼江路金人不得濟公力請　車駕回幸浙西宜下
親征之詔以爲先聲亟以銳兵策應世忠夾擊之以
擒兀术時　車駕已駐蹕于越州人心不樂浙西之
行又中丞趙鼎上章謂　車駕未可北去竟失機
會公罷相遂除鎮南軍節度使開府儀同三司充醴
泉觀使任便居住公自四明買舟往台州未幾被命

充江東安撫制置大使兼知池州公力以疾辭 上弗許差中使促行仍令過闕奏事公到 行在上殿奏曰臣自去國以來不知金人探報之實似聞今已渡淮北去夫虜狡詐其情難測不可謂其去而弛備臣近自海道北來伏見 朝廷聚集海船在明州岸下竊慮 車駕欲爲避寇之備夫避寇之計固不可不預辦然備戰之計尤不可緩也臣仰料 車駕萬一避寇不過如溫州及閩中爾伏望 聖慈鑒去年虜騎追襲之事選兵五萬分爲兩項一 項留屯浙

西一項往屯饒信分據水鄉或據山險邀其追襲之路而擊之使將士戮力如明州城下之戰則戰無不勝矣萬一金人今冬不渡江則臣去年所獻於四五月間遣兵渡淮由京東以擣賊虛其事不可已也願詔三省密院詳議其說而今冬預爲之計於明年四五月間遣兵二萬由海道趨登州以搖青齊別遣兵二萬由淮陽軍徐州以圖濮鄆夫虜人用兵深忌夏月我乘其忌而攻之此必勝之道也且中國衰弱其勢已甚自淮以北皆非我有士大夫苟目前之安習

太平時驕墮不振之氣殊無北向以爭天下恢復中原之心此臣所以感慨流涕而不能已也是年九月公到江東路欲趨池州所治而大寇李成遣賊將馬進圍江州守臣以蠟彈告急公曰江州乃池州上流江州破則池州豈可保公時駐兵饒州會節度使楊惟忠有兵七千人屯饒州惟忠乃公陝右同官素相好公請惟忠同起兵以解江州圍聚兵得萬五千人自饒州乘舟趨南康公遣大將巨師古往江州城下賊設伏前後夾擊師古兵潰賊衆三萬與楊惟忠鏖戰

惟忠與公以衆渡江避賊陣於江北洲溪具奏衆寡不敵乞濟師　上親御翰墨詔公曰卿躬臨行陣親冒矢石功雖不成忠節顯著已詔王瓊全軍萬人聽卿節制同救江州公聚兵鄱陽得瓊軍以兵二萬人再趨左蠡下砦會淮南崔增有兵八千人公以書招置麾下增舟師習水戰令與瓊引兵與李成兵戰于湖口大敗之江州守臣以糧盡棄城去賊兵遂據江州公曰我爲江東帥今不竭力以禦賊則一路皆爲賊境矣遂置砦于左蠡江岸明斥堠嚴紀律以遏賊

衝砦地乃池饒諸郡界首三面皆賊屯前後數十戰賊失利公兵益振　朝廷遣大將張俊統兵三萬由江西洪州路討賊詔公謹守江東公分遣王瓚軍會張俊兵與賊大戰賊兵敗走成與馬進僅以身免

御筆召公赴　行在拜尚書左僕射公初自左蠡班師回鄱陽而巨寇張琪李捧引兵五萬人犯饒州邦人皇駭失措公帳下有兵不及萬人而公愛將閻皐方在撫州招捉胡江一寇公走人檄召閻皐而皐已招胡江在路皐得檄連夜趨帳下公召諸將令聽皐

節制以姚端軍爲左崔邦弼軍爲右臯將中軍公自
畫戰圖以令諸將臯等方出城五里而賊鋒已至前
軍張守忠失利少却賊恃衆輕犯中軍臯力戰而崔
邦弼姚端兩軍翼擊之賊衆大敗先是賊將别遣精
鋭爲水軍分道而進公自將水軍崔邦弼迎擊之賊
皆敗溺饒人安堵繪公像于郡中公再到　朝廷言
今天下之勢先平内寇然後可以禦外侮　聖意開
納于時邵清等攻通泰范汝爲據建州曹成馬友之
徒擾江西公奏乞遣參知政事孟庾爲宣撫使韓世忠

爲副使遂平范汝爲等及隨賊寇之大小分遣兵將官以金字牌招安不聽命者加兵勦除諸路盜賊略平公奏虜人今年既不渡江則諸事可以措手矣將以創中興之業伏願　陛下發中興之誠心行中興之實事今當先定駐蹕之地據都會之要使號令易通於川陝將兵順流而可下漕運不至於艱阻然後速發大兵一頭項往江西湖南以平羣寇一頭項往池州至建康府處置已就招安尚懷反側之人於明年二三月間使民得務耕桑則大江以南在我之根

本立矣然後乘今年大暑之際遣精鋭之兵與劉光世渡淮掎角而北去由淮陽軍沂州入密州以搖青鄆命張俊躬親統兵由河中府入絳州以撼河東乘兩路餘民心懷我　宋未泯之時知王師有收復中原之意則中興之業可覬也若不速爲之逡巡過春夏則金人他日再來不惟大江以南我之根本不可立而日後之患不可勝言矣又奏人事可爲者二天時可爲者三乞爲　陛下陳之昨自　車駕渡江以來初經揚州之變兵甲器械十失八九未容喘息而

金人分遣重兵三路入寇二浙江東焚刼殆遍正兵或散而爲盜或器甲不全雖欲戰不能也 陛下憤金人侵侮之甚連年宵旰專意軍政揀汰冗兵修飭器械今張俊軍有衆三萬全裝甲萬餘副刀槍弓箭皆足用韓世忠有衆四萬如張浚軍有衆二萬三千人王𤫊有衆一萬三千人雖不如張俊軍盡皆精鋭亦非前日怯懦之比劉光世有衆四萬雖老弱冗散者衆亦可得精鋭二萬人神武中軍楊沂中統領以來有兵萬人鎧甲亦足用此外又有神武後軍陳思

恭不下萬人　御前忠銳如崔增張守忠趙琦徐文
姚端等軍亦二萬人上考　太祖皇帝取天下正兵
不過十萬人況今日有兵十六七萬器械足用何憚
而不爲臣所謂人事可爲者一也建炎三年四年紹
興元年大盜縱横鄧慶寇廣東李敦仁犯虔吉邵清
擾通泰張琪劫徽饒李成破江瑞范汝爲據建劒馬
友李横孔彥舟曹成張用劉超等散處大江之南爲
害於荆湖等路　朝廷枝梧不暇力不能事外今則
悉爲　王師撲滅民得安業矣臣所謂人事可爲者

二也嘗觀自金人南牧以來我師望塵奔潰莫敢嬰其鋒近年以來張俊獲捷於明州韓世忠扼賊於鎮江陳思恭邀擊於長橋張榮大捷於淮甸良由虜人貪殘太甚逆天悖道人人有戰心天意殆將悔禍臣所謂天時可爲者一也金人命劉豫僭位以來盡以中原付之不欲南來而豫煩碎不知爲國之體重斂以失百姓之心豫之所爲雖三尺童子決之不能立國況兵不如我精將不如我能勝負固可料矣觀宇文虛中密奏雖未能盡信然虜騎連年不至淮甸豈

無牽制之故哉天意槪可見臣所謂天時可爲者二也江浙等路連年失耕殖又苦水旱米價翔湧每斗一貫至二貫今年豐熟米斗不及五六百江上諸州米斗三四百天時可爲者三也今韓世忠到行在臣願　聖心奮發　睿斷令世忠張俊與臣等商議決策北向明年三月半令韓世忠由宿州南京路以入令劉光世由徐曹諸州路以入又於明州留海船三百隻令范溫閭臯乘四月間南風北去徑取登萊州凡此數路皆有糧可因不必調發吾民以資饋運而

登萊尤有積蓄可因也大兵既集劉豫必北走所得州郡擇遂州豪傑守之初則示以羈縻之義過則續爲後圖雖虜人來年秋冬間必舉兵爭其地然彼入我出彼出我入此兵法也擾之數年中原必可復賈誼曰日中必熭操刀必割捨此機會而不乘後欲追悔何可及耶今有兵十六七萬費用不貲　朝廷竭力經營錢糧常苦不辦曠日持久必取於民民怨衆離乃自困之道禍亂之所起可不畏哉今日戰兵其精銳者皆中原之人數年之後消磨必寢少異時雖

欲舉事勢必不能可爲深惜者也　上嘉歎不已以公都督諸路諸軍事總師北向公師次鎮江病瘧踰月蒙　上宣醫遣中使復召還公乞解機政以鎮南軍節度使開府儀同三司充醴泉觀使寓居台州是年冬公得趙丞相鼎字元鎮及二三大將書說及虜騎犯邊尚留淮甸因以邊防機事奏曰豫賊不知用兵之策而虜酋狃於常勝不知慮敵深入吾境此天亡之時也願　陛下於此沍寒之時虜人弓健馬壯之際且　勑諸大將固守江岸竢其糧盡欲退併力追

襲此萬全之策也金人大酋如婁宿蟾目國王斡离不皆已物故今次南來者撻辣郎君四太子臣在燕山府皆聞之撻辣有謀而怯戰四太子乏謀而麤勇然四太子所統部曲比之撻辣極衆且精鋭四太子所向尤宜隄防也降　詔奬諭曰　朕惟古所謂大臣者以國爲家以身任天下非有内外遠近之間也周王之命諸侯曰雖爾身在外乃心罔不在王室而況出入將相爲時元老躬曁一德弼亮　朕躬有如卿者哉彊埸陸梁睥睨江淮安危之分間不容髮卿

不遠千里惓惓納忠料敵商變深得虜情運籌建策
皆契機會　朕既賁其老謀而益嘉其得古大臣之
義三復來奏深用歎咨又數日再奉　詔云比以逆
臣嘯亂反易天常陰導狄人提兵南嚮　朕親乘戎
輅號令六師將士協心八百其勇按甲江上時出輕
兵所向奏功俘馘載道虜勢既屈潛師遁逃念兹卻
敵之初圖爲善後之計卿以舊弼乃心王家必能爲
朕深思熟講凡今攻戰之利守備之宜措置之方綏
懷之略可悉條具來上　朕將虛已以聽擇善而從

君臣之間期於無隱利害之決斷以必行欽佇嘉猷冀聞確論公條十事上之一論用兵之策二論彼此形勢三論舉兵之時四論分道進兵之策五論運糧供軍六論大兵進發日乞　聖駕駐蹕鎮江府七論經理淮甸八論機會不可失九論舟楫之利十論并謀獨斷又貼黃臣恐今日士論或以謂金人纔退我國家事力未全財用未充未能大舉臣曰不然若吝惜用兵之費則秋冬間虜騎必再來所費愈不貲矣況此舉乃因糧之策無大費哉今將兵閑坐糜費錢

糧與舉兵北去所費均也但少有飛輓之勞爾是年十二月除公荆湖南路安撫制置大使兼知潭州湖南以荒歲之後郴州桂陽監衡州茶陵諸處羣寇王權蕭和譚大蕭尙十等竊發公分遣統領官步諒裴鐸招捕悉平一路按堵明年十一月除少保充兩浙西路安撫制置大使兼知臨安府兼行宫留守是時車駕在建康朝省百司庶務悉當區處臨安浩穰之地公決事明敏而又威令嚴重豪右震慴日纔過午訟庭已寂然無事凡民間寃抑有十數年不能雪如

醫僧有謀殺婦人者之類公灼見其寃狀置之於法
輦轂之下政若神明宫禁内外咸賴以安紹興八年
車駕還臨安府除公少傅鎮南定江軍節度使充江
南東路安撫制置大使兼知建康府　行宫留守公
五上章力辭依前少保鎮南軍節度使充醴泉觀使
成國公免奉朝請九年二月五日召赴　行在所七
日賜親札云朕以河南新復境土陝西最爲重地惟
卿舊弼元臣威望素著欲勤卿往調護諸將撫循遺
民當體朕意趣裝亟來以濟事機毋爲辭避常禮也

公奏曰金人殘破中原肆爲荼毒交兵累年未見寧息今者無故割新黃河河南之地與我豈無意哉欲望　聖慈與執政大臣子細商量及契勘陝西一路自割屬我朝以來諸路帥臣守臣曾與未曾申發到文字及三省密院知與不知陝西逐路州軍即今帥守之臣職位姓名如可以照見即遍以詔書差人鐫諭具宣德意儻無憑照見即須分遣臣僚迤邐前去訪問職位姓名傳宣撫問其鄜延環慶涇原秦鳳熙河路帥臣仍許以久任之意庶幾逐路州軍不致疑

貳稍竢定疊徐爲後圖所貴撫綏新附之邦不致失
策施設次第粗爲有序茲今日之上策也十四日再
奏 御筆趣就道公奏契勘陝西利害今日所繫國
體甚重若一觸事機必貽後悔如張中孚等未見向
背趙彬又係曲端門客本一書生其人尤桀黠伏望
睿明曲留 聖慮十八日差中使宣押公力疾造朝
傳宣撫問宣醫丞相秦檜被 旨同參政孫近李光
到寓所問疾得請扶病東歸除少傅依前成國公致
仕四月一日薨於正寢享年六十有九贈太師追封

秦國公諡忠穆子五人抗撫挹揖撝孫八人曾孫十
八

直臣傳

張昭字子布本彭城人漢末避難南渡居秦淮嘗爲孫策長史後輔孫權爲軍師權每田獵常乘馬射虎虎嘗突前攀持馬鞍昭變色而前曰將軍何有當爾夫爲人君者謂能駕御英雄驅使羣賢豈謂馳逐於原野校勇於猛獸者乎如有一旦之患奈天下笑何權謝昭曰年少慮事不遠以此慙君權於釣臺飲酒大醉使人以水灑羣臣曰今日酣飲惟醉墮臺中乃當止耳昭正色不言出外車中坐權遣人呼昭還謂

曰爲共作樂耳公何爲怒乎昭對曰昔紂爲糟丘酒池長夜之飲當時亦以爲樂不以爲惡也權默然有慙色遂罷酒初權當置丞相衆議歸昭權曰方今多事職統者責重非所以優之也後丞相孫劭卒百僚復舉昭權曰孤豈爲子布有愛乎領丞相事煩而此公性剛所言不從怨咎將興非所以益之也乃用顧雍昭每朝見辭氣壯厲義形於色曾以直言逆旨中不進見後蜀使來稱蜀德美而羣臣莫拒權歎曰使張公在坐彼不折則廢安復自誇乎明日遣中使勞

問因請見昭昭避席謝權跪止之昭坐定仰曰昔太后桓王不以老臣屬陛下而以陛下屬老臣是以思盡臣節以報厚恩使泯没之後有可稱述而意慮淺短違逆盛旨自分幽淪長棄溝壑不圖復蒙引見得奉帷幄然臣愚心所以事國志在忠益畢命而已若乃變心易慮以偷榮取容此臣所不能也權辭謝焉權以公孫淵稱藩遣張彌許宴至遼東拜淵爲燕王昭諫曰淵背魏懼討遠來求援非本志也若淵改圖欲自明於魏兩使不反不亦取笑於天下乎權與相

反覆昭意彌切權不能堪案刀而怒曰吳國士人入宮則拜孤出宮則拜君孤之敬君亦爲至矣而數於衆中折孤孤嘗恐失計昭熟視權曰臣雖知言不用每竭愚忠者誠以太后臨崩呼老臣於牀下遺詔顧命之言故在耳因涕泣橫流權擲刀致地與昭對泣然卒遣彌晏往昭忿言之不用稱疾不朝權恨之土塞其門昭又於內以土封之淵果殺彌晏權數慰謝昭昭固不起權因出過其門呼昭昭辭疾篤權燒其門欲以恐之昭更閉戶權使人滅火住門良久昭諸

子共扶昭起權載以還宮深自克責昭不得已然後朝會昭容貌矜嚴有威風權常曰孤與張公言不敢妄也舉邦憚之年八十一嘉禾五年卒遺令幅巾素棺斂以時服權素服臨弔謚曰文

鄭俠字介夫其先光州固始人四世祖佰唐末隨王氏入閩遂爲福清人俠既冠遭妣黃氏憂念家貧親老弟妹衆多慨然自誓當苦學以成名治平二年公隨父暈赴江寧府監稅得清涼寺一小室閉戶讀書時王安石以中書舍人持服寓江寧公携所業往見

蒙安石稱許治平四年擢進士甲科年二十四調光州司法以歸安石服除起知江寧府相見愈厚及公赴浮光安石入參大政興利除害言無不行公平日雅重安石以爲堯舜三代君臣相遇有爲於世太平可期月而望已而靑苗免役方田保甲市易等事相次施行民間不以爲便會光有疑獄數事公以讞議傳奏爲安石言之報下皆如公請公感知已欲盡忠以告秩滿不復移令遂爲入都之行時熙寧五年春也公行所過田父野老必從訪問新法利害荅者無

一人言其是至京齋戒具書見安石甚奬之再見乃及試法之事時初行試法之令選人中者補京官公辭以未嘗習法三見而問近何所聞公略言青苗免役數事與邊鄙用兵在俠心不能無區區安石不荅左右遽請公退自是不復見但時於門下具實封反復極言新法之爲民害皆不報一日鄉人張勸來訪忽責介夫何好矯之過公問所以勸曰丞相令介夫試法不就何也公曰朝廷新立此科以待練習文法之士必使無絲髮濫得然後可以勉飭後人俠素非

習法但因浮光有四五件疑獄所司議法殊不與人
情相近職在法官不得不詳審乃於本條中自令式
格律散行推考乃得其當故以傳奏輒蒙丞相是而
行下其餘條貫實未嘗見丞相以此見謂明習故使
試法是以不能爲能誤丞相之知以苟進取此則欺
天誣人俠雖餓乞所不敢爲也久之得監在京安上
門辭安石安石曰却受監門去意殊不悅公在門局
會丞相以春社還由本門法當迎揖道左安石一見
惻然面加慰勞明日王　來以其父度支欲與諸

公薦公試法切須願就盍丞相意也公對如荅張深道之言事遂寢未久置修經局安石使其姪婿黎東美訪公云丞相欲令元澤辟公檢討公言檢討以備闕遺俠讀書無幾將何以備檢討之責此與試法何異因以書詩愧謝丞相已而黎生再來具言丞相致意凡入仕官且要改得一京官然後可別圖差遣何得介僻如此公曰俠自浮光入京本求一席地執經丞相門下耳初不知官有美惡高下不意丞相一旦當路發言無非以官爵爲先所以待士之來者如此

而已果欲援俠而成就之區區所獻有利民便物之事行其一二使俠進而無愧不亦善乎黎生去後數日復來問何事欲言時免行市利等稅錢京師細民及商旅尤以爲苦如負水拾髮擔粥提茶之類皆有免行不輸錢者毋得販鬻市道門司商稅院並行倉法專攔月賦食錢每正稅百文外收事例錢十文以給之謂之市利錢逮法之行正稅不及十文者亦收市利十文其末反重於本百姓至與專攔死爭監官委曲諭以新法乃怫然投錢而去公視其害言於丞

相數矣至是又具書并陳青苗免役等弊事因黎生獻之未幾令下小夫裨販者免充行舊稅重者十減六七其大者將謂以次施行已而竟無所聞時安石有詩曰何處難忘酒君臣會遇時高堂拱堯舜密席坐皐夔和氣襲萬物歡聲連四夷此時無一盞孤負鹿鳴詩公聞而和之曰何處難緘口熙寧政失中四方三面戰十室九家空見佞眸如水聞忠耳似聾君門深萬疊焉得此言通時亢旱日久自去年七月不雨至于三月民間憔熬殊無生意公度安石終不可

諫乃以本門所見冬春以來三路流離之民每風砂霾曀大者車乘小者負擔扶老攜幼蔽塞道路羸瘠愁苦身無全衣城外飢民朝晩入城買麻粃麥麩之類合米爲糜或茹木實草根以活及其質妻鬻子狼狽困苦之狀至於身被鎖械而負瓦揭木賣以償官者纍纍然於道公不忍坐視乃呼畫工列爲一圖裁書詣閤門投進不納遂於本門勾馬遞於銀臺通進司奏爲密急事仍自劾擅發馬遞之罪其書曰臣伏覩去年大蝗秋冬亢旱迄今不雨麥苗焦枯黍粟麻

豆粒不及種旬日以來米價暴貴羣情憂惶十九懼死方春斬伐竭澤而漁大營官錢小求升米草木魚鼈亦莫生遂蠻夷輕肆敢侮君國皆由中外之臣輔相　陛下不以道以至於此臣竊惟災患有可召之道無可試之形其致之有漸而其來也如疾風暴雨不可復禦流血藉尸方知喪敗此愚夫庸人之見古今有之所貴於聖神者爲其能圖患於未然而轉禍爲福也方今之勢猶有可救願　陛下開倉廩賑貧乏之諸有司歛掠不道之政一切罷去庶幾早召和氣

二百五十四

上應天心調陰陽降雨露以延萬姓垂死之命而固
宗社億萬年無疆之祉夫君臣際遇貴乎知心以臣
之愚深知　陛下愛養黎庶甚於赤子故自即位以
來一有利民便物之政靡不毅然主張而行　陛下
之心亦欲人人壽富而躋之堯舜三代之盛耳夫豈
區區充滿府庫盈溢倉廩終以富衍彊大誇天下哉
而中外之臣略不推明　陛下此心而乃肆其叨懫
剝割生民侵肌及骨使之困苦而不聊生坐視其死
而不恤夫　陛下所存如彼羣臣所爲如此不知君

臣際遇欲作何事徒只曰超百資意指氣使而已乎
臣又惟何世而無忠義何代而無賢德亦在乎人君
所以駕馭之如何耳古之人在山林畎畝不忘其君
芻蕘負販匹夫匹婦咸欲自盡以贊其上今　陛下
之朝臺諫默默具位而不敢言事至有規避百爲不
肯居是職者而左右輔弼之臣又皆貪猥近利使夫
抱道懷識之士皆不欲與之言不知時然耶　陛下
有以使之然耶以爲時然則堯舜在上便有夔契湯
文在上便有伊吕以至漢唐之明君我　祖宗之

聖朝皆有忠義賢德之臣布在中外君臣之際若腹
心手足然君唱於上臣和於下主發於内臣應於外
而休嘉之德下浸于昆蟲草木千百世之下莫不慕
之獨　陛下以仁聖當御撫養爲心而羣臣所以和
之者如此夫非時然抑　陛下所以駕馭之道未審
爾　陛下以爵祿名器駕馭天下忠賢而使之如此
甚非　宗廟社稷之福也夫得一飯於道傍則皇皇
圖報而終身饜飽於其父則不知德此庸人之常情
也今之食祿往往如此若臣所聞則不然君臣之義

父子之道也故食其祿則憂其事凡以移事父之孝而從事於此也若乃思慮不出其位尸祿不代庖人各以其職不相侵越至於邦國若否知無不言豈有君憂國危羣臣乃飽食厭觀若視路人之事而不救曰吾各有守天下之事非我憂哉故知 朝廷設官位有高下臣子事君忠無兩心與其得罪于有司孰與不忠於君父與其苟容於當世孰與得罪於皇天臣所以不避萬死深冒天閽以告訴于 陛下者凡以上畏天命中憂 君國而下念生民耳若臣之身

使其粉碎如一螻蟻無足顧愛臣竊聞南征西伐者皆以其勝捷之勢山川之形爲圖而來獻料無一人以天下之民質妻賣兒流離逃散斬桑伐棗拆壞廬舍而賣於城市輸官糴粟皇皇不給之狀爲圖而獻前者臣不敢以所聞謹以安上門逐日所見繪成一圖百不及一但經　聖明眼目已可嗟咨涕泣而況數千里之外有甚於此者哉如　陛下觀圖行臣之言十日不雨卽乞斬臣宣德門外以正欺　君謾天之罪如稍有所濟亦乞正臣越分言事之刑時七年

三月二十六日也疏入
神宗皇帝覽畢反覆觀圖長噓者數四卽袖以入是
夕　上寢不寐翌早命翰林承旨韓維知開封府孫
永體量免行錢先放元不係行人投納到錢萬三千
餘貫又寶計免行錢除每歲所須外並放又命三司
使曾布體量市易司農寺發常平倉放商稅務及諸
門稅錢三十文以下市利錢二十文以下令殿前馬
步軍司及熙河路開具未用兵以前所管若干兵卽
日所管若干兵令三司具治平以前熙寧以後歲之

出入各著干令河東河北陝西諸路具民物所以流離之圖又有　旨青苗免役並權罷追索方田保甲並罷如此之類十有八事民間讙呼相賀四月一日下　詔責躬許內外臣僚實封言事越三日大雨遠近霑足自公上疏至是纔及浹辰初七日早朝羣臣既賀雨

神宗出公所進圖狀宣示宰執且責之曰卿等每言法度修明禮樂興行民物康阜雖唐虞三代無以過今來外事如此丞相以下各謝罪　上問丞相鄭俠

何如人王安石對曰嘗從臣學是日有 旨放公擅發馬遞之罪安石卽還府第不入中書遷定力寺求出於是中外方知三月二十七日以後所行皆因公入文字一時用事者莫不切齒爭言於上或以爲心狂或以爲非毁良法或以爲擅發馬遞驚 御乞追逮所司勘罪御史臺直請以公付臺推劾遂有 旨下開封取勘是時臣庶欲應 詔言事者甚衆聞此皆沮縮唯司馬溫公輩一二文字得達 上前憸佞之黨日於甒函假名投書乞留王丞相堅守新法仍

乞治公狂妄之罪已而熙河小捷羣姦乘此力進其說呂惠卿鄧綰之徒言於上曰　陛下網羅英俊數年以來忘寢廢食僅成此數事天下方被其賜一旦用狂夫之言罷廢殆盡豈不輕信至相與環泣上前於是新法牢不可攻矣安石既已懇辭去位遂出知金陵而薦呂惠卿代已即除參知政事惠卿拜職之日京師大風霾黃土翳席逾寸公又上疏言天寶之亂國忠已誅貴妃未戮人謂賊本尙在今安石雖去而惠卿復用事雖不同勢豈少異蓋安石本爲惠卿

所誤以至於此既已覺知仍復遂非以相拔援其實表裏自相膠固夫豈念　宗廟社稷之重且惠卿能終無背安石耶奏入不報又爲市易事與呂嘉問力辯乞不用嘉問舉狀是時西師屢動公上疏力言邊兵不已爲大不祥其言反復累十餘紙皆細書密行且言大兵之入諸部虜人相率捍禦謂之賊兵夫中國謂虜爲賊者正謂其掠我赤子奪我畜産也今我師亦然彼何得不以爲賊乎且中國與四夷猶井上井底之異也井底之人欲出而已井上之人豈有欲

入者哉知此則居井上者常當安存井底之人然後井上可得而安也又從而苦之何哉夫中國者子女玉帛之所聚文章禮樂之所出食稻粱衣文錦決無入蠻夷之心也彼風沙晦冥齕草飲水寒則皴裂暑則暍死日夜思中國之樂而不可得彼驅而來者猶拔井底之人而出之平地此驅而去者猶擠井上之人而赴井底是以屢戰屢敗也 上覽罷屬熙河奏捷殺戮甚衆 上爲惻然諸姦患公入文字不已遂取開封所勘擅發馬遞事行下刑部定罪罰銅十斤

取　旨勒停本侯郊霈調官出京日見羣臣誣罔天
聽懷不能已復取唐書魏證姚崇宋璟及李林甫楊
國忠盧杞傳爲兩軸題其一曰正直君子社稷之臣
事業圖其一曰邪曲小人容悅之臣事業圖迹在位
臣僚欺君誤國之事暗合林甫輩而反於姚宋者各
以類標題復爲書上之事皆畫一執政大怒言於上
以爲謗訕朝政追毀出身以來文字送汀州編管尋
追回推勘獄成改送英州編管公雖譴逐言笑自若
冒盛寒徒步至貶所未嘗有悴容眞陽俗鄙率未知

向學公至爲陳君臣父子大誼翕然化之留英十年
學者日衆樞密直學士陳襄行經筵日論薦當世之
士自司馬公而下三十三人最後言鄭俠小臣愚直
敢言如此是亦發於忠義非　陛下矜憐其志而使
得生還誰復爲俠言者
神宗未暇收用會
哲宗皇帝登極恩霈放還時內翰蘇軾還朝與孫覺
虞大寧等上疏薦公及王安國之子斿曰臣聞國之
興衰繫於習俗若風節不競即　朝廷卑故古之賢

君必厲士氣務求難合自重之士以養成禮義廉恥之風臣等伏見英州編管鄭俠以小官觸犯權要冒死不顧以成直言今來　朝廷赦俠之罪復其舊官經今逾年而俠終不赴吏部參選考其終始出處之大節合於君子殺身以成仁難進易退之說若　朝廷不少加優異則臣恐俠浩然江湖往而不返若一旦命先朝露則有識必爲　朝廷興失士之歎已而就除泉州州學教授秩滿諸生願留州奏得再任元祐八年丁通直憂服除授泉州錄事參軍元符元年

準　敕再送英州編管
徽宗皇帝卽位大赦東歸知廣州朱師復上表薦公
有　旨復官又除泉州教授未幾改差監潭州南嶽
廟未被　勑復追毁前命勒停時崇寧元年也五年
八月復將仕郎許敘用公不復出矣取所居山名自
號大慶居士還鄉所存唯一拂而已故自號一拂居
士性清儉布衣糲食終其身或以爲言公曰無功於
國無德於民若華衣美食與盜無異州倅許景衡過
公廬見其飮具皆白鑞既去遺以銀器請易之辭曰

不鬻則質之非貧家所常蓄也然喜賓客誨誘學者孜孜不倦客至無貴賤輒留與飲率不過蔬果一肉適飽而已且欲爲陳古今忠孝之道聖賢立身之本家雖不裕於財嗇用而廣施未嘗有靳吝之色雖流落頓挫之餘一話一言未嘗不在君父覩政役繁與民物嗷嗷但顰顣而已嘗作觀棊詩有傷觀饒好著當局柰嗔言坐觀成敗者安得不驚魂之句憂國之思深矣宣和改元八月二日考終享年七十九邑中長老諸儒相與立鄭公坊以表其閭圖其像祀於學

建炎褒錄熙寧元祐忠讜之世贈朝奉郎授其孫嘉正迪功郎越州山陰縣尉不數年以朝散郎知建昌軍曾孫纂舉進士嘉定六年賜謚曰介今清涼寺有祠即公讀書處也

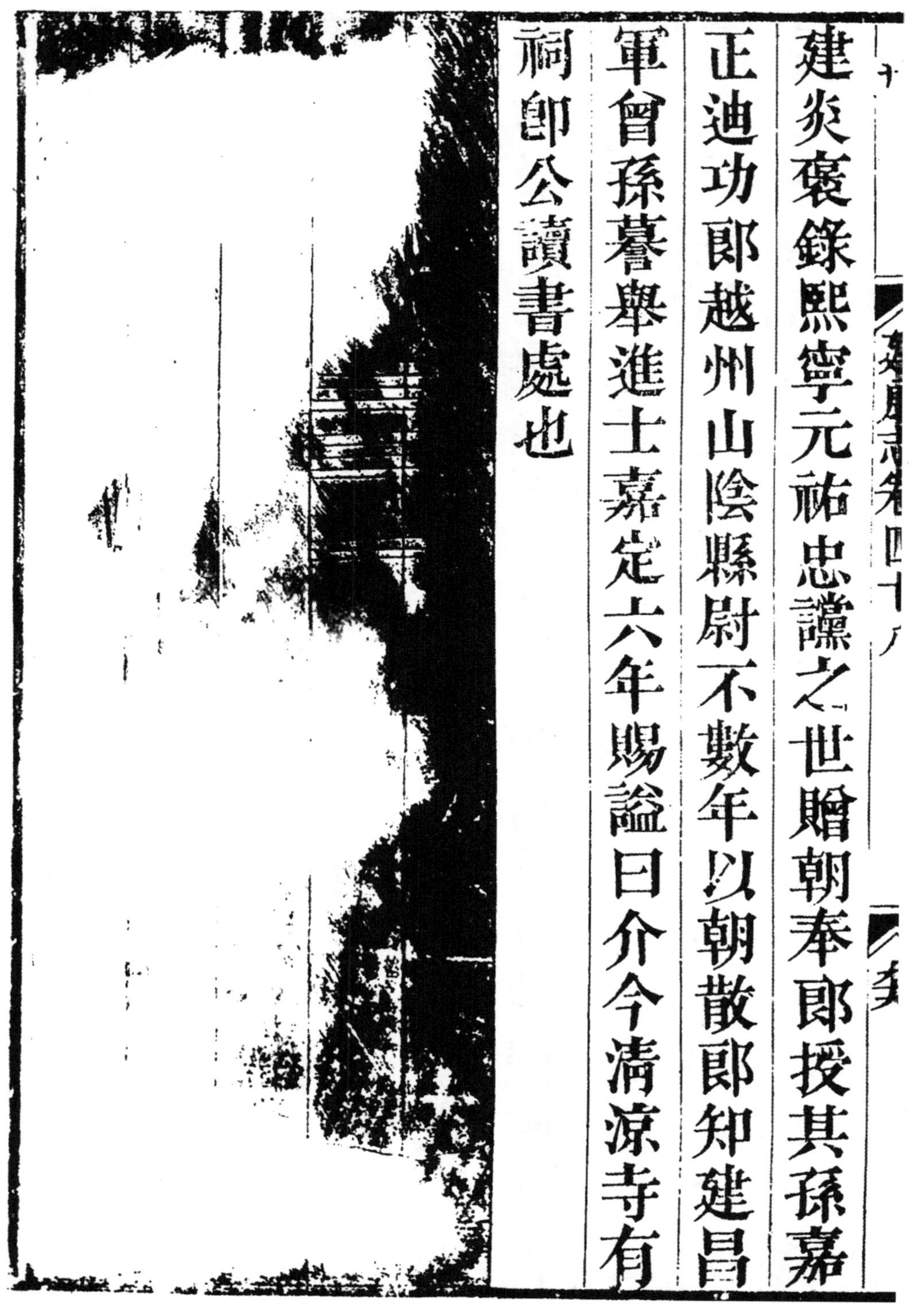

景定建康志卷之四十九

承直郎宜差充江南東路安撫使司幹辦公事周應合修纂

治行傳

東漢史崇字伯勤家世杜陵建武中累遷右將軍青冀二州刺史加驃騎將軍封溧陽縣侯天下既寧詔遣公侯皆就封崇褰帷泣政求民之瘼治尚寬簡不威而化畋漁相遜桑梓成陰年七十九贈司空使持節徐兖二州刺史謚曰壯侯子孫因家溧陽遂爲縣人奕世濟美里俗呼崇[redacted]廟貌至今存焉子顒

字叔升襲爵年七十諡曰文顗子茅字德英元初三
年襲爵除尚書遷侍中轉鎮西將軍雍州牧寧治得
安寬猛相濟聲譽播於歌謡年六十七諡曰頃茅子
洽字君普襲爵除河內太守轉司隸校尉雍州刺史
羽儀當世骨鯁一時年八十一諡曰戴洽子澤字素
廣襲爵除左郎將轉上郡太守遷御史大夫正色立
朝貴戚歛手年七十一諡曰節澤子鉉字安鼎建元
四年襲爵改封蘭山侯遷冀州刺史崇本抑末章程
具舉年八十五諡曰康鉉子藻字睿文精究庶事明

察枉直下無謗言○史嵩字仁基崇之裔孫仕吳爲平越中郎將蒼梧鬱林二郡太守封撫陵侯崇裔孫又有曰繇者吳征南將軍隴西太守曰爽者晉冠軍將軍北中郎將五兵尚書從吳歸晉本國大中正零陵郡公曰韶者交州屬國都尉陽羨侯曰楚者晉建安太守安吉伯曰晃者晉輕車將軍南蠻校尉長沙太守曰璜者晉蒼梧太守曰應者晉尚書侍御史曰淵者晉尚書左民郎江陽太守秭縣侯曰諒者晉琅邪王府主簿平蘇峻桓溫有功封常安侯曰琬者晉

散騎常侍輕車將軍都亭侯曰陵者晉左中郎將御史中丞豫章太守曰援者晉輕車將軍西中郎將○史光字伯朗崇裔孫仕晉中書侍郎遷侍中皆稱其職光子雅字叔安晉散騎常侍中書令陳留太守雅子煇字季明晉積石將軍輝子疇字伯倫晉豫章太守疇子憲字景法晉主待以殊榮再不應命制書責諭起爲尚書左民郎轉建安太守興利除害舉善黜惡朝廷嘉之封山陰縣侯在郡卒年七十二贈江州刺史○史是亦崇之裔以溧陽人知溧陽縣事蓋僞

吳天復二年也被牒云溧陽洛橋鎮遏使知茶鹽権麴務銀青光祿大夫檢校刑部尚書兼御史大夫上柱國史寔譽馳鄉里才達變通禦邊徼以多能緝兵戎而有術加以洞詳稼穡善撫蒸黎賦輿深見其否臧案簿窮知其利病以久無宰字尤藉招攜俾分兼領之榮庶養新歸之俗儻聞報政別議酬勞差兼知溧陽縣事

潘乾 字元貞陳國長平人楚太傅潘崇之末緒也察廉除溧陽長布政優優令儀令色矜孤頤耇重義輕

利推泮宫之教反决拾之禮興修學官宗懿招德旣安且寧大侯用張發彼有的雅容載閑鐘磬縣具于胥樂焉詳見校官碑其銘有云翼翼聖慈惠我黎蒸貽我潘君平兹溧陽彬文赳武扶弱抑彊餘辭磨滅不可讀

晉**劉超**字世瑜琅邪臨沂人少有志元帝渡江爲中書舍人處身淸苦衣不重帛家無儋石之儲所賜皆固辭帝不奪其志尋出補句容縣令推誠待物爲百姓所懷入爲中書通事郎

孫謙字長遠爲句容令清謹强記號爲神明

唐楊於陵十八擢進士調句容縣主簿器量方峻進止有常度節操堅明終不失其正時人尊師之德宗立遷戶部尚書以左僕射致仕

自李康太原人爲溧水令溫恭誠信爲官貞白嚴重見知於郡守流譽於朋僚旣歿邑人祀之至今不廢從姪居易嘗誌其墓宰相敏中季康之子也

岑仲休爲溧水令兄仲義爲金壇令弟仲翔爲長洲令皆有治績宰相語本道巡察御史無遺江東三岑

馬之純字師文金華人也弱冠登隆興進士第與南軒東萊講貫精詣天文地理制度之學靡不洞究為三山濮曹與上官爭是非民之全活者衆有欲薦公中都官輒謝之其介陗恬退類此喬文惠公行簡蔦端獻公洪皆橫經執弟子禮慶元間以承議郎主管江東轉運司文字廉平公正克相其長持畫婉婉邁惠維多建康留守節度使吳公琚有幾日不來春便晚開盡桃花之句蓋與公倡醻也公篇章詶詠初不苦思而意已獨至嘗作金陵百詠用唐律體樞寄潛

齋王公埜稱其事核辭質義正趣遠與亡理亂之迹盛衰因革之故瞭然在目覽之者足以概六代之遺風垂萬世之法戒同於詩史滿秩授通判靜江軍府事不赴卒于家所著書解中庸大學說周禮隨釋講義春秋編年圖豫章沅芷雜著傳於時世號野亭先生後六十年公之孫光祖一再開閫建康臨民莅事壹以公爲法民益德之思其祖而建祠事焉以孫資政恩贈太傅

誥詞曰禋于宗類于帝駿惠方行非其身在其孫慶源甚遠爰敓禭典加賁泉扃具

官光祖故祖故官之純尚友古人潛心大業聯名鴈塔韓歐爲同榜之俊游講道牛谿扂魏多及門之高弟富有茂陵之藏槀僅終康海之題輿惟嗇於前遂昌厥後蔵祀既陳於騂享分膰首逮於麟符肆緜孤緌晉陟帝傳祭則受福誕霈燔柴之恩沒而有知對越面槐之寵

李湖正　互見耆舊傳

耆舊傳

紀瞻字思遠丹楊秣陵人也祖亮吳尚書令父陟光祿大夫瞻少以方直知名吳平徙家歷陽郡察孝廉不行後舉秀才尚書郎永康初州又舉寒素大司馬辟東閤祭酒其年除鄮陵公國相不之官明年左降松滋侯相太安中棄官歸家與顧榮等共誅陳敏召拜尚書郎與榮同赴洛在塗共論易太極瞻曰昔庖犧畫八卦陰陽之理盡矣文王仲尼係其遺業三聖相承共同一致稱易準天無復其餘也夫天清地平

兩儀交泰四時推移日月輝其間自然之數雖經諸
聖孰知其始吾子云矇昧未分豈其然乎聖人人也
安得混沌之初能藏其身於未分之內老氏先天之
言此蓋虛誕之說非易者之意也亦謂吾子神通體
解所不應疑意者直謂太極極盡之稱言其理極無
復外形外形既極而生兩儀王氏指向可謂近之古
人舉至極以爲驗謂二儀生於此非復謂有父母若
必有父母非天地其孰在榮遂止至徐州聞亂日甚
將不行會刺史裴盾得東海王越書若榮等顧望以

軍禮發遣乃與榮及陸玩等各解船棄車牛一日一夜行三百里得還揚州元帝爲安東將軍引爲軍諮祭酒轉鎮東長史帝親幸瞻宅與之同乘而歸以討周馥華軼功封都鄉侯石勒入寇加揚威將軍都督京口以南至蕪湖諸軍事以距勒勒退除會稽內史時有詐作大將軍府符收諸暨令令已受拘瞻覺其詐便破檻出之訊問使者果伏詐妄尋遷丞相軍諮祭酒論討陳敏功封臨湘縣侯西臺除侍中不就及長安不守與王導俱入勸進帝不許瞻曰陛下性與

天道猶復役機神於史籍觀古人之成敗今世事舉目可知不爲難見二帝失御宗廟虛廢神器去晉于今二載梓宮未殯人神失御陛下膺籙受圖特天所授使六合革面遐荒來庭宗廟既建神主復安億兆向風殊俗畢至若列宿之綰北極百川之歸巨海而猶欲守匹夫之謙非所以闡七廟隆中興也但國賊宜誅當以此屈已謝天下耳而欲逆天時違人事失地利三者一去雖復傾斥於將來豈得救祖宗之危急哉適時之宜萬端其可綱維大業者惟理與當晉

祚屯否理盡於今促之則得可以隆中興之祚縱之則失所以資姦寇之權此所謂理也陛下身當厄運纂承帝緒顧望宗室誰復與讓當承大位此所謂當也四祖廓開宇宙大業如此今五都燔爇宗廟無主劉曜竊弄神器於西北陛下方欲高讓於東南此所謂揖讓而救火也臣等區區尙所不許況大人與天地合德日月並明而可以失機後時哉帝猶不許使殿中將軍韓績徹去御坐瞻叱績曰帝坐上應星宿敢有動者斬帝爲之改容及帝踐位拜侍中轉尙書

上疏諫諍多所匡益帝甚嘉其忠烈會久疾不堪朝
請除尚書右僕射屢辭不聽遂稱病篤還第不許時
郗鑒據鄒山屢爲石勒等所侵逼瞻以鑒有將相之
材恐朝廷棄而不恤上疏請徵之明帝嘗獨引瞻於
廣室慨然憂天下曰社稷之臣欲無復十人如何因
屈指曰君便其一瞻辭讓帝曰方欲與君善語復云
何崇謙讓邪瞻才兼文武朝廷稱其忠亮雅正俄轉
領軍將軍當時服其嚴毅雖常疾病六軍敬憚之瞻
以久病請去官不聽復加散騎常侍及王敦之逆帝

使謂贍曰卿雖病但爲朕臥護六軍所益多矣乃賜布千疋贍不以歸家分賞將士賊平復自表還家帝不許固辭不起詔曰贍忠亮雅正識局經濟屢以年耆病久逡巡告誠朕深明此操重違高志今聽所執其以爲驃騎將軍常侍如故服物制度一案舊典遣使就拜止家爲府尋卒時年七十二冊贈本官開府儀同三司謚曰穆遣御史持節監護喪事論討王含功追封華容子降先爵二等封次子一人亭侯贍性靜默少交遊好讀書或手自抄寫凡所著述詩賦牋

表數十篇兼解音樂殆盡其妙厚自奉養立宅於烏衣巷館宇崇麗園池竹木有足賞翫焉慎行愛士老而彌篤尚書閔鴻太常薛兼廣川太守河南褚沉給事中宣城章遼歷陽太守沛國武嘏並與瞻素疎咸藉其高義臨終託後於瞻瞻悉營護其家爲起居宅同於骨肉焉少與陸機兄弟親善及機被誅瞻卹其家周至及嫁機女資送同於所生長子景早卒景子友嗣官至廷尉景弟鑒太子庶子大將軍從事中郎先瞻卒

王諒字幼成丹楊人也少有幹略爲王敦所擢參其
府事稍遷武昌太守初新昌太守梁碩專威交阯迎
立陶咸爲刺史咸卒王敦以王機爲刺史碩發兵距
機自領交阯太守乃迎前刺史修則子湛行州事永
興三年敦以諒爲交州刺史諒將之任敦謂曰修湛
梁碩皆國賊也卿至便收斬之諒既到境湛退還九
眞廣州刺史陶侃遣人誘湛來詣諒所諒勑從人不
得入閤既前執之碩時在坐曰湛故州將之子有罪
可遣不足殺也諒曰是君義故無豫我事卽斬之碩

怒而出諒陰謀誅碩使客刺之弗克遂率衆圍諒於龍編陶侃遣軍救之未至而諒敗碩逼諒奪其節諒固執不與遂斷諒右臂諒正色曰死且不畏臂斷何有十餘日憤恚而卒碩據交州凶暴酷虐一境患之竟爲侃軍所滅傳首京都

陶璜字世英丹楊秣陵人也父基吴交州刺史璜仕吴歷顯位孫皓時交阯太守孫諝貪暴爲百姓所患會察戰鄧荀至擅調孔雀三千頭遣送秣陵既苦遠役咸思爲亂郡吏呂興殺諝及荀以郡內附武帝拜

興安南將軍交阯太守尋爲其功曹李統所殺帝更以建寧爨谷爲交阯太守谷又死更遣巴西馬融代之融病卒南中監軍霍弋又遣犍爲楊稷代融與將軍毛炅九眞太守董元牙門孟幹孟通李松王業爨能等自蜀出交阯破吳軍于古城斬大都督修則交州刺史劉俊吳遣虞汜爲監軍薛珝爲威南將軍大都督璜爲蒼梧太守拒稷戰于分水璜敗退保合浦亡其二將珝怒謂璜曰若自表討賊而喪二帥其責安在璜曰下官不得行意諸軍不相順故致敗耳珝

怒欲引軍還璝夜以數百兵襲董元獲其寶物船載
而歸翊乃謝之以璝領交州爲前部督璝從海道出
其不意徑至交阯元拒之諸將將戰璝疑斷牆內有
伏兵列長戟於其後兵纔接元僞退璝追之伏兵果
出長戟逆之大破元等以前所得寶船上錦物數千
匹遺扶嚴賊帥梁奇奇將萬餘人助璝元有勇將解
系同在城內璝誘其弟象使爲書與系又使象乘璝
軺車鼓吹導從而行元等曰象尚若此系必有去志
乃就殺之翊璝遂陷交阯吳因用璝爲交州刺史璝

有謀策周窮好施能得人心滕修數討南賊不能制璜曰南岸仰吾鹽鐵斷勿與市皆壞爲田器如此二年可一戰而滅也修從之果破賊初霍弋之遣稷炅等與之誓曰若賊圍城未百日而降者家屬誅若過百日救兵不至吾受其罪稷等守未百日糧盡乞降璜不許給其糧使守諸將並諫璜曰霍弋已死不能救稷等必矣可須其日滿然後受降使彼得無罪我受有義內訓百姓外懷鄰國不亦可乎稷等期訖糧盡救兵不至乃納之皓以璜爲使持節都督交州諸

軍事前將軍交州牧武平九德新昌土地阻險夷獠勁悍歷世不賓璜征討開置三郡及九眞屬國三十餘縣徵璜爲武昌都督以合浦太守修充代之交土人請留璜以數千於是遣還皓既降晉手書遣璜息融勑璜歸順璜流涕數日遣使送印綬詣洛陽帝詔復其本職封宛陵侯改爲冠軍將軍在南三十年威恩著于殊俗及卒舉州號哭如喪慈親子威領交州刺史在職甚得百姓心三年卒威弟淑子綏後並爲交州自基至綏四世爲交州者五人璜弟濬吳鎮南

大將軍荊州牧濬弟抗太子中庶子濬子湮字恭之湮弟猷字恭豫並有名湮至臨海太守黃門侍郎猷宣城內史王導右軍長史湮子馥于湖令爲韓晃所殺追贈廬江太守抗子回自有傳○陶回丹楊人也王敦命爲參軍轉州別駕敦死司徒王導引爲從事中郎遷司馬蘇峻之役回與孔坦言於導請早出兵守江口峻將至回復謂庾亮曰峻知石頭有重戍不敢直下必向小丹楊南道步來宜伏兵要之可一戰而擒亮不從峻果由小丹楊經秣陵迷失道逢郡人

執以爲鄉導時峻夜行甚無部分亮聞之深悔不從回等之言尋王師敗績回還本縣收合義軍得千餘人並爲步軍與陶侃溫嶠等并力攻峻又別破韓晃以功封康樂伯時大賊新平綱維弛廢司徒王導以回有器幹擢補北軍中候俄轉中護軍久之遷征虜將軍吳興太守時人饑穀貴三吳尤甚詔欲聽相鬻賣以拯一時之急回上疏曰當今天下不普荒儉唯獨東土穀價偏貴便相鬻賣聲必遠流北賊聞此將窺疆埸如愚臣意不如開倉廩以振之乃不待報輒

便開倉及割府郡軍資數萬斛米以救乏絶由是一境獲全旣而下詔并勑會稽吳郡依回振恤二郡賴之在郡四年徵拜領軍將軍加散騎常侍征虜將軍如故回性雅正不憚彊禦丹陽尹桓景佞事王導甚爲導所昵回常慊慨謂景非正人不宜親狎會熒惑守南斗經旬導語回曰南斗揚州分而熒惑守之吾當遜位以厭此譴回荅曰公以明德作相輔弼聖主當親忠貞遠邪佞而與桓景造膝熒惑何由退舍導深愧之咸和二年以疾辭職帝不許徙護軍將軍常

侍領軍如故未拜卒年五十一謚曰威四子汪嗣爵位至輔國將軍宣城內史陋冠軍將軍隱少府無忌光祿勳兄弟咸有幹用

張闓字敬緒丹楊人吳輔吳將軍昭之曾孫也少孤有志操太常薛兼進之於元帝言闓才幹貞固當今之良器卽引爲安東叅軍甚加禮遇轉丞相從事中郎以母憂去職旣葬帝強起之闓固辭疾篤優命敦逼遂起視事及帝爲晉王拜給事黃門侍郎領本郡大中正以佐翼勳賜爵丹楊縣侯遷侍中帝踐阼出

補晉陵內史在郡甚有威惠所部四縣並以旱失田闓乃立曲阿新豐塘溉田八百餘頃每歲豐稔葛洪爲其頌計用二十一萬一千四百二十工以擅興造免官後公卿並爲之言曰張闓興陂溉田可謂益國而反被黜使臣下難復爲善帝感悟乃下詔曰丹楊侯闓昔以勞役部人免官雖從吏議猶未掩其忠節之志也倉廩國之大本宜得其才今以闓爲大司農闓陳黜免始爾不宜便居九列疏奏不許然後就職帝晏駕以闓爲大匠卿營建平陵事畢遷尚書蘇峻

之役闓與王導俱入宮侍衛峻使闓持節權督東軍王導潛與闓謀密宣太后詔於三吳令速起義軍陶侃等至假闓節行征虜將軍與振威將軍陶回共督丹楊義軍闓到晉陵使內史劉耽盡以一部穀并遣吳郡度支運四部穀以給車騎將軍郗鑒又與吳郡內史蔡謨前吳興內史虞潭會稽內史王舒等招集義兵以討峻峻平以尙書加散騎常侍賜爵宜陽伯遷廷尉以疾解職拜金紫光祿大夫尋卒時年六十四子混嗣闓牋表文義傳於世

樂道融丹楊人也少有大志好學不倦與朋友信每約已而務周急有國士之風爲王敦參軍敦將圖逆謀害朝賢以告甘卓卓以爲不可遲留不赴敦遣道融召之道融雖爲敦佐忿其逆節因說卓曰主上躬統萬機非專任劉隗今慮七國之禍故割湘州以削諸侯而王氏擅權日久卒見分政便謂被奪耳王敦背恩肆逆舉兵伐主國家待君至厚今若同之豈不負義生爲逆臣死爲愚鬼永成宗黨之恥邪君當僞許應命而馳襲武昌敦衆聞之必不戰自散大勳可

就矣卓大然之乃與巴東監軍柳純等露檄陳敦過逆率所統致討又遣齎表詣臺卓性不果決且年老多疑遂待諸方同進出軍稽遲至豬口敦聞卓已下兵卓兄子印時爲敦參軍使印求和於卓令其旋軍卓信之將旋主簿鄧騫與道融勸卓曰將軍起義兵而中廢爲敗軍之將竊爲將軍不取今將軍之下士卒各求其利一旦而還恐不可得也卓不從道融晝夜涕泣諫卓憂憤而死

葛洪字稚川丹楊句容人也祖系吳大鴻臚父悌吳

平後入晉爲邵陵太守洪少好學家貧躬自伐薪以貿紙墨夜輒寫書誦習遂以儒學知名爲人木訥不好榮利閉門却掃未嘗交遊於餘杭山見何幼道郭文舉目擊而已各無所言時或尋書問義不遠數千里崎嶇冒涉期於必得遂究覽典籍尤好神仙導養之法從祖元吳時學道得仙號曰葛仙公以其鍊丹祕術授弟子鄭隱洪就隱學悉得其法焉後師事南海太守上黨鮑元元亦內學逆占將來見洪深重之以女妻洪洪傳元業兼綜練醫術凡所著撰皆精覈

是非而才章富贍太安中石冰作亂吳興太守顧祕爲義軍都督與周玘等起兵討之祕檄洪爲將兵都尉攻冰別率破之遷伏波將軍冰平洪不論功賞徑至洛陽欲搜求異書以廣其學洪見天下已亂欲避地南土乃叅廣州刺史嵇含軍事及含遇害遂停南土多年征鎭檄命一無所就後還鄉里禮辟皆不赴元帝爲丞相辟爲掾以平賊功賜爵關內侯咸和初司徒導召補州主簿轉司徒掾遷諮議叅軍干寶深相親友薦洪才堪國史選爲散騎常侍領大著作洪

固辭不就以年老欲鍊丹以祈遐壽聞交阯出丹求爲句漏令帝以洪資高不許洪曰非欲爲榮以有丹耳帝從之洪遂將子姪俱行至廣州刺史鄧嶽留不聽去洪乃止羅浮山鍊丹嶽表補東官太守又辭不就嶽乃以洪兄子望爲記室參軍在山積年優游閑養著述不輟著書凡內外一百一十六篇自號抱朴子因以名書其餘所著碑誄詩賦百卷移檄章表三十卷神仙良吏隱逸集異等傳各十卷又抄五經史漢百家之言方伎雜事三百一十卷金匱藥方一百

卷肘後要急方四卷洪博聞深洽江左絕倫著述篇章富於班馬又精辯元賾析理入微後怨與嶽疏云當遠行尋師剋期便發嶽得疏狼狽往別而洪坐至日中兀然若睡而卒嶽至遂不及見時年八十一視其顏色如生體亦柔軟舉尸入棺甚輕如空衣世以爲尸解得仙云

許邁字叔元一名映丹楊句容人也家世士族而邁少恬靜不慕仕進未弱冠嘗造郭璞璞爲之筮遇泰其上六爻發璞謂曰君元吉自天宜學道時南海太

守鮑靚隱跡潛遁人莫之知邁乃往候之探其至要父母尚存未忍違親謂餘杭懸霤山近延陵之茅山是洞庭西門潛通五嶽陳安世茅季偉常所游處於是立精舍於懸霤而往來茅嶺之洞室放絕世務以尋仙館朔望時節還家定省而已父母既終乃遣婦孫氏還家遂攜其同志徧游名山永和二年移入臨安西山登巖茹芝眇爾自得有終焉之志乃改名元字遠游與婦書告别又著詩十二首論神仙事王羲之造之未嘗不彌日忘歸相與爲世外之交自後莫

淵所終

陶宏景字通明丹楊秣陵人也祖隆王府叅軍父貞孝昌令宏景以宋孝建三年丙申歲夏至日生幼有異操年四五歲常以荻爲筆畫灰中學書至十歲得葛洪神仙傳晝夜研尋便有養生之志謂人曰仰青雲覩白日不覺爲遠矣父爲妾所害宏景終身不娶及長身長七尺七寸神儀明秀讀書萬餘卷一事不知以爲深恥善琴棊工草隸未弱冠齊高帝作相引爲諸王侍讀除奉朝請雖在朱門閉影不交外物唯

以披閲爲務朝儀故事多所取焉家貧求宰縣不遂永明十年脫朝服挂神武門上表辭祿詔許之賜以束帛敕所在月給茯苓五斤白蜜二斤以供服餌及發公卿祖之征虜亭供帳甚盛車馬塡咽咸云宋齊以來未有斯事於是止于句容之句曲山立館自號華陽陶隱居性愛山水每經澗谷必坐卧其間吟詠盤桓不能已沈約爲東陽郡守高其志節累書要之不至宏景爲人員通謙謹出處冥會心如明鏡遇物便了言無煩舛有亦隨覺永元初更築三層樓宏景

處其上弟子居其中賓客至其下與物遂絕唯一家僮得至其所本便馬善射晩皆不爲唯聽吹笙而已特愛松風庭院皆植松每聞其響欣然爲樂有時獨游泉石望見者以爲仙人性好著述尙奇異顧惜光景老而彌篤尤明陰陽五行風角星算山川地理方圖產物醫術本草帝代年歷以算推知當造渾天象高三尺許地居中央天轉而地不動以機動之悉與天相會云修道所須非止史官用是齊末議禪代宏景引圖讖數處皆成梁字梁武帝既早與之游及即

位後恩禮愈篤書問不絕冠蓋相望帝每得其書燒香虔受帝使造年歷至已巳歲而加朱點實太清三年也帝手敕招之錫鹿皮巾後屢加禮聘並不出國家每有吉凶征討大事無不前以諮詢月中常有數信時人謂爲山中宰相二宮及公王貴要叅候相繼贈遺未嘗脫時多不納受天監四年移居積金東澗自隱處四十許年逾八十而有壯容仙書云眼方者壽千歲宏景末年一眼有時而方簡文欽其風素召至後堂以葛巾進見與談論數日而去甚敬異之無

疾自知應逝逆剋亡日爲告逝詩大同二年卒時年八十五顔色不變屈伸如常香氣累日氛氳滿山詔贈太中大夫謚曰貞白先生不娶無子從兄以子松喬嗣所著學苑百卷孝經論語集注帝代年歷本草集注效驗方肘後百一方古今州郡記圖像集要及玉匱記七曜新舊術疏占候宏景妙解術數逆知梁祚覆没預制詩云夷甫任散誕平叔坐論空豈悟昭陽殿遂作單于宮詩祕在篋裏化後門人方稍出之大同末士人競談元理不習武事後侯景篡果在昭

陽殿

劉係宗丹楊人也少便書畫爲宋竟陵王誕子景粹侍書誕舉兵廣陵城内皆死敕沈慶之赦係宗以爲東宫侍書泰始中爲主書以寒官累至勳品元徽初爲奉朝請兼中書通事舍人員外郎封始興南亭侯帶秣陵令齊高帝廢蒼梧明旦呼正直舍人虞整醉不能起係宗歡喜奉敕高帝曰今天地重開是卿盡力之日使寫諸處分敕令及四方書疏使主書十八書吏二十八配之事皆稱旨高帝即位除龍驤將軍

建康令永明初爲右軍將軍淮陵太守兼中書通事舍人母喪自解起復本職四年白賊唐寓之起宿衛兵東討遣係宗隨軍慰勞遍至遭賊郡縣百姓被驅逼者悉無所問還復人伍係宗還上曰此段有征無戰以時平蕩百姓安帖甚快也賜係宗錢帛上欲修白下城難於動役係宗啓謫役在東人丁隨寓之爲逆者上從之後車駕出講武上履行白下城曰劉係宗爲國家得此一城永明中魏使書常令係宗題答祕書局皆隸之再爲少府鬱林即位除寧朔將軍宣

城太守係宗久在朝省閑於職事武帝常云學士輩不堪經國唯大讀書耳經國一劉係宗足矣沈約王融數百人於事何用其重吏事如此建武二年卒官

梁紀少瑜字幼瑒丹楊秣陵人也本姓吳養于紀氏因而命族早孤幼有志節常慕王安期之爲人年十三能屬文初爲京華樂王僧孺見而賞之曰此子才藻新拔方有高名少瑜常夢陸倕以一束青鏤管筆授之云我以此筆猶可用卿自擇其善者其文因此遒進年十九始游太學備探六經博士東海鮑皦雅

相欽悅時皦有疾請少瑜代講少瑜既妙元言善談吐辯捷如流爲晉安國中尉即梁簡文也深被恩遇後侍宣城王讀當陽公爲郢州以爲功曹參軍轉輕車限內記室坐事免大同七年始引爲東宮學士郢陵王在郢啟求學士武帝以少瑜充行少瑜善容皃工豪草吏部尚書到溉嘗曰此人有大才而無貴仕將拔之會溉去職後除武陵王記室參軍卒

陶子鏘字海育丹楊秣陵人也父延尚書比部郎兄尚宋末爲倖臣所怨被繫子鏘公私緣訴流血稽顙

行路墜傷逢謝超宗下車相訪回入縣詣建康令勞彥遠曰豈忍見人毘季如此而不留心勞感之兄得釋母終居喪盡禮與范雲隣雲每聞其哭聲必動容改色欲相申薦會雲卒初子鏘母嗜蕈母沒後常以供奠梁武義師初至此年冬嘗蕈不得子鏘痛恨慟哭而絕久之乃蘇遂長斷蕈味

陶季直秣陵人好學澹於榮利爲建安太守政尚清淨百姓便之還遷黃門侍郎辭疾還鄉里就家拜太中大夫梁祖曰梁有天下惜乎不見此人

丁咸序秣陵人耽儒學進修士業授衡陽判官太守賢之

淳于量字思明建康人父文成仕梁爲梁州刺史侯景之亂量與王僧辯平之

張松建康人兄悌坐罪當死松及弟景各欲代其死縣以讞上武帝以爲孝義特降其死

盧郢金陵人好學有俊才以狀元登第遷至南全守頗著治績

史務滋溧陽人先爲溧陽侯累吏勞遷司賓卿天授

元年九月進拜納言武后革命詔務滋等十八人分行天下雅州刺史劉行實兄弟爲侍御史來子珣誣其反詔務滋與來俊臣雜治俊臣言務滋與四善掩其反狀后命俊臣并治遂自殺

沈恪 丹楊人也永定初爲宣猛將軍陳霸先謀篡使中書舍人劉師知引恪勒兵入宮衛送梁主如別宮恪排闥見霸先扣頭謝曰恪身經事蕭氏今日不忍見此分受死耳決不奉命霸先嘉其意不復逼更以盪主王僧志代之

許淹句容人多識廣聞精詁訓與魏模公孫羅名家

劉鄴字漢藩句容人父三復以善文章知名少孤母病廢三復丐粟以養李德裕爲浙西觀察使奇其文表爲掌書記德裕三領浙西及劒南未嘗不從會昌時位宰相擢三復刑部侍郎洪文館學士鄴六七歲能屬辭德裕憐之使與子共師學德裕既斥鄴無所依去客江湖間陝號高元裕表爲推官高少逸又辟鎭國幕府咸通初擢左拾遺召爲翰林學士賜進士第歷中書舍人遷承旨鄴傷德裕以朋黨抱誣死海

上令狐綯以當國更數赦不爲還官爵至懿宗立綯去位鄴乃伸其冤復官爵世高其義後與崔沆皆相同中書門下平章事

許叔牙字延基句容人正觀時遷晉王府參軍事宏文館直學士於詩禮尤邃獻詩纂義十篇太子寫付經御史大夫高智周見之曰欲明詩者宜先讀此

張常洧句容人建中四年父歿廬墓三年墓側產瑞芝十二莖太守樊泌表奏旌表大和六年姪孫公珽亦以孝聞

徐鉉字鼎臣廣陵人也十歲能屬文與韓熙載齊名
江南謂之韓徐仕南唐爲翰林學士御史大夫吏部
尚書今攝山棲霞寺西來賢亭即其居也　王師圍
金陵煜遣鉉朝　京師求援兵
太祖以禮遣之後隨煜至京師
太祖責之鉉對曰臣仕江南國亡不能死臣之罪也
太祖歎曰忠臣也以爲太子率更令太平興國初直
學士院從征太原加給事中出爲左散騎常侍坐事
貶邠州卒年七十六李穆常使江南見鉉及其弟**鍇**文章歎

曰二陛不能及也錯仕江南爲內史舍人而卒鉉好
李斯小篆尤得其妙隸書亦工尺牘爲士大夫所得
皆珍藏之有集三十卷又有質疑論稽神錄行於世
皇朝李華字君儀溧陽人父没居喪毀瘠盡哀母老
得疾廢于牀垂泣憂懼置家事不問專意奉養抱持
卧起進粥藥以至盥帨纖悉必躬必親不出戶庭衣
未嘗解帶者十餘年尤篤於友愛同氣五人從容季
孟閒相親以睦內外無閒言有田十餘頃歲水旱誓
不一言減縣官租穀翔貴亟發廩平價食其一方虛

餌待炊者日以千計大觀政和間蝗數害稼羣飛下其田輒去不食旁畒愧駭且以相告華曰偶然爾勿復言年八十六卒子朝正字治表性剛直不苟於勢利游太學登第歷勑令所刪定官知溧水縣民詣府舉留知府葉參政夢得薦於朝被召賜對轉一官賜銀緋從民所欲命還溧水陞辭乞易所得章服封母從之秩滿除太府寺簿母憂服闋再除勑令所刪定官俄除戶部郎改右司遂權戶部侍郎奉祠知平江府紹興二十五年卒年六十官至朝奉大夫

潘祺字長吉溧陽人好學問尚氣節游太學知名與陳諫議東爲心友陳欲獻書闕下過祺謀可否祺曰祺親老不能與子俱子不可不勉陳意遂決祺性至孝父疾革露章請于帝願減己算益父壽父疾果瘳僉以爲孝誠所感登第調宣州司戶卒年三十八里人痛惜之

錢戩溧陽人居父憂有少年數人來曰而父在京師逋我金數百萬戩欲償之兄弟有難色且令舉其要戩獨曰大人與人交信厚彼必不我欺且彼謂吾父

貧宿鏹吾拒以無左驗辭雖直顧非孝子待親之道卒與之家爲瘠不悔元夕家人出觀燈鄰不肖子闖其閒潛入家廟中伺夜將爲盜覡識之亟遣守舍僕呼之前鐫諭曰爾良家何爲乃至是耶一白金合子與之使速去終不語人其子時敏始生有烏鵲銜青銅五銖錢一置庭中香案上識者知其陰德之證以時敏恩贈奉直大夫時敏字端脩早穎悟讀書一覽即成誦屬文敏速氣岸軒豁勇於爲義年十八縣以明經上于郡庠貢辟雍擢上舍第繇大理寺丞遷祕

書丞除駕部郎充奉迎兩宮扈從禮儀使司屬官改兵部郎檢察郊祀大禮儀仗遷右司郎兼權右史充禮部貢院參詳官又兼外制拜權工部侍郎俄權兵部侍郎除敷文閣待制奉祠告老紹興二十三年卒年六十八特贈正議大夫

錢周材字元英溧陽人質重氣和退然似不能言望而接之知其爲篤厚君子七歲能屬文鄉賦第一登第繇大理司直擢普安郡王府教授歷遷校書郎著作郎兼教授如故除起居舍人遷刑部侍郎使虜還

拜中書舍人直學士院兼實錄院修撰兼侍講知常州奉祠　孝宗登極以舊學召對便殿留奉內祠兼侍講復爲中書舍人遷給事中兼直學士院毋憂服闋屢詔不赴以龍圖閣直學士奉祠告老乾道三年卒年七十二官至朝議大夫

閻彥昭字德甫世家建康之江寧徙居溧陽性敏悟遇事繁劇剸決愈精明輕財尙氣義自浙西帥司機宜監六部門遷太府寺丞除倉部郎奉使淮東叅議浙東江西帥幕除兩浙運判奉祠乾道九年卒年七

十九官至右奉直大夫子晃昴處晃子一德歷江陰
建昌二軍及泰眞二州太守累官至宗正寺簿
刁衎昇州人初仕南唐直清輝閣中外章疏甚被
親昵江南既平李昉扈豪在翰林勉衎出仕因獻聖
德頌于 朝乃復故官出宰相盧凡七年不迁恬澹
夷雅多推尊之太平興國七年上疏言淫刑酷法非
律文所載者望詔天下悉禁止之 上覽疏甚悦
秦傳序江寧人也淳化五年賊攻陷嘉戎瀘渝涪忠
萬開八州時傳序爲開州監軍力戰而死 上降詔

嘉獎其子奭泝峽求其父尸至夔州船覆而死人謂父死於忠子死於孝奏至　上嗟惻久之錄傳序次子煦爲殿直賜錢十萬

鄧必 丹陽人博學有雅望慶歷六年差爲編修唐書官必言史出衆手非是卒辭之

陳克 字子高金陵人不事科舉博學專以貧爲詩呂祉帥建康辟置爲屬

潘溫之 字溫甫溧陽人好學王荆公稱爲江東書櫃子登第終緣縣令

朱存字[illegible]金陵人也嘗讀吳大帝而下六朝書具詳歷代興亡成敗之迹南唐時作覽古詩二百章章四句沿泝洎末爛然碁布閱詩者嘉其用心之勤云

朱舜庸字[illegible]建康人也好古博雅鄉黨推敬太守聘爲府學正皆尊禮之嘗編金陵事積二十年自里巷口傳至僊佛之書無不研綜春容大秩餘數萬言慶元中節度使吳公琚來任留守得其編而契於心乃爲之訂證銓次刻梓以傳目曰續建康志

志卷四十六

隱德傳

嚴光字子陵一名遵會稽餘姚人也少有高名與光武同遊學及光武即位光乃變名姓隱身不見嘗結廬溧水上十道四蕃志太平寰宇志皆云溧水縣東南十五里有東廬山有水源三嚴子陵嘗結廬於此帝思其賢乃令以物色訪之後齊國上言有一男子披羊裘釣澤中帝疑其光乃備安車元纁遣使聘之三反而後至舍于北軍給牀褥太官朝夕進膳司徒霸與光素舊遣使奉書使人因謂光曰公聞先生至區區欲即詣造迫於典司是以不獲願因日暮

自屈語言光不荅乃投札與之口授曰君房足下位至鼎足甚善懷仁輔義天下悅阿諛順旨要領絕霸得書封奏之帝笑曰狂奴故態也車駕卽日幸其館光卧不起帝卽其卧所撫光腹曰咄咄子陵不可相助爲理邪光又眠不應良久乃張目熟視曰昔唐堯著德巢父洗耳士固有志何至相迫乎帝曰子陵我竟不能下汝邪於是升輿歎息而去復引光入論道舊故相對累日共偃卧光以足加帝腹上明日太史奏客星犯御坐甚急帝笑曰朕故人嚴子陵共卧耳

除爲諫議大夫不屈乃耕於富春山後人名其釣瀨爲嚴陵瀨建武十七年復特徵不至年八十終於家帝傷惜之詔下郡縣賜錢百萬穀千斛溧水乃初隱處富春乃歸隱處

晉陶潛字元亮大司馬侃之曾孫也潛少懷高尚博學善屬文頴脫不羈任眞自得爲鄉鄰之所貴嘗著五柳先生傳以自況以親老家貧起爲州祭酒後爲鎭軍建威參軍事時劉裕爲鎭軍將軍潛其屬也揣知裕意卽有遯世之志嘗賦詩曰望雲慙高鳥臨水愧遊魚聊且憑化遷終返班生廬謂親朋曰聊欲絃

歌以爲三逕之資可乎執事者聞之以爲彭澤令公田悉令種秫曰令吾常醉足矣素簡貴不私事上官郡遣督郵至縣吏白應束帶見之潛歎曰吾不能爲五斗米折腰拳拳事鄉里小人邪乃賦歸去來辭解印去縣徵著作郎不就潛自以曾祖晉世宰輔不復屈身後代自劉裕稱宋不肎復仕凡著文章所題年月義熙以前則書晉氏年號自永初以來唯書甲子而已宋元嘉中卒年六十三

曾勝字叔時代郡人也少有才操爲佐著作郎元康

初遷建康令到官著正天論嘗歲日望氣知將來多故便稱疾去官中書令張華遣子勸其更仕再徵博士舉中書郎皆不就

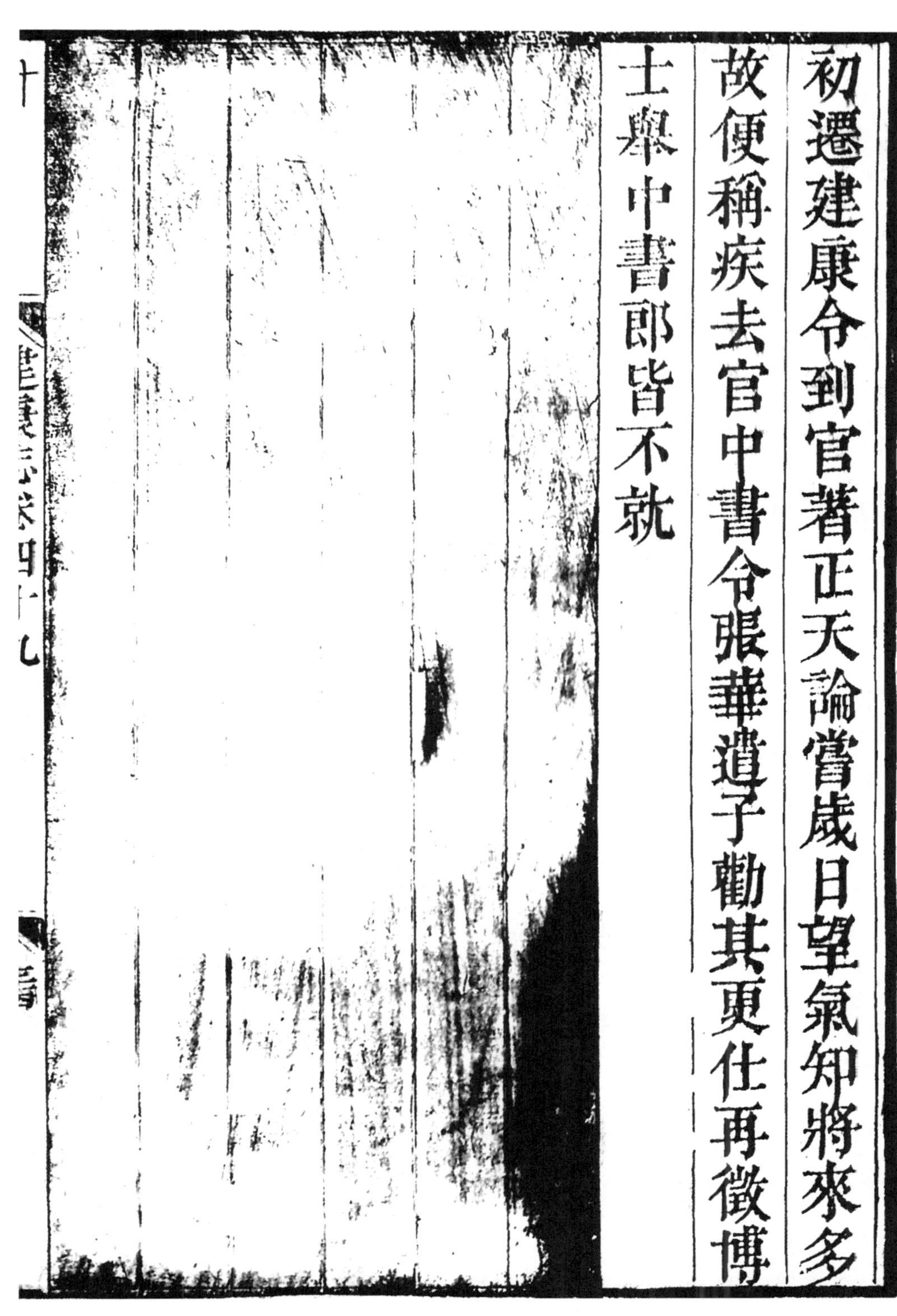

儒雅傳

劉瓛字子珪沛郡相人晉丹楊尹惔六世孫也篤志好學博通訓義年五歲聞舅孔熙先讀管寧傳欣然欲讀舅更爲說之精意聽受曰此可及也宋大明四年舉秀才除奉朝請不就兄弟三人共處蓬室一間爲風所倒無以葺之怡然自樂習業不廢聚徒教授常有數十丹楊尹袁粲於後堂夜集聞而請之指聽事前古柳樹謂瓛曰人謂此是劉尹時樹每想高風今復見卿清德可謂不衰矣薦爲祕書郎不見用後

拜安成王撫軍行參軍坐事免瓛素無宦情自此不復仕袁粲誅瓛微服往哭并致賻助齊高帝踐祚召瓛入華林園談語問以政道荅曰政在孝經宋氏所以亡陛下所以得之是也帝咨嗟曰儒者之言可寶萬世又謂瓛曰吾應天革命物議以爲何如瓛曰陛下戒前軌之失加之以寬厚雖危可安若循其覆轍雖安必危及出帝謂司徒褚彥回曰方直乃耳學士故自過人敕瓛使數入而瓛自非詔見未嘗到宮門上欲用瓛爲中書郎使吏部尚書何戢喻旨瓛笑曰

平生無榮進意後以母老闕養拜彭城郡丞會稽郡丞學徒從之者轉衆除步兵校尉不拜瓛姿狀纖小儒業冠於當時都下士子貴游莫不下席受業當世推其大儒以比古之曹鄭性謙率不以高名自居之詣於人惟一門生持胡牀隨後主人未通便坐門待荅住在檀橋瓦屋數間上皆穿漏學徒敬慕不敢指斥呼爲青溪焉竟陵王子良親往脩謁十年表武帝爲瓛立館以楊烈橋故主第給之生徒皆賀瓛曰室美豈爲人哉此華宇豈吾宅邪幸可詔作講堂猶恐

見害也未及徙居遇疾卒門人受學者弟子服臨送瓛有至性祖母病疽經年手持膏藥漬指爲爛母孔氏甚嚴明謂親戚曰阿稱便是今世曾子稱瓛小名也年四十餘未有婚對建元中高帝與司徒褚彦回爲瓛娶王氏女王氏穿壁挂履土落孔氏牀上孔氏不悦瓛即出其妻及居母憂住墓下不出廬足爲之屈杖不能起此山常有鵮鵮鳥瓛在山三年不敢來服釋還家此鳥乃至梁武帝少時嘗經伏膺及天監元年下詔爲瓛立碑謚貞簡先生所著文集行於世

雷次宗字仲倫豫章南昌人也篤志好學尤明三禮毛詩隱退不受徵辟宋元嘉十五年徵至都開館於雞籠山聚徒教授置生百餘人會稽朱膺之潁川庾蔚之竝以儒學總監諸生時國子學未立上留意藝文使丹楊尹何尚之立元學太子率更令何承天立史學司徒參軍謝元立文學凡四學竝建車駕數至次宗館資給甚厚久之還廬山公卿以下竝設祖道後又徵詣都爲築室於鍾山西巖下謂之招隱館使爲皇太子諸王講經次宗不入公門乃使自華林東

門入延賢堂就業二十五年卒於鍾山子肅之頗傳
其業
伏曼容字公儀平昌安丘人晉著作郎滔之曾孫也
父允之宋司空主簿曼容早孤與母兄客居南海少
篤學聚徒教授以自業爲驃騎行參軍宋明帝好周
易嘗集朝臣於清暑殿講詔曼容執經曼容素美風
采明帝嘗以方嵇叔夜使吳人陸探微畫叔夜像以
賜之爲尚書外兵郎嘗與袁粲罷朝相會言元理時
論以爲一臺二絕昇明末爲輔國長史南海太守作

貪泉銘齊建元中爲太子率更令侍講衛將軍王儉深相愛好建武中拜中散大夫時明帝不重儒術曼容宅在瓦官寺東施高坐於聽事有賓客輒升高坐爲講說生徒嘗數十百人梁臺建召拜司徒司馬出爲臨海太守天監元年卒官年八十二曼容善音律射馭風角醫算莫不閑了爲周易毛詩喪服集解老莊論語義

王端朝字季羔本澶淵人過江愛溧陽風土因家焉少以該洽聞年十八舉建康第一後薦太學又爲第

十一登第中博學宏詞科歷大學錄祕書省正字江東帥司機宜除宗正丞提舉兩浙市舶知永州乾道二年卒年四十四至承議郎

劉岑字季高本吳興人後遷居溧陽天姿英偉學問該貫忠誠許國寬宏愛士有古君子之風文章雄贍字畫遒勁登第累擢至著作郎再使虜通判興國軍除湖北運判辟川陜隨軍轉運使除金部郎累遷權戶侍後出知太平州池州移鎮江府除刑部侍郎遷戶部侍郎知信州責單州團練副使全州安置在全

五年移建昌軍居住又歷九年紹興乙亥冬自便復官奉祠起知泰州移揚州溫州除戶部侍郎
車駕親征除御營隨軍都轉運使奉祠告老除徽猷閣直學士乾道三年卒年八十一官至左朝散大夫先世葬烏程之杼山故號杼山居士熙寧中曾祖述字孝叔爲御史知雜以忤荊公出知江州司馬溫公折簡與孝叔有道勝名立之語杼山既居溧陽乃以道勝名其堂

崔敦禮與弟敦詩本通州靜海人同登紹興庚辰第

愛溧陽山水買田卜居傍舍鑿池池上有讀書之堂扁曰雙桂于湖張孝祥筆也敦禮字仲由歷江寧尉平江府教授江東撫幹諸王宮大小學教授淳熙八年卒官至宣教郎敦詩字大雅性端厚議論疏通知大體博覽彊記爲文敏贍以詞學自結 主知繇秘書省正字除翰林權直兼崇政殿說書兼權給事中家難服闋除樞密院編修官學士院權直遷著作郎兼權吏部郎官又兼崇政殿說書進國子司業改權直學士院拜中書舍人加侍講直學士院淳熙九年

卒年四十四特贈中大夫

李處全字粹伯徐州豐縣人邯鄲公淑之曾孫後遷居溧陽天資超軼貫穿古今忠誠許國寛大好賢慕劉杼山之爲人文章閎肆詩體兼衆長字畫遒麗登第繇宗正寺簿遷太常丞知沅州提舉湖北茶鹽除秘書丞兼禮部郎官遷殿中侍御史遂除侍御史母憂去朝奉祠後知袁州處州移贛州未赴改舒州淳熙十六年卒於任年五十九官至朝議大夫姪柄字子權知無爲軍舒州淳熙四年卒年四十二官至宣

教郎

潘稟征字泰初寓居溧陽記問該洽議論醇正宗濂洛先儒之學四薦三魁登嘉定甲戌第廷對剴切漫塘劉公宰嘉其志不苟求學行才猷兼備深器重之時杜丞相範爲湖州録參稟征爲儀眞郡文學漫塘遂併薦于　朝歷番陽推官安慶教班改宰崑山邑號難治人咸服其廉平再調繁昌年六十有九自號鶴山狷叟亦近世人物之賢者也

楊備字脩之建平人也慶歷中爲尚書虞部員外郎

分司南京上輕車都尉往復道出江上賦百篇二韻命曰金陵覽古百題詩各註其事於題之下與南唐朱存詩並傳于時

陳巳字九成豫章武寧人也自幼能屬文通周禮及書春秋亦工於詞賦壯遊金陵從學者衆因家于鎮淮橋西之竹街受其業者與計偕登上第皆有聞于時晚年厭科舉業潛心義理之學吟詩著書以自適淳祐中帥閫嘗薦于朝稱其問學操守窮堅老壯將表章之遽以疾終有周禮詳說四書講義南窻漫錄

傳于世

紀少諭許叔牙朱存朱舜庸並互見耆舊傳

貞女傳

貞義女史氏溧陽人吳王僚五年伍子胥去楚奔吳中道有疾乞食溧陽值女子擊綿於瀨水筥中有飯子胥跪而乞餐女子飯之子胥餐已欲去謂女子曰掩子壺槳無令其露女子歎曰嗟乎妾獨與母居三十年自守貞明不願從適何宜饋飯而與丈夫越虧禮義妾不忍也子行矣子胥行反顧女子已自沉於瀨水其後闔閭十年子胥破楚入郢還過溧陽瀨水之上長歎息曰吾嘗飢乞食於女子女子飯我遂自

沉而亡欲報以百金而不知其家乃投金水中而去有頃一老嫗悲泣而來或問曰何泣之悲乎曰吾女子往年擊緜於此遇一窮途君子而輒飯之恐事泄自沉於水今聞伍君來不得其償自傷虛死故悲耳人曰子胥欲報百金而不知其家投金水中而去矣嫗遂取金以歸李白記云皇唐葉有六聖再造八極鏡清萬方幽明咸熙天秩有禮自太古及今君君臣臣烈士貞女采其名節尤章可激清頹俗者皆埽地而祠之蘭蒸椒漿歲祀罔缺而玆邑貞義女光靈翳然埋冥古遠琬琰不刻豈前修博達者爲邪之意乎貞義女者溧陽黄山里史氏之女也以家溧陽史闕書之歲三十弗移天于人淸英潔白事母純孝于柔荑而不龜身漂擊以自業當楚平王

時王皓忠助讒苛虐厥政芟於尚斬于奢血流于朝赤族伍氏怨毒於人何其深哉子胥始來奔匈吳門涉星遁或七日不火傷弓于飛逼迫于昭關匍匐於瀨渚拾車而徒告窮此女目色以應授之壺漿全人自沉形與口滅卓絕千古聲凌浮雲激節必報之讐雪誠無疑之地難乎哉借如曹娥潛波埋貫於孝道聶姊殞肆槧動于天倫縱姑棄子以却三軍之衆漂母進飯沒受千金之恩方之於此彼或易耳卒使伍君開張闔閭傾蕩郢鄢吳師鞭屍於楚國申胥泣血於秦庭我亡爾存亦各壯志張英風於古今雪大憤于天地微此女之力雖云爲之士亦焉能咆哮烜赫施於後世耶望其溺所愴然低回而不能去每風號吳天月苦荆水響像如在精魂可悲備昔投金有泉而刻石無主哀哉邑宰滎陽鄭公名晏家康成之學世子產之才琴清心閑百里大化有若主簿扶風竇嘉賓縣尉廣平宋防南郡陳然丹陽李濟清河張昭皆有卿材霸略同事相協緬紀英淑勒銘道周雖陵頹海竭文或不死其詞曰粲粲貞女孤生寒門上無

十
所天下報母恩春風三十花落無言乃如之人擊漂
清源碧流素手縈波潺湲求思不可秉節而存子胥
東奔乞食于此女分壺漿滅口而死聲動列國義形
壯士入郢鞭尸還吳雪恥投金瀨沚報德稱美明明
千秋如
月在水

景定建康志卷之四十九

景定建康志卷之五十

承直郎官差充江南東路安撫使司幹辦公事周應合修纂

拾遺

戰國策范環對楚懷王曰且王嘗用召滑於越睞之難越亂故楚南察瀨湖而野江東鮑氏註云察猶治也楚有而治之以江之東爲野此言楚亂有厲睞之難而能得越地以召滑亂之也然鮑註瀨湖乃以爲南陽之屬殆非也南陽未嘗屬越又與江東全不相近正謂溧陽之瀨水明矣

史記伍子胥去楚入宋奔鄭適晉還鄭奔吳槖載而出昭關未至吳而疾止中道乞食張勃曰子胥乞食處在丹陽溧陽縣案昭關在今和州含山縣北十八里正當孔道自昭關趨溧陽甚近也

漢溧陽長潘乾元貞校官碑靈帝光和四年所立時歲在辛酉杜少陵所謂骨立道神者蓋此類也石淪於固城湖中紹興十三年癸酉溧水尉喻仲遠得之葺置聽事之側蓋相距九百六十二年矣時時見光采弓兵宿直或以褻衣頓於趺上必夢大

龜遂而齧之乾道戊子有官告院吏出職爲尉顧碑字多闕蝕以爲無用且厭人之來呼隸史曹彥與謀將沉之宅後廢沼內一寓客素好古爲尉所敬聞其說往詰之尉慙謝而止邑宰陳容之爲徒諸縣圃作屋覆焉至辛卯歲金陵守作文一篇欲識石陰遣匠來甫鐫兩字遭碎屑激入目旋易它匠皆然竟不能施工夷堅志

校官碑長樂陳長方記曰兩漢石刻多在關中東南所存無幾吾友腧居中尉溧水得後漢光和中溧

大三丫十八

陽長潘君碑於固城湖之傍溧水故溧陽也風雨摧剝幾不可讀居中譯以今字四百餘其不可讀者尚數十因舉而置之官舍庶幾傳遠老杜八分歌稱苦縣光和尚骨立蓋苦老子廟碑是光和中八分書老杜稱以爲最古以是校之未知先後（舊志）

晉簡文帝命曲安遠爲句容令吏部尚書王彪之執不從曰句容近畿三品佳邑豈可任卜術之人無才用者耶（王彪之傳）

賀循爲太子舍人時廷尉張闓住小市將奪左右近

宅以廣其居乃私作都門早閉晏開人多患之訟於州府皆不見省會循出連名詣循質之循曰見張廷尉當爲言及鬬閧遽毁其門詣循致謝其爲世所欽服如此晉本傳

陸龜蒙云予爲兒時在溧陽聞白頭書佐言孟東野貞元中以前秀才家貧受溧陽尉溧陽昔爲平陵句縣南五里有投金瀨瀨南八里許道有故平陵城周千餘步基址坡陁裁高三四尺而草木勢甚盛率多大櫟合數人抱叢篠蒙翳如塢如洞地窪

下積水沮洳深處可活魚鱉輩大抵幽邃岑寂氣
候古澹可喜除里民樵罩外無入者東野得之忘
歸或比日或間日乘驢後小吏驀投金瀨一往至
則蔭木櫟隱叢篠坐于積水之旁苦吟到日西而
還爾袞袞去曹務多弛廢令季操卞急不佳東野
之爲立白上府請以假尉代東野分其俸以給之
東野竟以窮去吾聞滛畋漁者謂之暴天物天物
不可暴又可抶摘刻削露其情肰乎使自萌卯至
于槁死不能隱天能不致罰耶笠澤叢書

洪内翰邁嘗言古今忠臣義士其名載于史冊者萬世不朽然有不幸而泯沒無傳者南唐後主時有淮人李雄當王師弔伐出守西偏不遇其敵雄以國城重圍不忍端坐遂東下以救之陣于溧陽與王師遇父子俱沒諸子不從行者亦死他所死者凡八人李氏訖亡不霑褒贈其事僅見於吳唐拾遺錄項嘗有　旨合九朝國史爲一書它日史官爲列之於李煜傳庶足以慰斯人於泉下容齋續筆

南唐將亡數年前修昇元寺殿掘得石記視之詩也

其辭曰莫問江南事江南事可憑抱雞昇寶位趁犬出金陵子建居南極安仁秉夜燈東鄰嬌小女騎虎踏河氷王師以甲戌渡江後主實以丁酉年生曹彬爲大將列柵城南爲子建也潘美爲副將城陷恐有伏兵命卒縱火卽安仁也錢俶以戊寅年入朝盡獻浙右之地皇朝類苑

江南保大中浚秦淮得石志案其刻有大宋乾德四年凡六字他皆磨滅不可識令諸儒參驗乃輔公祏反江東時年號後　太祖受命國號宋改元乾

德江左始衰弱豈非威靈將及而符讖先著也
南唐將亡前數年宮中人接薔薇水染生帛一夕忘
收爲濃露所漬色倍鮮翠因令染坊染碧必經宿
露之號爲天水碧宮中競服之識者以爲天水趙
之望也開寶中新修營得一石記凡數百字隸書
從頭云從他痛從他痛如此連寫至末云不爲石
子盡更書千萬箇從他痛從他痛不知其識也未
幾王師渡江云
金陵才士鍾輻少年氣豪一老僧相之曰君及第則

大三百卅二

家亡時樊若冰愛輻之才以女妻之及宴爾應詔洛中果中甲科由是狂放携一女僕青箱過華州蒲城其宰乃故人延留累日一夕盛暑追涼縣樓痛飲而寢是夕夢樊氏出一詩示生怨責頗深詩云楚水平如練雙雙白鷺飛金陵幾多地一去不言歸生夢中愧謝戲荅一篇曰還吳東下過蒲城樓上清風酒半醒想得到家春已暮海棠千樹必凋零既寤因趣裝歸至采石渡青箱心疼數刻暴卒生悤悤藁葬於一新墳之傍洎至家門巷空閒

妻妾亡數月詢之親鄰樊亡之日乃夢於縣樓之夕也青箱葬處乃樊之塋地也不植宅樹惟海棠數株葉蔓凋謝正符詩意鍾歎曰浮屠老僧之說信哉竟不仕隱于鍾山著書養氣年八十餘

陳喬仕江南爲門下侍郎掌機密後主之稱疾不朝喬預其謀及王師問罪誓以固守時張洎爲喬之副嘗言於後主苟社稷失守二臣死之城陷喬將死後主執其手曰當與我同北歸喬曰臣死之卽陛下保無恙但歸咎於臣爲陛下建不朝之謀斯

計之上也掣其手去入視事廳內語二僕曰共縊殺我二僕不忍解所服金帶與之遂自經後主求喬不得或謂張洎曰此詣北軍矣喬既死從吏撤扉而瘞之明年朝廷嘉其忠詔改葬後見其屍如生而不僵髭髮鬱然初求屍不得人或見一丈夫衣黃半臂舉手影自南廊而過掘得屍以右手加額上如所覩者

金陵人胡恢博物强記善篆隸臧否人物坐法失官十餘年潦倒貧困赴選集于京師是時韓魏公當

國恢獻小詩自達其一聯曰建業闕山千里遠長安風雪一家寒魏公深恰之令纂太學石經因此得復官任華州推官而卒

徐常侍鉉仕江南日嘗直澄心堂每幞被入直至飛虹橋馬輙不進裂轅斲轡箠之流血掣韁却立鉉貽書於餘杭沙門贊寧荅云下必有海馬骨水火俱不能毀惟漚以腐糟隨毀者乃是鉉斵之二丈餘果得巨獸骨上壓可長五尺膝而下長三尺膕骨若段柱積薪焚三日不動以腐糟漚之遂爛焉

南唐後主留心筆札所用澄心堂紙李廷珪墨龍尾石硯三物爲天下之冠自李氏亡龍尾石不復出景祐中校理錢僊芝知歙州訪得其所乃大溪也李氏嘗患溪深不可入斲其流使由它道李氏亡居民苦溪之回遠導之如初而石乃絶僊芝移溪還故道石乃復出遂與端溪並行

元豐中王荆公在金陵東坡自黄北遷日與公游盡論古昔文字公歎息謂人曰不知更幾百年方有如此人物東坡渡江至儀真和游蔣山詩寄金陵

守王勝之（益勝）公亟取讀至峯多巧障日江遠欲浮
天乃撫几曰老夫平生作詩無此二句又在蔣山
時以近製示東坡坡云積李兮縞夜崇桃兮炫晝
自屈宋沒世曠千餘年無復離騷句法乃今見之
荆公曰非子瞻見諛自負亦如此然未嘗爲俗子
道也
余爲兒童時嘗聞祖母集慶郡夫人言江南有國日
有縣令鍾離君與鄰縣令許君結姻鍾離女將出
適買一婢以從嫁一日其婢執箕箒治地至堂前

熟視地之窊處惻然泣下鍾離君適見惟問之婢泣曰幼時我家父於此穴地為毬窩道我戲劇歲久矣而窊處未改也鍾離驚曰而父何人婢曰我父乃兩政前縣令也身死家破我遂落民間而更賣為婢鍾離君遽呼牙儈問之復質於老吏具得其實是時許令子納采有日鍾離君遽以書抵許令而止其子且曰吾買婢得前令之女吾特怜而悲之義不可久辱當以吾女之奩篚先求婿以嫁前令之女也更俟一年別為吾女營辦嫁貲以歸

君子可乎許君荅書曰蘧伯玉耻獨爲君子君何自專仁義願以前人之女配吾子然後君別求良與以嫁君女於是前令之女卒歸許氏祖母語畢歎曰此等事前輩之所常行今則不復見矣余時倘幼恨不記二令之名姑書其事亦足以激天下之義矣

與化尉胡滋其妻宗室女也自言夢人衣金紫云王待制來爲夫人見妻尋產子介甫聞之自京師至金陵與夫人常坐於船一簾下見船過輙問得非

胡尉船平既而得之舉家悲喜亟撫視涕泣遺之金帛不可勝數邀與俱還金陵滋言有捕盜功應詣銓求賞介甫使人爲營致除京官留金陵且半年欲匄其兒其母不可乃遣之涑水紀聞

金陵道士章齊一善爲詩好嘲詠一被題目卽日傳誦人皆畏之凡四百餘篇曲盡其妙後得疾嚼舌而死

建炎　車駕南渡百僚倉皇渡江舟人乘時射利停橈水中每渡一人必須金一兩然後登船是時葉

宗諤爲將作監逃難至江滸而實不攜一錢彷徨無措忽覩婦人于其側美而艷語葉云事有適可者妾亦欲渡江有金釵二隻各重一兩宜濟二人而涉水非女子所習公幸負我以趨葉從之且舉二釵以示篙師肯首令前婦人伏于葉之背而行甫扣船舷失手婦人墜水而沒葉獨得逃生悵然以登南岸葉後以直龍圖閣帥建康其家影堂中設位云楊子江頭無姓名婦人豈鬼神托此以全其命乎 許彥周云

揮塵錄

陳侍郎巖肖云紹興初予之官建康艤舟溧陽郵亭見壁間題云十年棄微官歸來事郄掃扁舟訪安期要覓如瓜棗不知膏粱珍惡食詩自好田園苦無多生理何草草濁酒時一樽孤斟從醉倒然不著名氏不知何時所作觀其言淡而旨遠決非汨沒名利而不知返者也庚溪詩話

溧陽豪民吳璋以財横鄉曲非特外人畏之其家子弟亦甚嚴憚每坐堂上則無敢過其前必先穴壁覘窺伺璋不在方敢入弟十九郎者因窺隙見金

紫人向堂立後有服朱綠數人少長儼列驚異之疾走入門乃無所覩私竊自喜以爲家慶殊未艾既而璋以不法爲邑丞龔鋈所治至於竄流遠方弟亦連坐縣徙袁州家貲皆估籍劉侍郎岑買其居緣居室之故爲請袁守免其弟歸因得服役門下適劉當歲除享祀偶於壁隙窺之金朱綠袍恍然曩日所見者始以語人夷堅志

碧眼周先生者常州人以善相游公卿間劉侍郎致仕寓居溧陽周往從之嘗從容薄暮起曰侍郎明

日有隕墜敗面之厄劉曰當來共食以驗不然當
罰爾曰定矣旦未及食鄰家失火劉倉卒奔避礙
於戶限仆地面傷焉其它大率類此夷堅志
劉侍郎以先世葬烏程之杼山故自號杼山居士杼
山曾祖述字孝叔熙寧中爲御史知雜以忤荆公
出知江州溫公折簡與孝叔有道勝名立之語杼
山旣居溧陽乃以道勝名其堂
淳熙十一年溧陽倉斗子坐盜官米黥配而籍其家
得草書二軸題云庚申歲書其名權花押正如一

劒之狀盞鍾離翁也其詞云露滴紅蘭玉滿畦閑
拖象展到峯西但令心似蓮花潔何必身將槁木
齊古塹細香紅樹老半峯殘雪白猿啼雖然不是
桃花洞春至桃花亦滿溪李粹伯跋之曰字畫放
逸有翔龍舞鳳之勢脫去尋常畦逕非得於心而
應於手者不能爾飄然神僊風度固有所本云眞
本藏於建康府治軍資庫絹素褾飾處皆斷裂獨
字畫不動庚申歲者豈非 藝祖創業建隆元年
乎夷堅志

洪輯居溧陽縣西寺事觀音甚敬幼子佛護病痰喘醫不能治凡五晝夜不乳食證危甚呼醫杜生診視之杜曰三歲兒抱病如此雖盧扁復生無如之何矣輯但憂泣辦凶具而其母以嘗失孫愁悴尤切輯益窘懼投哀請禱于觀音至中夜妻夢一婦人自後門入告曰何不令服人參胡桃湯覺以語輯洒然悟曰是兒必活此蓋大士垂教耳急取新羅參寸許胡桃肉一枚不暇剝治煎湯灌兒一蜆殼許喘卽定再進遂得睡明日以湯浸去胡桃皮

取淨肉入藥與服喘復作乃只如昨夕法治之信宿有瘳此藥不載於方書蓋人參定喘而帶皮胡桃則歛肺也夷堅志

溧陽甓橋巫能以異法治骨鯁雖與被鯁者相去遠或不見其人亦可療淳熙九年長巷村人王四因食鵝遭鯁三日不能下飲食盡隔勢且死遣子持錢詣巫巫即於竈內取灰篩布地上炷香焚鏹誦咒召神結印次以葦筒作小舉狀耕灰中云此骨甚深凡耕至一再筒中忽微有聲亟傾注水盈間

乃鵝翅骨也覆橋距長巷四十里王氏子還家父平復已半日矣其病之淺者一犂即愈云夷堅志

建炎初有婦人題黃連步援官亭之壁云妾鄱陽人也女工之外從事詩禮不幸嚴霜下墜泰山其頽飄泊一身所適非偶薰蕕同器情何以堪昨浮家洞庭怒帆一張良人倏為鬼錄吁臣不事二主女不事二夫其柰何哉偶携稚子來登客亭感時傷心遂成小絕知我者其天乎詩云故里蕭條一望間此身飄泊歎空還感時有恨無人說愁斂雙蛾

對暮山

聖湯延祥溫湯元序金陵屬邑溧水溧陽舊多蠱毒丞相韓滉之爲浙西觀察也欲更其俗絶其源終不可得時有僧住竹林寺每絹一疋易藥一圓遠近中蠱者多獲全濟値滉小女有惡疾浴於鎭之溫湯卽愈乃盡捨女之粧奩造浮圖廟於湯之右謀名僧以蔵寺事有以竹林市藥僧應之滉欣然迎置且求其藥方久之僧始獻於是其法流布仍刊石于二縣之市唐末喪亂石不復存而溫湯之

寺至今在焉鎮之大族夏氏世傳其法藥以溫湯
爲名誌其所自也**温湯元方**五月初桃皮末二錢生用
盤蝥末一錢先以麥麩炒去翅足大戟末二錢生用右三味以米泔
淀爲圓如棗核形如中一切蠱毒食前用米泔下
一圓修合時於淨室中切忌婦人孝子猫犬見祟
寧問住持僧智淳得其方於府帥曾氏家
南唐李後主獵青龍山一牝狙觸網見主雨淚稽顙
屢指其腹主戒虞人保守之是夕誕二子還幸大
理寺親錄囚繫一大辟婦以孕在獄未幾產二子

煜感牝狙之事罪止於流其山去城東二十五里

溧水縣東南二十五里有烏鯉廟昔民有女感黑龍於田野歸而有娠後產鯉魚投於水中復能變化隨母所後乘雲而去母亡每春時必來墳所鄉人因立廟祠焉

開寶七年南唐後主金陵苑囿中鹿忽一旦人語牧者叱之鹿亦叱牧者曰明年今日汝等俱爲鬼物苑囿荒凉焉能拘我明年王師渡江牧者俱死鬭敵苑囿亦廢矣

裴長史新羅國人忘其名後主朝行建州長史開寶八年王師攻金陵未下建州守查元方知長史善伎術進赴金陵五月路由歙州長史託疾不行密告刺史龔慎儀監軍輸鎬曰有狀託以附奏言金陵事者五一金陵立春節後出災謠寧無事二潤州不過九月當陷三朱令贇舟師氣候不過池州四江州血氣覆城明年春末夏初血塗原野五大朝明年十月有大喪後皆如其言

杜秋娘李錡妾也錡滅籍入宮有寵於景陵後賜歸

故鄉杜牧過金陵爲之賦詩牧謂秋爲金陵女國史補本事詩云李錡之擒婢配掖庭者曰鄭曰杜杜名秋娘建康人也有寵於穆宗穆宗卽位以爲漳王傅姆太和中漳王得罪國除詔賜秋歸老故鄉中書舍人杜牧爲詩以喭之詩云京江水清滑生女白如脂其間杜秋者不勞朱粉施老濞卽山鑄後庭千蛾眉秋持玉斝欲與唱金縷衣濞既白首叛秋亦紅粉滋吳江落日渡灞岸垂楊垂聯裾見天子盼盼獨依依椒壁垂錦幕鏡奩蟠蛟螭低鬟認新寵窈窕復融怡月上白璧門桂影涼參差金階露新重閑捻紫簫吹莓苔夾城路南苑鴈初飛紅粉羽林仗獨賜辟邪旗歸來煮豹胎饜飫不能飴咸池昇日慶銅雀分香悲雷音後車遠事往落花時燕禖侍皇

子壯髮絲透透畫堂授傳姆天人親捧持虎睛珠
絡褓金盤犀鎮帷長楊射熊館武帳弄啞咿嘶拋
竹馬戲稍出舞雞奇嶄嶄整冠珮侍宴坐瑤池眉
宇儼圖畫神秀射朝暉一尺桐偶人江充知自欺
王幽茅土削秋放故鄉歸颿稜拂斗極回首尙遲
遲四朝三十載似夢復疑非潼關識舊吏束髮已
如絲却喚吳船渡舟人爭得知歸來四鄰改茂苑
草菲菲青血洒不盡仰天知問誰寒衣一匹素夜
借鄰人機我昨金陵過聞之爲戲欷自古皆一貫
變化安能推夏姬滅兩國逃作巫臣妻西子下姑
蘇一舸逐鴟夷織室魏豹俘作漢太平基誤置代
籍中兩朝尊母儀光武紹高祖本係生唐兒珊瑚
破高齊作婢春黃麋蕭后去揚州突厥爲閼氏女
子固不定士林亦難期射鉤後呼父釣翁王者師
無國要孟子有人毀仲尼泰因逐客令柄歸丞相
斯安知魏齊首見斷廁中屍給喪蹶張輩廊廟冠
嘁危珥貂七葉貴何妨戎虜支蘇武却生還鄧通
終死飢主張既難測翻覆亦其宜地盡有何物天

高復何之指何爲而提足何爲而馳耳何爲而聽目何爲而窺已身不自曉此外何思惟因傾一尊酒題作杜牧詩愁來獨長詠聊可以自怡

李珦字溫叔都官外郎之幼女也八歲能作詩後適江夏人王常同泛舟射利江湖間婁徹爲江州清風亭記常方歎美珦曰未之盡也何不云好山綠水萬里有盡處淸風明月千古無老時一日舉其文於徹徹卒用其言爲破題不久常死珦溺舟於三山磯下後三日尸忽出於水中土人異之爲立廟熙寧中都山張芝之過廟作三絕焚於廟中一云風軟

潮生江水平巒峯隱隱浸寒青自從香骨沉波底獨我爲詩吊爾靈二云軋軋櫓聲離遠浦瀟瀟帆影落寒濤慇懃瀝酒陳佳果將此深心慰寂寥三云江雨初晴遠岸低心因啼鳥陡思歸爾如會我題詩意魂夢相求一處飛既夜一青衣召云娘子奉候久矣芝曰娘子爲誰青衣曰早來獻詩與誰耶芝乃悟見一婦人謂芝曰早來佳章欲託以夢寐是或不眞不能盡所懷故求面見妾溺此時水官令賦詩及校九江會源錄一夕而畢水官大悅令江神出其尸顯其靈今有祠在此血食於人謝子之詩意所不敢當荅以詩梅天半霽江水漲水搖花影紅蕩漾東風拋雨過江西截江一瞬生

銀浪閒然不見鷗鷺飛漁唱四沉煙暝藹忽然晴霽碧雲開水色天光月下上柳風和軟浪無聲客櫓嘔軋中流鳴兩岸沙頭拾翠女嬉笑携手相將行秋入空江潦水靜澄流一碧如寒鏡遠帆滅沒入雲中菱唱微茫晚風暝西風脫木露三山隱隱樵居亂石間霜猿哀落巖前月杜宇枝間更啼血蓬窻風緊客衣單中夜危腸幾欲絕我本名家閨中女聘得良人共途路相將雲水二十年所得歡心亦無數登期天禍及一身夫死身沉大江去猛風吹雲無定蹤盡日陰愁難得雨秋高水冷白骨寒孤兒稚女歸何處因公遺我白玉篇慰此窮泉生和氣明朝僊舸宿何州回首寒江煙雨暮芝

見詩歎賞久之俄出白金二百星贈芝曰煩礱一石載爰前事亦有奉報芝受其金送芝出幄則已五鼓矣芝之後因循不爲立石舟再過三山磯下幾

至傾覆是夕又夢其女深訴責之事見翰林名談

晉譙閔王承遭王敦之難其子無忌以年小獲免咸和中無忌拜散騎侍郎累遷屯騎校尉中書黄門侍郎江州刺史褚裒當之鎮無忌及丹楊尹桓景等餞於板橋時王廙子丹楊丞耆之在坐無忌志欲復讎拔刀將手刃之裒景命左右救捍獲免御史中丞車灌奏無忌欲專殺人付廷尉科罪成帝詔曰王敦作亂閔王遇禍尋事原情今王何責然公私憲制亦已有斷王當以體國爲大豈可尋繹

由來以亂朝憲主者其申明法令自今已往有犯必誅於是聽以贖論

晉元帝渡江隨帝有王離妻者洛陽人將洛陽舊火南渡自言受道於祖母王氏傳此火并有遺書二十七卷臨終使行此火勿令斷絶火色甚赤異於餘火有靈驗四方病者將此火煮藥及灸諸病皆愈轉相妖惑官司禁不能止及季氏死而火亦經時人號其所居為聖火巷在今縣東南三里禪衆寺直南出御街又齊武帝末年先是匈奴中謠言

云赤火南流喪南國於是匈奴始規爲寇帝方患而憂之是歲果有沙門從北來齎此火而至火色赤於常火云可治疾貴賤爭取之多得其驗二十餘日京師咸云聖火詔使吏澆滅之而民亦有竊蓄者治病先齋戒以火灸桃板七炷而疾愈吳輿丘國賓竊還鄉邑邑人楊道慶虛疾二十年形容骨立依法炎板一炷卽瘥是月武帝崩建康實錄注

愍帝建興五年春正月琅邪王出師路北躬擐甲胄移檄天下徵兵時有玉冊見於臨安白玉麒麟神

璽出於江寧其文曰長壽萬年日有重暈皆以爲
中興之象
國史纂異云王羲之告誓文今之所傳卽其藁本不
具年月日其眞本維永和十年三月癸卯朔九日
辛亥而書亦眞開元初潤州江寧縣瓦官寺修講
堂匠人於鴟吻竹筒中得之與一沙門至八年縣
丞李延業求得上岐王以獻便留內不出王家失
火圖書悉爲灰燼此書亦見焚矣
張舜民芸叟曰李後主雜記數千言德慶堂題榜大

字如截竹木小字如聚鍼丁似非筆迹所爲者歐陽永叔謂顔魯公書正直方重如其爲人若以書觀李主可不謂之倔强丈夫哉然亦何柔弱骫骳之甚也孔子所謂以貌取人失之子羽聖人親見其面猶不能知其心況以字畫揆人者哉德慶堂字刻在清涼寺今存

西清詩話曰自古文人雖在艱危困踣之中不忘於述作蓋性之所嗜雖鼎鑊在前不卹也況下於此者乎後主在圍城中猶書長短句未就而城破所

謂櫻桃落盡春歸去蝶翻金粉雙飛子規啼月小樓西曲欄珠箔惆悵卷金泥門巷寂寥人去後望殘煙柳低迷嘗見殘藁點染晦昧心方危窘意不在書耳

昔黃太史有跋王荆公書陶隱居墓中又云熙寧中金陵丹陽之間有盜發墓得隱起塼於冢中識者買得之讀其書蓋山中宰相陶隱居墓也其文尤高妙王荆公常誦之因書於天慶觀齋堂壁間黃冠遂以入石予常欲摹刻於燹道有李祥者欣然

礱石來請斯文既高而王荆公書法似晉宋間草書此固多聞廣見之所欲得也今刻石江東漕廨

晉戴安道年十歲在瓦官寺畫王長史見之曰此童非徒能畫亦終當致名但恨吾老不見其盛耳見世說新書

顧愷之建康實錄注云京師寺記興寧中瓦官寺初置僧衆設會請朝賢鳴刹注疏其時士大夫無有過十萬者顧愷之字長康直打刹注一百萬長康素貧時以爲大言後寺成僧請勾疏長康曰宜備

一壁遂閉戶往來一百餘日畫維摩一軀工畢將欲點眸子謂寺僧曰第一日開見者責施十萬第二日開可五萬第三日可任例責施及開戶光明照寺施者塡塞俄而果百萬錢也蘇魏公題維摩像據畫體工用云顧生首創維摩詰像有淸羸示病之容隱几忘言之狀陸探微張僧繇效之終不能及至唐寺廢杜牧之爲池州刺史道過金陵歎其將圯募工榻寫十餘本遺好事者其一乃汝陰太守某人也不能携去至今置於州廨丞相臨淄公鎭潁日嘗語從事鏤石以記其始末嘉祐壬寅予領郡事暇日數取以觀之案長康晉人故所畫服飾器用皆當時所尙其意態位致非常畫之比也杜本已爲後人竊取今所存者蓋再經臏榻矣而氣象超遠髣髴如見當時之人物已可愛也況牧之所傳乎況

長康之眞跡乎韻語陽秋云荐經兵火壁既不存而畫亦不可得見往歲京口都潔聖與來爲建康總領詢維摩不存之因寺僧莫能荅因語之曰某守南雄嘗有人示石碣云唐會昌中杜牧嘗寄瓦官維摩摹本于陳穎張彥遠刻于郡齋某因求穎之本又刻于南雄尚有墨本在篋笥以付子宜刻之戒壇庶幾舊物復歸而觀者皆知顧筆神妙果如此亦可爲戒壇之異事僧乃刻之

梁張僧繇名畫錄云金陵安樂寺畫四龍不點睛每云點之則飛去人以爲妄誕因請點之須臾破壁二龍乘雲上天未點睛者見在初吳曹不興圖青溪龍僧繇見而鄙之乃廣其象於龍泉亭其畫留在祕閣時未之重至太清中震龍泉亭遂失其壁

方知神妙又天皇寺明帝所置也內有柏堂僧繇畫盧舍那佛及仲尼十哲帝怪問釋門內如何畫孔聖僧繇曰後當賴此爾及後代滅佛法焚天下寺塔獨以殿有宣尼像乃不令毀

開寶中王師伐金陵所得府藏悉充軍中之賞有步卒李貴徑入佛廟得建康人王齊翰所畫十六羅漢鬻於市有富商劉元嗣以白金四百兩請售之元嗣入都復質於相國寺普滿塔主淸敎處及元嗣往贖並爲所匿訟于京師時　眞宗方尹京按

證其事清教辭屈乃出元畫爲　眞宗嘉歎各賜
白金十兩釋之後十六日卽位名曰應運國寶羅
漢藏于祕府聖宋名畫錄
艾宣金陵人工畫花竹翎毛孤標雅致別是風規敗
草荒榛尤長野趣又有昇州厲昭慶工佛像尤長
於觀音句容郝澄以丹青自樂周文規能畫鬼神
冕服車器人物昇元中命圖南莊最爲精絕江寧
沙門巨然畫煙嵐曉景當時稱絕建康蔡潤善畫
舟船及江湖水勢曹仲元工畫佛道鬼神竺夢松

工畫人物女子宮殿臺閣顧德謙工畫人物劉道
士工畫佛道鬼神圖畫見聞志云
王荆公晚年刪定字說出入百家語高而意深嘗自
謂平生精力盡於此書好書者從之請問口講手
畫終席幾至千餘字金華俞紫琳清老嘗冠禿巾
衣掃塔服抱字說逐荆公之驢往來法雲定林過
八功德水逍遙游亭之上龍眠李伯時日此勝事
不可以無傳也遂畫以爲圖韻語陽秋曰京師學士院有無侍郎山水
圖荆公有一絕云六幅生綃西五峯暮雲樓閣有
無中去年今日長干陌遙望鍾山與此同後張天

覺有詩云相君開卷憶江東髣髴鍾山與
此同今日還爲一居士儵然身在畫圖中